HEYNE ‹

AF178867

Das Buch

Ein grob behauener Sandsteinblock fiel Niklas ins Auge. Aus dem oberen Bereich war eine Taube herausgemeißelt worden, die mit schräg gelegtem Köpfchen auf das Grab blickte. Ein schöner, außergewöhnlicher Grabstein. Fast wie ein Findling, aber von Menschenhand behauen. Auf dem Stein waren zwei Namen eingraviert. Moritz Römer * 1932 † 1995. Darunter stand Julia * 1973 – Gott möge dich beschützen. Kein Sterbedatum. Das Mädchen, das von der Disco nach Hause wollte und nie dort angekommen war. Das musste so vor dreißig Jahren gewesen sein. Julia war älter gewesen als er. Die ganze Gegend war damals durchkämmt worden. Sein Vater hatte sich dem Suchtrupp angeschlossen. Alles, was Beine hatte, war unterwegs gewesen. Die Jägerschaft Thöninghausen hatte jeden Mann mobilisiert, mit bestens ausgebildeten Jagdhunden hatten sie die Gegend durchkämmt. Nichts ließ man unversucht, Julia zu finden. Aber sie blieb verschwunden. Wie vom Erdboden verschluckt.
Erneut fröstelte Niklas trotz der Hitze, die die Blumen auf dem Grab der Familie Römer vor seinen Augen verdorren ließ.

Die Autorin

Liliane Skalecki ist Kunsthistorikerin und Archäologin und widmet sich in ihren Kriminalromanen gerne Themen aus diesen spannenden Bereichen. Beim Stöbern in Antiquariaten und dem Eintauchen in die Vergangenheit entdeckt sie so manches Rätsel, das sie, auch unter Pseudonym, mithilfe ihrer Figuren in packenden Fällen löst. Sie lebt mit ihrer Familie in Bremen und Südfrankreich. Ihre Homepage: liliane.skalecki.info

LILIANE SKALECKI

DUNKELDORF

Thriller

WILHELM HEYNE VERLAG
MÜNCHEN

Der Verlag behält sich die Verwertung der urheberrechtlich
geschützten Inhalte dieses Werkes für Zwecke des
Text- und Data-Minings nach § 44 b UrhG ausdrücklich vor.
Jegliche unbefugte Nutzung ist hiermit ausgeschlossen.

Penguin Random House Verlagsgruppe FSC® N001967

Originalausgabe 05/2024
Copyright © 2024 by Liliane Skalecki
Copyright © 2024 dieser Ausgabe
by Wilhelm Heyne Verlag, München,
in der Penguin Random House Verlagsgruppe GmbH,
Neumarkter Straße 28, 81673 München
Redaktion: Sandra Lode
Umschlaggestaltung: Nele Schütz Design,
unter Verwendung von Shutterstock (Lava 4 images / Jurga Jot)
Satz: Schaber Datentechnik, Austria
Druck und Bindung: GGP Media GmbH, Pößneck
Printed in Germany

ISBN: 978-3-453-44150-7

www.heyne.de

Personen, Orte und die Auszüge aus den Romanen der fiktiven Autorin Julia von Mondragon sind der Fantasie der Autorin entsprungen.

PROLOG

Sie hatte jegliches Zeitgefühl verloren. Wie lange schon war sie in der Kiste eingesperrt? Trotz der unsäglichen Schmerzen, die ihr zugefügt worden waren, war ihr Lebenswille ungebrochen.

Nachdem sie in der Dunkelheit wieder zu sich gekommen war, hatte sie einen kurzen Moment lang gehofft, man würde sie wieder herausholen. Aber im tiefsten Inneren wusste sie es besser. Sie versuchte, die Glieder, die eng an ihren Körper gepresst waren, irgendwie zu lockern, um sich aus dem Gefängnis zu befreien. Ihre Hände reichten bis an die Wände aus Holz, ihre Finger ertasteten die Fugen, wo die einzelnen Bretter aufeinandertrafen, versuchten, sie zu durchdringen, voneinander zu lösen, bis ihre Nägel nach kurzer Zeit abbrachen, ihre Fingerspitzen blutig waren. Zwischen ihren Bemühungen, sich zu befreien, lauschte sie auf jeden Ton, der von außen an ihre Ohren drang, würgte, wenn sie trotz des Knebels in ihrem Mund versuchte, sich bemerkbar zu machen. Und plötzlich ein bekanntes Geräusch: das Bellen eines Hundes. Sie konnte die Entfernung nicht einschätzen. Doch wo ein Hund war, da war ein Mensch nicht weit. Noch einmal sammelte sie die ihr verbliebenen Kräfte. Doch ihrer Kehle entwich nur ein dumpfes Stöhnen.

*

Der Hund hatte Witterung aufgenommen. Die Nase auf dem Boden, verfolgte er die Spur. Er lief den Weg entlang des Feldes und hinein in den dichten Tannenwald nicht zum ersten Mal. Mindestens einmal pro Woche trabte er bis zum Hochsitz, saß eine Zeit lang unten, wartete ab, dann ging es weiter, mit der Nase am Boden, in der Luft, je nachdem, aus welcher Richtung seine feinen Riechzellen gereizt wurden.

Er zog mit Nachdruck an der langen Schleppleine, nur ganz selten wurde seine Nase von etwas Neuem abgelenkt. Die Köttel einer Karnickelfamilie, eine tote Maus, ein Geruch, der seine empfindliche Nase störte oder auch erfreute. Je nachdem. Doch er wusste, was er zu tun hatte.

Der Befehl *Such* ertönte in seinen Ohren. Und er suchte. Die Fährte war nicht mehr die frischeste, jeder andere Hund hätte sie vielleicht verloren, doch nicht er. Er kam seinem Ziel immer näher, wurde schneller, hechelte, blieb stehen und setzte sich hin. *Habe ich das nicht gut gemacht?* Die braunen Hundeaugen blickten nach oben, fast schien es, als lächele der Hund. Doch das sah nur so aus. Wenn er hechelte, zog er die Lefzen über die Zähne.

Geduldig saß er da, wartete auf irgendeine Reaktion. *Gut gemacht*, ein Streicheln über den Kopf, etwas Leckeres aus der Tasche. Erwartungsvoll wanderten seine Augen zu der Hand, die sich in die Jackentasche schob. Doch nichts passierte. Ob er vielleicht Laut geben sollte? Das funktionierte eigentlich immer, wenn er den Eindruck hatte, man schenkte ihm nicht genügend Aufmerksamkeit.

Der Hund hob den Kopf, bellte einmal kurz und laut. *Und nun? Wo ist meine Belohnung? Geht's jetzt weiter?*

Das kehlige Bellen, das die Stille durchbrach, konnte alles bedeuten. Der durchdringende Geruch hatte seine empfindliche Nase erfüllt. Er war am Ziel. Er bellte noch einmal, kurz, auffordernd.

*

Sie hörte den Laut des Hundes nun deutlicher. Vergeblich versuchte sie, auf sich aufmerksam zu machen, öffnete den Mund zu einem Schrei, der in ihrer Kehle stecken blieb. Tränen liefen ihr übers Gesicht. *Bitte Hund, bleib da! Hier bin ich, hier! Eingesperrt in diese verdammte Kiste.* Sie versuchte erneut, sich durch Klopfen bemerkbar zu machen, zog die Beine, soweit es die enge Kiste erlaubte, an, und stieß die Füße an die hintere Wand ihres hölzernen Gefängnisses. Zwei, drei Mal. Das Geräusch, das sie erzeugte, war dumpf, kaum hörbar. Ihre Hände berührten das Holz, das, was von ihren Fingernägeln übrig war, schabte darüber.

Der Hund bellte wieder.

Entfernte sich der Laut? Lief der Hund weg?

Nein, bitte nicht!

*

»Weiter.«

Der Hund verstand überhaupt nichts mehr. Warum gingen sie zurück? Sie waren doch am Ziel. Ein Zug an der Leine sagte ihm, er solle weiterlaufen. Er bellte ein letztes Mal und marschierte los.

KAPITEL 1

Der Bus hielt mit quietschenden Bremsen. Ein ähnlich armseliges Geräusch gab die Tür von sich, als sie sich gemächlich öffnete. Als würde das Fahrzeug unter der Hitze, die wie ein dampfendes Tuch über den Dörfern, Feldern und Wegen lag, stöhnen.

Er stellte seinen Rollkoffer in den Gang, sehr zum Missfallen der Fahrgäste, die nach ihm einstiegen, sich die Schienbeine daran stießen oder fast darüber stolperten. Als wären die Bewohner der umliegenden Dörfer mit Blindheit oder zumindest einer ausgeprägten Kurzsichtigkeit geschlagen. Er entschuldigte sich immer wieder, nahm die missbilligenden Blicke in Kauf und ließ den Koffer stehen. Gepäcknetze gab es keine, und das Ungetüm auf den Sitz neben sich zu stellen, wäre ihm äußerst unhöflich erschienen.

Der Bus musste uralt sein. Die Sitze waren zum Teil zerschlissen und die Haltegriffe an den Stangen unter dem Dach dunkel und speckig. Konnte das immer noch das Fahrzeug sein, das zwischen den Ortschaften hin und her pendelte, als er noch ein Jugendlicher gewesen war, der zur Disco in das fünfzehn Kilometer entfernte Städtchen fuhr? Er reckte den Hals, um auf das zweite Fenster vorne links zu spähen. Mit einem Taschenmesser hatte er vor ewigen Zeiten versucht, ein Herz hineinzuritzen. Die Schandtat war ihm nicht gut bekommen. Er erinnerte sich noch lebhaft an die Ohrfeige, die seine Mutter ihm verpasst hatte. Weniger an den Schmerz als an das Geräusch, als ihre Hand mit Wucht seine Wange traf. Doch es war kein Herz auszumachen. Entweder hatte man die Scheibe ausgetauscht, oder, was eher zu vermuten war, es war doch nicht sein alter Bus, sondern ein neueres Modell.

Neuer, aber noch längst nicht modern. Es gab keine Anzeige, die ankündigte, wann er sein Ziel denn nun erreichen würde. Alles kam ihm fremd vor. Die Landschaft hatte sich verändert. Wo noch vor Jahren Vieh weidete und Weizenfelder golden im Schein der Sommersonne glänzten, hatte die Monokultur ihren Siegeszug angetreten. So weit seine Augen blickten, wuchs nur Mais, uniforme Anbauflächen, die ihm keinerlei Anhaltspunkt dafür gaben, wo er sich befand. Früher führte der Weg zwischen den Schwarzbunten von Bauer Dietrich ins Dorf. Kühe als Landmarke. Wann hatte dieser Wandel stattgefunden?

Er tippte einer jungen Frau, die vor ihm saß und keinen unangenehmen Zusammenstoß mit dem Corpus Delicti, sprich Rollkoffer, gehabt hatte, auf die Schulter. Sie drehte sich um, zog die Stöpsel, die ihr Handy mit den Ohren verbanden, aus denselben und schaute ihn fragend an.

»Die nächste Haltestelle ist doch Thöninghausen?«

Sie nickte und gab sich wieder der Musik hin, die für einen Moment auch für ihn hörbar aus dem Handy drang. Überrascht zog er die Augenbrauen hoch. Er hatte alles erwartet, nur nicht Mahlers Auferstehungssinfonie.

Erneut tippte er ihr auf die Schulter, nickte anerkennend, als sie sich umdrehte, und hob seinen Daumen. *Alle Achtung, hätte nie gedacht, dass die Jugend von heute Mahler hört,* sollte das bedeuten. Sie quittierte seine Anerkennung mit einem genervten Augenrollen. Erst da entdeckte er den Geigenkasten, der neben ihr auf dem Sitz lag. Peinlich berührt lehnte er sich zurück und starrte aus dem Fenster, bis unvermittelt in der Ferne die Turmspitze der Martinskirche von Thöninghausen hinter einem Maisfeld auftauchte. Hatte man die schon immer von der Straße aus gesehen? Oder lag es daran, dass er im Bus einfach nur sehr viel höher saß als im Auto oder auf dem Fahrrad? Oder hatte er es einfach nur vergessen?

Wenige Minuten später hatte er sein Ziel erreicht. Das alte Wartehäuschen war fast gänzlich verschwunden. Nur noch der Mülleimer, der an einem Mauerrest hing und wohl kürzlich einem Brandanschlag zum Opfer gefallen war, zeugte zusammen mit den bröckelnden Steinen von ehemals besseren Zeiten.

Er stieg aus und setzte seinen Koffer auf dem staubigen Boden ab. Die Hitze, die ihn außerhalb des Vehikels erwartete, raubte ihm fast den Atem. Wie eine Wand stand sie vor ihm. Wenn er jetzt einen Schritt machte, würde er entweder an dieser Wand abprallen, oder, wenn er die Wand durchdringen würde, wie eine Motte, die einer Kerzenflamme zu nahe gekommen war, verglühen.

Das brummende Motorengeräusch des anfahrenden Busses riss ihn aus seinen Fantastereien. Der Fahrer hatte noch kurz an der Haltestelle gewartet, da er eine Minute zu früh angekommen war. Allerdings fand sich niemand ein, um zuzusteigen, und so fuhr der Bus pünktlich wieder ab, bereit, seine Fahrgäste im sechs Kilometer entfernten Butzigheim auszuspucken oder Butzigheimer, die nach Trutstadt oder noch weiter wollten, aufzunehmen. Er stieß als Abschiedsgruß eine dunkle Rußwolke aus dem Auspuff und verschwand hinter der nächsten Kurve.

Kein Lüftchen regte sich, und die Blätter der dicht nebeneinanderstehenden, hoch aufgeschossenen Maisstauden hingen schlapp herab. Er zog sein Jackett aus, quetschte es in seinen Rollkoffer und krempelte die Ärmel hoch. Lautlos schwirrte eine Pferdebremse auf ihn zu, setzte sich auf seinen linken Unterarm und stach gnadenlos zu.

»Mistvieh.« Er war eben dabei, seine Sonnenbrille aus einem Etui zu kramen, das in der Außentasche des Trolleys steckte, hielt in seiner Bewegung inne und schlug zu. Hämisch grinsend, da war er sich sicher, düste das große Insekt davon, verschwand im Schutz der Maisstauden, die fast bis zum Straßenrand wuchsen und dabei den Wegweiser, der die Richtung nach Thöninghausen zeigte, fast gänzlich verbargen. Der Arm juckte bereits und schwoll an, eine zentimetergroße Quaddel bildete sich. Als Kind hatte er immer Spucke darauf gerieben. Es hatte nie etwas genutzt, aber ihm das Gefühl gegeben, etwas gegen das Gift unternommen zu haben. Walter hatte sogar einmal eine solche Stelle mit dem Taschenmesser angeritzt und ausgesaugt. Hatte aber auch nicht gegen den Juckreiz geholfen.

Er setzte die Brille auf und machte sich mit seinem Rollkoffer, den er wie ein trotziges Kind, das keine Lust zum Laufen hatte, hinter sich her zerrte, auf den Weg zum Ort seiner Kindheit und Jugendjahre. Von der Landstraße aus hatte er einen knapp zwei Kilometer langen Fußmarsch auf dem unbefestigten landwirtschaftlichen Fahrweg vor sich. Er war ihn wohl schon tausendmal gelaufen. Wenn er Glück hatte, fuhr vielleicht ein Auto oder ein Traktor in seine Richtung. Er lauschte, doch das Fahrzeuggeräusch, das er gehört hatte, kam von der Landstraße und blieb auf der Landstraße.

Es war Ende Juni, der offizielle Sommer war schon ein paar Tage alt und bot bereits alles auf, was einen echten Sommer ausmachte. Höchsttemperaturen von fünfunddreißig Grad, Schlagzeilen in der Tagespresse, die verkündeten, das Mineralwasser in den Getränkemärkten werde bereits knapp, Empfehlungen, vor allem an alte Menschen, genügend zu trinken – Dehydrierung war das Gefahrenwort.

Nach kaum hundert Metern brach ihm der Schweiß aus allen Poren. Er war einundvierzig Jahre alt, hatte eine sportliche Figur und eine gute Kondition, joggte bei Wind und Wetter, bei Minusgraden und rekordverdächtigen Temperaturen, die ihm eigentlich nie zu schaffen machten. Doch diese Hitze war eine andere, eine seltene, eine, die es nur in diesen Gefilden gab. Thöninghausen lag, wie seine Nachbardörfer, in einem Talkessel, in dem sich hohe Luftfeuchtigkeit breitmachte und nicht mehr weichen wollte.

Das Geräusch knirschender Steine hinter ihm ließ ihn anhalten und sich umdrehen. Auf einem schwarzen Fahrrad näherte sich in gemächlichem Tempo eine alte Frau mit einem geblümten altmodischen Kopftuch, eine

Kopfbedeckung, gleichermaßen Sonnen-, Regen- und Windschutz, wie er sie noch von seiner Großmutter Emilie kannte. Auf dem Gepäckträger war ein Korb befestigt, in dem eine prall gefüllte Plastiktüte lag. Die Frau verlangsamte ihre Fahrt, als sie ihn passierte, warf ihm einen kurzen Blick zu, nickte und strampelte weiter. Kein Gruß, keine Frage, keine Neugierde. So waren die Menschen in Thöninghausen. Eher wortkarg, was Fremde betraf, dabei jedoch nicht unhöflich, aber reserviert. Nur war er kein Fremder.

Hätte Elisabeth Tümmler ihn erkannt, immerhin war ihre Schwiegertochter eine entfernte Cousine seiner Mutter, hätte sie ganz sicher haltgemacht und das Wort an ihn gerichtet. Trotz der Hitze lief ihm ein kalter Schauder über den Rücken. Er hatte sich als kleiner Knirps vor der Frau furchtbar gegruselt.

Zuletzt war er vor mehr als elf Jahren in seinem Heimatdorf gewesen. Sein bester Freund aus der Jugendzeit Hartwig hatte geheiratet und ihn gebeten, Trauzeuge zu sein. Er hatte die Feier über sich ergehen lassen, ebenso wie die vielen Fragen, die ihm gestellt wurden, und war froh gewesen, als er wieder in sein Auto hatte steigen und Thöninghausen den Rücken kehren können.

Apropos Auto. In vier Wochen würde er seinen Führerschein wiederhaben. Der Lappen war für zwei Monate weg. Plus zweihundertvierzig Euro weniger auf dem Konto und zwei Punkte mehr in Flensburg. Ein Abstandsmesser auf einer Autobahnbrücke zwischen Mannheim und Stuttgart war ihm kurz hinter Heilbronn zum Verhängnis geworden. Eigentlich war es kein großes Drama, die meisten Reisen erledigte er sowieso mit dem Zug. So wie diese. Doch nach der recht angenehmen Bahnreise hatte er in die Straßenbahn wechseln müssen, dann in den Bus und zuletzt dieser Fußweg. Ein echter Bequemlichkeitsabstieg. Natürlich hätte er auch mit dem Taxi fahren können. Er hätte sein Ziel eindeutig komfortabler und vor allem schneller erreicht. Aber wollte er es überhaupt schnell erreichen? Und da war auch noch dieser Hauch eines Gefühls von Nostalgie gewesen, als er sich entschieden hatte, den Überlandbus zu nehmen.

Er fuhr sich mit der Hand über die Stirn und seufzte, zwei Drittel der Wegstrecke hatte er geschafft. Die kleine Antoniuskapelle lag nun rechts von ihm. Der Mais hielt sich artig daran, die Kapelle nicht zu sehr zu bedrängen. In einem winzigen Augenblick des Selbstmitleids empfand er nach, was Jesus auf dem Kreuzweg hatte erdulden müssen. Er schalt sich selbst einen Idioten, straffte die Schultern und marschierte weiter seinem Ziel entgegen. Der Rollkoffer holperte und sprang hinter ihm her, der Griff war mittlerweile schweißnass, und er wechselte ihn von der linken in die rechte Hand.

Ein Motorenbrummen ließ ihn erneut stehen bleiben. Diesmal kam das Fahrzeug von vorne. Er trat zur Seite, um den Wagen passieren zu lassen. Noch ehe er ihn sah, kündeten Staubwolken vom unmittelbaren Herannahen des Autos. Ein roter Ford, der kein Schlagloch ausließ, bretterte geradezu in seine Richtung. Hoffentlich sah der Fahrer ihn auch. Er quetschte sich mit seinem Koffer in das Maisfeld und wartete, dass der Wagen an ihm vorüberbrauste. Doch der Fahrer hatte ihn entdeckt, bremste ab und hielt direkt neben ihm. Das Beifahrerfenster wurde heruntergekurbelt, und ein wuscheliger Lockenkopf, dessen braune Haarpracht von grauen Strähnen durchzogen war, spähte heraus.

»He, Mann. Da bist du ja schon. Elisabeth hat gesagt, du würdest dich nass geschwitzt mit deinem Koffer abrackern. Ich wollte dich abholen, aber das lohnt sich jetzt wohl nicht mehr. Schön, dass du da bist.« Der Fahrer des Fords war kein geringerer als Hartwig, dessen Trauzeuge er gewesen war. Hartwig nieste, als ihm der aufgewirbelte Staub in die Nase stieg.

»Ich hätte mich gefreut, wenn wir uns unter anderen Umständen wiedergesehen hätten. Elf Jahre sind eine lange Zeit. Aber so ist das nun mal. Hochzeiten und Beerdigungen sind die Ereignisse, die einen zusammenführen. Beim letzten Mal war es eine Hochzeit, und nun eine Beerdigung.«

Hartwig redete wie ein Wasserfall, so war er schon immer gewesen. Er quatschte, ohne Luft zu holen, ohne Punkt und Komma.

»Ähm, ja, stimmt, elf Jahre sind eine lange Zeit«, erwiderte er, nur um überhaupt einen Ton von sich zu geben.

»Lattwich hat sie extra kühl gehalten. Der Sarg ist auch noch nicht geschlossen. Du hast Glück. Als ich damals endlich vom Bund loskam, konnte ich meinen Vater nicht mehr sehen. Deckel drauf, und gut war's. Ich hatte es einfach nicht eher geschafft. Na, wenigstens hat es bei dir zeitig geklappt. Lattwich hat sie sehr schön zurechtgemacht. Apropos Lattwich. Du kannst dich ja hoffentlich noch an Lattwichs Tochter Eva erinnern«, Hartwig lachte, als hätte er einen besonders lustigen Scherz gemacht, »sie bringt dir heute Abend was zu essen vorbei, falls du nicht auswärts essen möchtest. Sie arbeitet bei Gernot im *Halben Hahn*. Seit ein paar Jahren ist sie mit Rüdiger verheiratet. Den musst du noch von der Jugendfeuerwehr kennen. Der von Butzigheim. Die beiden haben das Haus von Evas Oma umgebaut. Ganz schön teuer geworden. Jetzt muss die Eva zusätzlich arbeiten.«

Er nickte nur aus dem Maisfeld heraus, versuchte erst gar nicht, Hartwigs Redeschwall zu unterbrechen, bis dieser in einer Art plötzlicher Eingebung zu der Erkenntnis kam, dass er den Freund aus Kindertagen kaum hatte zu Wort kommen lassen.

»Entschuldige. Ich rede und rede und rede. Mein Beileid zum Heimgang deiner lieben Mutter. Ich fahre dann mal weiter. Wenn ich sowieso schon unterwegs bin, steure ich eben mal noch den Getränkemarkt an. Sehen wir uns heute Abend? Auf ein Bier? Ich würde mich freuen. Wie lange kannst du überhaupt bleiben? Bis nach der Beerdigung? Wenigstens noch ein paar Tage in der alten Heimat?«

Sein Gegenüber nickte. »Ja, ich denke schon. Drei, vier Tage dürften drin sein. Dann muss ich wieder los. Ich habe eine …«

Weiter kam er nicht. Hartwig schlug sich mit der Hand gegen die Stirn. »Fast hätte ich's vergessen. Der Pfarrer lässt fragen, ob du nicht ein paar Worte am Grab sagen möchtest, und der Grewenig Björn will wissen, ob er drei Bläser aus seiner Jägertruppe für die Beisetzung schicken soll. Ist immer sehr festlich. Also, überleg's dir und sag einfach rechtzeitig Bescheid. Na, bis denn.« Hartwig tippte sich mit zwei Fingern an die Stirn, eine Art militärischer Abschiedsgruß, kurbelte das Fenster wieder hoch, und der rote Ford entschwand hupend in einer weiteren Staubwolke.

Hatte die alte Elisabeth ihn also doch erkannt. Und gleich alle informiert. Seine Ankunft musste sich wie ein Lauffeuer im Dorf verbreitet haben. Und binnen weniger Minuten hatte man begonnen, ihn, Niklas Westphal, wieder in die dörfliche Gemeinschaft zu integrieren.

Seine Mutter, Sigrid Febronia Westphal, war am Sonntag verstorben. Er war zur Beerdigung gekommen – zurückgekommen. Der Haushalt musste aufgelöst werden. Da waren vier Tage denkbar knapp. Je näher er Thöninghausen kam, desto stärker beschlich ihn das unbehagliche Gefühl, das Dorf würde bereits jetzt beginnen, ihn wieder als einen der Seinen aufzunehmen.

Die ersten Häuser kamen in Sicht. Er hielt für einen Moment inne und atmete tief durch. Erst jetzt fiel ihm auf, wie still es war. Die Hitze erstickte alle Geräusche.

KAPITEL 2

30 Jahre zuvor

Das Gewitter hatte die Temperaturen binnen einer Stunde in den Eiskeller stürzen lassen. Zumindest kam es ihr so vor. Noch trockenen Fußes war sie von der Disco der Landjugend Trutstadt zur Bushaltestelle aufgebrochen. Ihre Eltern kannten da nichts. Elf Uhr bedeutete elf Uhr und keine Sekunde später. Der Überlandbus verließ Trutstadt in Richtung Thöninghausen um 22.30 Uhr. Ankunft Thöninghausen 22.56 Uhr. Ihr Vater erwartete sie an der Bushaltestelle.

Mit Engelszungen hatte sie versucht, ihre Eltern zu überreden, ausnahmsweise bis Mitternacht die Disco im ehemaligen Kinosaal *Scala* besuchen zu dürfen.

»Immerhin werd ich im September siebzehn«, hatte sie argumentiert. »Ich bin die Einzige, die schon vor elf zu Hause sein muss, alle anderen dürfen länger bleiben. Ich mach mich doch lächerlich. Silvia ist ein halbes Jahr jünger als ich, und ihre Mutter erlaubt ihr, bis halb eins zu bleiben.«

»Wer ist denn bitte schön alle?«, polterte ihr Vater. »Und was Silvias Mutter angeht, kann man von so einer ja wohl nichts anderes erwarten. Silvia kommt ganz nach ihr. Immer nur ans eigene Vergnügen denken, das ist typisch für die beiden. Erika soll sich mal nicht wundern, wenn ihre Tochter sie demnächst zur Großmutter macht. Und damit Ende der Diskussion! Elf Uhr, oder du bleibst zu Hause!«

Mit diesen Worten hatte sich ihr Vater mit einem Bier vor den Fernseher verzogen. Irgendein Europapokalspiel. Ihr war es egal. Fußball interessierte sie nicht die Bohne. Regelmäßig besorgte sie bei Schreibwaren Weber den *Kicker* für ihren Vater. Sie hatte das Heft einmal durchgeblättert, da ging es tatsächlich nur um Fußball. Überflüssig wie ein Kropf, und für so was auch noch Geld ausgeben.

Ihre Mutter hatte ihr noch fünf Mark zugesteckt und sie ermahnt, keinen Alkohol zu trinken. Mit einem Papiertuch hatte sie ihr noch über die Lippen gewischt. *Kind, das ist doch viel zu viel.* Sie konnte von Glück sagen, dass sie vorher nicht noch drauf spuckte, wie sie es früher gemacht hatte, wenn sie ihr Dreck aus dem Gesicht wischte.

Dann hatte ihre Mutter ihr die Hüfthose mit mega Schlag, die sie nur mit sehr viel Überredungskunst hatte bestellen dürfen – Sammelbestellung aus dem Sommerkatalog von Neckermann über Rita, die beste Freundin ihrer Mutter – fast bis unters Kinn gezogen und das Jeanshemd bis über den Hintern. Ihr Einwand »Mama, das ist eine Hüfthose« verlor sich im Nichts.

Mit der Aussicht, wenigstens ein paar Stunden unter der glitzernden Partykugel zu tanzen und sich mit Robby – sie liebte ihn, sie liebte ihn, sie liebte ihn – noch ein wenig verdrücken zu können, war sie gut gelaunt mit ihren Freundinnen zur Bushaltestelle gelaufen, hatte sich die Hose wieder bis auf ihre knochigen Hüften heruntergezogen, das Hemd unter der Brust verknotet, sich die Lippen nachgeschminkt und ihre Haare aus dem Haargummi befreit.

Die männliche Jugend aus Trutstadt war schon seit Stunden im alten Kinosaal zugange, um ihn mit den Kumpels der Landjugend von Thöninghausen und Butzigheim für den Abend discomäßig aufzupeppen. Bis auf die Entfernung der Bestuhlung war im *Scala*, nachdem es seine Bestimmung als Kino verloren hatte, nichts verändert worden. Die Wände waren oberhalb einer dunklen Holzvertäfelung mit einem mittlerweile verblichenen roten Stoff bespannt, tütenförmige Wandlampen spendeten ein wunderbar schummeriges Licht. Vor Jahren war der letzte Film über die große Leinwand geflimmert. *Gremlins – Kleine Monster*. Das Filmplakat im Foyer erinnerte noch daran. Jemand hatte irgendwann dem Kuschelmonster eine Brille und einen Zylinder aufgemalt.

Die Zeit war wie im Flug vergangen. Sie hatte sich Blasen oberhalb der Fersen eingehandelt, die goldfarbenen Riemchen ihrer Plateausandalen mit der Korksohle hatten gnadenlos an ihren verschwitzten Füßen gescheuert. Drei Cola mit Schuss, ein Zug an Silvias Zigarette, der ihr einen Hustenanfall beschert hatte, heiße Küsse mit Robby, seine Hand in ihrem Jeanshemd und ein Knutschfleck am Hals, als Beweis seiner Liebe, waren das Ergebnis des knapp vierstündigen Discovergnügens gewesen. Eva und Silvia hatten noch versucht, sie zum Bleiben zu überreden, Barbaras Bruder würde sie alle gegen halb eins abholen.

Kurz hatte sie überlegt, es ihren Eltern mal zu zeigen, sich einfach über das Gebot der beiden alten Tyrannen hinwegzusetzen. Doch die Konsequenzen, die auf sie zukämen, würden zwei Stunden mehr Tanzen und Fummeln nicht aufwiegen. Hausarrest für vier Wochen, Verbot des Reitunterrichts, der ihrer Mutter sowieso ein Dorn im Auge war – Pferdehaare in der Waschmaschine –, für genauso lange. Das war es nun auch wieder nicht wert.

Mit glühendem Gesicht und einem leichten Flimmern vor den Augen, den Lichtreflexen der Discokugeln geschuldet, hatte sie sich alleine auf den Weg zur Haltestelle gemacht, die, wenn sie schnell ging, sieben Minuten vom alten Kinosaal entfernt war. Schon als sie sich mit Küsschen von ihren Freundinnen verabschiedet hatte, war das Grollen des herannahenden Gewitters zu vernehmen gewesen.

Sie musste sich beeilen, hoffte, ohne in einen Regenguss zu geraten, das Haltestellenhäuschen zu erreichen. Doch sie war noch keine zweihundert Meter vom *Scala* entfernt, als das Unwetter losbrach, von dem im Wetterbericht keine Rede gewesen war. Der leichte Wind entwickelte sich binnen einer Minute zu einem Sturm, der die Blätter von den Bäumen und Sträuchern riss. Sie spielte mit dem Gedanken, ins Kino zurückzulaufen. Doch wie hätte sie ihren Vater erreichen sollen?

Sie rannte los, doch die Sandalen rieben schmerzhaft über die blutigen Blasen. Sie hielt an, zog die Schuhe aus – *Scheiße, wo war das Fußkettchen?* –, lief barfuß weiter. Es schüttete mittlerweile wie aus Kübeln. Nach wenigen Metern war sie nass bis auf die Haut. Das Wasser rann ihr von den Haaren ins Gesicht, in den Nacken, ließ das Jeanshemd wie eine zweite Haut am Körper kleben. Der Schlag der Hose schlotterte schwer wie ein Putzlappen um ihre Knöchel.

Noch dreihundert Meter bis zur Haltestelle. Seitenstiche zwangen sie, erneut stehen zu bleiben und durchzuatmen. Die Nacht war schwarz, der Regen peitschte, kaum konnte sie die eigene Hand vor Augen sehen. Die funzelige Straßenbeleuchtung kurz vor der Bushaltestelle schaffte es nicht, mit ihrem kümmerlichen Licht bis zu ihr durchzudringen. Sie drückte eine Faust in die Rippen, doch der Schmerz blieb.

Scheiße, was war das denn? Hinter ihr ertönte das satte Brummen eines großen Fahrzeugs. Der Bus. Er war doch viel zu früh. Sie würde das verdammte Drecksding nicht kriegen. Mit den Sandalen in der Hand wedelte sie in Richtung Straße. Doch der Bus raste an ihr vorbei, die Scheibenwischer schafften es kaum, dem Regen, der wie eine Wand aus Tausenden von Tropfen an das Glas klatschte, Herr zu werden. Die Räder durchpflügten eine riesige Pfütze, eine dreckige Brühe ergoss sich auf ihre Hose und das Hemd.

»Arschloch!« Wütend schrie sie hinter dem Bus her, schwenkte ihre Arme. Vergeblich. Innerhalb weniger Sekunden sah sie nur noch die Rückleuchten, dann verschwand der Bus hinter einer Kurve. Sie seufzte. Ihr blieb wohl nichts anderes übrig, als zurückzugehen und mit Barbaras Bruder nach Thöninghausen zu fahren. Ihre Eltern würden ihr nie und nimmer abnehmen, dass der Bus einfach zu früh dran gewesen war. Sie würden steif und fest behaupten, sie hätte das mit Absicht gemacht. Um weiterzufeiern.

Oder, noch schlimmer, ihr Vater würde in fünfundzwanzig Minuten an der Haltestelle stehen, sich dann, nachdem sie nicht im Bus war, auf den Weg machen und sie vollends der Lächerlichkeit preisgeben, wenn er sie höchstpersönlich vor dem Kino abholte. Wahrscheinlich würde er hupen, hundertmal hintereinander, damit sie rauskäme. Schließlich konnte sie ja bei dem Scheißwetter nicht vor der Tür warten.

Nein, es war keine gute Idee, zum *Scala* zurückzulaufen. Bis zum Wartehäuschen war es nicht so weit. Dort würde sie Schutz finden, und ihr Vater musste schließlich dran vorbeifahren, wenn er sie einsammeln wollte. Und welchen besseren Beweis, dass sie tatsächlich den Bus hatte nehmen wollen, gäbe es, als die Tatsache, sie an der Haltestelle aufzugabeln.

Nass, verdreckt und stinksauer erreichte sie das Wartehäuschen, dessen linke Glaswand mit irgendetwas beschmiert war. Wenigstens war die Bank sauber. Sie setzte sich, rieb ihre Füße und bereitete sich schon einmal auf den Krach mit ihrem Vater vor. Er würde wahrscheinlich, wenn sie nicht aus dem Bus stieg, sofort losfahren. Vielleicht würde er aber auch zu spät von zu Hause aus starten. Das war auch schon passiert, wenn er beim Fernsehen einnickte, weil er ein Bier zu viel intus hatte. Scheiße. Was, wenn er so besoffen war, dass er nicht mehr fahren konnte?

Sie lehnte sich zurück, die kalte Glasrückwand hinterließ durch das nasse Jeanshemd ein unangenehmes Gefühl auf ihrer Haut. Sie schloss die Augen. Und wenn sie ein Auto anhalten würde, das in Richtung Thöninghausen fuhr? Wenn sie Glück hatte, könnte sie noch vor dem Bus ankommen, und ihr Vater würde es noch nicht einmal merken. Andererseits, wenn rauskäme, dass sie getrampt war, würde das eine Arrest- und Verbotswelle ungeahnten Ausmaßes nach sich ziehen. Wahrscheinlich bis Ende des Jahres kein Ausgang, kein Stall, nichts. Nur Schule, ihrer Mutter im Garten und im Haus helfen, samstags das Auto waschen. Kein Besuch von Freundinnen, von der Disco zum Erntedankfest im Herbst, dem absoluten Highlight der Saison, ganz zu schweigen.

»Scheißbus!« Sie schrie ihren ganzen Frust in die schwarze Nacht hinaus. Mittlerweile hatte der Regen nachgelassen, der Wind war abgeflaut, und vom Sommergewitter blieb nur noch der Geruch nach feuchter Erde. Sie stand auf, zupfte an ihrem Hemd, um das unangenehme Gefühl auf ihrer Haut loszuwerden, und schlüpfte in ihre Sandalen. In der ganzen Zeit war, außer dem Drecksbus, kein einziges Fahrzeug vorbeigekommen. Sie fröstelte.

Plötzlich durchbrach ein Motorengeräusch die Stille. Das konnte noch nicht ihr Vater sein. Außerdem kam es aus der entgegengesetzten Richtung. Und wenn sie doch ein Auto anhielt? Sie würde vielleicht immer noch zeitgleich mit dem Bus ankommen. Es würden null Konsequenzen drohen. Noch während sie unentschlossen mit sich rang, ob sie nun den Daumen ausstrecken sollte oder nicht, wurde der Wagen langsamer und hielt direkt neben ihr. Sie trat einen Schritt zurück, als die Fensterscheibe der Beifahrertür herunterfuhr.

»Sag mal, was machst du denn so mutterseelenallein hier an der Haltestelle? Ich dachte, ihr feiert alle im alten

Kino. Du bist ja klatschnass geworden. Ach herrje, hast wohl den Bus verpasst.«

Sie nickte, und eine Woge der Erleichterung durchströmte sie. »Der war viel zu früh dran. Papa wollte mich an der Haltestelle eigentlich abholen.«

»Na, dann steig mal ein. Du kannst ja an der Haltestelle aussteigen. Dein Vater wird gar nicht merken, dass du nicht im Bus gesessen hast. Hopp, nach hinten mit dir. Du siehst aus wie eine Katze, die man ins Wasser geworfen hat.«

»Super, vielen Dank. Das erspart mir wahrscheinlich ne Menge Ärger.«

Noch ehe sie die Tür zum Fond öffnen konnte, wurde diese, wie von Geisterhand, aufgestoßen. Sie hatte in ihrer Erleichterung gar nicht bemerkt, dass hinten noch jemand saß.

KAPITEL 3

Auszug aus dem Roman von Julia von Mondragon: *Wind in den Cevennen*. Bestseller im Jahr 2007

Knapp tausend Kilometer in einem Rutsch. Und nun stand sie da, inmitten einer Landschaft, die ihr den Atem raubte. Gestartet war sie morgens um halb fünf, und Muckel, eine der letzten Enten, die 1990 vom Band geflattert waren, hatte sie in elf Stunden wohlbehalten nach Canourges gebracht, das heißt, vier Kilometer vor den kleinen Ort inmitten der Cevennen.

Alice schälte sich aus dem Wagen und tätschelte liebevoll das Dach ihres froschgrünen Citroën 2CV. Ihr Blick glitt über einen Himmel, der blauer nicht hätte sein können. Es war Anfang Juli, und die unbekannten betörenden Düfte streichelten sich in ihre Nase. Ein Greifvogel kreiste über ihrem Kopf und stieß einen Schrei aus. Sonst war nichts zu hören.

Alice ließ ihr Gepäck in Muckels Obhut, schnappte sich ihren Rucksack und kramte die Schlüssel hervor, die ihr Dr. Noethgen mit einer hoheitsvollen Geste vor einer Woche überreicht hatte. »Viel Glück, Alice. Ich freue mich, dass Sie das Erbe des alten Paul angenommen haben. Als er bei mir war, um sein Testament in meine Hände zu geben, hat er zum Ausdruck gebracht, wie überglücklich er sein würde,

Ihnen sein geliebtes Haus in den Cevennen anvertrauen zu dürfen.« Alice hatte vor Rührung nur stumm genickt und die Schlüssel wie einen Schatz in ihre Faust geschlossen.

Sie hatte den Brief des Notars zwischen zwei Rechnungen gefunden und ihn zunächst mit bangem Gefühl geöffnet. Was wollte ein Notar von ihr? Hatte sie sich etwas zuschulden kommen lassen? Sie war Erzieherin in einem Kindergarten, siebenundzwanzig Jahre alt, ihr Leben verlief in geregelten Bahnen. Geregelt, das hieß ohne Hochs und Tiefs, ohne größere Aufregung, wenn man von dem harmlosen Sturz des kleinen Patrick von der Schaukel absah, der ihm einen blauen Fleck auf der Stirn beschert hatte.

Noch ehe sie weiter darüber hätte nachdenken können, ob vielleicht doch etwas geschehen war, was einen Vater, eine Mutter gegen sie hätte aufbringen können, las Alice mit Staunen, dass man sie in einer Erbschaftsangelegenheit erwartete. Testamentseröffnung Paul Lejeune.

Tränen traten ihr in die Augen, als sie an den alten, liebenswürdigen Mann dachte, den sie einmal in der Woche im »Haus Sonnenschein« besucht hatte. Paul war der Schachpartner ihres Großvaters Richard gewesen, und nachdem ihr Opa verstorben war, hatte sie Paul weiter besucht, der, soweit Alice wusste, niemanden hatte. Keine Kinder, keine Enkel, er war ein einsamer alter Mensch. Spaziergänge, Gespräche, Pauls grüne Augen leuchteten, wenn Alice kam. Sie hatte versucht, die Vergangenheit des gebürtigen Franzosen zu ergründen. Wie und warum war er nach Deutschland und zuletzt ins »Haus Sonnenschein« gekommen? Mehr, als dass er vor sieben Jahren zu seiner Schwester, die in Deutschland verheiratet war, gezogen war, hatte ihr Paul nie verraten.

Sie ließ das aus Bruchstein gemauerte Haus mit dem grauen Dach und den geschlossenen Fensterläden auf sich wirken. Jemand schien sich um den Garten vor dem Haus gekümmert zu haben, denn die Oleander wirkten gestutzt. Rosen blühten in allen Farben, dazwischen reckten sich lila Lavendelköpfchen zur Sonne, die vom Himmel brannte. Alice zog ihre dünne Jacke aus, die sie über dem duftigen geblümten Baumwollkleid trug, und legte sie sich über den Arm.

Ein Holzbrett war an einem der Pfosten, zwischen denen das Gartentor etwas windschief hing, angebracht. »Mas des Roses«. Ein romantischer Name. Langsam trat sie auf ihr neues Heim zu, als plötzlich etwas vor ihr durch den Garten flitzte und skrupellos einen der Rosenbüsche überrannte. Alice traute ihren Augen kaum. Es war eine weiße Ziege mit schwarzem Hinterteil, die meckernd ihren Weg kreuzte, um das Haus herumrannte und ... verschwunden war sie.

»Sacre bleu, Nicole, arrête!«

Eine männliche Stimme. Alice musste schmunzeln. So viel verstand sie. Die Ziege hieß Nicole, und sie sollte stehen bleiben. »Sacre bleu« war wohl ein Fluch oder Ähnliches. Da kam auch schon Nicoles Verfolger um die Ecke. Abrupt bremste er ab, als er Alice entdeckte. Blaue Augen, die den Himmel über ihr widerzuspiegeln schienen, schauten sie fragend an. Das Gesicht des Mannes war braun gebrannt, Lachfältchen um seine Augen und ein Dreitagebart verliehen ihm etwas Romantisch-Verwegenes. Alice hielt den Atem an. Dann streckte sie die Hand aus.

»Bonjour, je suis Alice Schreiner.« Sie suchte nach Worten, um dem Typen zu erklären, wer genau sie war und warum sie überhaupt mit einem Schlüssel in der Hand vor

dem Haus von Paul stand. Unsicher legte sie los. »Paul m'a donné la maison. Paul est mort.« Sie wusste nicht weiter.

Der Mann ergriff ihre Hand und hielt sie einen Augenblick fest. »Ich bin Frédéric. Ich weiß Bescheid.« Er lächelte.

»Oh, Sie sprechen Deutsch.«

»Ein wenig. Ich war als Soldat in Donaueschingen stationiert.«

Donaueschingen. Aus dem Mund von Frédéric klang dieses Wort in Alices Ohren fast wie Musik. Noch ehe sie antworten konnte, galoppierte Nicole erneut um die Ecke, besann sich allerdings eines Besseren und blieb vor ihrem Herrn und Meister stehen. Mit neugierigem Blick schaute sie aus hellgrünen Augen nach oben, die, wie Alice verwundert bemerkte, rechteckige, quer stehende, schmale Pupillen hatten. Dann stupste Nicole Alice mit dem Kopf, auf dem sie nach hinten gebogene Hörner trug, sanft an. Alice bückte sich ein wenig und kraulte die Ziege zwischen den Ohren.

»Ich glaube, Nicole mag Sie«, sagte Frédéric mit sanfter Stimme. Das Funkeln in seinen Augen ließ Alices Herz so laut schlagen, dass sie glaubte, Frédéric müsse es hören.

KAPITEL 4

Von den ersten Häusern am Ortseingang bis zur Kirche Sankt Martin waren es knapp dreihundert Meter. Niklas hatte damit gerechnet, auf diesem Weg in unzählige Gespräche verwickelt zu werden, doch weit gefehlt. Als wäre Thöninghausen ein Kaff in Südeuropa, hatten sich die Menschen vor der Gluthitze des Tages offenbar in ihre Häuser zurückgezogen. Einsam wanderte er mit seinem nach wie vor unwilligen Rollkoffer durch die Hauptstraße, die merkwürdigerweise Bahnhofstraße hieß, obwohl es seines Wissens in Thöninghausen nie einen Bahnhof gegeben hatte.

Über seinem Kopf stieß ein Raubvogel einen heiseren Schrei aus. Auf der staubigen Dorfstraße gab es nichts zu holen, und so flog der Habicht, oder was es auch war, weiter in Richtung Maisfeld, wo er wahrscheinlich hoffte, auf eine unvorsichtige Maus zu stoßen. In diesem Moment kam Niklas sich vor wie der einsame Rächer, der in einem Western à la John Wayne durch die menschenleere Stadt reitet, um ein Revolverduell mit seinem Erzfeind auszutragen. Es fehlten in Thöningshausens Flaniermeile nur noch diese merkwürdigen runden Gestrüppe, die in jedem Film zwischen Saloon und Sheriffbüro die Szenerie vervollständigten.

Das erste menschliche Wesen, das er erblickte, war ein junges Mädchen, das gerade aus *Uschi's Cut and go* trat, die Haare raspelkurz geschnitten und weißblond gefärbt. Sie hatte ihn zuerst ignoriert, und als er sie mit einem extra lauten »Hallo« grüßte, etwas Undeutliches wie »selber Hallo« gemurmelt.

Er seufzte und fühlte sich in seiner Weltbetrachtung der Jugend von heute, die so gar keinen Anstand mehr kannte, bestätigt. Und darin, dass die deutsche Sprache dabei war, unterzugehen. Allein dieser falsch gesetzte Apostroph. *Uschi's Cut and go*. Ja, was denn sonst? Uschi würde Augen machen, wenn die Kunden und Kundinnen bleiben würden. Früher hatte Carmen den Salon betrieben. *Friseursalon Carmen*. Das waren noch Zeiten.

Da es auf Mittag zuging, hatten die paar Läden, die es noch im Dorf gab, mittlerweile geschlossen. Punkt vierzehn Uhr konnte man wieder hinein. Lediglich der *Halbe Hahn* hatte durchgehend geöffnet. *Hähnchengeschnetzeltes in Pilzrahmsoße mit Fritten oder Bandnudeln* stand mit Kreide geschrieben auf einer alten Schultafel vor dem Lokal. Niklas hatte damals seinen Augen nicht getraut, als er feststellen musste, dass Gernot seiner altehrwürdigen Eckkneipe tatsächlich einen neuen Namen verpasst hatte. In seiner Jugend war es einfach der *Halbe Hahn* gewesen.

Als er zu Hartwigs Hochzeit nach Thöninghausen gereist war, hatte der *Halbe Hahn* sich bereits zum *Mezzo Pollo* gemausert. Gernot Kessler hatte es für an der Zeit gehalten zu modernisieren. Zumindest durch eine Namensänderung. Es gab zwar weder Pizza noch Gerichte, die einer italienischen Trattoria würdig gewesen wären, aber der Name sollte als ein Fanal zum Aufbruch in neue Zeiten verstanden werden. Doch die waren ausgeblieben.

Der Inhaber des Lokals war und blieb Gernot Kessler, im Winter war die Erbsensuppe mit Bockwurst immer noch der Renner, im Sommer alles, was zwei Beine und Federn hatte, und die Kneipe nannte niemand anders als *Halber Hahn*. So hatte es ihm seine Mutter noch im Februar belustigt erzählt, als sie ihn in Mannheim besucht und alle Neuigkeiten aus Thöninghausen zum Besten gegeben hatte.

Die Treffen mit Sigrid – seitdem er fünfzehn war, nannte Niklas seine Mutter beim Vornamen – waren von einem strengen Rhythmus geprägt: im Februar zu seinem Geburtstag, im Mai zu Sigrids Wiegenfest, im Juli, um gemeinsam eine Woche am Gardasee zu verbringen, im Herbst, um ihn zu einem dreitägigen Wanderurlaub in den Vogesen zu nötigen, schließlich im Dezember, um mit ihrem einzigen und besten Sohn das Weihnachtsfest zu verbringen und ihm kurz vor ihrer Abreise nach Thöninghausen wie immer ans Herz zu legen, doch endlich im nächsten Jahr Ausschau nach einer Frau zu halten, sie sei ja wohl nicht mehr ewig für ihn da.

Und nun war sie tatsächlich nicht mehr da. Eine Frau hatte Niklas allerdings noch nicht gefunden. Es hatte ihm nie an Gelegenheiten gemangelt. Aber er war wählerisch, seine Mutter hatte es immer »schnäkig« genannt.

Vor der Kirche blieb er stehen und betrachtete die Bekanntmachungen in dem Glaskasten, der links von der breiten hölzernen Eingangstür an der buckeligen Wand angebracht war. Viel stand da nicht. Zeiten, wann die Gottesdienste stattfanden, ein Hinweis auf einen Buchbasar in zwei Wochen und auf einem schwarz umrahmten Zettel die Ankündigung der Beisetzung Sigrid Febronia Westphals, geborene Almering. Rosenkranz am Tag vor der Beerdigung.

Niklas starrte weiter in den Kasten, sah sein eigenes verschwitztes Gesicht. Er schob seine Sonnenbrille auf den Kopf, rieb sich über die Augen, bis der Schweiß in ihnen brannte. Dann setzte er die Brille wieder auf und trat ein paar Schritte zurück. Die Kirche, ein für die Größe des Ortes erstaunlich mächtiger spätgotischer Bau mit einem Turm, dessen Schieferhelm in der Sonne schimmerte, bewachte den Dorfplatz. Schon bei Hartwigs Hochzeit hatte Niklas festgestellt, wie sich in dem alten Gotteshaus die wenigen Kirchgänger Thöninghausens mittlerweile verloren.

»Niklas, mein Junge. Wie schön, dass du endlich da bist. Mein herzliches Beileid. Wie geht es dir? Deine selige Frau Mutter hat uns alle überrascht. Gestern sah sie noch aus wie das blühende Leben und jetzt ... Sie hat sich schon so auf den Gardasee gefreut.«

»Hallo, Pfarrer Berg.« Niklas schüttelte dem alten Priester, der ihn schon getauft hatte, die Hand, die sich wie ein welkes Blatt anfühlte. »Ja, ihr Tod kam für mich völlig überraschend. Sie hat vielleicht mal über Herzrasen geklagt. Aber Sie kannten ja meine Mutter. Hat nie groß Aufhebens um sich gemacht. Ich weiß noch nicht mal, ob sie deswegen überhaupt zum Arzt gegangen ist. Im Mai war ich mit ihr über ihren Geburtstag in Straßburg, da ging es ihr bestens.«

Es hörte sich in seinen Ohren wie eine Entschuldigung an. Hätte er sich mehr kümmern müssen? Öfter nachfragen, wie es ihr ging?

»Sie war beim Arzt. Dr. Wiesner hat es mir gesagt. Pumperlgesund war sie da noch, sagte Wiesner. Das war im Februar. Im Frühling wusste sie dann, dass sie unheilbar krank war. Und dass es schnell gehen würde. Sie hat es dir also nicht erzählt?« Ein leichter Vorwurf schwang in Bergs Stimme mit. Weil seine Mutter nichts gesagt hatte, oder weil er über ihren Gesundheitszustand nicht auf dem Laufenden gewesen war? »Du hättest dich ruhig öfter hier blicken lassen können.« Nun war der Vorwurf unüberhörbar.

Niklas zuckte hilflos mit den Schultern. »Das war Sigrids Entscheidung. Ich habe erst im Krankenhaus erfahren, dass es Bauchspeicheldrüsenkrebs war. Sie hat es genossen, ein wenig zu reisen, und wenn es nur bis nach Mannheim war.«

»Entschuldige, mein Junge. Du hast natürlich recht. Sie hat immer von den Besuchen bei dir erzählt und davon geschwärmt, was du alles mit ihr unternommen hast und wie schön du wohnst. Wobei, dein Elternhaus ist ja auch sehr ansehnlich. Eines der prächtigsten Häuser von Thöninghausen. Weißt du schon, was du damit machst? Wirst du es verkaufen?«

»Keine Ahnung. Ich habe noch keinen Plan. Nach der Beerdigung werde ich wohl den Haushalt auflösen, dann sehe ich weiter.«

Die Sonne stand mittlerweile im Zenit und brannte gnadenlos auf sie herab. Niklas setzte seine Sonnenbrille, die er, höflich, wie er war, während des Gesprächs mit Pfarrer Berg abgenommen hatte, wieder auf. Berg zog ein kariertes Stofftaschentuch aus der Hosentasche und faltete es zur Größe einer kleinen Tischdecke auseinander. Niklas hatte ein Déjà-vu. Sein Vater hatte diese gestärkten und gebügelten Taschentücher immer dabeigehabt. Nur selten putzte er sich damit die Nase, aber wenn es sehr heiß war, zwirbelte er die vier Ecken zusammen und legte es sich auf den Kopf. Als Kind hatte er das immer witzig gefunden.

Der Priester wischte sich mit dem Minitischtuch über die Glatze. »Ich muss aufpassen. Im letzten Jahr bin ich wegen Hautkrebs behandelt worden. War nicht dramatisch, aber wehret den Anfängen. Doch genug geschwatzt. Du willst sicher deine Mutter sehen. Wenn du möchtest, begleite ich dich zu Lattwich. Er hat ja nicht mehr so viel zu tun. Gestorben wird zwar immer, aber hier in Thöninghausen nicht mehr so oft. Von den Alten ist kaum noch jemand da, die Generation deiner Mutter hält sich noch ganz gut, und die Jungen sind eben die Jungen, die sterben nicht so einfach. Gott sei Dank. Da gab's hier mal ganz andere Zeiten, in denen Lattwich ganz schön viele Särge zimmern lassen musste.«

Eigentlich wäre Niklas lieber zum Haus seiner Mutter, zu seinem Haus, weitergegangen. Koffer abstellen, kalt duschen und sich einfach mal für eine Stunde oder so aufs Ohr legen. Doch er nahm das Angebot des Pfarrers dankend an. Wenn er ehrlich zu sich war, hatte es ihm schon die ganze Zeit im Magen gelegen, seine Mutter aufgebahrt zu sehen, auch wenn der Bestatter, wie Hartwig meinte, sie sehr schön zurechtgemacht hatte. Und bei diesem schweren Gang Pfarrer Berg an seiner

Seite zu haben, erleichterte Niklas den Weg zu Lattwich ungemein.

»Pfarrer Berg, wie heißt Lattwich eigentlich mit Vornamen? Solange ich denken kann, nennen ihn alle nur bei seinem Nachnamen. Sogar seine Frau und Eva.«

Pfarrer Berg schmunzelte. »Ich glaube, jeder hier kennt ihn nur unter diesem Namen. Verrate aber niemandem, dass ich es dir gesagt habe. Er heißt Adolf. Vor Jahrzehnten hat er wohl versucht, seinen Vornamen offiziell abändern zu lassen. Erwin Lattwich, wie sein Großvater, aber ob das je genehmigt worden ist, weiß ich gar nicht. Na, jedenfalls, wenn er sich mal mit seinem Vornamen meldet, nennt er sich Erwin. Sei's drum.«

Vom Kirchplatz zum Bestatter waren es nur wenige Gehminuten. *Letzte Ruhe*, so der Name, den schon Lattwichs Vater dem Geschäft gegeben hatte, prangte in weißen Buchstaben auf schwarzem Grund auf dem Schild über dem Eingang, darüber irgendwelche Ranken. In der Schaufensterauslage ein geöffneter Sarg aus hellem Holz mit hellblauem glänzendem Innenfutter, wohl ein extra zu Ausstellungszwecken gefertigtes Modell, da es Niklas ziemlich klein vorkam. Daneben drei unterschiedlich große Urnen, davor war etwas drapiert, das er für ein Totenhemd hielt, mit Perlmuttknöpfen und überall dazwischen jede Menge künstlicher Blumen.

Berg drückte die Klinke herunter, doch die Tür war geschlossen. Er klingelte.

»Hat Eva nicht hier mitgearbeitet? Sie sei jetzt bei Gernot, habe ich gehört.«

Der Pfarrer nickte. »Ja, macht sie immer noch. Die Buchhaltung. Das andere erledigt ihr Vater alleine, Helene packt auch noch mit an. Eva hat den Job im *Halben Hahn* angenommen wegen der Schulden beim Hausumbau. Und so viel kann ihr Vater ihr auch nicht zahlen.«

»Ich weiß, sie haben das Haus von Else umgebaut.«

In diesem Augenblick öffnete sich die Tür, ein Glöckchen bimmelte, und Lattwich, der nicht Adolf genannt werden wollte, ließ die beiden eintreten.

Der Bestatter hatte sich überhaupt nicht verändert, fand Niklas, als er dem großen hageren Mann die Hand schüttelte.

»Gut, dass du da bist«, brummte Lattwich, nachdem er gebührend sein Beileid ausgedrückt hatte. »Die vierundsiebzig Jahre sah man deiner Mutter ja nicht an, jetzt wirkt sie noch jünger.« Stolz schwang in seiner Stimme mit, und Niklas fragte sich, was Lattwich wohl mit Sigrid angestellt hatte. »Wenn du sie gesehen hast, mach ich den Deckel drauf. Sie steht zwar schön kühl, aber trotzdem.«

Was meinte er mit *trotzdem*? Veränderte sich der tote Körper in den drei Tagen so sehr, dass es besser war, den Deckel draufzumachen, wie der Bestatter meinte? Niklas hatte sich mit der Frage, wie schnell sich ein gekühlter Körper zersetzte, noch nie intensiv beschäftigt.

Mit etwas wackeligen Beinen und einem aufmunternden »Na denn« von Pfarrer Berg begleitete er Lattwich in den Kühlraum, in dem es gar nicht so kalt war. Je drei Kerzen auf riesigen Leuchtern brannten links und rechts des Sarges.

»Habe ich extra für dich angezündet. Elisabeth hat gesagt, du wärst im Anmarsch. Kann die Kerzen ja nicht unbeaufsichtigt lassen«, sagte Lattwich, als er Niklas' Blick bemerkte. Der nickte und schritt langsam auf den Sarg zu. Seine Arme hingen schlaff an seinem Oberkörper herunter, während Berg seine Hände gefaltet hatte und ein Gebet murmelte.

Der Anblick seiner toten Mutter war nicht so schlimm, wie Niklas befürchtet hatte. Er atmete hörbar auf, verschränkte nun ebenfalls die Finger. Sie schien kleiner als noch im Mai. Helene Lattwich, so vermutete Niklas, hatte Sigrid ein dunkelgrünes Kostüm von Coco Chanel, ihr Lieblingskleidungsstück, angezogen, an den Füßen trug sie flache braune Pumps. Die Haare wirkten wie frisch onduliert, lagen in einer leichten Welle auf ihrem Kopf. Die Augen waren, Gott sei Dank, geschlossen. Die Wangen schienen rosig, der Mund war dezent geschminkt, und die Falten im Gesicht waren fast gänzlich verschwunden. Die am Hals konnte Niklas nicht beurteilen, ein Seidentüchlein verbarg sie geschickt.

»Sie sieht aus, als sei sie noch nicht einmal sechzig.«

»Mhm, vielen Dank, Lattwich. Das habt ihr sehr schön gemacht«, flüsterte Niklas wie zur Bestätigung.

»Danke. Wir haben für das Gesicht ein ganz neuartiges Gel benutzt. Es glättet die Haut, als hätte man Botox reingespritzt. Und dann alles mit einer Wachsschicht überzogen«, flüsterte Lattwich zurück.

Niklas wurde plötzlich übel. Eigentlich hatte sich Sigrid ihrer Falten nie geschämt. *Sie sind die Zeichnungen meines Lebens. Ich habe gelacht, ich habe geweint, ich war zornig und manchmal am Ende meiner Kräfte. Das alles kannst du hier ablesen.* Sie hatte ihr Gesicht gezeigt und mit dem Zeigefinger auf die feinen Linien getupft. Jetzt hatte sie keine Vergangenheit mehr. Weggegelt, wegge-wachst.

»Ich glaube, wir lassen dich jetzt mit Sigrid alleine, mein Junge. Komm, Lattwich. Ich warte draußen auf dich, Niklas, falls du noch reden oder mit mir wegen der Bei-setzung sprechen möchtest.« Pfarrer Berg klopfte ihm auf die Schulter, fasste den Bestatter am Arm und zog ihn aus dem Kühlraum.

Was sollte er nun tun? Seiner Mutter einen letzten Kuss geben? Er konnte sich nicht dazu überwinden. Ein Gebet sprechen? Niklas murmelte das *Vaterunser* vor sich hin. Dann sagte er schlicht: »Mama, ich werde dich vermissen«, beugte sich leicht über den Sarg und strei-chelte zärtlich die Hände seiner Mutter. »Nun bin ich also Vollwaise«, murmelte er. »Ein erwachsener Vollwaise. Grüß Papa von mir.«

Sein Vater war gestorben, als er zwölf gewesen war. Nur ein paar Tage nach seinem einundfünfzigsten Ge-burtstag. Plötzlich und unerwartet, wie es so hieß. Niklas konnte sich noch an die ausgelassene Geburtstagsfeier erinnern. Der letzte glückliche Moment der Familie West-phal zu dritt. Die ältere Schwester seiner Mutter, Röschen, war noch in Thöninghausen und blieb für die nächsten beiden Wochen, um Sigrid und ihn zu versorgen. Seine Mutter hatte kaum noch Kraft gehabt, aus dem Bett auf-zustehen. Sie hatte eines der vielen Gästezimmer der Villa bezogen, unfähig, die Leere neben sich im Ehebett zu ertragen, hatte Tante Röschen ihm erklärt. Röschen war nun auch schon seit sieben Jahren nicht mehr da. Krebs. Genau wie seine Mutter. Heimtückischer Bauch-speicheldrüsenkrebs. Wenn man ihn diagnostizierte, war es meist zu spät. Seine Mutter hatte ihre Erkrankung für sich behalten. Typisch. Nie wollte sie ihn mit irgendetwas belasten.

Die Apotheke in Trutstadt, die sie mit Edwin, seinem Vater, betrieben hatte, war bereits vor fünfzehn Jahren, nach drei Generationen in der Familie, in die Hände eines Nachfolgers gegeben worden. Seitdem war Sigrid gereist, hatte ihn besucht und das Leben genossen. Das war auch mit der Grund, weswegen er so selten in Thöninghausen weilte. Wenn es einmal bei ihm gepasst hätte, war Sigrid im Nordmeer unterwegs oder badete in der Karibik.

Niklas seufzte tief und verließ den Raum. Im Büro erwartete ihn Lattwich.

»Alles in Ordnung?«

Niklas nickte. »Ja, aber es kommt mir alles so unwirklich vor.«

»Warst du schon zu Hause?«

»Nein, ich bin direkt mit Pfarrer Berg hierher. Ich werde nach der Beisetzung noch ein paar Tage bleiben. Du kannst mir die Rechnung vorbeibringen, oder ich hol sie bei dir ab und zahle dann umgehend.«

Niklas registrierte, dass das Büro schon bessere Zeiten gesehen hatte. Der Aufbahrungsraum war untadelig, aber hier wie auch im Schaufenster war irgendwie die Zeit stehen geblieben.

»Danke, das ist nett von dir. Es ist alles nicht mehr so einfach. Man hört allenthalben in unserem Metier: Gestorben wird immer. Das stimmt schon, aber da hat Thöninghausen seine besten Zeiten hinter sich. Wir haben gerade noch knapp tausend Einwohner. Viele der Alten sind weggestorben, entschuldige bitte, so hab ich das jetzt nicht gemeint.« Lattwich wurde rot, aber Niklas zuckte nur mit den Achseln. »Tja, und die nächste Generation ist noch nicht so weit. Wer stirbt schon mit vierzig, fünfzig oder sechzig?«

»Edwin, mein Vater. Er war knapp über fünfzig.«

»Stimmt. Aber das waren andere Zeiten. Da sind die Leute noch eher in dem Alter gestorben. Heute rennt jeder zur Vorsorge. Ein schwaches Herz, eine Prostatageschichte, Arterienverkalkung, das meiste wird, Gott sei Dank, rechtzeitig entdeckt, und man hat noch ein paar schöne Jährchen. Vor zwanzig, dreißig Jahren war das nicht so. Im Leben nicht wären die Männer auf die Idee gekommen, zum Arzt zu gehen, mich zwickt es hier, mich zwackt es da. Und bums, war es vorbei. Wie bei Edwin. Er war übrigens einer meiner ersten Toten, die ich selbstständig versorgen durfte. Mein Vater hatte ihn mir alleine anvertraut. Da war er schon sehr eigen, hat mir lange nichts zugetraut. Aber da hat er gestaunt. In dem Jahr hatte ich auch den Unfall von Jörn Hartmann. Zerquetscht in der Papierwalze in der Fabrik in Rodenstein. Der war mein Meisterstück.«

Bevor Lattwich noch ins Schwärmen geraten konnte und Details zum Besten gab, die Niklas gar nicht hören wollte, verabschiedete er sich eilig und verließ die *Letzte Ruhe*.

Draußen wartete Pfarrer Berg samt Rollkoffer auf einer Bank unter der Linde am Dorfbrunnen, aus dessen eisernem Ausguss das Wasser in das rechteckige Bassin plätscherte.

KAPITEL 5

Pfarrer Berg hatte Niklas noch bis nach Hause begleitet und ihm unterwegs den Ablauf der Beisetzungszere-
monie erläutert. Am Abend davor würde der Rosenkranz um halb sechs gebetet. Von der Kirche gehe es in
einem gemeinsamen Trauerzug zum Friedhof am Orts-
rand von Thöninghausen. Hier würden die Sargträger mit
Siegrids sterblichen Überresten warten. Bereits am Vormittag würde Lattwich den Sarg in die Aussegnungs-
halle bringen lassen, dort könnten auch Kränze und
Blumen abgelegt werden. Ob er, Niklas, sich bereits um
einen Kranz gekümmert habe? Im Dorf gäbe es ja keinen Blumenladen mehr, seitdem Marlies gestorben war.

Niklas hatte sich natürlich um Blumenschmuck gekümmert. Er hatte bis vor Kurzem gar nicht gewusst,
dass Marlies und ihr Laden nicht mehr existierten. Vor
allem hatte es ihn gewundert, es nicht von seiner Mutter
erfahren zu haben. Als er unter der Nummer von *Marlies' Blumenladen* versucht hatte, die Floristin zu erreichen, gab es keinen Anschluss mehr. Henriette Sievers,
Sigrids Zugehfrau, hatte es ihm dann gesagt. Daraufhin,
wie wahrscheinlich alle im Ort, hatte er den Kranz aus
weißen Lilien und gelben Rosen im *Bouquet du Fleur* in
Rodenstein geordert, einem Laden, dessen Inhaber, ein
begnadeter Florist, angeblich sogar die Sträuße für den

Ministerpräsidenten band, die dieser an die Gattinnen seiner Gäste weiterreichte.

Berg und er verabschiedeten sich vor dem hohen schmiedeeisernen Tor. Die Villa stand zusammen mit zwei anderen imposanten Häusern am einzigen Hügel von Thöninghausen, dem Sickerberg, von dem man eine schöne Aussicht über den Ort und das Tal hatte. Bevorzugte Wohnlage würde wahrscheinlich ein Makler diese Ecke nennen. Tatsächlich hatten die drei ursprünglichen Besitzer der herrschaftlichen Villen zu den betuchten Einwohnern von Thöninghausen gehört.

Familie Westphal mit der Apotheke, Frau Schumacher, die mit ihren Katzen auf der einen Seite in dem viel zu großen Haus wohnte, war die Witwe des Bauunternehmers, dessen Vater die Gebäude errichtet hatte. Auf der anderen Seite lebte, wie ihm seine Mutter im letzten Sommer berichtet hatte, neuerdings ein IT-Berater mit seiner Frau und vier Kindern. Sie waren aus München hergezogen, da die Frau Chefärztin der Gynäkologie im Heiligen Marien-Stift in Rodenstein geworden und es ihrem Mann egal war, wo man lebte, da er von überall arbeiten konnte.

»Nette Kinder, vielleicht ein wenig laut, aber anständig und höflich. Ich war schon zweimal zum Kaffee nebenan«, hatte Sigrid kundgetan.

Er hatte sich gefreut, dass Sigrid so nette Nachbarn bekommen hatte. Vielleicht konnten die sogar ein Auge auf seine Mutter haben, schließlich kam sie in die Jahre, hatte er noch gedacht. Und jetzt ... Bestimmt würde er die Leute kennenlernen. Er würde sie auch zum anschließenden Leichenschmaus, den Pfarrer Berg im Gemeindehaus neben dem Pfarrhaus organisiert hatte, einladen. Niklas war gespannt, was es für Menschen waren. Die alte Frau Schumacher kam sicherlich auch mit. Sie und seine Mutter hatten allerdings, trotz der Jahrzehnte der Nachbarschaft, in den letzten Jahren kein inniges Verhältnis zueinander gehabt. Schuld waren die Katzen, die sich sämtliche Fische aus Sigrids geliebtem Teich geholt hatten.

Das Tor quietschte in den Angeln, als Niklas es aufschob. Die Villa war ein hässlicher Kasten aus den Zwanzigerjahren. Ein wenig Gotik, ein wenig Renaissance, auf jeden Fall ein ziemlich misslungener Mischmasch. Je ein Türmchen an den Ecken, ragte das Haus trutzig auf einem Sockel aus großen Quadersteinen empor. Eine Freitreppe führte zur Haustür, die überdimensioniert wirkte und eher zu einem Schloss gepasst hätte. Sie war aus massivem Holz, in das Ranken und Blumen geschnitzt waren. Sigrids Vater hatte das Haus nach dem Ersten Weltkrieg errichten lassen, quasi keine Sekunde zu früh, denn kurz darauf hätte die Hyperinflation sein Geld pulverisiert. Bertram Almering hatte die Apotheke bereits von seinem Vater übernommen, der als Großherzoglicher Apotheker zu Ehre und Geld gekommen war. Warum er sich dann gerade in Thöninghausen niedergelassen hatte, wusste niemand so recht.

Im Haus roch es nach gar nichts. Niklas wusste nicht, was er erwartet hatte. Dass es abgestanden oder muffig riechen würde? Oder sogar nach Tod? Er schüttelte sich. Er musste unbedingt Henriette, die Zugehfrau, anrufen. Wenn er wieder in Mannheim war, musste sich Henriette weiter um alles kümmern, bis er wusste, was mit dem Haus zu geschehen hatte. Er konnte sich nicht vorstellen, selbst wieder hier einzuziehen, aber fremde Leute? Nein, das konnte er sich auch nicht vorstellen. Noch nicht.

Die Haushälterin musste wohl erst kürzlich da gewesen sein. Nirgendwo lag Staub auf den dunklen Möbeln, die blau-weißen schachbrettartig verlegten Fliesen im Eingangsbereich wirkten wie frisch gewienert. Er ließ seinen Rollkoffer stehen, ging in die Küche und ließ Leitungswasser in ein Glas laufen. Gierig leerte er es in einem Zug. Dann öffnete er den Kühlschrank. Bier war kalt gestellt, ein eingeschweißter Ring Fleischwurst lag da, Tomaten in einer Tüte, ein Päckchen Butter, sechs frische Eier. Damit kam er am ersten Tag über die Runden. Aber war nicht die Rede davon gewesen, Eva würde was zu essen vorbeibringen? Am liebsten wäre es ihm allerdings, man ließe ihn in Ruhe. Auch wenn es nett gemeint war.

Das Wohnzimmer besaß immer noch den Charme, oder besser gesagt den Stempel, den sein Großvater ihm aufgedrückt hatte. Schwere Möbel, Ledersofa, Ledersessel, ein riesiger offener Kamin, in dem man sogar ein mittelgroßes Schwein hätte braten können. Im Anschluss lag hinter einer von innen gepolsterten Tür das Herrenzimmer in der gleichen etwas martialischen Art. Es war abgeschlossen. Doch Niklas wusste, dass seit dem Tod seines Vaters darin nichts verändert worden war. In der Ecke stand diagonal ein Schreibtisch, darauf ein großer Aschenbecher aus Kristallglas, ein Humidor, eine Zigarrenschere. Sein Vater war leidenschaftlicher Zigarrenraucher gewesen. Seine Mutter hatte nichts entsorgt, was seinem Vater gehört hatte.

Das eheliche Schlafzimmer war ebenfalls abgeschlossen worden, die Kleider hingen immer noch im Schrank, vermutete Niklas. Aus der Bar, die in einem riesigen Globus ihr Dasein fristete, war nie auch nur ein Schluck Cognac oder Whiskey entnommen worden. Zugemacht, abgesperrt, Finger weg. Sigrid hatte ihre eigene kleine Bar im sogenannten Boudoir, einem hellen freundlichen Raum. Darin, vor dem von cremefarbenen Samtgardinen umrahmten Fenster, ein mit Brokatstoff bezogenes Sofa mit rosafarbenen Kissen. Auf einem zierlichen Servierwagen standen eine Flasche Sherry, ein Orangenlikör und eine Flasche Calvados.

Niklas nahm eins der eleganten Gläschen aus Kristall und goss sich nacheinander drei üppige Portionen des goldenen Apfelschnapses aus der Normandie ein. Er brannte ein wenig in seiner Kehle, doch Niklas fühlte sich mit einem Mal etwas leichter. Im Herzen und in den Beinen.

Jetzt endlich schleppte er seinen Koffer über die geschwungene Treppe nach oben. Sein altes Kinder- und Jugendzimmer. Hier war ebenfalls nichts verändert worden. Sein Bett war allerdings abgezogen, aber die Wäsche mit den aufgedruckten Motorrädern und den Fußballclubemblemen lag noch immer säuberlich gefaltet im Schrank. Er hatte Sigrid immer wieder gebeten, doch nicht so an dem alten Kram zu hängen, er selbst hätte sich doch längst davon verabschiedet. Von den vielen Matchboxautos, die in einem Karton lagen, von den Fußballschuhen, in denen er so manches Tor für den Turn- und Rasensportverein TURA Butzigheim gehalten hatte, von den *Bravo*-Heften, den Postern, den Stofftieren, die seine Mutter mit Mottenstreifen in Kartons gepackt hatte, für die Enkel, die sie niemals bekommen hatte.

Das Einzige, von dem sich Niklas niemals getrennt hatte, war seine Sammlung von *John-Sinclair*-Heften und -Romanen. Er besaß mittlerweile fast alles aus der Gruselgeschichtenreihe. Die Exemplare, die vor seiner Zeit als Leseratte erschienen waren, hatte er nach und nach antiquarisch erworben. In mehr als zweitausend Heftromanen – nicht Groschenhefte! – und Taschenbüchern ermittelte John Sinclair von Scotland Yard in außergewöhnlichen Fällen, begleitet von seinen Freunden Suko, Shao, Bill Conolly, Jane Collins und Glenda Perkins, die dem Bösen und Dämonischen den Kampf angesagt hatten. *Lauras Leichenhemd* war das erste Heft gewesen, sehr zum Missfallen seiner Mutter. Und trotzdem hatte er keine Ahnung, wie sich der menschliche Körper nach dem Tod veränderte.

Er würde alle *John-Sinclair*-Abenteuer, die noch hier lagerten, mit nach Mannheim nehmen und anfangen, jedes Heft, jedes Buch erneut zu lesen, vom ersten bis zum letzten. Heute Nacht würde er sich zum Schmökern auf den Dachboden zurückziehen, wie in alten Zeiten. Er hatte sich dort zwischen Schränken, Kisten und Truhen eine Leseecke eingerichtet mit Matratze, einem Tischchen und einer Lampe. Hier hatte er Stunden verbracht, hatte atemlos Wort für Wort in sich aufgesogen, sich gegruselt und John auf seiner Jagd nach Dämonen und beim Aufspüren übersinnlicher Kräfte begleitet.

Niklas wurde aus seinen Gedanken gerissen, als jemand an der Haustür klingelte. Ein sattes dreifaches Ding-Dong. Vor der Tür stand Eva, Tochter von Lattwich und Ehefrau von Rüdiger aus Butzigheim, dessen Nachnamen er vergessen, vielleicht auch nie gewusst hatte. Rosig im Gesicht, mit einem wirren blonden Lockenkopf und pummelig wie eh und je stand sie schnaufend vor der Tür, auf dem Boden ein Korb mit einem Topf darin, dessen Deckel aus einem Geschirrtuch, das den Topf warmhielt, herausragte.

Unschlüssig trat Eva von einem Bein aufs andere. Niklas nahm ihr die Entscheidung der Art der Begrüßung ab, umarmte sie fest und bedankte sich dafür, dass sie ihn hier nicht verhungern ließ.

»Möchtest du reinkommen?«

»Ich weiß nicht so recht. Ja, vielleicht, aber nur für ein paar Minuten.«

»Leiste mir doch beim Essen Gesellschaft, das ist doch viel gemütlicher.« Niklas nahm sie einfach bei der Hand und zog sie in die Küche, in der anderen Hand den Korb.

Eva setzte sich und beobachtete Niklas, der den Topf aus dem Korb packte und ihn von seiner Tuchhülle befreite. Er hob den Deckel ab.

»Hm, riecht das gut.«

»Ist der Mittagstisch. Nichts Besonderes, Hähnchengeschnetzeltes. Du kannst es dir in der Mikrowelle heiß machen. Ich kann nicht so lange bleiben, also, du wirst dann wohl alleine essen müssen.«

»Schade. Möchtest du noch was trinken? Es ist verdammt heiß heute.«

Eva nickte. Bis jetzt hatte sie weder gefragt, wie es ihm ging, noch ihr Beileid ausgesprochen. Überhaupt war sie erstaunlich wenig neugierig, fand Niklas, der zwei

Gläser mit Wasser füllte. Sie schien eher darauf zu warten, dass er sich irgendwie äußerte. Außerdem wanderte ihr Blick zum wiederholten Mal zum Korb. Hatte er etwas übersehen?

Er stellte ein Glas vor Eva ab und warf einen Blick in den Korb. Er grinste breit, und Eva lachte glucksend.

»Ich dachte schon, du entdeckst es nie. Als ich hörte, dass du zur Beerdigung kommst, musste ich es einfach kaufen. Um der alten Zeiten willen. Nein, was haben wir uns gegruselt. Du hast das immer mit so einer tiefen Stimme vorgelesen. Mir stellen sich jetzt noch die Nackenhaare auf, wenn ich daran denke.«

In seinen Händen hielt Niklas ein Sinclair-Heft. *Jenseits der Schmerzen.* Wie immer mit einem spektakulär scheußlichen Cover. Er schlug es auf und begann mit dunkler Stimme vorzulesen. »Ihr Wimmern und Stöhnen drang nur mühsam durch den seidigen Stoff, den er ihr liebevoll um den Mund gebunden hatte. Er genoss den Anblick ihrer weit aufgerissenen Augen, in denen sich ihre Angst widerspiegelte.«

Eva quietschte. Genau wie früher. »Hör auf, ich kann das nicht hören. Furchtbar. Ich weiß genau, wie es weitergeht, aber ich will es gar nicht wissen. Liest du das Zeug tatsächlich immer noch?«

Niklas grinste und legte das Heft auf den Küchentisch. »Was glaubst du denn? Natürlich. Man ist ja schnell durch damit. Meist lese ich sie auf dem Klo.«

Eva und er brachen in heiteres Lachen aus. »Ich kann mich noch daran erinnern. Wenn wir dich abholen wollten, hat deine Mutter oft gesagt: ›Niklas ist für die nächste Stunde nicht ansprechbar. Er und Sinclair sitzen auf der

Toilette.«« Plötzlich wurde sie ernst. »Es tut mir so leid, das mit deiner Mutter. Papa hat sie schön hergerichtet. Ich nehme an, du hast sie schon gesehen?«

Niklas trank einen Schluck und nickte.

»Für die Beisetzung ist alles vorbereitet. Hast du schon wegen der Bläser alles geklärt?«

»Nein, muss ich noch machen. Sigrid war zwar keine Jägerin, aber ich glaube, so etwas hätte ihr gefallen. Ein letztes Halali. Vielleicht findet sie das sogar ganz witzig, egal, wo sie dann gerade ist.«

»Es kommen ein paar aus der alten Clique, um deiner Mutter die letzte Ehre zu erweisen und vor allem natürlich auch, um dich zu sehen. Vielleicht können wir uns alle zusammen mal treffen.« Eva brachte den Vorschlag mit eifriger Stimme vor.

»Klar. Eine Superidee. Ich hab im Haus einiges zu sichten und zu sortieren, bin also für jede Ablenkung dankbar. Wer ist denn noch alles so da?«

»Na, alle aus dem Dorf, wir, also Rüdiger und ich, Hartwig und Silvia, und Tessa wird auch da sein. Sie wollte sowieso kommen, ihre Tante Gertie wird achtzig. Tessa ist übrigens ziemlich berühmt geworden. Ich hab ja keine Ahnung davon, aber sie hat diesen Kunstfälscher entlarvt, den, der die ganzen berühmten Maler kopiert hat. Gertie hat überall die Zeitung rumgereicht, in der ein Riesenartikel über Tessa war. Irgendwie hat sie ein Bild untersuchen sollen und ihr war aufgefallen, dass die Farbe, die der Typ benutzt hatte, in der Zeit, also vor hundert Jahren oder so, noch gar nicht existierte. Er sitzt jetzt für sechs Jahre im Knast. Jetzt ist sie überall gefragt, um Expertisen zu machen. Auf jeden Fall kommt sie ganz schön rum. So, jetzt muss ich aber los. Ich soll dich übrigens von Gernot grüßen. Er hat dich gesehen, als du am *Halben Hahn* vorbeigegangen bist. Du sollst mal auf ein Bier reinkommen. Eigentlich hättest du überhaupt mal was von dir hören lassen können. Das Einzige, was wir wissen, ist, dass du in Mannheim lebst. Deine Mutter hat sich immer sehr bedeckt gehalten, nur erzählt, wie toll du wohnst und wie erfolgreich du bist. Mit was verdienst du eigentlich dein Geld?« Eva wurde rot und biss sich auf die Lippen. »Entschuldige, ganz schön aufdringlich von mir. Aber vielleicht hast du ja Lust, uns ein paar Schwänke aus deinem Leben zu erzählen.«

»Du brauchst dich nicht zu entschuldigen, aber da gibt's nicht viel zu berichten. Ich hab einfach Glück im Leben gehabt, mein Geld gut angelegt«, antwortete Niklas achselzuckend.

Nach kurzem Zögern und einem, wie Niklas fand, forschenden Blick erhob sich Eva und nahm ihren Korb. Sie verabschiedeten sich mit einem Kuss auf die Wange, und Niklas war wieder allein in dem großen Haus. Er schob das Geschnetzelte in die Mikrowelle und aß es ohne großen Appetit. Gleichzeitig blätterte er im Gruselromanheft. Wieder blieben seine Augen an den Sätzen hängen, die dem geübten *John-Sinclair*-Leser verrieten, was gleich passieren würde: »Er genoss den Anblick ihrer weit aufgerissenen Augen, in denen sich ihre Angst widerspiegelte.«

KAPITEL 6

Auszug aus dem Roman von Julia von Mondragon: *Der Sommer, der ein Frühling war*. Bestseller im Jahr 2014

Als das Wasser über ihr zusammenschlug, sie keine Luft mehr bekam, erwachte sie schweißgebadet aus dem immer wiederkehrenden Traum. Sie lief entlang eines endlosen Sees, der mit dem Horizont verschmolz, dunkel das Wasser, dunkel der Himmel, dunkel der Horizont, eine einzige dunkle Fläche. Obwohl der Wind die bunten Wiesenblumen – roter Mohn, weiße Margeriten, blaue Kornblumen – sanft hin und her schaukelte, lag die Oberfläche des Sees glatt wie eine riesige Glasscherbe da. Kein Sich-Kräuseln, keine Wellenbewegung, einfach nichts. Sie war ans Ufer getreten und hatte ins Wasser gestarrt in der Erwartung, ihr Gesicht darin widergespiegelt zu sehen. Das lange rote Kleid lag wie auf der Wasseroberfläche ausgebreitet vor ihr, doch ihr Gesicht war eine fahle Scheibe ohne Konturen. Ihre Tränen waren getrocknet, ihr Herz in tausend Stücke zersprungen, es gab kein Zurück. Sie zögerte nur einen Moment, wagte den ersten Schritt, den zweiten, den dritten. Das Wasser umspielte ihre Knöchel, ihre Waden, ihre Oberschenkel. Das Kleid umfloss sie bald wie ein Teppich aus blutroten Rosenblüten. Als das Nass ihr Kinn berührte, zauderte sie noch einmal, dann wagte sie den letzten Schritt.

Desiree wischte sich den Schweiß mit einem Zipfel der Bettdecke vom Gesicht und griff nach dem Wasserglas auf dem Nachttisch mit der Marmorplatte, leerte es mit gierigen Zügen. Im Haus war es still. Zu still. Um diese Zeit war Hanna dabei, zu saugen, das Geschirr zu spülen, den Abfalleimer hinauszutragen oder das zu tun, wofür der gute Geist des Hauses fürstlich entlohnt wurde. Hanna hatte ihren eigenen Schlüssel. Das Erste, was sie zu tun hatte, war, einen starken Kaffee zu kochen, ohne ihre Dosis Koffein würde Desiree den Tag nicht überstehen.

Sie schälte sich aus den seidigen Laken, streckte sich und schlüpfte in ihre Pantoffeln. Gähnend trat sie ans Fenster, zog die dichten Vorhänge zur Seite und öffnete die bodentiefen Fenster. Der Wettermann hatte nicht gelogen. Von einem unnatürlich blauen Himmel strahlte die Vormittagssonne direkt in ihr Schlafzimmer. Staub tanzte in den hellen Strahlen. Hanna musste unbedingt die Vorhänge waschen, schoss es Desiree durch den Kopf.

Ein Hund kläffte in unmittelbarer Umgebung. Seit wann gab es in der Nachbarschaft einen Hund? Links von ihrem Haus auf dem parkähnlichen Grundstück wohnte die alte Frau Schneider, sie hatte zwei Katzen, das Haus rechts stand zum Verkauf. Es war seit drei Monaten unbewohnt. Vielleicht führte jemand von weiter weg seinen Köter durch ihre Straße. Hoffentlich machte die Person auch den Dreck weg.

Desirees Blick fiel auf den alten Birnbaum. Sie kniff die Augen zusammen. Das konnte doch nicht sein. Sie trat auf den schmalen Balkon, rieb sich die Augen und starrte in den Garten. Total verrückt, der Baum blühte und das Mitte August. Im Mai hatte er dagestanden, weiß von Tausenden

Blüten wie mit Zuckerwatte überzogen. Noch gestern hatte sie die Birnen mit ihrem Hauch von roter Schale bewundert. Gute Luise. So hieß die Sorte. Ob sie immer noch träumte? Sie kniff sich in den Oberarm. Es tat weh, sie träumte nicht. Langsam wanderte ihr Blick vom Birnbaum zu dem Beet mit den blauen Hortensien. Nichts. Keine einzige blaue Blüte. Die Blätter waren grün, der Blütenansatz war mehr zu ahnen, als zu sehen.

Ein roter Sportwagen fuhr an ihrem Grundstück vorbei und hielt vor dem leeren Haus. Der Porsche sah aus wie der Wagen von Britta. Doch Britta war samt vier Kindern und Ehemann Gernot nach München gezogen. Daher stand die riesige Villa leer. Verlassen seit Mai. Immer noch nicht verkauft. Kein Wunder bei einem Preis von knapp einer Million Euro.

War sie vielleicht über Nacht verrückt geworden? Unsinn. Man verlor nicht einfach so den Verstand. Desiree drehte sich abrupt um. Keine gute Idee, ihr wurde schwindelig. Sie setzte sich aufs Bett, nahm ihr Handy vom Nachttisch. 10.23 Uhr, 21. Mai. Mai! Unmöglich, es war August, es war heiß, es war Hochsommer, die Gute Luise war fast reif.

Desiree sprang auf, erneut drehte sich alles um sie. Doch sie schaffte es zur Tür, riss sie auf und ging vorsichtig, sich am Treppengeländer festhaltend, die dunkelbraune auf Hochglanz polierte Holztreppe hinab ins Erdgeschoss.

»Hanna?«

Keine Antwort. Wann hatte sie Hanna eingestellt? Zum 1. Juni. Wenn heute der 21. Mai war, konnte Hanna noch nicht hier arbeiten. Desiree lehnte sich an die Wand. Ganz ruhig, sie musste ganz ruhig bleiben. Tief einatmen, tief ausatmen, wie Dr. Jürgens es ihr immer wieder gesagt hatte.

Wenn das nichts nutzte, dann durfte sie auf die Notfalltropfen zurückgreifen. Und der Moment war jetzt gekommen.

»Hanna?« Ihre Stimme hörte sich in ihren Ohren wie ein klägliches Piepsen an. Gleich würde Hanna die Tür zur Küche öffnen, Kaffeeduft würde herausströmen, und Hanna würde fragen, was sie frühstücken wolle. Erdbeermarmelade? Aus dem Mund ihrer Haushaltshilfe hörte es sich immer an wie Ädbehmamlatt. Sie würde wie immer antworten, nein danke, Hanna, Sie wissen doch, ich mag keine roten Früchte. Das Ganze hatte sich über die Wochen zu einer Art Running Gag zwischen ihnen entwickelt. Über die Wochen. Juni, Juli, fast den halben August. Und jetzt blühte der Birnbaum!

Jemand musste ihr gestern Abend etwas in den Wein gekippt haben. Eine Droge, etwas, das Halluzinationen hervorrief. Sie hatte sich mit ein paar Freundinnen verabredet. Beim Italiener einen Happen essen und eisgekühlten Pinot Grigio dazu schlürfen. Doch wer sollte ihr etwas ins Glas getan haben? Simone? Vera? Tatjana? Unfug. Jemand von Taddeos Leuten? Konnte sie sich nicht vorstellen.

Von ihrem Haus, eines von dreien, die im Ort als die alten Villen bezeichnet wurden, waren es keine zehn Minuten bis zur »Trattoria da Taddeo«. Um halb zwölf war sie wieder zurück gewesen, fiel angeschickert ins Bett. Da hatte der Birnbaum nicht geblüht, Brittas Haus war verlassen und ein Zettel auf dem Küchentisch hatte ihr verraten, dass Hanna am nächsten Tag um halb zwölf einen Zahnarzttermin hatte. Der Zettel. Der musste immer noch in der Küche liegen.

Desiree atmete noch zweimal tief ein und aus, setzte vorsichtig einen Fuß vor den anderen, nicht dass ein Schwindel sie erneut erfasste. Sie drückte die Klinke aus Messing, die kühl in ihrer Hand lag, herunter und schob die Tür auf, den Blick sofort auf den Tisch geheftet. Gott sei Dank, da lag der Zettel, direkt neben dem Obstkorb. Genau wie gestern Nacht. Die Wanduhr, ein hässliches Ding in Form einer Kaffeetasse, zeigte 10.30 Uhr. Hanna brauchte von hier bis zur Praxis von Vera Schrader keine fünf Minuten mit dem Fahrrad.

Erneut erfasste Desiree Schwindel. Sie goss sich ein Glas Wasser ein. Die Entspannungstropfen waren oben im Badezimmer. Wo steckte Hanna? Sie ging zum Küchentisch, nahm den Notizzettel und stieß einen Schrei aus. Nichts, auf dem Stück Papier stand nichts. Leer. Keine einzige Zeile.

»Ich bin nicht verrückt. Ich bin nicht verrückt. Was auch immer hier passiert, ich bin nicht verrückt. Hanna ist meine Zugehfrau. Sie ist vierundvierzig Jahre alt, hat braune kurze Haare und eine Narbe auf der Stirn, und sie arbeitet seit fast einem Vierteljahr für mich.« Sie musste Hanna finden, und ihre Welt wäre wieder in Ordnung.

Im Schlafanzug und mit Pantoffeln an den Füßen durchkämmte Desiree das ganze Haus. Vom Keller bis zum Dachboden. Dreihundertvierzig Quadratmeter Altbauvilla. Eigentlich zu groß für sie allein. Das Haus war schon zu groß gewesen, als sie noch mit Andreas zusammen gewesen war. Die Scheidung war qualvoll verlaufen. Andreas hatte es noch einmal versuchen wollen. Ihre Ehe retten. Fast täglich bekam sie Blumen von ihm. Sie fragte sich, wie ihr Mann sich das überhaupt leisten konnte. Finanziell war er vollkommen abhängig von ihr.

»Hanna?« Keine Spur von Hanna. Jetzt blieb nur noch die Waschküche, dann wüsste sie sich keinen Rat mehr. Ein Brummen drang an Desirees Ohren, noch bevor sie den Kellerraum, in dem Trockner, Waschmaschine und der Öltank standen, betrat. Der Trockner lief. Sie hatte ihn bestimmt nicht befüllt und in Gang gesetzt. Oder?

»Hanna?«

Keine Antwort, nur das Geräusch der sich drehenden Trommel.

Der Garten. Hanna war im Garten und hängte garantiert die großen Teile auf die Wäscheleine. Von der Waschküche führte eine Treppe direkt nach draußen. Desiree stolperte über die oberste Stufe, fing sich im letzten Moment und schlug doch hart mit dem Knie auf die Kante. Der Birnbaum blühte immer noch. Vielleicht war es einfach nur ein Zeichen, ein Fingerzeig Gottes, dass die Klimakatastrophe näher war, als die Menschheit dachte. Der Baum hatte auf irgendwas in der Nacht reagiert, die Trockenheit, die langanhaltende Hitze. Hatte vorher bereits wieder Blüten gebildet, die ihr nicht aufgefallen waren. Zu winzig.

Keine Wäsche flatterte an der Leine, keine Hanna, die vielleicht die Rosen im Beet gegen Blattläuse einsprühte oder dem Giersch den Garaus machte. Vielleicht war sie ganz hinten und hielt einen Gutenmorgenschwatz mit der Nachbarin. Ganz hinten bedeutete am Seerosenteich vorbei zur Hecke, die die beiden Grundstücke voneinander trennte und in der in diesem Jahr eine Amsel genistet hatte.

Schon aus der Entfernung erkannte Desiree, dass die Seerosen noch üppiger als im letzten Jahr blühten. Erleichterung durchströmte sie. Die »Black Princess« erstrahlte tiefrot, und sie blühte definitiv nicht im Mai. Frühestens im Juni. Allerdings noch nicht in diesem tiefen Rot.

Desiree verlangsamte ihren Schritt. Die Anzahl der Seerosenblüten musste sich in den letzten Tagen verdreifacht, vervierfacht haben. Sie bedeckten mittlerweile fast die gesamte Wasseroberfläche. Nach vorne hin, wo auch das blaue Hechtkraut wucherte, schien das Rot der Seerosen heller, nach hinten, wo der Teich von einem Meer aus blauen Blüten umrahmt wurde, schimmerten sie in einem satten samtigen Dunkelrot. Ein plötzlicher Windstoß – braute sich ein Hitzegewitter zusammen? – versetzte die Wasseroberfläche in eine geradezu schwingende Bewegung. Als ob jemand ein rotes Tuch darüber ausgebreitet hätte, das vom Wind aufgebläht und wieder fallen gelassen wurde.

Ein Schauer durchfuhr Desiree. Das war kein Blütenmeer, es war ein Tuch. Ein Stück Stoff. Blutrot. Mit einem Gefühl des Grauens, das langsam von ihr Besitz ergriff, näherte sie sich dem Teichrand. Der Schrei, den sie ausstieß, ließ die getigerte Katze der Nachbarin von ihrem Sonnenplatz auf dem alten Holztisch aufspringen und fauchend das Weite suchen. Einer Ophelia gleich schwamm Hannas Leiche, gehüllt in das rote Kleid, das Desiree nur aus ihrem Traum kannte, zwischen den Blüten der »Black Princess«. Der Schnitt in ihrer Kehle sah aus wie ein zweiter Mund, der lachte.

KAPITEL 7

Nach dem späten Mittagsimbiss hatte Niklas seinen Koffer ausgepackt, den schwarzen Anzug und das weiße Hemd ordentlich auf einen Bügel gehängt. Die schwarzen Budapester standen blank geputzt unter dem Fenster. Hoffentlich reichten die beiden Jeans, die Bermudas und die fünf Poloshirts, die er eingepackt hatte. Dazu Unterwäsche zum Wechseln, Kosmetikartikel und eine Badehose, obwohl es in ganz Thöninghausen kein öffentliches Freibad gab, noch nie gegeben hatte.

Dann hatte er einen Rundgang durch den Garten gemacht, die Hibisken und Rosen betrachtet, der ganze Stolz seiner Mutter. Zwischen den Rosensträuchern blühte der Lavendel. Die Hortensien waren dabei, ihre Blüten zu entfalten, im Hintergrund schimmerte der große Teich. Weiße Seerosen bedeckten die Oberfläche. Ein aufgeregtes Quaken drang aus der Richtung an seine Ohren. Nun, da keine Fische mehr drin waren, hatten Frösche das Wasser erobert. Als er sich näherte, sprang ein giftgrünes Exemplar von einem Seerosenblatt ins erfrischende Nass. Ansonsten war es still. Frau Schumacher hielt wahrscheinlich einen Mittagsschlaf, ihre Katzen sonnten sich, und aus dem zweiten Nachbarhaus war kein Ton zu hören. Vielleicht war die Familie ja schon in den Sommerurlaub gefahren.

Niklas ging zurück ins Haus, zog seine Badehose an und zerrte eine Sonnenliege auf die Terrasse aus Solnhofener Platten. Nach wenigen Minuten war er eingeschlafen.

Geweckt wurde er durch einen schmerzhaften Stich in den Oberschenkel. Schon die zweite Insektenattacke an diesem Tag. Ein Blick auf seine Armbanduhr verriet ihm, dass sein Nickerchen gut eine Stunde gedauert hatte. Hätte ihn das Mistvieh, was immer es auch war, nicht gestochen, er hätte selig weitergedöst und wäre wahrscheinlich verbrannt. Denn die Sonne hatte sich nun hinter den Tannen von Frau Schumachers Garten auf den Weg zu seiner Liege gemacht. Schon glühten ihre Strahlen auf seinem Gesicht. Wahrscheinlich musste er sich bei dem Stechtier bedanken, nicht auszudenken, wie er in einer weiteren Stunde ausgesehen hätte.

Niklas hatte das einmal in einem Dänemarkurlaub erlebt. Auf dem Handtuch in den Dünen eingeschlafen, die frische Brise hatte ihn nicht an die Kraft der Sonne denken lassen, und nach zwei Stunden war er krebsrot gewesen. In der Nacht hatte er auf dem Bauch liegen müssen, so sehr hatten Rücken und Schultern geschmerzt, und als sich seine Haut geschält hatte, sah er aus wie ein Wiedergänger aus der Gruft.

Apropos Gruft. Es war an der Zeit, sich die Grabstelle auf dem Friedhof anzuschauen. Sigrid hatte die Pflege einem Friedhofsgärtner aus Trutstadt anvertraut, der sich viermal im Jahr um Unkraut und Neuanpflanzungen, Blumen und Kerzen kümmerte. In der Grabstätte waren bereits seine Großeltern väterlicherseits und sein Vater Edwin beerdigt. Jetzt kam seine Mutter dazu. Ob er hier liegen wollte, diese Frage hatte sich Niklas bis zum heutigen Tage noch nicht gestellt.

In der Garage stand außer dem alten dunkelgrünen Mercedes seiner Mutter noch ein Hollandrad, das er nicht kannte. Er wusste nicht einmal, ob seine Mutter in den letzten Jahren noch Fahrrad gefahren war. Vielleicht gehörte es auch Henriette, der Zugehfrau. Kurz entschlossen schob Niklas es hinaus und schwang sich, nun in kurzen Hosen und Poloshirt, in den Sattel.

Nach wenigen Minuten erreichte er schweißgebadet den Friedhof, der, nachdem der sogenannte Totenacker bei Sankt Martin nicht mehr zu erweitern gewesen war, bereits Ende des achtzehnten Jahrhunderts angelegt worden war. Die meisten alten Grabsteine waren jedoch irgendwann in den Sechzigern des zwanzigsten Jahrhunderts einer Modernisierungs- und Säuberungsaktion zum Opfer gefallen und auf dem Müll gelandet. Überlebt hatten nur die alten Gräber, um die sich die Nachfahren noch kümmerten. Eine hohe Mauer umgab das rechteckige Gelände, in der Mitte jeder Seite öffnete sich ein Rundbogentor, alle waren in der Nacht jedoch verschlossen, seit vor etlichen Jahren Satanisten, so die landläufige Meinung, ihr Unwesen auf dem Friedhof getrieben hatten. Kreuze waren umgeworfen und merkwürdige Zeichen, die Pfarrer Berg als Pentagramme identifiziert hatte, an die Rückseiten der Grabsteine geschmiert worden.

Niklas stellte das Rad in den Fahrradständer. Die Grabstelle seiner Familie lag mitten auf dem Friedhof. Zielsicher steuerte er sie an. Nur ein paar alte Frauen waren außer ihm zugegen und auf und zwischen den Gräbern zugange, rupften Unkraut heraus, wechselten die Blumen, schrubbten mit Zahnbürsten oder auch großen Wurzelbürsten die Grabsteine.

Vor dem Familiengrab hielt er inne, sandte ein kurzes Gebet nach oben. Noch war die Oberfläche unberührt, das Grab noch nicht ausgehoben. Ein ewiges Licht brannte in einem kleinen Gehäuse hinter rotem Glas. Heidekraut blühte in kräftigem Lila, dazwischen eine Schale mit weißen Geranien. Der Grabstein war aus dunkelgrauem Marmor, auf dem die Namen der Verstorbenen eingraviert waren. Moos hatte sich in die Null des Jahres 1950, Todesjahr seines Großvaters gesetzt, ebenso in das D des Vornamens seines Vaters. Moos schien Rundungen zu bevorzugen. Nach der Beisetzung würde der Stein zum Steinmetz Petry nach Butzigheim wandern und Name und Lebensdaten seiner Mutter würden eingraviert werden.

Ein eiskalter Schauer lief Niklas trotz der Hitze über den Rücken. Eigentlich fand er Friedhöfe faszinierend. Sie strahlten eine große Ruhe aus und gehörten zum Leben einfach dazu. Irgendwann würde jeder hier oder anderswo seine letzte Ruhe finden.

»Hallo, Niklas. Mein Beileid. Schön ist das Grab deiner Familie. Deine Mutter habe ich ja nicht oft hier gesehen, aber gepflegt war es immer.«

Niklas drehte sich um. Die Frau hinter ihm kam ihm vage bekannt vor. Sie kannte ihn und Sigrid, also wohl eine Frau aus dem Dorf. Aber so richtig zuordnen konnte er sie nicht.

»Du erinnerst dich bestimmt nicht an mich. Du warst damals noch ein kleiner Junge, als ich weggezogen bin.

Ich bin die Karla Römer, ich kannte deine Mutter, war auch eine Freundin von Marlies. Tja, beide nun tot. Da bin ich vielleicht schon die Nächste.«

Irgendeine Erinnerung stahl sich in Niklas' Kopf. Doch er konnte sie nicht greifen.

»Es war schön, dich zu sehen. Mal sehen, ob ich es schaffe, zur Beerdigung zu kommen. Ich bin ja nun auch nicht mehr die Jüngste. Nächstes Jahr werde ich achtzig. Aber vielleicht hat der liebe Gott mich ja dann schon zu sich geholt.« Sie hielt Niklas eine runzlige Hand voller Altersflecken hin, um sich zu verabschieden. Noch immer konnte er mit dem Namen und dem Gesicht der alten Frau nicht wirklich etwas anfangen. Was sollte er sagen? *Schön, Sie hier mal wieder getroffen zu haben? Toll, schon bald achtzig? Na, da soll sich der liebe Gott aber noch ein wenig Zeit lassen?*

Was sagte man alten Leuten auf einem Friedhof denn so? Am Ende sagte er quasi gar nichts. Lediglich »Ich würde mich freuen, Frau Römer«. Dann schüttelte er ihr zum Abschied die Hand und sah der ganz in Schwarz gekleideten Gestalt nach, die gebückt die Treppe zum unteren Parterre in Richtung Ausgang ging. Jemand holte sie wohl vom Friedhof ab. Vielleicht ein Taxi, denn kaum war sie durch das Tor verschwunden, wurde ein Motor gestartet, und ein Fahrzeug entfernte sich mit lautem Brummen.

Niklas verabschiedete sich von seinen Verstorbenen und spazierte gemächlich zwischen den Gräbern hindurch. Ein Feld war unbekannten Soldaten gewidmet, ein kleiner Bereich verstorbenen Kindern. Weiße Kreuze, Engel, Spielzeug. Das letzte Kind, das hier beerdigt worden war, eine kleine Marie, war keine drei Monate alt geworden. Wer wohl die unglücklichen Eltern hier in Thöninghausen waren? Er spazierte weiter, vorbei an dem Brunnen, aus dem man mit einer Gießkanne, von denen drei an einem Pfosten hingen, Wasser für die Grabbepflanzung entnehmen konnte.

Ein grob behauener Sandsteinblock fiel Niklas ins Auge. Aus dem oberen Bereich war eine Taube herausgemeißelt worden, die mit schräg gelegtem Köpfchen auf das Grab blickte. Ein schöner, außergewöhnlicher Grabstein. Fast wie ein Findling, aber von Menschenhand behauen. RÖMER. Das musste die Grablege der Familie von Karla Römer sein. Jetzt fiel es ihm wie Schuppen von den Augen. Natürlich, diese alte Geschichte.

Er war vielleicht elf Jahre alt gewesen, als sie verschwand. Auf dem Stein waren zwei Namen eingraviert. *Moritz Römer *1932 †1995.* Darunter stand *Julia *1973 – Gott möge dich beschützen.* Kein Sterbedatum. Das Mädchen, das von der Disco nach Hause wollte und nie dort angekommen war. Das musste so vor dreißig Jahren gewesen sein. Julia war älter gewesen als er. Die ganze Gegend war damals durchkämmt worden. Sein Vater hatte sich dem Suchtrupp angeschlossen. Alles, was Beine hatte, war unterwegs gewesen. Die Jägerschaft Thöninghausen hatte jeden Mann mobilisiert, mit bestens ausgebildeten Jagdhunden hatten sie die Gegend durchkämmt. Nichts ließ man unversucht, Julia zu finden. Aber sie blieb verschwunden. Wie vom Erdboden verschluckt.

Erneut fröstelte Niklas trotz der Hitze, die die Blumen auf dem Grab der Familie Römer vor seinen Augen verdorren ließ.

KAPITEL 8

Kurz hatte Niklas überlegt, am Abend zum *Halben Hahn* zu pilgern, ein Bier zu trinken und vielleicht, falls vorhanden, alte Bekannte zu treffen. Doch den Gedanken hatte er verworfen, als er erneut nass geschwitzt zu Hause vom Fahrrad stieg. Kalte Dusche, Bier aus dem Kühlschrank, ein großes Stück Fleischwurst aus der Faust, mehr brauchte er heute Abend nicht. Und seine Ruhe. Er hatte sein Handy in der Villa gelassen, als er zum Friedhof aufgebrochen war. Unschuldig lag der alltägliche Quälgeist auf dem Küchentisch, doch das Blinken auf dem Display erinnerte Niklas daran, dass er eigentlich einen Job zu erledigen hatte.

Wahrscheinlich hatte Doro mittlerweile einen Tobsuchtsanfall bekommen, ihn zum Teufel gewünscht und ihm mitgeteilt, sie würde nie mehr auch nur einen Finger für ihn krumm machen. Das wäre nicht das erste Mal. Er sei eine Diva, nur noch schlimmer, und sie nicht sein Fußabtreter. Er kenne keinen Fußabtreter, der sich für seine Leistung eine derart goldene Nase verdienen würde, hatte er ihr daraufhin erklärt. Doro war beleidigt gewesen, doch schon eine halbe Stunde später war sie wieder angeschnurrt gekommen, und alles war wieder gut gewesen. Er wusste, wie man mit Frauen umging.

Tatsächlich waren alle Sprachnachrichten von Doro. In jeder einzelnen hatte sie es fertiggebracht, ihren Ärger auf ihn zu steigern. Im Ton von dunkel bis schrill, in ihrer Laune von schmeichelnd bis schreiend, beim Fluchen von »Sturkopf« bis »hirnloser Idiot«. Sollte sie sich nur austoben. Er würde sie schmoren lassen und erst nach der Beerdigung zurückrufen. Gab es da nicht eine Funktion im Handy, mit der man Doro einfach verschwinden lassen konnte? Mit Technik hatte er so gar nichts am Hut. Besser er ließ die Finger davon. Sonst ging das Ding wahrscheinlich gar nicht mehr. Er ignorierte sie am besten und gut war's. Niklas schaltete sein Handy auf stumm.

Er stellte eine Flasche Bier auf ein Tablett, fummelte die Wurst aus ihrer Verpackung und legte sie samt Messer auf einen Teller. Im Vorratsschrank entdeckte er noch ein Glas mit scharfem Senf. Perfekt. Von der Küche führte eine Treppe direkt in den Garten. Niklas hatte gerade die Tür mit dem Fuß aufgeschoben, als ein Handy klingelte. Hatte er sein Telefon nicht stumm geschaltet? Doch es war nicht sein Telefon, sondern ganz offenbar das seiner Mutter. Er hatte es auf der Küchentheke in einer gläsernen Schale liegen sehen. Er selbst hatte Sigrid den Klingelton, der Beginn von Mozarts *Kleiner Nachtmusik*, eingerichtet. Das Einzige, was er bei einem Handy fertigbrachte.

Fast hätte er das Tablett fallen lassen. Sigrid war tot. Wer rief sie denn an? Andererseits gab es bestimmt Bekannte seiner Mutter, die von ihrem Ableben noch nichts wussten. Und wer Sigrid erreichen wollte, sollte auch erfahren, dass sie nicht mehr unter den Lebenden weilte. Vielleicht wollte die Person, die jetzt versuchte, seine

Mutter zu erreichen, zur Beerdigung kommen. Die *Kleine Nachtmusik* dudelte immer noch, gleich würde der Anrufbeantworter anspringen. Schnell stellte Niklas das Tablett auf dem Küchentisch ab und erreichte mit einem Hechtsprung das Handy. Keine Nummer auf dem Display.

»Westphal.«

Kurzes stoßweises Atmen am anderen Ende der Leitung.

»Hallo, hier Niklas Westphal. Sie wollten Sigrid sprechen? Wer ist da bitte?« Keine erkennbare Reaktion. »Ich muss Ihnen leider mitteilen, Sigrid, meine Mutter ist verstorben. Hallo?«

»Sigrid?« Die Stimme klang verunsichert. »Sigrid? Hat Marlies schon mit dir gesprochen? Sie meinte, bei dir wären sie gut aufgehoben. Ich habe im Garten leider keinen Platz mehr für sie, sie wuchern so. Eigentlich schade. Aber neben deinem Teich würden sie bestimmt sehr schön aussehen. Gelb neben Blau, ist doch schön, oder? Ach, nein, die blauen müssen ja raus.« Ein kindliches Kichern drang an Niklas' Ohr. »Und die Kleider kannst du mir vorbeibringen, ich kann sie in die Sammlung geben.«

Niklas runzelte die Stirn. Die Frau schien in der Tat keine Ahnung vom Ableben seiner Mutter zu haben, beziehungsweise sie hatte eben auch nicht zugehört. Und Marlies' Tod? Der war doch nun schon eine Zeit lang her.

»Entschuldigen Sie bitte. Wer ist da? Sigrid, meine Mutter, ist tot. Wenn Sie zur Beerdigung kommen wollen, dann …« Weiter kam Niklas nicht. Er hörte zunächst ein Summen. Die Person am anderen Ende der Leitung summte eine Melodie, die ihm vage bekannt vorkam. Eine zweite Stimme drang an sein Ohr, die so etwas zischte wie »Mama, lass das«, dann war die Verbindung weg.

Merkwürdig. Er schüttelte den Kopf und legte das Handy zurück auf den Teller. Dabei bemerkte er den Eingang von zwei SMS und drei Sprachnachrichten. Um die würde er sich später kümmern. Warum allerdings war das Telefon hier im Haus? Er musste Henriette fragen. Sie hatte Sigrid leblos im Bad gefunden und den Notarzt angerufen. Wahrscheinlich war es ihr gar nicht in den Sinn gekommen, Sigrids Telefon einzupacken. Als Henriette Sievers Niklas informierte, hatte sie vom Festnetzanschluss der Villa angerufen.

Aber wozu sich darüber oder über diesen merkwürdigen letzten Anruf Gedanken machen. Sigrid war tot und brauchte kein Handy mehr. Oder hatte sie sich vielleicht gewünscht, dass man ihr das Telefon mit in den Sarg gab? Dieser Gedanke kam Niklas spontan in den Sinn. Edgar Allen Poe hatte unter Taphephobie gelitten, der Angst, lebendig begraben zu werden. Eine Angst, die zu Poes Zeiten wahrscheinlich durchaus ihre Berechtigung gehabt hatte. Heute war die Medizin weiter. Wenn jemand für tot erklärt wurde, war er es auch.

Niklas schüttelte sich bei dem Gedanken, entnahm dem Kühlschrank gleich eine zweite Flasche Bier und machte es sich endlich auf der Liege mit seiner Abendmahlzeit bequem. Nur einmal durchbrach das Motorengeräusch eines Kleinflugzeugs, das über ihn hinwegflog, die schwüle Stille. Niklas genoss die abendliche Ruhe. Er schloss die Augen und wäre um ein Haar schon wieder auf der Liege eingeschlafen, wenn nicht ein plötzlich einsetzendes, lautstarkes Froschkonzert ihn daran gehindert hätte.

Die Nacht versprach, sternenklar zu werden. Mit der herannahenden Dunkelheit gingen die Temperaturen merklich zurück, und Niklas ging wieder ins Haus. Noch hatte er keine Lust, ins Bett zu gehen. Hatte er nicht vorgehabt, sich mit dem neuen *John Sinclair* unters Dach zu verziehen? Ganz wie in alten Zeiten auf der Matratze herumlümmeln, schmökern, sich ein wenig gruseln? Und warum nicht auch gleich da oben schlafen?

Mit einer letzten Flasche Bier, dem Heft und Sigrids Handy – er wollte die letzten Nachrichten abhören, vielleicht musste ja noch irgendwer informiert werden – kletterte er über die Bodentreppe, die mit einem lauten Quietschen durch die Luke auf das Parkett im Obergeschoss rutschte. An der Stelle, wo die Holztreppe auf dem empfindlichen Boden aufkam, war dieser verschrammt und abgenutzt. Hunderte Male war Niklas da oben gewesen, sein Rückzugsort, wenn er Woche für Woche, geradezu süchtig danach, die Schauergeschichten verschlungen hatte.

Unter dem Dach, das nur unzureichend isoliert war, staute sich eine brütende Hitze. Niklas setzte sich im Schneidersitz auf die Matratze, nahm einen Schluck Bier. Im Kniestock, den er nur auf allen vieren kriechend erreichen konnte, hatte er vor Urzeiten ein Regal eingepasst, das er aus Brettern selbst gezimmert hatte. Noch immer lagen dort ein paar Hefte und Bücher. Was nur hatte er dort zurückgelassen?

Er legte John Sinclair zur Seite und krabbelte zum Regal. Ein Buch mit dem Titel *Faszination des Unfassba-*

ren, total zerfleddert, so oft, wie er darin geblättert hatte, einige echte Groschenromane, ein *Fix-und-Foxi*-Sammelband, ein ganzer Jahrgang von MAD und, er traute seinen Augen kaum, eine Gesamtausgabe der Werke Edgar Allen Poes. Niklas stieß einen Schrei der Überraschung aus. Das Buch hatte er vermisst, als er bei seinem letzten Umzug die Bücherkisten ausgepackt hatte. Er hatte geglaubt, es sei verloren gegangen, und hier lag es nun. Er hatte es nie mitgenommen, einfach vergessen. In seiner Bibliothek stand nun eine neuere, teurere Ausgabe der Gedichte und Kurzgeschichten mit wunderbaren Illustrationen von Gustave Doré, Alfred Kubin und anderen Künstlern. Eben noch hatte er an Poe gedacht, und jetzt lagen seine Werke hier vor ihm, quasi eine Einladung, sich wieder mit dem Meister der Schauergeschichten zu beschäftigen. Sinclair konnte warten.

Wie von Zauberhand geöffnet, sprang das Buch auf der Seite auf, wo die Novelle *Lebendig begraben* begann. Sie hatte er am häufigsten gelesen, war fasziniert von dieser Thematik gewesen. Nicht nur Edgar Allen Poe, auch andere berühmte Persönlichkeiten verfolgte Zeit ihres Lebens die Angst vor einem solchen Schicksal. Hans Christian Andersen hatte darauf bestanden, ihm nach dem Tod die Pulsadern aufzuschneiden, der Philosoph Schopenhauer, ihn erst zu beerdigen, wenn die Verwesung seines Körpers bereits vorangeschritten wäre. Im funzeligen Schein der Glühbirne las Niklas: *Lebendig begraben zu werden, ist ohne Frage die grauenvollste aller Martern, die je dem Sterblichen beschieden wurde. Daß es häufig, sehr häufig vorgekommen ist, wird von keinem Denkenden bestritten werden. Die Grenzen, die Leben und Tod*

scheiden, sind unbestimmt und dunkel. Wer kann sagen, wo
das eine endet und das andere beginnt?

Niklas fragte sich in diesem Augenblick, wie oft wohl jemand lebendig begraben worden war. Scheintot. Ärzte, die das Ableben bescheinigten, Bestatter, die nicht merkten, dass die Person noch am Leben war, Sargträger und Hinterbliebene, die vielleicht das Klopfen im Sarg nicht hörten. Er schüttelte sich. Kein schöner Gedanke. Er las weiter. Poe sprach von zahlreichen solcher Begräbnisse und gab an, sofort hundert authentisch erwiesene Fälle anführen zu können.

Einhundert Fälle. Und bei der Geschichte, die Poe dann zum Besten gab, stellten sich bei Niklas, der sie schon so oft gelesen hatte, einmal mehr die Nackenhaare auf: Die Frau eines angesehenen Bürgers befiel eine unerklärliche Krankheit, an der sie nach langem Leiden starb oder zumindest für tot gehalten wurde. Drei Tage später wurde sie in der Familiengruft beigesetzt. Nach drei Jahren öffnete man die Gruft erneut, um einen weiteren Sarkophag hineinzubetten. Und dann der Schock. Als die Torflügel aufflogen, sank eine weiß gekleidete Gestalt in die Arme des Ehemanns. Es war das Skelett der angeblich Verstorbenen. Nachforschungen ergaben, dass die Frau zwei Tage nach dem Begräbnis wieder erwacht und der Sarg infolge ihrer wilden Versuche, sich zu befreien, herabgestürzt und zerbrochen war, sodass sie ihm entsteigen konnte. Auf der obersten Stufe der Treppe, die zur Totenkammer hinabführte, lag ein Teil des Sarges, mit dem sie wahrscheinlich gegen das Eisentor geschlagen hatte, um auf sich aufmerksam zu machen. Doch niemand hörte sie. Offenbar verfing sich bei dem

Versuch, der Gruft zu entkommen, ihr Totenkleid in den Gitterstäben des Tores. So starb und verweste sie aufrecht stehend.

Da muss die neue Story von Sinclair aber einiges aufbieten, um mir heute noch einen vergleichbaren Gruselfaktor zu bieten, dachte Niklas, als er seine Lektüre beendet hatte. Vielleicht war es aber auch genug der Schauermärchen. Trotz der Hitze unter dem Dach fröstelte ihn plötzlich. Wie schon am Nachmittag auf dem Friedhof. Ob er vielleicht krank wurde? Eine bleierne Müdigkeit überkam ihn. Zeit, ins Bett zu gehen, aber nicht hier oben auf der alten Matratze. Niklas stieg die Treppe hinunter und schob sie zurück in den Dachboden.

Die Sommerhitze hatte sich mittlerweile im ganzen Haus ausgebreitet. Niklas ging in die Küche. Im Vorratsraum stand ein Kasten Mineralwasser. Die Flasche, die er eben herausheben wollte, plumpste zurück in den Kasten, als sich das Handy seiner Mutter erneut meldete. Die Stille, die Hitze, die Umstände, all dies schien in ihm eine ungewohnte Schreckhaftigkeit auszulösen. Jetzt hatte er ganz vergessen nachzusehen, wer in der letzten Zeit versucht hatte, sich mit Sigrid in Verbindung zu setzen. Er zog das Handy aus seiner Hosentasche, in die er es vorhin gesteckt hatte.

»Niklas Westphal.«

»Niklas, tut mir leid, dass ich dich noch um die Uhrzeit störe.«

Eine Frauenstimme, die er keinem weiblichen Wesen zuordnen konnte. Die Frau schwieg nun, und wie es ihm vorkam, war es ein unbehagliches Schweigen, wenn es so etwas überhaupt gab.

»Ist schon in Ordnung. Wer spricht denn, und um was geht's?«, ermunterte er seine Gesprächspartnerin.

»Ähm, hier ist Christiane. Christiane Wagner. Meine Mutter hat bei Sigrid angerufen, du warst dran, heute Nachmittag. Ich wollte mich eigentlich nur entschuldigen. Sigrid und meine Mutter, Josefa, du kannst dich vielleicht an sie erinnern, waren befreundet. Mutti hat immer noch nicht begriffen, das heißt, sie wird es auch nicht begreifen, dass Sigrid tot ist. Weißt du, sie hat Alzheimer. Sie lebt noch hier im Haus, und ich kümmere mich um sie. Allerdings weiß ich nicht, wie lange das noch funktioniert. Es wird von Tag zu Tag schlimmer. Und nun, sie hat eben mit Sigrid sprechen wollen. Das muss ein kurzer lichter Moment gewesen sein, denn eigentlich hat sie vieles vergessen und überhaupt, ich hab keine Ahnung, wie sie die Nummer auf dem Handy gefunden hat. Also, es tut mir leid. Ist doch schon irgendwie unheimlich, wenn sich jemand mit einer Toten in Verbindung setzen will. Okay, sie hat es ja nicht begriffen, aber trotzdem ...«

Niklas nutzte Christianes kurze Atempause, um zu antworten. Er konnte sich an ein dunkelhaariges pummeliges, allerdings ziemlich schweigsames Mädchen mit Brille erinnern.

»Du brauchst dich doch nicht zu entschuldigen. Es ist doch schön, wenn deine Mutter sich noch ab und zu erinnert. Sigrid hätte sich bestimmt über ihren Anruf gefreut. Kommst du mit deiner Mutter zur Beerdigung?«

»Ich weiß es noch nicht, es kommt drauf an, wie es Mutti dann geht. Wenn sie gut drauf ist, auf jeden Fall.«

76

»Das wäre schön. Ich bin noch ein paar Tage hier. Ich treffe mich die Tage mit der alten Clique, hast du nicht Lust dazuzukommen?« Niklas wusste selbst nicht, warum er sie eingeladen hatte. Christiane hatte nie zu ihrer Clique gehört. Zu jung, vielleicht auch zu wenig attraktiv? Er konnte es nicht sagen.

Dementsprechend war auch Christianes Antwort. »Das ist nett, aber da hab ich nie dazugehört. Aber mal schauen, vielleicht sieht man sich ganz zufällig. Unser Dorf ist ja nicht sehr groß. Nun, dann will ich dich mal in Ruhe lassen. Tschüss, Niklas.« Und schon hatte sie aufgelegt.

Niklas kratzte sich am Kinn. Egal. Aber eine Sache sollte er noch klären. Was hatte es mit den Kleidern auf sich? Er musste Christiane danach fragen. Schließlich wollte er keine Sachen weggeben oder gar wegwerfen, die womöglich irgendwelchen alten Freundinnen seiner Mutter gehörten. Solche Fundstücke würde er natürlich ganz gerne zurückgeben.

Eine Viertelstunde später lag Niklas in seinem Bett, nach wenigen Minuten schlief er tief und fest.

Ein merkwürdiger Laut ließ ihn hochschrecken. Er lauschte. Da war er wieder. Der Schrei einer Katze? Er horchte angestrengt. Das Geräusch war im Haus. Hatte er womöglich eine der Nachbarskatzen versehentlich eingesperrt? Oder war das Tier durch das Fenster gesprungen und fand nun nicht mehr den Weg in die Freiheit? Wahrscheinlich würde das Vieh die ganze Nacht über weiterjammern. Besser, er befreite es gleich und hatte danach seine Ruhe.

Er verließ sein Zimmer, versuchte zu erlauschen, woher die Laute wohl am ehesten kamen. Eindeutig von ganz unten. Er stieg die knarzende Holztreppe hinunter, öffnete die Kellertür, tastete nach dem Lichtschalter. Die Neonröhre, die den ersten Raum beleuchtete, flackerte, unentschlossen, ob sie nun für Licht sorgen sollte oder nicht. Dann war blitzartig alles hell erleuchtet. Hier wurden die Vorräte aufbewahrt. Gläser mit Marmelade und eingemachtem Obst, Wein, Konserven mit Erbsen, Pilzen und anderem Gemüse. Dahinter lagerten in einem breiten Gang, der zur Waschküche und einer Werkstatt führte, die sein Vater weidlich genutzt hatte, altgediente Skier und ein Schlitten, auf einem Regal standen Farbtöpfe und Gartenutensilien.

Niklas folgte dem kläglichen Schreien, das ganz offensichtlich aus dem Kellerraum drang, der neben der Waschküche lag und in dem er sich als Jugendlicher einen Party- und Fitnessraum eingerichtet hatte. Auch hier muckte die Neonröhre zuerst auf, um schließlich ihre Leuchtkraft abzugeben. Nichts war verändert worden. Der Sandsack hing von der Decke, das Rudergerät stand hinten an der Wand, die Dartscheibe, jetzt von Spinnweben umgeben, hing an selbiger. Die Thekenbar hatte er selbst aus Brettern gezimmert. Es sah urig aus. Dahinter ein alter Küchenschrank, in dem die Gläser aufbewahrt wurden. Unten im Schrank Platz für die Flaschen. Daneben ein kleiner Kühlschrank. Der Stecker des Elektrokabels war aus der Steckdose herausgezogen, und der Kühlschrank stand offen.

Die Stimme des Katzentiers kam aus dieser Richtung. Er öffnete den Schrank in der Erwartung, dass es fauchend herausgeschossen kam. Doch nichts. War es etwa hinter den Schrank geraten? Das Möbelstück war nicht besonders groß und nicht besonders schwer. Er ruckelte es von der Wand weg. Keine Katze, aber dafür eine knapp mannshohe Holztür. Er schüttelte den Kopf. War die schon immer da gewesen?

Egal, die Tür war da, und das klägliche Jammern kam von dahinter. Er drehte an dem flachen Knauf und zog sie auf. Das Licht im Partykeller war ausreichend, um den Gang mit zu beleuchten, der sich vor ihm öffnete. An seinem Ende eine weitere Tür. Nein, die hatte er definitiv noch nie gesehen. Sie sah wie selbst zusammengeschustert aus, drei Bretter in einem Rahmen, eine altmodische Klinke, und sie war nicht sehr hoch.

Er drückte die Klinke herunter, die Tür öffnete sich mit einem Quietschen. Das Licht reichte erstaunlicherweise immer noch aus, um einen weiteren, niedrigeren Gang erkennen zu lassen, der aus dem Fels, auf dem das Haus zum Teil gegründet war, herausgehauen zu sein schien. Vielleicht war der Gang sogar älter als die Villa. Am Ende entdeckte er eine weitere Tür, noch schmaler, noch niedriger. Das Jammern kam näher. Klagend, weinerlich, wimmernd. Unglaublich, welche Töne Katzen von sich geben konnten.

Die nächste Tür war ebenfalls grob gezimmert, der Gang dahinter feucht und kalt, niedrig und eng. Und immer noch erhellt vom Schein der Neonlampe. Hier war Ende, weiter ging es nicht. Kein Tier war zu sehen. Plötzlich drang das Schreien, geradewegs als sei es eine menschliche Stimme, aus der vor ihm liegenden Mauer, die feucht glänzte.

Niklas wurde es unheimlich. Das sah er sich doch lieber am Tag an, solange würde das Vieh ja wohl aushalten. Er drehte sich um, um zurückzugehen. Doch wo war die Tür? Und war der Gang nicht noch schmaler, noch niedriger? Geradeso, als würden sich alle Wände auf ihn zubewegen. Genau wie in Poes *Die Grube und das Pendel*, schoss es ihm durch den Kopf. Die Wände waren mittlerweile so nahe, dass er sie mit angewinkelten Armen erreichen konnte. Seine Finger krallten sich in den modrigen Stein, um das Grauen aufzuhalten. Dann schwanden ihm die Sinne.

KAPITEL 9

Mit einem Keuchen erwachte Niklas. Seine Finger hatten sich in die Bettdecke gekrallt, und nur mühsam konnte er sie von ihr lösen. Sein ganzer Körper war schweißgebadet. Wie so oft war er in einem Albtraum gefangen gewesen, einem Albtraum, von dem ihm in diesem Augenblick nur in Erinnerung war, dass er sich in einem Keller befunden hatte.

Er hob ein wenig den Kopf. Draußen war es noch dunkel, nur der Schein einer Mondsichel, die sich wie ein Scherenschnitt am Himmel abzeichnete, sorgte für ein wenig Helligkeit. Noch immer nicht gänzlich wach, tastete Niklas nach der Nachttischlampe. Seine Finger glitten am Kabel entlang, irgendwo musste doch der Schalter zum Anknipsen sein. Er fand ihn und musste die Augen schließen, als das grelle Licht seine Pupillen traf. Er setzte sich auf, zog den Zipfel der Bettdecke heran und fuhr sich damit über das schweißnasse Gesicht.

Langsam öffnete er wieder die Augen. Ein Gefühl der Erleichterung breitete sich in ihm aus. Er lag im Bett in seinem alten Zimmer, im Zuhause seiner Kinder- und Jugendzeit. Niklas schüttelte den Kopf. Vielleicht lag es ja am zunehmenden Alter. Früher hatten ihn diese ganzen Gruselgeschichten nicht im Mindesten beeindruckt, hatten weder für schlaflose Nächte noch für irgendwelche Albträume gesorgt. Mehr als ein wohliges Schaudern hatten sie nicht in ihm hervorrufen können. Dieser Traum war allerdings besonders unheimlich. Noch immer schmerzten ihn seine verkrampften Finger. Was hatte er mit seinen Händen gemacht?

Bruchstückhaft kehrte der Traum zurück. Der Keller. Er hatte eine Tür geöffnet. Eine Tür, von deren Existenz er nicht einmal gewusst hatte. Niklas grübelte, doch an mehr konnte er sich nicht erinnern. Aber da war noch mehr gewesen, dessen war er sich sicher. Etwas, was ihn geängstigt hatte, ihn in Panik hatte verfallen lassen. Er stützte den Kopf in die Hände, schloss die Augen, doch der Erinnerungsbildschirm blieb schwarz.

Der Blick auf den alten Radiowecker verriet ihm, dass es kurz nach vier war. Er hatte gerade mal fünf Stunden geschlafen. Im Zimmer war es heiß und stickig. Aus Angst vor Stechmücken hatte er das Fenster nicht geöffnet. Er stand auf, tappte ins Erdgeschoss und griff sich die Flasche Mineralwasser, die er am Abend vergessen hatte. Da lag immer noch das Handy seiner Mutter. Bisher hatte es jedes Mal, wenn er auch nur entfernt darauf geschielt hatte, einen Mucks von sich gegeben. Doch jetzt blieb es still. Niklas seufzte. Munter, wie er jetzt war, würde er wahrscheinlich kaum noch ein Auge zumachen, zumal bald die Sonne aufging. Er würde den Tag schon jetzt beginnen lassen. Mit einem starken Kaffee.

Der Kaffeeautomat war ein Hightechgerät, das er Sigrid vor zwei Jahren zu Weihnachten geschenkt hatte. Es mahlte die Bohnen und besaß zig Knöpfe, um einen doppelten Espresso oder einen Latte Macchiato zu brühen. Die Maschine stand da, als wäre sie eben erst ausgepackt worden. Es würde ihn nicht wundern, wenn seine Mutter und Henriette dieses Wunderwerk der Technik einfach ignoriert hatten. Wahrscheinlich hatten die beiden immer noch dem ollen Teil mit Filtertüte den Vorzug gegeben. Tatsächlich entdeckte Niklas nirgendwo Kaffeebohnen. Aber er fand ein angebrochenes Paket mit gemahlener Jacobs Krönung, und nach wenigen Minuten durchzog der Duft des frisch aufgebrühten Kaffees die Küche.

Niklas füllte sich einen Becher mit dem kräftigen Gebräu und verzog sich zurück in sein Zimmer. Er riss das Fenster auf und machte es sich in seinem Bett gemütlich. Fast hätte er sich an dem Kaffee die Zunge verbrannt. Dann nahm er sich Sigrids Handy vor. Die beiden SMS waren von einer Fensterbaufirma in Rodenstein, die zweimal den Termin für den Einbau des neuen Kellerfensters verschob. Das hatte sich wohl erledigt, denn das marode Holzfenster, aus dem der Kitt schon seit Jahren bröselte, war durch ein Kunststofffenster ersetzt worden. Warum seine Mutter diese SMS nicht gelöscht hatte, konnte sich Niklas nicht erklären. Die älteste Sprachnachricht war von Dr. Wiesner, dem Hausarzt der Familie, der allerdings schon lange im Ruhestand war. Er fragte nach, weil er Sigrid zu Hause nicht angetroffen habe, ob es schon einen Befund gäbe.

Die beiden letzten Anrufe kamen von Marlies, der Floristin, die schon seit mehreren Wochen nicht mehr unter den Lebenden weilte. Niklas überlief ein Schauer, als er ihre Stimme hörte. Fast wie eine Nachricht aus dem Jenseits. Was war nur los mit ihm? Marlies erinnerte Sigrid an den Kaffeenachmittag, und beim zweiten

Anruf fragte sie, ob sie einen Obstkuchen oder eine Wolkentorte backen sollte. Wolkentorte. Wider Willen musste Niklas schmunzeln. Er stellte sich die beiden betagten Damen auf einer riesigen Wolke vor, auf der sie ihre Torte verspeisten. Doch sofort wurde er wieder ernst. Wie schnell der Tod einen doch ereilte. Heute noch putzmunter und morgen schon in den Händen von Adolf Lattwich.

Plötzlich hielt Niklas nichts mehr im Bett. Dort starben ja bekanntlich die meisten Menschen. Er musste dringend unter Leute. Doch noch war es viel zu früh. Wahrscheinlich schlief noch ganz Thöninghausen. Vielleicht sollte er einfach damit anfangen, den Haushalt zu sichten. Die Villa war riesig, hatte zwölf Zimmer, einen Dachboden und einen Keller. Die Sichtung würde wahrscheinlich, wenn er akribisch jedes einzelne Buch in die Hand nahm, jede Schublade und ihren Inhalt bis in die hinterste Ecke durchstöberte und jeden Schrank von oben bis unten untersuchte, Wochen dauern. Erst dann wäre er so weit, zu entscheiden, was er mit diesem oder jenem Fundstück machen würde. Doch dazu reichte seine Zeit bei Weitem nicht aus.

Niklas stöhnte auf. Wie hatte er sich das eigentlich vorgestellt? Wenn er ehrlich war, hatte er überhaupt keinen Plan. Aber alles einem Entrümpler zu überlassen, kam auch nicht infrage. Wer wusste schon, ob Sigrid nicht irgendwo zwischen den Bettlaken oder in den tiefsten Tiefen eines Schranks Geld versteckt hatte, oder wo sonstige Wertgegenstände, irgendwo in Vergessenheit geraten, schlummerten? Doch zuerst würde er sich in den Keller begeben. Er musste wissen, ob es nun eine

Tür hinter dem alten Küchenschrank gab oder sie der Fantasie seines Albtraums entsprungen war. Hätte er sie nicht bei der Einrichtung seiner selbstgezimmerten Bar entdecken müssen? Oder hatte er nur ihre Existenz vergessen?

Er sprang unter die Dusche, gönnte sich einen zweiten Becher Kaffee und eine Scheibe Toast mit Marmelade. Ein Blick auf sein Handy verriet ihm, dass Doro wieder versucht hatte, ihn zu erreichen. Ewig konnte er so nicht weitermachen, irgendwann musste er sich bei ihr melden. Er wusste jetzt schon, sie würde ihm ordentlich die Hölle heiß machen.

Mit einem mulmigen Gefühl stieg Niklas in den Keller. Auf der Mitte der Treppe blieb er plötzlich stehen, als würde ihn eine unsichtbare Faust am Nacken packen und am Weitergehen hindern. Ihm wurde schwindlig, er musste sich setzen. Da war er wieder, der Albtraum dieser Nacht. Mit Wucht drang die Erinnerung in seinen Kopf. Sie war so eindringlich, dass es ihn körperlich schmerzte. Eindringlich und vor allem außergewöhnlich.

Wie oft war er in den letzten Jahren mitten in der Nacht aufgewacht, das Herz hatte ihm bis zum Hals geklopft, immer mit dem Gefühl, einer Ohnmacht, nein, noch schlimmer, einem Herzinfarkt nahe zu sein. Doch nie war der Albtraum hinterher greifbar gewesen, die Erinnerung an ihn ausgelöscht. Vielleicht ein Bruchstück hier, ein Fetzen da, wie heute nach dem Aufwachen. Aber nie etwas, was einen Sinn ergeben hätte, nichts, was sich zu einer Albtraumgeschichte zusammengefügt hätte. Nur dieses unsägliche Gefühl der Panik war immer geblieben. Und kaum war er zurück in seinem Dorf, heimgekehrt in das Haus seiner Kindheit, war sie plötzlich da, eine allumfassende Erinnerung an einen Furcht einflö- ßenden Traum. Er war in den Keller gegangen, weil er das Jammern einer Katze – einer Katze? – gehört hatte. Damit hatte es begonnen.

Niklas erhob sich, noch fühlte er sich etwas unsicher auf den Beinen. Er ergriff das Geländer, stieg die Treppe ganz hinunter, öffnete die Tür zum ersten Kellerraum. Er schaltete das Licht an, die Neonröhre flackerte. Nichts hatte sich verändert, seit er das letzte Mal hier unten ge- wesen war, wahrscheinlich, um eine Flasche Wein aus einem der beiden gut gefüllten Weinkühlschränke zu holen. Erdenheimer Tröpfchen, der Lieblingswein sei- ner Mutter. Die Skier waren an die Wand im Gang ge- lehnt, von dem aus die nächsten Räume abgingen. Die Tür zur Werkstatt war geschlossen. In der Waschküche standen die Waschmaschine und ein Trockner, in der Ecke die zusammengeklappte Wäschespinne und zwei Körbe. An der Wand neben dem Zugang zum Garten Spaten, Rechen, Kleinkram, grüne Säcke für Laub und Abfälle.

Zögernd öffnete Niklas die Tür zum Partykeller. Auch hier gab die Leuchtstoffröhre ihr Bestes und erhellte den Raum. Da hing der Sandsack, dort die Dartscheibe. Die Barhocker mit dem dunkelgrünen Bezug waren in sei- nem Traum, soweit er sich bruchstückhaft in seinem Hirn zusammensetzte, nicht da gewesen. Der Kühlschrank, geöffnet, nicht an den Strom angeschlossen. Der Küchen- schrank stand wie immer hinter der mit Bierdeckeln be- legten Theke, über die eine Glasplatte montiert worden war. *Schusterbräu, Hansetrunk, Schmiedergerste* – er hatte alles gesammelt. Wahrscheinlich gab es viele der Braue-reien gar nicht mehr. Aufgekauft und in den großen Bier-fabriken aufgegangen, sozusagen geschluckt von den Riesen.

Wann hatte eigentlich der Küchenschrank hier Ein-zug gehalten? Niklas glaubte, sich zu erinnern, dass an dieser Stelle vorher jede Menge Gerümpel gestanden hatte. Kartons, Kisten, alte Stapel von Zeitschriften, die sein Vater gesammelt hatte und von denen er sich nicht trennen konnte.

Er holte tief Luft und schob den Küchenschrank ein Stück nach vorne. Scheiße, das gab's doch nicht! Da war tatsächlich eine Tür. Doch sie sah anders aus als in sei-nem Traum. Sie war moderner, mit Metallblatt. Er drehte am Knauf, der war identisch mit dem im Traum, und sie glitt auf. Dahinter lag ein weiterer Raum, weniger ein Gang. Die Wände bestanden aus Fels, davor Holzregale, an denen vergilbte Zettel hingen. Niklas riss einen der Zettel, der mit einer Heftzwecke am Holz befestigt war, ab. Unter dem Licht der Neonröhre, die unschön vor sich hin summte, las er *Quappener Törchen Jg. 1977*. Au-genblicklich seufzte er erleichtert auf. Nur ein alter Wein-keller, angelegt wohl von seinem Urgroßvater. An einem Nagel, der in das Seitenteil des Regals geklopft war, hin-gen ein Paar Gartenhandschuhe, an einem weiteren dar-unter ein rostiger Korkenzieher, an einem dritten ganz oben ein Stück rotes Tuch, wahrscheinlich dazu ge-dacht, die nach langer Lagerung staubigen Flaschen ab-zuwischen.

Von dem alten Weinkeller hatte er nichts gewusst. Vielleicht war er aufgegeben worden, als seine Eltern vor ewigen Zeiten die speziellen Weinkühlschränke angeschafft hatten. Daran erinnerte er sich noch. Edwin, sein Vater, hatte sich die Weinschränke zu seinem fünfzigsten Geburtstag gegönnt.

Niklas sah sich um. Das war alles. Keine weitere Tür, kein weiterer Gang, wie er sich in seinem Traum gezeigt hatte. Die Felswände solide, unbeweglich. Alles war in bester Ordnung. Ein Seufzer der Erleichterung entfuhr ihm. Erstens, weil der Traum sozusagen in diesem Teil des Kellers endete, und zweitens, weil er endlich eine Erinnerung an einen seiner Albträume hatte. Ein Fortschritt.

Auf dem Weg nach oben entnahm er einem der Weinschränke einen *Pfennichwerther Labtrunk*, den er sich am Abend im Gedenken an seine Eltern gönnen würde. Doch zunächst würde er endlich mit der Sichtung der Zimmer, Schränke und Kommoden beginnen.

Niklas fing mit Sigrids Schlafzimmer an. Ein leichter Maiglöckchenduft hing noch im Raum, der ganz in Weiß gehalten war. Auf dem hellen Flokati vor dem Bett lag verkehrt herum ein aufgeschlagenes Buch. Warum hatte Henriette es einfach so liegen lassen? Niklas hob es auf und legte es auf den Nachttisch. Gedichte von Rainer Maria Rilke, geöffnet und auf dem Boden gelandet, als Rilkes Panther gerade sein Gefängnis durchschritt.

Anfangs noch mit einer gewissen Scheu räumte er nach und nach die Schubladen leer. Die Wäsche packte er in Säcke, die kämen auf den Müll, ebenso die Schuhe. Die Kleider würden in eine Sammlung wandern, ein paar besonders hochwertige Teile legte er zur Seite, vielleicht hatte Henriette daran Interesse. Josefa Wagner fiel ihm ein. Vielleicht sollte er auch Christiane wegen der Kleider fragen. Das Regal mit den Büchern und Fotografien ließ er noch unangetastet.

Tatsächlich hatte seine Mutter nichts zwischen den Kleidern und der Bettwäsche versteckt. Keine Wertsachen, keine alten Briefe. Nur gelbes Mottenpapier lag, säuberlich mit einem Datum beschriftet, neben den Pullovern und Schals, zwischen Socken und Hemdchen.

Niklas warf einen ersten Blick in das elterliche Schlafzimmer. Es war, wie das Arbeitszimmer seines Vaters, abgeschlossen. Der Schlüssel lag auf dem oberen Türrahmen. Es war sicherlich ab und an gelüftet worden, doch ansonsten war der Raum verschlossen geblieben. Als er, es musste wenige Tage nach dem Tod seines Vaters gewesen sein, in das Zimmer geschlichen war und sich auf dem Bett sitzend die Augen aus dem Kopf geheult hatte, war seine Mutter dazugekommen, hatte ihn in die Arme genommen und gewiegt wie ein Baby. Zumindest war das seine Erinnerung. Dann hatte Sigrid ihn aus dem Zimmer geschoben und den Schlüssel in der Tür gedreht.

Niklas wurde eng ums Herz. Um das Zimmer würde er sich morgen kümmern. Er fühlte sich erschöpft. Weniger die Sichtungsarbeit an sich als vielmehr die damit verbundenen Emotionen machten ihm zu schaffen. Es war an der Zeit, sich im Dorf blicken zu lassen, sich zu den Lebenden zu gesellen, alte Kontakte aufzufrischen und bei Gernot ein frisch gezapftes Pils und ein halbes knuspriges Hähnchen mit einer ordentlichen Portion Pommes zu genießen.

Er machte sich frisch, zog die schwere Haustür hinter sich zu und begab sich auf den Weg ins Dorf. Erneut stellte er mit Erstaunen fest, wie gespenstisch still es war.

Ob Stille und Lärm ihm gleichermaßen zusetzten? Der Lärm der Großstadt seine Albträume hervorrief? Davoneilende Albträume, geschuldet der Hektik einer großen Stadt? Albträume, die wie ein Fahrzeug mit überhöhter Geschwindigkeit an ihm vorbeirauschten, ohne dass er die Insassen erkannt hätte, das Nummernschild hätte lesen können? Der Lärm der Nacht, konnte er die Albträume beflügeln, intensivieren und dann doch vergessen lassen? Und war es nun die schon fast unheimliche Stille des Dorfes, die Einsamkeit, die die große Villa ausstrahlte, die ihm die Erinnerung an das, was ihn in der Nacht ängstigte, zurückgaben? Auch wenn er liebend gerne darauf verzichten konnte, in der kommenden Nacht erneut in einem Albtraum gefangen zu sein, so war er doch gespannt darauf, ob ihn einer heimsuchte, und noch mehr darauf, ob er sich wieder an ihn erinnern würde.

Dr. Butterwegge würde begeistert sein. Vor vier Jahren hatte er den Psychologen und Traumexperten zum ersten Mal aufgesucht. Und bis heute waren sie kaum einen Schritt weitergekommen.

KAPITEL 10

»Niemand träumt, was ihn nichts angeht. Da halte ich es mit Hermann Hesse.« Das war die Begrüßung von Dr. Günther Butterwegge, als Niklas auf Druck von Doro vor vier Jahren die Praxis zum ersten Mal betreten hatte. Bis zu diesem Zeitpunkt war alles, wie Doro sich ausdrückte, wie geschnitten Brot gelaufen.

Es hatte im Spätsommer angefangen. Niklas war schweißgebadet, einer Panikattacke nahe, aufgewacht. Ein Albtraum der übelsten Art hatte ihn heimgesucht, doch er konnte sich nicht erinnern, was ihn so gequält hatte. Solche Träume häuften sich, wurden seine ständigen Begleiter, führten nach nur wenigen Wochen dazu, dass er sich im wahrsten Sinne des Wortes nicht mehr rühren konnte. Mit Hilfe von Schlafmitteln ging es etwas besser, der katatone Zustand ging vorüber, doch seine Schaffenskraft hatte gelitten. Er setzte sich selbst unter Druck, war kaum noch in der Lage, Nahrung zu sich zu nehmen, geschweige denn, einen klaren Gedanken zu fassen.

Als er endlich mit Doro darüber gesprochen hatte, vereinbarte sie kurzerhand bei *dem* Seelenklempner schlechthin einen Termin – »du glaubst nicht, was mich das gekostet hat« –, und er war brav hingegangen, in der Hoffnung, Butterwegge könnte ihn bestenfalls von seinen Albträumen befreien oder ihm wenigstens einen Weg aufzeigen, wie er sich an sie erinnern konnte. Doch weit gefehlt. Die Gespräche brachten nichts. Außer der Tatsache, dass sich der Therapeut eine goldene Nase verdiente, war bis jetzt nichts Entscheidendes bei den unzähligen Sitzungen herausgekommen. Niklas saß bequem in einem weißen Ledersessel, aus dem er es nach einer Stunde kaum herausschaffen konnte, so tief und weich war das Fauteuil, während Butterwegge ihm gegenüber mit ineinander verschränkten Händen aufmerksam und aufrecht auf einem schwarzen Rollsessel geradezu residierte, Frage um Frage stellte, und ihn erzählen oder schweigen ließ.

Okay, die Attacken waren seltener geworden, doch Niklas wurde das Gefühl nicht los, dass sie gleichzeitig an Intensität gewannen.

Während einer seiner Städtetouren mit Sigrid hatte ihn erneut einer dieser Nachtmahre fest im Griff gehabt. Er schrie so laut, dass seine Mutter es bis in das angrenzende Zimmer gehört hatte. Auf ihre besorgte Frage, was geschehen sei, hatte er ihr von den Albträumen ohne Erinnerung erzählt, und dass er hoffte, bei einem Spezialisten Heilung zu finden.

Sigrid hatte nicht direkt ablehnend, aber doch verhalten skeptisch reagiert. »Du arbeitest einfach zu viel, dein Schlafrhythmus ist ganz sicher vollkommen durcheinander. Ich empfehle dir eine Kräutermischung, die deinen Schlaf positiv begleitet. Ich werde dir etwas zusammenstellen.«

Seine Mutter und die Kräuter. Die Woche darauf kam ein Päckchen mit einer wohlriechenden Mischung, die er zu einem Tee aufbrühen sollte. Genutzt hatte sie nichts. Blieb also doch nur der wöchentliche Gang zu seinem Psychotherapeuten.

Butterwegge war anfangs gar nicht auf das Traum-Problem eingegangen, was Niklas nicht nur erstaunte, sondern geradezu verärgerte. Warum war er überhaupt hier? Der Therapeut wollte zunächst jedes Detail aus Niklas' Kindheit und Adoleszenz erfahren. Doch Niklas konnte mit nichts Spektakulärem dienen. Wohlbehütet, wohlsituiert. Der einzige Einschnitt war der Tod seines Vaters gewesen. Er hatte sich dann seinerseits, weil Butterwegge offensichtlich gar nicht sein eigentliches Problem ansprechen wollte, selbst mit dem Thema Traum beschäftigt. Ein umfassendes Thema, wie er feststellen musste. Wikipedia schrieb unter anderem, der Träumende könne sich nach dem Erwachen an seine Träume zumindest in einem gewissen Umfang erinnern. Doch das war bei ihm eben nicht der Fall. In der dritten Sitzung endlich war Butterwegge auf den eigentlichen Punkt zu sprechen gekommen, das Thema Traum oder besser gesagt, sich nicht daran erinnern zu können.

»Der Traum ist ein psychisches Phänomen, das im Schlaf auftritt«, hatte der Psychologe zur Eröffnung gesagt und dabei genickt.

Das konnte ja heiter werden. Den Satz, den Butterwegge in salbungsvollem Ton von sich gab, hatte Niklas schon hundertmal irgendwo gelesen.

»Sie müssen wissen, dieses psychische Phänomen des Träumens tritt in gewissen Schlafphasen, in den sogenannten REM-Phasen, auf und hat keinen direkten Bezug zur Realität.«

Niklas hatte protestieren wollen. Er wagte, das zu bezweifeln, nur wusste er selbst nicht, welche Realität dies in seinem Leben gewesen sein könnte, und so schwieg er. Vielleicht würde sich Butterwegge nun ganz allmählich doch seinem Problem nähern. Doch der Psychotherapeut hatte registriert, dass er hatte widersprechen wollen. Er stand auf, ging zum Fenster, wandte Niklas den Rücken zu und erklärte, das Träumen wäre ein Vorgang in der Psyche, der alleine auf Gedanken oder Empfindungen, kurz Inhalten aus dem Gedächtnis beruhe, die im Schlaf erlebt würden.

Niklas setzte sich auf. »Aber Inhalte aus dem Gedächtnis, das heißt doch, wenn es aus dem Gedächtnis kommt, muss ich es irgendwann erlebt haben.« Er merkte selbst, dass er sich wie ein nörgelndes Kind anhörte.

Butterwegge schwieg eine Weile, dann drehte er sich um, setzte sich wieder hin, faltete seine Hände und stützte das Kinn darauf.

»Wie soll ich es Ihnen erklären? Ein Traum entsteht, weil Sie als Mensch, oder sagen wir besser als Lebewesen, die Fähigkeit zur Imagination besitzen. Was dies bedeutet, brauche ich Ihnen wohl nicht zu erklären. Im Traum verweilen Sie in der Welt der Vorstellungen und Wünsche, ohne dass die Realität diese Träume kontrolliert. Will sagen, im Traum erfüllen Sie sich Wünsche, Sie können fliegen, erleben ein Liebesabenteuer, oder Sie erleben eine Bedrohung, ein Unglück, sehen sich einer Gefahr ausgesetzt, jemand verfolgt Sie, will Ihnen etwas Schlimmes antun. Doch all dies nur so weit, wie diese Gefühle vom Unbewussten her auf Grundlage des persönlichen Gedächtnisses entwickelt worden sind.«

»Aber da ist es ja schon wieder, das persönliche Gedächtnis. Das bedeutet für mich, die Realität, die sich in meinem Kopf abgespeichert hat.« Niklas fragte sich, ob Butterwegge ihn nicht verstehen wollte oder konnte, weil er in seinen schulpsychologischen Bahnen gefangen war.

»Ich verstehe, was Sie mir sagen wollen, Herr Westphal, doch so einfach ist es nicht. Lassen Sie es mich ein wenig anders erklären. Im Traum spielen meist unerfüllte Wünsche, unbefriedigte Bedürfnisse oder auch Ängste die entscheidende Rolle. Doch eben weil es Wünsche und Ängste sind, haben sie mit der Realität nichts zu tun, sonst wären es eben keine Wünsche mehr, Sie verstehen? Nein? Nun, Sie gehen zu Bett, haben über den Tag Eindrücke gesammelt, und dann beginnen Sie zu träumen. An manches erinnern Sie sich, an manches nicht.«

Niklas unterbrach den Vortrag. »Das ist es eben, ich erinnere mich nie, an nichts. Ich weiß nur, ich habe etwas Furchtbares geträumt, ich gerate wegen des Inhalts in Panik. Das ist es, was Sie zu interessieren hat. Den Rest können Sie sich schenken. Ich möchte wissen, was mich in diese Unruhe versetzt, ich möchte, dass Sie mir helfen, mich an meine Träume zu erinnern. Sind es vielleicht schlimme Zukunftsvisionen, die Angst, plötzlich vor dem Nichts zu stehen? Ich grüble, überlege und komme zu keinem Ergebnis. Doch es macht mir zu schaffen, es macht mir Angst.«

»Herr Westphal, wir werden dem Ganzen schon auf den Grund gehen. Sie sind ein fantasiebegabter Mensch. Für mich liegt es nahe, darin einen Grund für Ihre beängstigenden Traumerlebnisse zu sehen. Wir werden den Weg gemeinsam beginnen, und nach und nach werden wir Ihre Ängste aufspüren. Es ist kein seltenes Phänomen, dass sich der Schlafende nicht mehr an seine Träume erinnern kann, die Träume werden sozusagen noch im Schlaf gelöscht. Doch was ist die Ursache hinter dem Geträumten? Das ist doch letztendlich die Frage, die Sie sich stellen, nicht wahr? Die Frage nach der sogenannten Realität hinter dem Traum. Darauf haben alle, die sich mit dieser Thematik beschäftigen, bisher keine wirkliche Antwort gefunden. Meine persönliche Meinung ist, dass es keinen Zusammenhang zwischen real Erlebtem und einer Eins-zu-eins-Übernahme im Traum gibt. Emotionen, die das Erlebte begleiten, das ja, das wird Einzug in den Traum halten. Das Gefühl von Angst, Unwohlsein, Freude oder Glück. Ich bin niemand, der hinter den Träumen Symbole mit einer tiefergehenden Botschaft sieht. Wenn Sie also auf dieser Basis mit mir zusammenarbeiten wollen, sehen wir uns nächste Woche wieder.«

Und so war Woche für Woche vergangen, ohne dass sich etwas an seinen Nächten und Träumen gebessert hätte. Eine Änderung war erst mit der Rückkehr in sein Dorf eingetreten. Doch warum? Auf diese Frage hatte Niklas keine befriedigende Antwort.

KAPITEL 11

Die Hitze hatte einen ganz besonderen Geruch. Eine Mischung aus Staub, vertrocknetem Gras und einem Blütenduft, der sich vor allem in der Glut der Sonne besonders zu entwickeln schien. Niklas schnüffelte. Lavendel. Erstaunlich, schließlich wuchs er ganz hinten im Garten. Gemächlich schlenderte er an der Villa vorbei in Richtung Dorf. Um ihn herum Stille. Eigentlich hätte man diese Ruhe auch als friedlich bezeichnen können, dachte er. Doch es war eine merkwürdige Ruhe. Die Ruhe vor dem Sturm? Wie sah die aus? Wie hörte die sich an? Geradezu dankbar vernahm er aus Frau Schumachers Vorgarten das aufgeregte Summen irgendwelcher Insekten, die soeben einen üppig lila blühenden Strauch anflogen.

Nach wenigen Minuten hatte er die ersten Häuser passiert. Bevor er die Kirche und den Marktplatz erreichte, bog er ab. Auf diesem Weg war er zur Schule gegangen. Die alte Grundschule existierte nicht mehr. In dem langgestreckten Haus war eine Zeit lang ein Gemüseladen gewesen, die übrigen Räume waren an eine Yogaschule und eine Praxis für Logopädie vermietet worden. Beides war mittlerweile Geschichte.

Gab es eigentlich noch die schmale Gasse, die die Schulstraße mit der Heiligenstraße verband? Tatsächlich gab es sie noch, und Niklas schritt hindurch, erstaunt, wie eng sie war. Zwei Leute mit Gepäck würden nicht aneinander vorbeikommen.

Auf der anderen Seite stieß er auf das Haus von Elisabeth Tümmler, der Alten, die ihn auf dem Fahrrad bei seiner Ankunft überholt und diese im Dorf publik gemacht hatte. Das Haus hätte einen Anstrich vertragen können, sowohl die Wände als auch die Tür und die Fensterrahmen. Doch der Vorgarten war eine Augenweide. Stockrosen in allen Farben, in denen es vor Bienen und sonstigem Getier nur so wimmelte. Seine Mutter hatte von Elisabeth vor Jahren Samen dieser Malvenart bekommen, doch es war nichts aus ihnen geworden, obwohl Sigrid einen grünen Daumen besaß. Sie hatte scherzhaft vermutet, Elisabeth würde mit ihren Pflanzen sprechen und sie einem Zauber unterziehen, damit alles, was sie setzte und anpflanzte, bunter, größer und üppiger wuchs und wucherte.

Tatsächlich hatte Niklas immer einen Heidenrespekt vor der alten Frau gehabt, die natürlich vor zwanzig, fünfundzwanzig Jahren keine so alte Frau gewesen war. Doch sie trug immer Schwarz, und eine riesige Warze, auf der Haare sprossen, verunzierte ihren rechten Nasenflügel. Wenn sie bemerkte, dass jemand länger als zehn Sekunden darauf starrte, stieß sie einen Fluch aus. Niklas erinnerte sich daran, als sei es gestern gewesen. Er konnte den Blick nicht abwenden. Hatte Hartwig ihn nicht dazu überredet? Gesagt, er sei ein Feigling, der sich das nicht traute? Er hatte sich getraut, und sie hatte ihm Dünnschiss gewünscht, wenn er eine wichtige Aufgabe zu erfüllen habe.

Als er am nächsten Tag Kreide beim Hausmeister holen sollte, hatte er sich auf dem Weg vom Klassenzimmer zu Herrn Schmieder fast in die Hosen geschissen. Er konnte gerade noch das rettende Klo erreichen. Obwohl er durch die Lektüre seiner Gruselhefte so einiges gewohnt war, hatte Elisabeth immer eine ganz eigene unheimliche Wirkung auf ihn gehabt. Schließlich war sie keinem Horrorheft entsprungen, sie war ein Mensch aus Fleisch und Blut, und sie besaß diesen stechenden Blick.

Niklas verharrte kurz in Gedanken versunken vor dem Haus, als ihn plötzlich von hinten jemand ansprach. Ein Schreck fuhr ihm in die Glieder.

»Na, wieder zu Hause, mein Junge?« Elisabeth, und sie sagte zu ihm »mein Junge«. Dabei lächelte sie freundlich und betrachtete ihn wohlwollend. »Eine feine Frau war deine Mutter, schade, dass sie schon gehen musste. Na ja, das Schicksal ereilt uns alle irgendwann. Wir sehen uns auf der Beerdigung.« Mit langsamen Schritten ging sie zwischen ihren Stockrosen zur Haustür und verschwand.

Elisabeth Tümmler, eine ganz normale alte Frau. Und er hatte es geschafft, die Warze, so gut es ging, zu ignorieren.

Wie am Tag seiner Ankunft schien das Dorf ausgestorben. Es war brütend heiß, die Sonne brannte von einem Himmel, der dem Midi alle Ehre gemacht hätte. Es war aber eben nicht Südfrankreich, sondern Thöninghausen, ein Dorf, in dem es immer Leute auf der Straße gab, Menschen, die in ein Geschäft eilten, zusammenstanden und sich die neusten Dorfgeschichten erzählten, über ihre Zipperlein klagten oder einfach nur ihrem Alleinsein entflohen. So hatte es Niklas jedenfalls in Erinnerung.

Er drehte eine Runde, kam an der Kirche vorbei und plötzlich war ihm danach, einzukehren, die wohltuende dunkle Kühle zu spüren, eine Kerze für seine Eltern anzuzünden und einfach die Stille zu genießen. Es war eine andere Stille in der Kirche, eine ergreifende Stille, während draußen eine lähmende Stille herrschte. Doch das Gotteshaus war geschlossen. Keine der Türen ließ sich öffnen, auch neu für ihn. Früher war Sankt Martin rund um die Uhr geöffnet gewesen. Ob Pfarrer Berg einen Diebstahl befürchtete? Einige der Statuen und Gemälde waren ziemlich wertvoll. Ein Zettel an der Nebenpforte zur Sakristei informierte ihn darüber, dass ab 17.30 Uhr zur Abendandacht wieder geöffnet sei.

Niklas schaute auf seine Uhr. Viertel vor fünf. Er spazierte weiter, hielt die Augen offen, nach einem bekannten Gesicht, doch er entdeckte keins. »Wie ausgestorben«, murmelte er vor sich hin und stellte fest, dass in Thöninghausen nicht nur im Beerdigungsinstitut die Zeit stehen geblieben war.

Wie die Schaufensterdekoration bei Lattwich hatte auch die im Laden von Schreibwaren Weber offenbar noch nichts davon mitbekommen, wie Waren ansprechend präsentiert werden konnten. Hier hatte Sigrid ihm seine Zuckertüte zur Einschulung gekauft und bestückt. Er erinnerte sich noch an den großen Radiergummi in Form eines Brontosaurus. Bereits beim ersten Radieren waren der Kopf und der lange Hals abgebrochen. Er war untröstlich gewesen. Die Motive der Grußkarten, die lieblos zwischen einem uralten Aufsteller, auf dem für einen Klebstoff geworben wurde, und drei übereinandergestapelten bunten Federmäppchen lagen, waren verblichen, zwischen zwei Taschenbüchern, deren Deckel sich aufwölbten, lagen tote Fliegen. Ob immer noch Webers Schorsch der Inhaber war? Webers Schorsch. Es war so eine Eigenart vor allem der Alten im Dorf, zunächst den Nachnamen und dann den Vornamen zu benutzen. Der musste doch auch schon gut über siebzig sein.

Neugierig betrat er das Geschäft. Wie aus dem Nichts tauchte Webers Schorsch auf. Immer noch volles Haar, gebeugt, aber für sein Alter ein noch stattlicher Mann.

»Der Niklas, wie schön. Ist ja zu schade, dass man sich nur zu Beerdigungen, vielleicht auch mal zu einer Hochzeit sieht. Du warst das letzte Mal bei der von Hartwig, stimmt's?«

Und ein gutes Gedächtnis hatte der Alte auch noch.

»Stimmt genau. Ach ja, Sie sind doch der Cousin von Hartwigs Vater.«

»So ist es.« Der alte Mann grinste und entblößte dabei ein Gebiss, das ihn als Kettenraucher, der sich zu seinen verfärbten Zähnen bekannte, zu erkennen gab.

»Was darf's denn sein?«

Niklas wurde rot. Er sollte etwas kaufen. Der Laden hatte seine besten Zeiten gesehen, und irgendwie musste man Webers Schorsch unterstützen.

»Fünf Briefmarken für normale Briefe, einen Schreibblock, zwei Kugelschreiber und gibt es eigentlich diesen Kultur- und Naturführer, den Herr Weirauch geschrieben hat, noch?«

Heribert Weirauch war sein Grundschullehrer gewesen, und kaum war der Naturführer, der auch Geschichten über Burgen und Kirchen der Umgebung beinhaltete, erschienen, verstarb der arme Mann durch einen Autounfall in den Pyrenäen, wohin er in den Sommerferien gereist war.

Webers Schorsch lächelte verschmitzt. »An den erinnerst du dich noch? Schon merkwürdig. Es gab noch eine Restauflage, hundert Stück, die habe ich übernommen. Sieben sind schon weg. Warte, ich ... wo hab ich denn die Dinger?«

Er ging zu einem Regal, stöberte in einem Karton herum, der auf einem Brett vor sich hin schlummerte, und kam mit dem Büchlein, das über hundertvierzig informative Seiten verfügte, zurück. *Thöninghausen und Umgebung. Sehens- und Wissenswertes aus unserer Heimat.*

»Zehn neunzig, zusammen mit den anderen Sachen macht es dreiundzwanzig zehn.« Der Alte hatte es flink im Kopf ausgerechnet.

Niklas legte fünfundzwanzig Euro auf die Theke. »Stimmt so. Na, dann will ich mal wieder. Hätten Sie noch eine kleine Tüte für mich?«

Eine Papiertüte wanderte über den Tisch, Niklas verstaute seine Einkäufe und verabschiedete sich. Für ein Bier war es ihm immer noch zu früh. Er erinnerte sich daran, dass es in der Martinsgasse hinter dem Gotteshaus das *Da Luciano* gegeben hatte, eine Eisdiele, die sich im Ladengeschäft der Metzgerei *Semmler* angesiedelt hatte. Er hatte es immer witzig gefunden – ein Metzger mit dem Namen Semmler. Nach dem Tod des Metzgermeisters war die Fleischerei geschlossen worden, während die am Markt immer noch existierte. Ihr Inhaber, Waldemar Kern, verkaufte jetzt auch Brot und Brötchen, wusste Niklas. Zwei Fleischerläden hatte Thöninghausen nicht mehr am Leben erhalten können.

Ein Gefühl von Enttäuschung ergriff ihn, denn das *Da Luciano* gab es nicht mehr. Der Laden war leer. Im Innern lagen hinter der Tür vergilbte Zeitungen und Werbeprospekte, wie Niklas erkennen konnte, als er seine Nase an die Glasscheibe der Eingangstür presste.

Das war wohl der Lauf der Zeit. Die Dörfer starben. Er seufzte, wandte seinen Schritt zurück zu Sankt Martin. Hinter mehreren Grabsteinen, deren Inschriften zu verwittern drohten, und einer Art Miniaturmausoleum mit einem kleinen vergitterten Fenster, hinter dem ein ewiges Licht brannte – an diesem Ort waren Bergs Vorgänger vor hundert und mehr Jahren beerdigt worden – stand eine Bank im Schatten. Niklas ließ sich nieder und zog Weirauchs Vermächtnis aus der Tüte. Das war ja interessant, sein Lehrer hatte auch Sagen aus der Region aufgenommen. Neugierig widmete er sich seiner Lektüre.

Wer kennt sie nicht, die Sagen und Mythen von Weißen Frauen. Eines tragischen Todes gestorben oder für ihre Untaten Buße tuend, ziehen sie als Gespenster durch die Nacht, erschrecken kettenrasselnd die Bewohner von Schlössern und Burgen. Nicht selten künden sie von bevorstehenden Todesfällen und drohendem Unheil. Doch die Legende will es, dass Rodenstein eine Rote Frau besitzt, die in den Ruinen von Burg Rodenstein mit klagenden Lauten auf ihr Schicksal aufmerksam macht. Es geht die Mär, ihr Gatte habe sie einst, ihrer überdrüssig und eine Jüngere ehelichen wollend, lebendig eingemauert. Seitdem erscheint sie bei Vollmond in der Hoffnung auf Rettung. Die Burg ist mittlerweile eine Ruine, doch die sterblichen Überreste der Frau in Rot sind bis heute nicht gefunden worden.

Schön-schauerlich. Niklas kannte die Sage nicht, das hieß, eine winzige Erinnerung nistete sich in seinem Kopf ein. Wahrscheinlich hatte Weirauch ihnen davon in der Schule erzählt. Schade, dass er nicht mehr lebte, ihn hätte er gerne besucht.

Das Läuten der Glocke riss Niklas aus seinen Gedanken. Die Abendandacht würde gleich beginnen. Zeit für ein kühles Blondes.

KAPITEL 12

Mit dem Abendläuten schien Thöninghausen wieder zu erwachen. Ein paar ältere Leute strebten der Kirche zu, sie grüßten Niklas, den einen oder anderen kannte er, andere Gesichter sagten ihm nichts. Die Dorfjugend schien ihren Treffpunkt vor einem Laden zu haben, der ihm noch gar nicht aufgefallen war. An der Stelle war früher ein Bekleidungsgeschäft gewesen. Ganz früher. Danach ein Handyladen und jetzt, Niklas fiel fast vom Glauben ab, als er der Leuchtreklame im Schaufenster gewahr wurde, *Jörg's* – schon wieder dieser unselige Apostroph – *Kebap und Shisha-Bar*.

In kürzester Zeit hatte sich vor dem Laden mindestens ein Dutzend Jugendlicher zusammengefunden, die die weißen Plastikstühle besetzten und lauthals ihre Bestellungen riefen. Niklas blieb stehen und besah sich verwundert die Szenerie, die er in Thöninghausen niemals für möglich gehalten hätte. Schon *Luciano* war zunächst etwas argwöhnisch beobachtet worden. Thöninghausen und seine Bewohner hatten es nicht so mit Leuten, die sie nicht kannten. Niklas war davon überzeugt, wenn es *Hassans* oder *Alis Shisha-Bar* hieße, wäre es für den Betreiber nicht so einfach geworden. Ob sich hinter Jörg ein Hassan oder Ali verbarg?

In diesem Moment kam ein Mann in den Dreißigern mit einem Tablett aus der Bar. Ein Jörg, wie Niklas unschwer an den kurzen blonden Haaren feststellen konnte. Es hätte ihn nicht gewundert, wenn er auf seinem Weg zum *Halben Hahn* – er konnte und wollte sich einfach nicht an den neuen Namen gewöhnen – noch über einen Barber-Shop, wahrscheinlich *Manfred's Barber-Shop*, gestolpert wäre.

Er betrat den *Halben Hahn*. Vor der Tür hatte Gernot drei Tische stehen, doch niemand saß draußen. Das Innere war schummrig wie eh und je, was auch an den Wänden mit dem durch den Qualm der Jahre noch dunkler gewordenen Holz, dem düsteren Mobiliar und der dunklen Theke lag. An den Wänden hingen Geweihe und der ausgestopfte Kopf eines Fuchses, der die Gäste aus glasigen Augen anglotzte, Trophäen aus dem langjährigen Jägerleben von Gernot. Gerahmte Fotos zeugten ebenso davon. Jäger mit erlegtem Wild, Jäger mit ihren Hunden. Drei der Fotografien zeigten Gernot mit seinen preisgekrönten schwarzbraunen Schweißhunden.

Niklas war der einzige Gast. Gernot stand hinter dem Tresen, mit dem Rücken zu ihm, und polierte ein Glas, das er prüfend gegen die Lampe über dem Regal mit den Spirituosen hielt. Niklas grüßte und setzte sich auf einen Barhocker.

»Na so was, der Niklas, hallo.« Der Wirt wandte sich ihm zu, grinste breit und stellte ein Glas umgehend unter den Zapfhahn. Es füllte sich mit schäumendem Gerstensaft. Niklas lief das Wasser im Mund zusammen.

»Das erste geht aufs Haus.« Ein zweites Bier wurde gezapft und nach wenigen Minuten, in denen Gernot sein Beileid über Sigrids Tod bekundete und seiner Freude über Niklas' Besuch in der Heimat Ausdruck verlieh, prosteten sich die beiden Männer zu.

»Küche ist noch nicht auf. Erst ab halb sieben, wenn die Eva kommt.«

Gernot öffnete eine Tüte Erdnüsse, kippte den Inhalt in eine Schale und schob sie Niklas zu, der hungrig zulangte und sich eine Handvoll in den Mund schob. *So kurbelt man auch den Umsatz an,* dachte er, als sich augenblicklich Appetit auf ein zweites Bier regte.

Kaum stand es vor ihm, ging die Tür zur Kneipe auf und mit einem fröhlichen »Hallo, Niklas« marschierten Hartwig, seine Frau Silvia und eine dritte Person, die Niklas tatsächlich sofort als Rüdiger, gebürtig aus Butzigheim, identifizieren konnte, herein.

»Gernot, bei Eva wird's etwas später, sie muss noch bei meinem Schwiegervater aushelfen.«

Gernot nickte nur.

Auf Niklas' Schultern wurde heftig herumgeklopft, fast wäre ihm eine Erdnuss in den falschen Hals gerutscht. Silvia, die er zuletzt auf der Hochzeit gesehen hatte, drückte ihm zwei Küsschen auf die Wange.

»Wollen wir uns an den Ecktisch setzen?« Hartwig zeigte auf den Tisch, an dem auf der plüschigen Eckbank acht Personen Platz fanden, dazu vier Stühle mit geblümten Polstern. Ein echter altmodischer Stammtisch.

»Wollen wir nicht raus bei dem schönen Wetter?« Niklas war plötzlich danach, an der frischen Luft, mochte sie noch so heiß sein, zu sitzen.

»Nee, draußen ist es zu heiß«, kam auch prompt die Antwort. »Da bekommt man direkt einen Sonnenstich.

Ist doch ganz gemütlich hier in der Ecke. Da können wir uns auch besser unterhalten. Na, wie geht's dir denn so? Was machst du? Räumst du schon aus?« Rüdiger trug bereits sein Bier zum Tisch.

»Jetzt lass ihn doch mal. Er ist doch eben erst angekommen.« Niklas hatte sich auf einen Stuhl gesetzt, und Silvia strubbelte ihm durch die Haare. Sie nahm direkt neben ihm auf der Bank Platz. Niklas rückte seine Haarpracht wieder zurecht, Hartwig setzte sich ihm gegenüber und hob sein Glas.

»Auf deine Rückkehr. Ist ja nicht für lange, aber wir freuen uns. Ich hab übrigens Tessa schon gesehen. Sie ist eben bei ihrer Tante Gertie abgestiegen. Hab ihr schon Bescheid gesagt, dass wir hier sind und damit rechnen, dass du auch aufkreuzt. Mann, ist schon schlimm, dass du wegen der Beerdigung da bist, aber es ist wirklich klasse, dich überhaupt mal wieder zu sehen. Gernot, noch ne Runde.«

Niklas spürte, wie ihm dank der Hitze und der stickigen Kneipenluft der Alkohol zu Kopf stieg. Doch was sollte es? Gernot brachte drei Bier, für Silvia ein Glas Prosecco.

»Und was machst du so? Deine Mutter hat gesagt, du schreibst für eine Zeitung? Hat man mal was von dir gelesen?«

»Keine Ahnung. Ich bin nicht fest angestellt. Mach mal hier mal da was.«

»Und davon kann man leben?«

Niklas blies die Backen auf und ließ die Luft entweichen. »Ja, schon, kommt halt drauf an.«

»Mehr so Wirtschaftsthemen oder Sport?« Hartwig wischte sich den Schaum von der Oberlippe.

»Oder Frauenthemen?«, kicherte Silvia.

»Ach was, Frauenthemen, sei nicht albern. Was soll ein Mann über so was denn von sich geben?« Rüdiger runzelte die Stirn.

Niklas wurde einer Antwort enthoben, als sich die Tür wieder öffnete.

»Mann, ist das eine Luft hier drin. Gernot, kannst du die Tür nicht auflassen. Gib mir mal den Keil her, das ist hier drin ja nicht zum Aushalten.« Eva stand im Eingang, die Arme in die Hüften gestemmt. Geschickt fing sie das Stück Holz auf, das Gernot ihr zuwarf und klemmte es unter die geöffnete Tür. Niklas atmete auf.

»Hallo ihr, ich komm gleich zu euch. Papa hat mich früher entlassen. Muss nur schnell die Hähnchen vorbereiten.« Damit verschwand Eva in der Küche, die hinter dem Schankraum lag.

»Meine Eva, patent und hübsch. Ich bin immer noch so verliebt in sie wie am ersten Tag.« Rüdiger lächelte versonnen und blickte seiner Frau nach.

Nachdem die erste Neugier, was Niklas' Leben anging, einigermaßen befriedigt war, drehten sich die Gespräche um die Lebenswege der Freunde und Bekannten, wer mit wem verheiratet war, wer geschieden, wer bereits verstorben. Eva setzte sich dazu mit der Botschaft, in einer Dreiviertelstunde seien die Hähnchen so weit. Die nächste Runde Bier kam an den Tisch, zwei Prosecco für die Frauen. Das merkwürdige Gefühl, das Niklas zu Anfang beschlichen hatte, wich einer angenehmen Unbeschwertheit.

Allmählich füllte sich der *Halbe Hahn*. Einige schielten Richtung Eckbank und grüßten, setzten sich dann an die Theke, ein älteres Ehepaar mit Rucksack und Wanderstöcken nahm an einem Tisch vor dem Fenster Platz, ein Mann mit einem Terrier, dem Gernot sofort eine kleine Schüssel mit Wasser hinstellte, hatte sich wieder nach draußen verzogen, nachdem der Hund die Stöcke der Wandersleute angeknurrt hatte.

»Ach, wen haben wir denn da? Geht die Sonne heute zweimal auf?« Gernots Stimme schallte durch den Raum, und alle Blicke wandten sich Richtung Tür.

»Hi, Gernot, du alter Charmeur, hallo, Leute.«

Die Frau, die mit einem breiten Lächeln zu der Gruppe an den Ecktisch trat, hatte weizenblondes Haar, zu einem langen Zopf geflochten, der ihr seitlich über die Schulter hing. Sommersprossen übersäten ein Gesicht, das vielleicht landläufig nicht als schön gelten würde, aber die Wärme und Freundlichkeit, die es ausstrahlte, ließen Niklas in seinem Innersten erbeben. Tessa. Ihre langen Beine steckten in halbhohen Wildlederstiefeln, der Jeansrock reichte bis zu den Knien und war an der Seite etwas geschlitzt, die Folklorebluse mit den eingestickten Blumen hatte den Charme der Siebzigerjahre.

Sie waren in dieselbe Klasse gegangen, und Niklas hatte das Mädchen mit den blonden Haaren, die meist zu zwei Zöpfen geflochten waren, schon immer gemocht. Sie war warmherzig, humorvoll und besaß einen ausgeprägten Gerechtigkeitssinn. Lehrer Weirauch hatte einmal einen ihrer Mitschüler zu Unrecht ins Klassenbuch eingetragen, was genau der Grund war, wusste Niklas nicht mehr. Tessa war aufgestanden und hatte dagegen Einspruch erhoben. Wie in einem Gerichtsfilm. Sie hatte ein richtiges Plädoyer gehalten, und der Eintrag war gelöscht worden. Besonders aber hatte ihm ihre Tierliebe imponiert. Ein Mädchen aus ihrer Klasse hatte eine verletzte Taube in einem Karton mitgebracht. Weirauch meinte, das Tier würde sowieso nicht überleben. Tessa hatte sie mitgenommen und tatsächlich gesund gepflegt. Dann waren ihre Eltern weggezogen, und sie natürlich mit. Doch es verging kaum ein Ferientag, den sie nicht in Thöninghausen bei ihrer Großtante Gertie verbrachte. So war der Kontakt vorerst nicht abgerissen. Man traf sich später noch ab und an, dann immer seltener. Und jetzt sah er sie wieder.

Eva und Silvia sprangen auf und umarmten und küssten den Neuankömmling.

»Mensch, ist das schön. Wir sind fast wieder komplett. He, ist das nicht die Bluse deiner Mutter? Was war ich neidisch, dass deine Mama so ein Ding trägt und meine in den immer gleichen Rüschenblusen rumlief. Toll siehst du aus.«

»Eva, das Essen!« Gernot unterbrach den Redeschwall der Frauen, und Eva machte sich auf den Weg in die Küche, nicht ohne Tessa und Silvia vorher zu ermahnen, bloß auf sie zu warten, wenn es an die Neuigkeiten über und von Tessa ging. An der Theke orderte sie noch drei Prosecco und verschwand mit den Worten: »Bin gleich wieder da.«

Tessa begrüßte die Männer mit Küsschen, warf ihre Tasche auf die Bank und zog sich einen Stuhl direkt neben den von Niklas.

»Niklas, wenn es nicht so traurig wäre. Aber, was ich mich freu, dich zu sehen. Die anderen habe ich letztes Jahr vor Weihnachten getroffen, als ich bei Gertie war. Aber du hast dich ja echt rar gemacht. Wie geht's dir?«

»Soweit eigentlich ganz gut.«

»Und uneigentlich?«

»Geht so. Es dauert wahrscheinlich seine Zeit, bis man sich dran gewöhnt hat, dass einen niemand mehr zu Hause erwartet. Das heißt, Sigrid war ja mehr bei mir als ich in Thöninghausen. Also, was soll ich sagen, mir geht's so weit gut. Wahrscheinlich wird es mir erst bei und nach der Beerdigung so wirklich bewusst, dass sie nicht mehr ist, aber doch, mir geht's gut«, wiederholte sich Niklas und wurde rot. Was stotterte er da nur zusammen? Diese Wirkung hatte Tessa schon immer auf ihn gehabt.

Die anderen hatten geschwiegen, doch Hartwig lockerte mit der Bestellung einer weiteren Runde die Stimmung wieder auf.

»Für mich einen Roten«, rief Tessa in Richtung Theke. »Was hast du denn da?«

»Dornfelder, Chianti oder Tempranillo, ganz international bestückt, meine Kneipe«, schmetterte Gernot zurück.

»Dann einen Dornfelder.«

Nun wollten alle wissen, was Tessa im Moment so mache, ob sie wieder einem Kunstfälscher auf der Spur sei, wo sie sich zurzeit denn so rumtriebe.

Bier, Prosecco und Rotwein kamen, die Freunde stießen miteinander an, Eva gesellte sich wieder dazu – »noch fünf Minuten, ihr wollt doch bestimmt eine knusprige Haut« –, und Tessa erzählte von ihrem letzten Auftrag im Madrider Prado. Ein Gemälde von Jan Vermeer, hinter dessen offensichtlicher Szenerie sich ein Geheimnis verbarg. Mehr wollte sie nicht verraten.

Eva musste wieder zurück in die Küche, die Wanderer erhielten ihre halben Hähnchen mit Kartoffelsalat, und nur wenige Minuten später kam sie mit einem großen Tablett an den Ecktisch, darauf die ersten Teller mit dem knusprigen Geflügel. Als alle versorgt waren, wünschte man sich einen guten Appetit. Doch bevor auch nur einer von ihnen ein erstes Mal in das zarte und saftige helle Fleisch beißen konnte, stolperte Lattwich in den *Halben Hahn*. Kreidebleich stand er mitten in Raum und zitterte trotz der abendlichen Sommerhitze wie Espenlaub.

»Sie haben sie gefunden, nach so vielen Jahren haben sie Julia gefunden.«

KAPITEL 13

Niklas erstarrte in seiner Bewegung. Evas Gabel fiel klirrend auf den Teller, Silvia schien einer Ohnmacht nahe. Bier spritzte aus Hartwigs Glas, als er es mit einem Knall auf den Tisch donnerte, Rüdiger bekam einen Hustenanfall, als er mechanisch einen Bissen Hähnchenfleisch zum Mund führte und hinunterschluckte. Tessa schlug sich die Hand vor den Mund, nachdem sie einen spitzen Schrei ausgestoßen hatte.

Gernot war sofort mit einem doppelten Korn bei Lattwich, während sich das Wandererpaar nur ratlos anschaute. Schwer ließ sich Evas Vater auf einen Stuhl am Ecktisch sinken.

»Bist du sicher, dass sie es ist? Ist es wirklich Julia?«, stammelte Eva.

Lattwich schüttelte den Kopf.

»Ja, was denn jetzt? Ist sie es oder nicht?« Rüdigers Stimme versagte am Ende.

Lattwich bekam einen zweiten doppelten Korn und vor lauter Aufregung einen knallroten Kopf und kaum noch Luft. Dann endlich tat er kund, was er wusste.

»Ein Geokutscher, oder wie das heißt, die suchen nach Schätzen oder Botschaften oder so, hatte einen Hinweis, wo etwas versteckt sein sollte. Er ist also hin, hat was gefunden. Ihm wäre die Struktur der Bodenerhebungen merkwürdig vorgekommen, hab ich gehört. Ich hab ja keine Ahnung davon. Auf jeden Fall hat ihn die Neugier gepackt, und er hat den Eingang entdeckt. Ich hab mal was davon gehört, dass irgendwo ein Munitionsdepot aus dem Zweiten Weltkrieg im Wald gewesen sein soll. Das war aber mehr so ein Hörensagen, noch von meinem Vater. Ich glaube, keiner wusste was Genaues. Na ja, der Typ hat ihn jedenfalls entdeckt. Total zugewuchert der Zugang, das Depot in die Erde, in den Fels, so weit es ging, gegraben. Die Kisten waren zum größten Teil leer, in zweien waren noch Handgranaten und in einer, oh mein Gott, in einer lag ein Skelett. Er hat sofort die Polizei alarmiert, die aus Rodenstein waren auch ziemlich schnell da. Die müssen wohl aus allen Wolken gefallen sein. Auf jeden Fall hat mich Markus Treder angerufen, wahrscheinlich so im ersten Moment des Schreckens. Ich sollte als Bestatter dazukommen. Als ob ich eine Ahnung von so was hätte. Bin auch gleich los und hab unterwegs Pfarrer Berg eingeladen, der kam gerade von der Abendandacht, vorsichtshalber, war irgendwie ein Gefühl von mir, dass das wichtig und richtig ist. Na, als wir ankamen, war schon alles abgesperrt. Wir konnten trotzdem hin, Markus hat uns ja gekannt. Dann war alles voll mit den Leuten von der Spurensicherung, einem Arzt, vermute ich mal, und einen Zinksarg hatten sie auch schon dabei.«

Lattwich wischte sich den Schweiß von der Stirn und kippte seinen dritten Korn. Im Schankraum war es so still, dass man eine Stecknadel hätte fallen hören.

»Ich musste außerhalb bleiben. Unheimlich, ganz unheimlich. Wie konnte das die ganzen Jahre über nicht entdeckt werden? Na ja, wie ich schon sagte, komplett zugewuchert. Ich hab in dem Moment gespürt, das ist der Eingang zur Hölle. Markus hat den Pfarrer reingelassen. Der kam raus, bleich wie ein Gespenst. Ich hab Berg noch nie weinen sehen, bei keiner Beerdigung, bei nichts, aber heute standen ihm die Tränen in den Augen. Schlimm, ganz, ganz schlimm muss es gewesen sein. Wir sind dann wieder zusammen zurückgefahren. Er ist gleich in die Kirche zum Beten. Ich weiß nicht, sollte er nicht zuerst zur Mutter von Julia? Aber wenn sie es nicht ist, bekommt die nur einen Schreck«, gab Lattwich sich selbst eine Antwort.

»Aber was ist denn nun? Gibt es denn einen Hinweis, ob es Julia ist oder nicht? Was hat der Pfarrer denn gesagt, Papa?« Eva hatte die Hand auf die ihres Vaters gelegt und streichelte beruhigend darüber.

»Pfarrer Berg meint, ja. Er sagte, es gibt keine Reste von Kleidung oder Schmuck. Sie war doch in der Disco, da hat ein Mädchen doch Schmuck an. Da muss doch was übrigbleiben. Und Kleider vergehen auch nicht komplett. Ich hab mal einen umgebettet, der lag vierzig Jahre oder länger im Sarg, da waren noch Fetzen übrig. Bei ihr, also wenn es Julia war, nichts. Grundgütiger, das bedeutet, man hat sie nackt in die Kiste gelegt.«

Das Entsetzen, das bei diesen Worten alle befiel, war fast mit Händen greifbar.

Rüdiger stöhnte »Mein Gott« und sackte in sich zusammen.

Dann räusperte sich Niklas. »Und warum denkt Pfarrer Berg trotzdem, es könnte Julia sein?«, fragte er mit heiserer Stimme.

»Wegen der Haare. Julia hatte doch diese wunderschönen roten Haare. Da wären noch welche auf dem Schädel gewesen, sagte er.«

Silvia, die sich wie ein verletztes Tier in die Ecke gekauert hatte, schluchzte laut, die Tränen liefen ihr nun über die Wangen. Tessa tauschte den Platz mit Hartwig und drückte die Freundin an sich, strich ihr über den Kopf und murmelte leise Worte, die beruhigend wirken sollten.

»Ich hab mal gelesen, Moorleichen werden oft mit roten Haaren gefunden, das hängt damit zusammen, wo sie liegen. Also, was ich sagen will, vielleicht ist es da unten genauso, und die Haare haben einfach eine andere Farbe angenommen. Und es ist nicht Julia. Genau, vielleicht ist es einfach nicht Julia«, sagte Rüdiger mit unsicherer Stimme und rieb dabei mit seinem Bierfilz über den Tisch.

»Das ist was anderes, Rüdiger«, sagte Eva tonlos. »Aber mit Hilfe der Haare kann man sie identifizieren. Dann hat Frau Römer Gewissheit.«

Hartwig, der bis jetzt geschwiegen hatte, rieb sich mit einer Geste der Ratlosigkeit über die Stirn. »Sie ist doch da nicht von alleine rein, oder gar freiwillig. Hat sich ausgezogen und in die Kiste gelegt. Und das bedeutet …«

»Sie war, als man sie …«, auch Lattwich versagte die Stimme.

»Vielleicht hat sie jemand auf dem Nachhauseweg angefahren und anschließend, in seiner Panik …« Auch Gernot konnte nicht weitersprechen, zu furchtbar war die Vorstellung, was dem Mädchen womöglich widerfahren war.

»Oder noch schlimmer«, ergänzte Hartwig düster.

»Hört auf, hört endlich auf.« Silvias schriller Aufschrei ließ alle verstummen. »Rüdiger hat recht. Das kann nicht Julia sein. Wer soll ihr so was Schreckliches angetan haben? Jemanden in eine Kiste sperren. Das ist grausam, so grausam. Dort drin liegt eine Fremde, ganz sicher. Erinnert ihr euch an, mir fällt der Name nicht ein, aber die muss es sein. Julia ist abgehauen, weil sie Schiss vor ihrem Vater hatte. Das weiß ich. Ihr geht's bestimmt gut. Sie hat einen Mann und Kinder, und ihr geht es gut.« Silvia war mit jedem Wort hysterischer geworden. Jetzt sank sie in sich zusammen, ein stummes Weinen erschütterte ihren Körper.

»Pfarrer Berg.«

Alle wandten sich bei Gernots Worten zur Tür.

Es schien, als sei der Geistliche in den letzten Stunden um Jahre gealtert. Gebeugt und mit gramerfüllter Miene wankte er, mehr als dass er ging, heran. Das war nicht mehr der gestandene Kirchenmann, der nach dem Hochamt jeden Sonntag im *Halben Hahn* seinen Frühschoppen zu sich nahm, das war ein Mann, der kurz davor war, den Glauben an das Gute im Menschen zu verlieren. Ein gefällter Baum. Dieser Ausdruck kam Niklas in den Sinn, als er ein Stück zur Seite rutschte, um dem Pfarrer Platz zu machen, der sich schwer mit beiden Händen auf die Holzplatte stützte.

»Gernot, hast du einen Whisky?«

Das hatte es im *Halben Hahn* noch nicht gegeben. Der Pfarrer bestellte einen Whisky. Noch nie hatte ihn jemand etwas Hochprozentiges trinken sehen.

Gernot nickte. Er kehrte mit einem Tablett zurück, auf dem mehrere Gläser, eine Flasche Weizenkorn, ein

Single Malt und eine Flasche Wodka standen. Er goss dem Pfarrer einen dreifachen Malt ein und schob das Tablett in die Mitte des Tischs. »Bedient euch, heute geht alles aufs Haus.«

Noch machte niemand von dem Angebot Gebrauch, alle starrten in gespannter Erwartung Pfarrer Berg an, der sein Glas in einem Zug hinunterkippte, ohne auch nur eine Miene zu verziehen. Dann richtete er sich zu seiner vollen Größe auf.

»Noch wissen wir nicht, ob es sich bei diesem bedauernswerten Menschen, dessen Überreste gefunden wurden, um unsere Julia handelt. Aber eins wissen wir mit Sicherheit. Dieses arme Geschöpf ist lebendig in diesen unsäglichen Sarg gesperrt worden. Es ist lebendig begraben worden und elendig darin zugrunde gegangen.«

KAPITEL 14

Lebendig begraben, lebendig begraben. Elendig zugrunde gegangen.

Niklas fand einfach keinen Schlaf. Sie hatten noch lange zusammengesessen. Die Frauen fassungslos, schweigend, weinend, die Männer diskutierend, spekulierend. Jemand musste Julia, so sie es denn war, zwischen Trutstadt und Thöninghausen aufgelauert, sie entführt und anschließend in die Kiste gesperrt haben. Dass sie noch gelebt haben musste, wusste der Pfarrer von Markus, der, wie Berg mit zitternder Stimme erzählt hatte, gestammelt habe, es wären kaum noch Fingernägel an den Händen. Ihm war speiübel geworden, als über dieses Detail gesprochen wurde.

Silvia hatte allen, obwohl jeder im Dorf die Geschichte kannte, mit vom Weinen rauer Stimme von dem Abend erzählt, als Julia verschwunden war. Wie vom Erdboden verschluckt, hieß es. Dieser Satz war nun grausame Realität geworden, denn dass es sich bei dem Menschen, dessen Überreste man entdeckt hatte, um die Jugendfreundin handelte, darüber waren sich fast alle einig. Nur Silvia hatte anfangs immer wieder den Kopf geschüttelt, wollte es zunächst nicht wahrhaben.

Gegen drei Uhr hatte Gernot gesagt, sie sollten jetzt alle nach Hause gehen. Niklas hatte den sturzbetrunkenen Pfarrer noch ins Pfarrhaus begleitet, selbst nicht mehr sicher auf den Beinen.

Edgar Allen Poes Geschichte lag aufgeschlagen auf dem Nachttisch. Hatte er gestern in dem Buch gelesen, war mal wieder an dieser faszinierend-gruseligen Geschichte hängen geblieben? Er hatte sie schon gefühlt hundertmal geradezu in sich aufgesogen, und das Buch klappte sich von ganz alleine an dieser Stelle wieder auf. Oder war er es gewesen, der es wieder zur Hand genommen und aufgeschlagen hatte? Niklas konnte sich nicht erinnern. Aber es war doch ein merkwürdiger Zufall, dass er gerade diese Story immer wieder mit wohligem Schauer genossen hatte. Oder? Niklas glaubte eher weniger an Zufälle.

Es begann schmerzhaft in seinem Kopf zu pochen, als schlügen winzige Hämmerchen unbarmherzig von innen gegen seine Schädeldecke. Der übermäßige Alkoholkonsum forderte seinen Tribut. Mit einem Stöhnen schälte er sich aus dem Bett. Im Badezimmer seiner Mutter gab es garantiert Kopfschmerztabletten und vielleicht, hoffentlich, ein leichtes Schlafmittel. Zu unbarmherzig hatte sich das Bild einer Holzkiste mit den sterblichen Überresten eines Menschen in sein Gehirn gebrannt, an friedlichen Schlaf war nicht zu denken gewesen.

Sigrid hatte sich das Badezimmer vor zehn Jahren *en suite*, wie man es nannte, neben ihrem Schlafzimmer einbauen lassen. Altersgerecht, wie sie gesagt hatte. Begehbare breite Dusche, eine Wanne mit Einstiegshilfe.

Auch hier war noch immer ein Hauch ihres Parfums mit dem Maiglöckchenduft zu erahnen. Er schaltete das Licht im Bad an und musste die Augen schließen, als die grellen Deckenspots ihr gleißendes Licht in den Raum gossen. Alles war blitzsauber und penibel aufgeräumt. Auch im Bad dominierte die Farbe Weiß. Als Kontrast lagen dunkelblaue Handtücher, sorgfältig gefaltet, auf einem Regal aus Rattan, es waren die einzigen Farbtupfer.

Niklas musste unwillkürlich lächeln, als er den alten Allibert Spiegelschrank sah. Seine Mutter hatte ihn wahrscheinlich praktisch gefunden und ihn im neuen Bad aufhängen lassen. Vorher hing das Ding im Familienbadezimmer im ersten Stock. Ob solche Schränke überhaupt noch hergestellt wurden? Genügend Stauraum boten sie ja und dazu die Türen, die gleichzeitig Spiegel waren. Wenn man die äußeren Türen öffnete, konnte man sich auch seitlich betrachten und überprüfen, ob die Frisur saß. Er sah Sigrid geradezu vor sich, wie sie kritisch an einer Strähne zupfte oder mit Argusaugen die Falten zwischen Nase und Oberlippe beäugte, die wie der Balg einer winzigen Ziehharmonika mal mehr mal weniger auffielen.

Er öffnete die linke Tür des Schränkchens. Nichts. In der rechten fand er schließlich, was er suchte. Aspirin und eine kleine Flasche mit Baldriantropfen. Er hätte es sich eigentlich denken können. Obwohl seine Mutter Apothekerin gewesen war, hatte sie die natürlichen Hausmittel immer bevorzugt. Also dann Baldrian. Er schluckte gleich die Kopfschmerztablette und nahm die Einschlafhilfe mit in sein Zimmer. Ein Teelöffel davon war mit etwas Wasser einzunehmen. Jetzt würde er nicht noch einen Löffel aus der Küche holen. Er schätzte, zwanzig Tropfen könnten vielleicht diese Menge ergeben, und tropfte den Extrakt der Baldrianwurzel in seinen Zahn-putzbecher. Es schmeckte bitter. Er legte sich wieder hin und war kurz darauf eingeschlafen.

Der nächste Morgen erwartete ihn mit einem ausgewach-senen Kater, zumindest dessen Pelz in seinem Mund und die Erinnerung an einen total verrückten Traum, der nur den Geschehnissen des Vortages geschuldet ge-wesen sein konnte. Niklas sank zurück in sein Kissen. Schon der zweite Traum, an den er sich mit großer In-tensität erinnern konnte. Es konnte nur an dem alten Haus, seinem Zuhause, in dem er aufgewachsen war, lie-gen. Was würde Butterwegge dazu sagen?

Er sah die Szenerie, die sich ihm in der Nacht geboten hatte, wieder deutlich vor Augen. Er hatte sich in einem Wald befunden, genauer, an einer Wegkreuzung in einem Wald, von der vier Wege abgingen. Nachdem er dreimal vor einer Mauer gelandet war, die sich plötzlich vor ihm aufgetan hatte und die er weder umgehen noch über-winden konnte, war er dem vierten Wegweiser gefolgt. Immer enger wurde der Pfad, die Bäume schienen ihre Äste nach ihm auszustrecken. Die Kleidung, die er trug, schützte ihn jedoch vor den Zweigen, an denen lange Dornen saßen. Er hatte eine kurze graue Lederhose an, wie er eine als Kind besessen hatte, dicke Strümpfe, derbe Schuhe und eine dunkelgrüne Wachsjacke.

Plötzlich tat sich eine Lichtung auf, darauf eine Holz-hütte. Neugierig näherte er sich, als ihn jemand von hin-ten ansprach. »Ich begleite dich.«

Als er sich umdrehte, er hatte sich noch nicht einmal erschrocken, stand da ein Wolf, und er empfand es nicht als merkwürdig, dass das wilde Tier zu ihm sprach. Er nickte und ging mit dem Wolf, der sich mit ihm über das Wetter und die aktuelle Bundesligatabelle unterhielt, bis vor die Tür der Hütte, die sperrangelweit offen stand.

Vorsichtig spähte er hinein, während der Wolf an ihm vorbeispazierte und sich dann umdrehte. Seine goldenen Augen leuchteten in der Dunkelheit.

»Ist da jemand?«, rief er.

»Ja, aber ich kann hier nicht raus, du musst mir helfen.«

Er hörte das Tapsen der Wolfspfoten und ging hinein. Auf einem Bett, mehr war in dem Raum nicht zu erkennen, saß ein junges Mädchen mit einer roten Mütze auf dem Kopf, gehüllt in ein Kleid in der gleichen Farbe. Ihre Beine hingen über die Bettkante, ihre Füße erreichten nicht den Boden.

»Wurde aber auch Zeit. Wie lange soll ich denn noch warten?«

Er fand sie ganz schön frech, schließlich war er ja gekommen, um sie zu retten. Er machte einen Schritt auf sie zu, doch der Wolf war schneller. Noch ehe er sichs versah, war er aufs Bett gesprungen, hatte sein Maul aufgerissen, das Mädchen am Nacken gepackt und ihm vor die Füße gelegt. Im ersten Moment hatte er gedacht, das Tier wolle das Mädchen fressen, und ein Schrei entrang sich seiner Kehle.

»Neeiiin«, hatte er geschrien und war von seinem eigenen Schrei erwacht.

Ganz offensichtlich hatte er in seinem Traum das Märchen von Rotkäppchen mit Julias grausamen Schicksal ineinander verwoben.

Niklas kletterte aus dem Bett, stieg in die Dusche, und nach einem starken Kaffee konnte er endlich wieder klar denken. Ein total verrückter Traum, und doch in manchen Punkten so real. Seine Lederhose, wie hatte er sie geliebt. Er hatte sie so lange getragen, bis sie speckig glänzte und er beim besten Willen nicht mehr hineinpasste. Und was der Wolf über die Bundesliga von sich gegeben hatte. München war nicht Meister geworden. Kaum zu glauben. Doch was war da noch gewesen? Niklas versuchte, sich zu erinnern. Irgendein Verein, der irgendwo rumdümpelte, hatte es geschafft. Kaiserslautern? Kaiserslautern! Hatte der Wolf den Verein genannt? Fußball interessierte Niklas nicht im Mindesten.

Er goss sich eine dritte Tasse Kaffee ein und suchte in seinem Handy nach einer Information, wann und ob überhaupt Kaiserslautern Deutscher Fußballmeister geworden war. Saison 1990/1991. 1991, in diesem Jahr war Julia verschwunden. Julia mit den roten Haaren, die gestern in einer Kiste im Wald wieder aufgetaucht war.

Fassungslos schaute Niklas auf das kleine Display und hätte sein Handy fast fallen lassen, als es losschrillte. Mist, den Termin hatte er total vergessen abzusagen. Doro würde ihm die Hölle heiß machen. *Genie und Wahnsinn liegen so dicht beieinander. Ich bin für das eine zuständig und Dr. Butterwegge für das andere.* Er sah sie direkt vor sich, wie sie Daumen und Zeigefinger zusammenpresste und ihn vorwurfsvoll musterte. Gottergeben nahm er das Gespräch an.

»Hier Praxis Dr. Butterwegge, Frau Glauber am Apparat. Ich wollte Sie nur an Ihren Termin bei Herrn Dr. Butterwegge erinnern. Nächsten Dienstag, zehn Uhr.

Bitte seien Sie pünktlich, der Doktor ist ein vielbeschäftigter Mann.«

Olle Ziege, als ob er das nicht wüsste. So einen Spruch konnte sie sich sparen. Doch er enthielt sich eines Kommentars. Schon wollte er den Termin erneut bestätigen, als er es sich anders überlegte.

»Tut mir leid, den müssen wir leider verschieben. Meine Mutter ist verstorben, und ich habe in den nächsten Tagen einiges zu erledigen.«

Er hörte ein Schnaufen am anderen Ende der Leitung. Dann raunzte Frau Glauber, anders konnte man es nicht nennen:»Umso dringlicher sollten Sie Ihren Termin wahrnehmen.«

Unfassbar, was bildete sich diese Person ein?

»Wie ich eben sagte, es geht nicht. Übernächste Woche ist mir genehm. Überlegen Sie und Dr. Butterwegge sich einen neuen Termin und teilen Sie ihn Frau Auermann mit. Vielen Dank.« Niklas beendete das Gespräch und warf das Handy auf die Küchentheke. Sollte sich doch Doro mit aufsässigen Sprechstundenhilfen und Göttern in Weiß rumärgern.

Erneut gab das Telefon Töne von sich. Schon wollte er annehmen und hineinbrüllen, man solle ihn nicht weiter belästigen, als er sich darüber klar wurde, dass die *Kleine Nachtmusik* dudelte. Sigrids Handy. Er nahm das Gespräch an.

»Hier Christiane, Christiane Wagner. Entschuldige, dass ich schon wieder auf dem Handy deiner Mutter anrufe, aber ich hab deine Nummer nicht. Eigentlich wollte ich schon gestern Abend anrufen, um Bescheid zu sagen, dass ich nicht zum *Halben Hahn* kommen kann, Mutti ging's nicht so gut. Dann kam die Nachbarin mit der Nachricht, man hätte eine Leiche, ein Skelett im Wald gefunden, es könnte sich um Julia handeln. Mutti hat zuerst gar nichts verstanden. Doch urplötzlich hatte sie einen lichten Moment, hat verstanden, dass man eine Tote im Wald gefunden hat. Ich konnte sie kaum noch beruhigen. Ab da war gar nicht mehr daran zu denken, dass ich das Haus verlasse. Tut mir also echt leid. Weißt du was Genaueres? Oder steht schon was in der Zeitung?«

Wieder einmal hatte Christiane geredet, ohne Luft zu holen. Niklas rieb sich über die Augen. Was sollte er erzählen? Viel mehr wusste er ja auch nicht. Sie hatten natürlich spekuliert, was geschehen sein könnte. Doch was sollte er ihr davon berichten? Das Einzige, was er zu sagen wusste, war das schier Unvorstellbare, die Möglichkeit, dass Julia noch gelebt hatte, als man sie in ihr enges Gefängnis sperrte.

»Oh mein Gott, meinst du, der Täter glaubte nur, sie wäre tot? Oder, oh nein, das wäre zu furchtbar, er hat sie mit Absicht lebendig da eingesperrt?«

Niklas zuckte mit den Schultern, was Christiane natürlich nicht sehen konnte. Also räusperte er sich und sagte: »Darüber haben wir auch nachgedacht. Pfarrer Berg meinte, das könne er sich beim besten Willen nicht vorstellen. So schändlich könne niemand sein. Aber ein Gottesmann glaubt ja bis zuletzt an das Gute im Menschen, und wenn es noch so ein kleines bisschen ist.«

»Oh Gott, das darf ich Mutti nicht erzählen. Sie war doch eng mit Julias Mutter befreundet. Frau Römer war oft hier und hat sich die Augen aus dem Kopf geheult.

Ich war ja noch klein damals, ich hab gar nix verstanden.«

»Wie alt warst du da?«, fragte Niklas mechanisch.

»Julia ist vor dreißig Jahren verschwunden, da war ich acht. Und du?«

»Elf, ich war elf Jahre alt. Allerdings kann ich mich auch kaum dran erinnern. Wenn ich ehrlich bin, hätte ich nicht mehr daran gedacht, wenn man gestern nicht ihre sterblichen Überreste gefunden hätte. Das heißt, nein, ich hab schon früher dran gedacht, als ich Julias Mutter auf dem Friedhof getroffen hab. Jetzt kocht das alles wieder hoch. Alle haben sich plötzlich wieder an irgendwas erinnert. Aber ob das echte Erinnerungen sind, oder sie sich nur was einbilden, keine Ahnung.«

»Wie meinst du das? Echte Erinnerungen?«

»Na ja, Silvia meinte, sie könnte sich daran erinnern, dass Julia damals ganz schön was getrunken hatte. Sie könnte angefahren worden sein und der, der sie angefahren hat, hat vielleicht Angst bekommen und sie in den Wald gebracht. Eva allerdings hat gesagt, Julia hätte ganz sicher nichts getrunken, sie hätte zu viel Schiss gehabt, dass ihr Vater wütend werden würde, wenn er das mitbekommt.«

»Ach so, verstehe. Das mit dem Unfall hat auch Frau Römer mal gesagt. Vielleicht ist es auch eine Erklärung, die nicht so wehtut. Also ich meine, nicht so weh, wie wenn du hörst, dein Kind ist ermordet worden.«

Niklas zuckte zusammen. So was in der Art hatte auch Gernot gesagt. Dann hatten sie sich die Köpfe heiß geredet, wer für eine solche Tat infrage kommen könnte. Er hatte dazu nichts beitragen können. Er war der Jüngste in der Runde gewesen. Eva und Silvia waren fünf Jahre älter als er, und dass sie ihn überhaupt damals in ihre Clique aufgenommen hatten, lag nur daran, dass er für die beiden die Pille aus der elterlichen Apotheke hatte mitgehen lassen. Als das aufgeflogen war, hatte es ordentlich was gesetzt. Mit den Jahren hatte sich der Altersunterschied verschliffen, doch der Fall Julia Römer war für ihn ein Fall vom Hörensagen, während die anderen als ihre Freundinnen hautnah dabei gewesen waren.

Tessa dagegen war wenig älter als Niklas. Wie er hatte auch sie still dabeigesessen und nur einmal vehement widersprochen, als Hartwig erklärte, man hätte sich damals die vom Kloster mal mehr zur Brust nehmen sollen, dieses merkwürdige Pack. Niklas konnte sich dunkel erinnern, dass im alten Zisterzienserkloster einmal Leute gewohnt hatten. Er kannte es nur von Spaziergängen mit seinen Eltern und einer Wanderung mit seiner Klasse, als Lehrer Weirauch sie auf die alte Klosteranlage aufmerksam gemacht hatte. Interessiert hatten ihn die alten Steine nie.

»Sag mal, Christiane, wenn Frau Römer so oft bei euch war – ich weiß, du warst noch klein, aber kannst du dich vielleicht daran erinnern, ob sie die Typen vom ehemaligen Kloster erwähnt hat?«

»Nein, wer soll das gewesen sein? Die Mönche, die dort waren? Aber das ist doch hundert Jahre oder noch länger her.«

Also war dieser Verdacht von Klara Römer nie ausgesprochen worden, zumindest nicht im Beisein der kleinen Christiane. Oder sie hatte es einfach nur vergessen.

»Was hat es denn damit auf sich?«, bohrte Christiane nach.

»Eigentlich nichts. In der Zeit, als Julia verschwand, also ein oder zwei Jahre davor und auch später, hatten sich ein paar Alternative dort niedergelassen. Sie haben Gemüse angebaut und ein paar Ziegen gehalten, sagte Pfarrer Berg. Harmlose Leute. Trotzdem haben sie wohl für ziemliche Unruhe im Dorf gesorgt. Ganz ehrlich, auch daran habe ich null Erinnerung. Aber ich kann es mir gut vorstellen. Gernot meinte, die Hippiemädchen, also für ihn waren das Hippies, seien ziemlich unverschämt hier aufgetreten und nur spärlich bekleidet.« Er musste unwillkürlich grinsen, als er an Gernots abfälligen Gesichtsausdruck dachte. »Aber mit der Meinung stand er wohl ziemlich alleine da. Sie waren nett und harmlos, haben sich im Dorf mit kleinen Jobs ein wenig Geld dazuverdient.«

»Hm, jetzt dämmert mir was. Ich kenn die Geschichte nur vom Hörensagen. Eine von denen da oben hat im *Halben Hahn* ausgeholfen, und Gernot war der Meinung, sie hätte in die Kasse gegriffen. Seitdem war er wahrscheinlich nicht mehr gut auf sie zu sprechen. Das ist jetzt Jahre her. Aber vielleicht verwechsle ich da auch was. Wie gesagt, ich war noch klein, und wo ich das Ganze aufgeschnappt hab, ganz ehrlich, keine Ahnung.«

»Ach schau an, das kam gestern nicht zur Sprache. Allerdings hat Pfarrer Berg dafür gesorgt, dass die Klosterhippies, wie er sie nennt, da oben bleiben durften. Natürlich hat man sie damals wegen Julia befragt. Liegt doch nahe. Aber sie hatten alle ein Alibi und kannten Julia nur vom Sehen. Am Abend von Julias Verschwinden sei so ein Sauwetter gewesen, sie hätten sich zusammen unter die Federn verkrochen.« Niklas sah das Gesicht des Pfarrers vor sich, als er das erzählte. Zusammengezogene Brauen, ganz streng hatte er ausgesehen. »Es gab bei denen kein Motiv, sie hatten ein Alibi. Zwei Jahre später waren sie wie Fledermäuse, denen es zu hell in ihrem Unterschlupf wurde, verschwunden. Keiner wusste genau wann, geschweige denn wohin.«

»Jetzt, wo du davon erzählst, fällt mir noch was dazu ein. Komisch, ich war doch wirklich noch ziemlich jung. Aber vielleicht hat man ja auch später diese Geschichten immer wieder aufgewärmt. Ich meine, sie hatten bei meinem Vater einen Betonmischer ausgeliehen, der nie mehr zurückkam. Und meine Mutter hatte ihm verboten, ihn selbst wieder abzuholen.« Christiane kicherte ins Telefon. »Merkwürdig, dass ich genau daran jetzt denken muss. Weißt du, was mir immerzu durch den Kopf geht, seitdem ich das von dem Skelett im Wald gehört habe?« Ihre Stimme wurde wieder ernst, geradezu düster klang sie in diesem Augenblick in Niklas' Ohren. »Sie kann das ja nicht ernst gemeint haben, die Frau Römer. Aber einmal hat sie gesagt, der Wolf hätte sie geholt. Julia mit ihren roten Haaren sei das Rotkäppchen aus dem Märchen, und der Wolf hätte sie geholt. Doch wie alle Märchen würde es bestimmt gut ausgehen. Die Polizei würde den Wolf finden, ihn aufschneiden und Julia würde unbeschadet wieder heimkommen. Irgendwie unheimlich, oder? Fast könnte man meinen, Frau Römer war da nicht ganz bei Sinnen, als sie so was gesagt hat.«

KAPITEL 15

Natürlich berichtete die Presse über den schrecklichen Fund im Wald. Eine skelettierte Leiche sei in einer Holzkiste entdeckt worden. Ob es sich dabei um die seit dreißig Jahren vermisste Julia Römer handle, die nach einem Besuch der Disco der Landjugend auf dem Nachhauseweg verschwunden war, könne noch nicht bestätigt werden. Die Polizei habe damals in verschiedene Richtungen ermittelt, jedoch ohne Erfolg. Polizeiobermeister Gerd Wunderlich, der an den Ermittlungen beteiligt gewesen war und als Nachbar der jungen Frau ein ganz besonderes Interesse an der Aufklärung gehabt habe, sei von Anfang an davon überzeugt gewesen, das Mädchen sei niemals freiwillig verschwunden. Die Untersuchung der sterblichen Überreste bleibe nun abzuwarten, um Klarheit über die Identität der entdeckten Person zu erlangen.

Niklas faltete den *Tageskurier* zusammen. Die Zeitung musste abbestellt werden. Er schaltete das Küchenradio an, ein altmodisches Ding eines deutschen Herstellers, den es schon lange nicht mehr gab. Weltgeschehen, Sport, Wetter. Dazwischen die Lokalnachrichten. Ein ähnlicher Beitrag zum Fund der Leiche wie in der Tagespresse, allerdings ohne Erwähnung des ehemals ermittelnden Polizisten, aber dafür mit der Angabe, die Kiste sei in einem Munitionsdepot aus dem Zweiten Weltkrieg entdeckt worden.

Noch immer klangen Christianes Worte in seinen Ohren. *Rotkäppchen und der Wolf.* Wie in seinem Traum. Allerdings war sein Traum nicht so weit hergeholt. Das, was sich in seinen Kopf geschlichen hatte, waren Bruchstücke aus dem hitzigen Gespräch des Vorabends gewesen, Wortfetzen, die sich festgesetzt hatten und ihm als Albtraum wiederbegegnet waren. Julias rote Haare, hatte nicht Gernot sie als eine Kappe bezeichnet? Nein, aber irgendeiner musste doch dieses Wort in den Mund genommen haben.

Und der Wolf hatte eine Rolle gespielt. Die Hippies hätten doch einen Hund gehabt, der ausgesehen habe wie ein Wolf. Viel hatte Rüdiger an diesem Abend nicht gesagt. Aber von diesem Hund hatte er gesprochen. Er hätte einen Mordsrespekt vor dem Vieh gehabt, der wie ein Zebulos, so Rüdigers Ausdruck, dem er nicht widersprach, das Kloster und seine Leute bewachte. An den Hund konnte sich allerdings niemand außer Rüdiger erinnern.

Das alles musste sich in seinem Hirn so manifestiert haben, dass daraus dieser Albtraum geboren worden war. Es hatte nichts mit dem zu tun, was Christiane gesagt hatte, aber merkwürdig war es schon. Ein unglaublicher Zufall. Sollte er doch an Zufälle glauben?

Niklas hatte heute nur einen festen Termin, der Rosenkranz um halb sechs am Abend in Sankt Martin. Am nächsten Tag dann die Beerdigung. Jetzt konnte wohl auch Frau Römer ihre Tochter zur letzten Ruhe betten, nach dreißig Jahren der Ungewissheit. Morgen Sigrid und vielleicht schon nächste Woche Julia. Der Platz war ja sozusagen freigehalten worden. Welches Sterbedatum würde sie in den Grabstein meißeln lassen? Wie lange konnte man in einer solchen Kiste überleben? Es gab doch diese Regel, drei Minuten ohne Luft, drei Tage ohne Wasser, drei Wochen ohne Nahrung. Dreißig Jahre unentdeckt. Im alten Munitionsdepot im Thöninghauser Wald. Er hatte noch nie davon gehört.

Niklas war weit davon entfernt, sensationslüstern zu sein, doch er wusste, er würde keine Ruhe finden, wenn er den Ort, an dem man die sterblichen Überreste Julias im Wald entdeckt hatte, nicht mit eigenen Augen gesehen hätte. Lag er wirklich so versteckt? Konnte er tatsächlich jahrzehntelang in Vergessenheit geraten sein? Allerdings hörte man doch immer wieder von irgendwelchen Waffenlagern, die unter den Wurzeln umgestürzter Bäume oder in irgendwelchen Waldlöchern entdeckt wurden.

Pfarrer Berg hatte gestern ziemlich genau beschrieben, wo der Geocacher auf Julias Leiche gestoßen war. Niklas setzte auf Google Maps einen Punkt, wo er die Stelle vermutete, und schwang sich aufs Rad. Schon von Weitem entdeckte er Fahrzeuge verschiedener Rundfunkanstalten. Aha, die Journaille blieb natürlich an der spektakulären Story dran. Er lehnte sein Rad an einen Baum und näherte sich seinem Ziel. Die Reporter standen rauchend und sich unterhaltend in einem Abstand von vielleicht zwanzig Metern vor dem Absperrband der Polizei. Gab es nach so vielen Jahren überhaupt noch etwas zu sichern? Mit einer solchen Frage hatte sich Niklas noch nie beschäftigt, aber es wäre spannend, es zu erfahren. Lässig spazierte er an den Pressevertretern vorbei bis zum rot-weißen Band.

»Hallo, Markus.« Er hatte den Polizisten aus Rodenstein sofort wiedererkannt. Sie waren im selben Alter, und Niklas würde Markus durchaus als einen Jugendfreund bezeichnen.

Der Polizist in Uniform kam auf Niklas zu, die Hände abwehrend erhoben, um einen der ungebetenen Zaungäste alsbald zu verscheuchen. Dann erkannte auch er den Kumpel aus vergangenen Tagen.

»Mensch, Niklas. Tut mir leid, das mit deiner Mutter. Du kommst aber wohl nicht zufällig hier vorbei?«, kam er gleich zur Sache.

Niklas wurde ein wenig rot. »Wir saßen gestern alle bei Gernot zusammen, als Pfarrer Berg mit der schrecklichen Nachricht auftauchte. Ich gestehe, eine gewisse Neugier hat mich hergeführt. Ich kann mich noch gut an die ganzen Suchaktionen erinnern, als Julia verschwunden ist. Das ganze Dorf war auf den Beinen. Hier hat man sie also gefunden. War das Depot denn bekannt?«

Markus schüttelte den Kopf. »Nein, es lag gut versteckt. Macht ja auch Sinn. Aber hör mal, du solltest dich hier nicht aufhalten. Lass uns unsere Arbeit machen«, setzte er bestimmt, aber nicht unfreundlich hinzu.

Niklas gab nicht so schnell auf. »Gibt es tatsächlich noch Spuren, die verwertbar sind?«

»Tut mir leid, dazu kann ich dir nichts sagen. Es ist besser, du gehst jetzt, sonst meint die Meute da hinten, es gäbe irgendwelche Neuigkeiten.«

Niklas drehte sich um. Tatsächlich scharrten die Reporter bereits mit den Hufen. Einer von ihnen hatte schon seine Kamera geschultert.

»Stimmt. Na denn. Vielleicht sehen wir uns die Tage mal auf ein Bier. Ich bin noch länger in Thöninghausen. Räumen und so, du weißt schon.«

Markus nickte. »Ich weiß. Mein Vater ist letztes Jahr gestorben, und meine Mutter wollte nicht mehr allein im Haus bleiben. Sie ist in eine Wohnung in meiner Nähe gezogen. Verrückt, was sich so in einem Leben ansammelt.«

Die beiden Männer schwiegen ein paar Sekunden in stiller Eintracht. Dann hob Niklas die Hand zu einem Abschiedsgruß. Doch in dem Augenblick, als er davontrotten wollte, hielt er inne.

»Sag mal, Markus. Über die Kleidung kann man doch auch nach all den Jahren die daran heftende DNA bestimmen.«

Der Polizist sah Niklas fragend an, gab aber keine Antwort.

»Gab es überhaupt Reste von Kleidungsstücken? Hat Julia etwas Rotes angehabt?«

»Etwas Rotes? Wieso fragst du?«

Niklas wusste es nicht. Der Gedanke war ihm ganz plötzlich durch den Kopf geschossen. Nein, kein Gedanke. Er hatte Julia in einem roten Kleidungsstück vor sich gesehen, ganz klar, ganz deutlich. Und wie ein Gespenst, das sich mit dem Glockenschlag ein Uhr nach Mitternacht hinter die Mauern zurückzieht, verschwand sie wieder. Es musste mit dem Traum gestern Nacht zusammenhängen.

»Niklas, wieso was Rotes?«

»Keine Ahnung, vielleicht sind mir die Zettel mit ihrem Foto in den Kopf gekommen, die verteilt worden sind, als man nach ihr gesucht hat.«

Markus schüttelte den Kopf. »Nein, auf den Zetteln war die Kleidung abgebildet, die sie an dem Abend, als sie verschwand, getragen hat. Blaue Jeans, hellblaues Jeanshemd. Nichts Rotes. So, und jetzt lass mich meine Arbeit machen.« Seine Geduld schien am Ende, und Niklas trollte sich. Ein Reporter eines lokalen Fernsehsenders hielt ihn an und fragte, ob es Neuigkeiten gäbe. Niklas verneinte und ging weiter.

Warum nur hatte er so gezielt nach einem roten Kleidungsstück gefragt? Den ganzen Weg zurück zum Dorf ging ihm diese Frage nicht mehr aus dem Kopf. Julia Römer, das Rotkäppchen. Hatte es in seinem alten Märchenbuch aus Kindertagen außer der roten Kappe nicht auch einen roten Umhang getragen? In seinem Traum jedenfalls trug die Person in der Hütte ein rotes Teil. Doch Julia war in Jeans und mit einem Jeanshemd bekleidet gewesen.

KAPITEL 16

Niklas war froh, als er die Dunkelheit des Waldes wieder hinter sich ließ. Zu Hause angekommen, wusste er allerdings nicht wirklich etwas mit sich anzufangen. Zum Sichten der Schränke und Kommoden hatte er keine Lust. Unschlüssig stand er vor dem Schreibtisch seines Vaters, zog die Schubladen auf, kramte herum, ohne wirklich wahrzunehmen, was sich darin befand. Es konnte sowieso nichts Wichtiges sein. Bevor Sigrid das Arbeitszimmer abgeschlossen hatte, waren ganz sicher die Dinge, die von Bedeutung waren, von ihr herausgenommen worden. Mit einem Rumms drückte er die unterste Schublade wieder zu.

Plötzlich hielt es Niklas nicht mehr aus. Er musste mit jemandem reden, der wie er vollkommen unbelastet von dieser ganzen Geschichte war. Die im Dorf schleppten sie seit dreißig Jahren mit sich rum. Die Geschichte. Wenn es denn nur eine Geschichte gewesen wäre. Julia war verschleppt und in einer Kiste dem Tod ausgeliefert worden.

Er rief Tessas Nummer auf, die sie ihm gestern gegeben hatte, doch Tessa hatte keine Zeit. Ihre Großtante Gertie, schon recht klapprig, wollte von ihr nach Rodenstein kutschiert werden, um sich dort ein Festtagsgewand für ihre Jubelfeier auszusuchen. Und das konnte dauern, denn Tante Gertie war wählerisch. Sie würde versuchen, es zum Rosenkranz zu schaffen, man könne sich ja danach treffen.

»Wenn du Lust hast, gerne bei mir, vielleicht kannst du mir sogar beim Sortieren der Bücher helfen. In den Regalen stehen Unmengen an Kunstbüchern, vielleicht ist was dabei, das dich interessiert. Du kannst sie gerne haben, bevor ich sie an irgendein Antiquariat gebe.«

Tessa war einverstanden, auf ein oder zwei Gläser Wein in nun Niklas' Villa und zur Sichtung der kunsthistorischen Buchpreziosen zu erscheinen.

Nach dem Telefonat gab er sich einen Ruck und widmete sich der stattlichen Bibliothek. Seine Familie hatte schon immer Bücher geliebt und geschätzt. Nie wäre eins weggeworfen worden. Allerdings waren seine ersten *John-Sinclair*-Romane, drei an der Zahl, tatsächlich von seiner Mutter einmal in den Müll befördert worden. Doch er hatte sie noch rechtzeitig zwischen Bananenschalen und durchgeweichten Kaffeefiltern rausfischen können. Demonstrativ hatte er sie zum Trocknen auf den Rippenheizkörper in der Küche gelegt, darauf einen Zettel mit den Worten: *Wehe, du wagst das noch einmal!!!!*

Niklas schätzte, dass dreißig Prozent der Bücher im weitesten Sinne Kunst- und Kulturthemen umfassten, dreißig Prozent alles über Pflanzen, Krankheiten und Heilkunst, der Rest war Belletristik, aber kein Schund, sondern die großen Namen der Weltliteratur. Dazwischen tatsächlich der eine oder andere Kriminalroman, wenn er denn in den Augen seiner Eltern Weltliteraturqualität angenommen hatte. Die Schweden und Amerikaner suchte man vergebens. Es musste schon wenigstens Friedrich Dürrenmatt mit seinem Kommissar Bärlach sein, auch Max Frischs *Stiller* zählte Sigrid zu einer gelungenen Mischung aus Krimi und Liebesgeschichte. Er zog *Stiller* aus dem Regal. Er würde ihn wieder lesen, jetzt mit ganz anderen Augen. Auch der Bildhauer Anatol Ludwig Stiller war verschollen. Irgendwie.

Er wandte sich der Rubrik Kunst und Kultur zu. Da stand doch tatsächlich auch das Buch von Weirauch. Der hatte doch ganz sicher etwas über das Kloster geschrieben. Niklas zog das Buch heraus und widmete sich dem Inhaltsverzeichnis. Kloster Thöninghausen, Seite 94.

Eine Gründung der Zisterzienser im Jahre 1183, beim Durchmarsch von Napoleons Truppen zerstört, nicht mehr aufgebaut. Teile des Langhauses und des Chores standen noch, von den Klostergebäuden waren der Nordflügel des Kreuzgangs in Resten erhalten sowie die Außenmauern des Refektoriums. Von den Wirtschaftsgebäuden, die nach und nach für den Bau umliegender Häuser und Höfe abgetragen worden waren, waren nur noch marginale Reste erhalten, die zu einem großen Teil aus dem neunzehnten Jahrhundert stammten, als sich dort eine Weinbrennerei eingerichtet hatte. Sie standen, im Gegensatz zu den restlichen Gebäudefragmenten, nicht unter Denkmalschutz.

Wahrscheinlich hatten sich die sogenannten Hippies in den nicht denkmalgeschützten Gemäuern niedergelassen. Eigentlich schade, dass er einem solchen Kulturgut, das sogar noch in der Nähe lag, nie seine Aufmerksamkeit geschenkt hatte. Doch das würde sich nun ändern. Erneut schwang sich Niklas aufs Fahrrad. Die Temperaturen hatten offenbar noch zugelegt, nach wenigen Metern brach ihm der Schweiß aus allen Poren.

Als er am Kloster ankam, war sein Polohemd vollkommen durchgeschwitzt und klebte am Rücken. Seine Hose hinterließ ein ungutes Gefühl von Feuchtigkeit an seinem Allerwertesten. Er wurde aber auch nicht schlauer. Warum hatte er sich nicht eine Flasche Wasser mitgenommen? Apropos Wasser. Hatten die Zisterzienser nicht gerne ihre Klöster in der Nähe von Gewässern errichtet? Trinkwasser aus Quellen, Wasser in Flüssen und Bächen, um den Unrat loszuwerden? Andererseits konnte man Wasser auch transportieren. Siehe der *Pont du Gard* in Südfrankreich, der eine ganze römische Stadt mit Wasser versorgt hatte.

Erneut wanderten Niklas' Gedanken zu dem bedauernswerten Geschöpf in der Holzkiste. Ohne Wasser ging gar nichts, Wasser, das Leben spendende Element. Ob Julia verdurstet war? Konnte man so etwas dreißig Jahre nach ihrem Tod überhaupt noch feststellen? Konnte man feststellen, welches Leid sie hatte ertragen müssen, bevor man sie in die Kiste gesperrt hatte? War sie Opfer einer Vergewaltigung geworden?

Niklas betrat den Ruinenrest der Kirche. Die immer noch imposant aufragenden Mauern spendeten Schatten. Er drehte sich um die eigene Achse. Noch konnte man erahnen, mit welchem Aufwand der Kirchenbau vorangetrieben worden war. Die Mauern bestanden aus großen Quadern, an denen nun der Zahn der Zeit nagte. Es herrschte eine Stille, die Niklas in sich ruhen ließ. Er schloss die Augen und bildete sich ein, den Gesang der

Mönche hinter sich zu hören. Monoton und doch melodisch.

Er schüttelte sich und widmete seine Aufmerksamkeit den übrigen Teilen. Der Rest eines Pfeilers markierte die Stelle, wo ein Seitenschiff begonnen hatte. Die Kirche war wirklich sehr groß gewesen. Niklas schritt zum Chor, begleitet von einem Schwarm Raben, der über seinem Kopf kreiste. Kein Altar mehr, nur ein rechteckiger Abschluss, wo der Chor geendet hatte.

Er verließ das Kirchenschiff, an das sich das Refektorium angeschlossen hatte. Darüber musste der Schlafsaal, das Dormitorium gelegen haben. Die Mönche hatten einen direkten Zugang zur Kirche gehabt, damit sie bei jeder Tages- und Nachtzeit zu ihren Gebeten rechtzeitig erscheinen konnten. Die Decke des Speisesaals war ehedem von drei Säulen getragen worden, deren Stümpfe vor sich hin bröselten. Ein wenig der mittelalterlichen Pracht war noch im Nordflügel des Kreuzgangs zu erkennen. Eine halbhohe Mauer, auf der vier gebündelte kurze Säulen einen Rundbogen getragen hatten, am Fuß der Säulen Ecken, die wie Reste von steinernen Blättern aussahen.

Erneut überkam ihn großer Durst. Vielleicht gab es noch einen alten Brunnen oder etwas in der Art. Schließlich mussten die, die hier einmal gelebt hatten, doch auch etwas getrunken oder Wasser zum Waschen geschöpft haben. Doch es gab weit und breit nichts, was einer Quelle, einem Bach oder sonst einem Gewässer ähnlich gewesen wäre. Hätte es einen Tümpel gegeben, wäre dieser wahrscheinlich nach der tagelangen Hitzewelle sowieso komplett ausgetrocknet.

Niklas leckte sich über die spröden Lippen. Fast kam er sich bei dieser Geste ein wenig lächerlich vor. Was musste ein Mensch, der sich in der Wüste verirrt hatte, durchmachen. Oder ein Mädchen, das in einer Kiste eingesperrt war. Und er hatte schon zwei Stunden nach seiner letzten Tasse Kaffee das Gefühl, hier und jetzt und gleich und sofort den Tod durch Verdursten zu erleiden. Er schalt sich einen Narren und erkundete weiter das Terrain.

Von den ehemaligen Wirtschaftsgebäuden aus dem neunzehnten Jahrhundert war kaum noch etwas übrig. Nachdem die Hippies sie vor knapp dreißig Jahren aufgegeben hatten, war alles dem Verfall preisgegeben. Wenn er gehofft hatte, hier in die Aura des alternativen Lebens eintauchen zu können, so hatte er sich getäuscht. Nichts erinnerte mehr an die damals ganz sicher ausgelassene Schar junger Leute, die ein anderes, in ihren Augen auch besseres Leben führen wollten. Inmitten von frischem Gemüse und meckernden Ziegen. Niklas sah sie vor sich, die bestellten Felder, die Weiden, auf denen die Ziegen standen, die Wäscheleinen, an denen bunte Kleidung hing. In seiner Fantasie hörte er das Lachen einer Frau, das Bellen eines Hundes, den nur Rüdiger gesehen hatte. Alle weg, alles Vergangenheit.

Doch eine Sache erinnerte noch an die Bewohner des Klosters. Hinter einer zerfallenen Mauer stand ein völlig verrosteter Betonmischer, einfach so. Das musste er Christiane erzählen. Niklas warf einen Blick in die Trommel. Offenbar hatte ein Tier sie zu seinem Nest auserkoren. Ein Vogel? Niklas hatte keine Ahnung, aber der Boden war gut gepolstert mit Ästchen und Laub, sehr gemütlich und geschützt vor Regen, allerdings, da aus Metall, wurde es auch verdammt heiß da drin. Vielleicht war das Nest auch aus diesem Grund zurzeit nicht bewohnt.

Hinter dem ehemals zu Wohnzwecken umgebauten Schuppen lag eine Streuobstwiese, sicher noch von den Hippies angelegt. Schließlich waren sie Selbstversorger gewesen. Die Äpfel hingen klein und rund an den Zweigen, die Mirabellen winzig und grün. Niklas ließ sich unter einem Baum nieder, dessen Blätterdach ein wenig Schatten spendete. Er konnte sich absolut nicht an die Leute erinnern, die hier nicht unbedingt geliebt, aber geduldet von den Thöninghauser Dorfbewohnern gelebt hatten.

Ihm kam der Roman *Die Kinder von Torremolinos* in den Sinn, Aussteiger, abenteuerlustig, jenseits aller Konventionen. Der Roman war, als er erschien, wahrscheinlich ein ziemlicher Aufreger gewesen, freie Liebe und so. Heute konnte einen eine solche Story nicht mehr aus der Ruhe bringen. Wie es wohl hier zugegangen war? Der geliehene, aber nie zurückgeforderte Betonmischer war doch Beweis genug, dass die Dörfler sich zwar mit den Klosterhippies arrangiert hatten, aber man den Abstand zu ihnen doch wahren wollte. Niklas rupfte einen langstieligen Klee aus dem Gras, zupfte eine lilafarbene Blütenkelchröhre heraus und saugte daran. Das hatten sie als Kinder gemacht, sich eingebildet, den süßen Nektar wie eine Biene herauszusaugen. Es schmeckte irgendwie nach nichts. Er spuckte es wieder aus, dachte daran, dass vielleicht ein Fuchs draufgekackt und er sich jetzt einen Bandwurm eingefangen haben könnte. Ob es hier Füchse gab? Wahrscheinlich. Wölfe? Keine

Ahnung. Sie hatten sich in Deutschland wieder angesiedelt, waren der Schrecken der Viehhalter geworden, waren schon immer das personifizierte Böse im Märchen. Warum eigentlich?

Niklas fielen die Augen zu, und er erwachte von einem Summen um seinen Kopf herum. Wild fuchtelte er mit der Hand, und die Wespe stach zu.

»Scheiße.« Niklas saugte an der winzigen Stelle auf seinem Handrücken. Warum nur wurde er dauernd gestochen? Gott sei Dank war er nicht allergisch. Doch schon schwoll die Hand etwas an, war gerötet. Und er konnte sich mal wieder nicht erinnern. An den Traum, den er auf der Wiese am helllichten Tag durchlebt hatte. Er fühlte sich ausgelaugt, seine Glieder schmerzten, in seinem Kopf donnerte ein Luftdruckbohrer, und er erinnerte sich an nichts.

Was war das für ein merkwürdiger Traumrhythmus. Vor seiner Reise nach Thöninghausen Albträume, doch die waren noch in der Phase des Wachwerdens schon wieder Schall und Rauch. Jetzt in seinem alten Zimmer quälendes Erwachen, doch das, was sich in den Tiefen seines Schlafes abgespielt hatte, greifbar. Und auf dieser Wiese? Seine Brust fühlte sich an, als hätte sie jemand zusammengeschnürt, eine Panikwelle erreichte ihn, und er glaubte, sein Herz könnte in diesem Moment stehen bleiben. Um Atem ringend und im sicheren Bewusstsein, gleich abzukratzen, saß er hier an einen Baum gelehnt.

Niklas zwang sich, tief ein- und auszuatmen, er sog die warme Luft ein, die nach Blüten roch. Die Beklemmung ließ allmählich nach. Doch so sehr er sich bemühte, sein Angsttraum wollte sich ihm partout nicht offenbaren. Dieses Erinnerungsvermögen schien damit zusammenhängen, wo er schlief. Er hatte hier gesessen und sich Gedanken über die Bewohner der Landkommune gemacht. Dann war er weggedämmert. Wie lange hatte er überhaupt geschlafen?

Niklas sah auf seine Armbanduhr. Fast halb elf. Er war über eine Stunde weggetreten gewesen. Wenn die Wespe nicht um ihn herumgeschwirrt wäre, wahrscheinlich noch länger.

Er rappelte sich auf. Bevor er ins Dorf fuhr, musste er unter die Dusche. Und seine Poloshirts in die Waschmaschine werfen. Er hatte zu wenig zum Wechseln mitgenommen. Am besten besorgte er sich noch was Neues.

KAPITEL 17

Als Niklas im Dorf ankam, war es schon fast halb eins. Erstaunt stellte er fest, dass es in Thöninghausen immer noch einen Wochenmarkt gab. Die ersten Händler waren schon dabei, wieder einzupacken.

Wie oft hatte er Sigrid auf den Markt begleitet. Sie hatte alles, was frisch auf den Tisch kommen sollte, hier eingekauft. Außer Fleisch, das hatte sie immer vom Metzger ihres Vertrauens, wie sie sagte, geholt. Das war damals Semmler gewesen. Niklas hatte anschließend die schweren Taschen den kleinen Hügel zum Haus hochschleppen müssen.

Es waren weniger Stände, als er in Erinnerung hatte. Zwei mit Obst und Gemüse, ein Fischhändler, ein Wagen mit Molkereiprodukten, einer mit Blumen und Topfpflanzen, eine junge Frau mit einem Tisch, auf dem Gewürze in Tüten und Kräuter in Töpfchen standen. Ein Foodtruck bot Backwaren an. *Ernie's bread and more* prangte in weißen Lettern auf rotem Grund auf einem aufgestellten Schild neben dem Wagen. Davor standen drei kleine Tische mit je zwei Klappstühlen. Ernie bot wohl auch *coffee* an, denn an einem Tisch saßen zwei ältere Frauen mit gefüllten Einkaufskörben vor zwei Bechern mit dampfendem Kaffee. Die eine wedelte sich mit einer Zeitung Luft zu.

Die Mittagshitze hing wie eine Glocke über dem Markt-platz. Kein Wunder, dass die Händler ihre Waren bereits einluden. Die empfindlichen Salatköpfe lagen schon schlaff in ihren Kisten, Zeit, in die Kühlung zurückzu-kehren, wenn sie überhaupt überlebten und nicht im Anschluss auf dem Müll landeten.

Der Duft des stark gerösteten Kaffees drang in Niklas' Nase. Beduinen tranken frisch aufgebrühten heißen Tee bei Hitze, er würde es mit einem Kaffee versuchen, ob-wohl der Gedanke an ein kaltes Bier sehr verlockend war. Aber nicht um diese Uhrzeit.

»Einen Kaffee und ein belegtes Brötchen bitte«, sagte er, als er die restlichen üppig belegten Brötchenhälften im Kühlbereich der Auslage entdeckte. »Das mit dem Fleischkäse und den Gürkchen.«

Er zahlte und brachte sein zweites Frühstück an einen Tisch, setzte sich und biss herzhaft in seinen Fleischkäse-weck. Brötchen, Weck, Semmel. Seine Mutter hatte immer Brötchen gesagt, er Weck, wie sein Opa. Eine Semmel hatte er erst kennengelernt, als er mit den Eltern in Mün-chen gewesen war. Er hatte sich zum Geburtstag einen Besuch im Deutschen Museum gewünscht und auch bekommen. Am Abend hatten sie in einem Biergarten gesessen, und sein Vater hatte Weißwurst mit süßem Senf und einer Semmel gegessen. Merkwürdig, an was man sich erinnerte, wenn man wieder in das Dorf seiner Kind-heit und Jugend zurückkehrte.

Kurz nach eins wären alle Händler wieder verschwun-den, der Marktplatz leer, nur ein paar zerquetschte To-maten und welke Salatblätter würden noch vom heuti-gen Markttag zeugen. Niklas beobachtete das Treiben auf dem Marktplatz. Die ersten Anhänger waren beladen, und die Autos fuhren rückwärts heran, um sie anzukuppeln. Eine junge Frau, eher ein Mädchen von vielleicht siebzehn, achtzehn Jahren, eilte auf den nun letzten verbliebenen Gemüsestand zu, in der Hand schwang sie einen Korb. Niklas schloss die Augen, ein plötzlicher Schwindel erfasste ihn, und er musste sich an der Tischkante festhalten, um nicht seitlich von seinem Klappstuhl zu kippen. Es waren nicht die Hitze oder das allmählich in seinem Blut zirkulierende Koffein, die ihn hatten fast ohnmächtig werden lassen, es war der Anblick des Mädchens in seinem weitschwingenden Sommerkleid. Flink wie ein Reh verschwand sie mit ihren Einkäufen hinter dem Marktstand. Noch einmal blitzte der weite, rote Rock auf, dann bog sie um die Ecke und war weg.

Niklas schüttelte den Kopf wie ein Pferd, das eine Fliege verscheuchen will. Was war das denn jetzt gewesen? Warum hatte der Anblick der jungen Frau ihn dermaßen in inneren Aufruhr versetzt? Es flimmerte vor seinen Augen, und er befahl sich, ruhig ein und aus zu atmen. Seine Hände zitterten, als er die Finger kreisförmig über seine Schläfen gleiten ließ.

»Ist Ihnen nicht gut? Das ist bestimmt die Hitze. Hier, nehmen Sie, das erfrischt.«

Eine der Frauen stand plötzlich neben Niklas und reichte ihm ein Tüchlein, das nach Kölnisch Wasser roch.

»Betupfen Sie sich damit die Stirn.« Sie musterte ihn stirnrunzelnd. »Du bist Niklas, Sigrids Sohn. Mein Beileid. Das nimmt dich außerordentlich mit, nicht wahr, mein Junge?« Sie setzte sich auf den freien Stuhl und tätschelte Niklas die rechte Hand, die kraftlos auf dem Tisch lag.

»Hallo, ich will gleich einräumen, seid ihr bald fertig?« Ernie klopfte mit der Hand auf seine Armbanduhr.

»Ja, ja, wir sind gleich so weit«, antwortete die Frau.

Allmählich beruhigten sich Niklas' Nerven. Die Frau, sie kam ihm nicht im Mindesten bekannt vor, hatte wohl recht. Es war alles ein bisschen viel. In aller Herrgottsfrühe in den Wald, anschließend noch zum Kloster geradelt, und bei all dem einfach zu wenig getrunken. Dazu der starke Kaffee, der die Nerven von ganz alleine flattern ließ. Aber Auslöser für seinen Beinahezusammenbruch war das Mädchen gewesen. Und wie so vieles in den letzten zwei Tagen, konnte er sich auch jetzt nicht erklären, warum. Warum träumte er? Warum stellte er merkwürdige Fragen? Warum brachte ihn der Anblick einer jungen Frau im roten Sommerkleid dermaßen aus dem Tritt?

»Danke.« Niklas wischte sich mit dem Tüchlein über das Gesicht. Es erfrischte tatsächlich, und der Duft des Kölnisch Wassers belebte seine Sinne. »Das Mädchen, das eben am Gemüsestand war, die junge Frau in dem roten Sommerkleid, kennen Sie die?«, fragte er und stopfte das zusammengeknüllte Tüchlein in seine Hosentasche.

»Welches Mädchen an welchem Gemüsestand?«

»Na, die, die eben mit ihrem Korb auf den letzten Drücker angerannt kam und da hinten noch eingekauft hat.« Niklas wandte den Blick, doch mittlerweile war der Stand vollkommen leer, die letzte Obstkiste verschwand soeben im Wagen.

»Ich hab nix gesehen.«

»Sie muss Ihnen doch aufgefallen sein. Das Kleid war nicht zu übersehen. Haben Sie eine Ahnung, wer das Mädchen ist?«

»Wie sollte ich, ich hab sie doch gar nicht gesehen. Waltraud, hast du ein Mädchen im roten Kleid bei Alfons am Gemüse gesehen?«

Die zweite Frau, die ruhig sitzen geblieben war, schüttelte den Kopf. »Nein, Alfons packt doch schon seit geraumer Zeit ein, wann soll denn da jemand noch eingekauft haben?«

»Aber da war jemand, ganz sicher. Siebzehn, vielleicht achtzehn Jahre alt. Sie trug ein rotes Kleid, rot mit kleinen weißen Punkten, ganz sicher. Sie hatte schwarze, lockige Haare.« Niklas hörte, wie sich seine Stimme geradezu überschlug.

Die Hand der Frau, die immer noch beruhigend über seine gestrichen hatte, erstarrte. Niklas registrierte, wie die Frau plötzlich nahezu unbeweglich dasaß. Dann entspannte sie sich wieder.

»Niklas, am besten, du gehst nach Hause und legst dich etwas hin. Die Sonne setzt dir zu, kein Wunder. Da kann man sich auch was einbilden. Ich hatte im letzten Jahr einen Sonnenstich, da hab ich wirklich geglaubt, unser Hund würde eine Krone tragen, ich hab sie ganz deutlich gesehen. War natürlich Unsinn. Aber mit so was ist nicht zu spaßen. Heute Abend ist der Rosenkranz für deine verstorbene Mutter, da solltest du wieder fit sein, nicht wahr, Waltraud?«

Die so Angesprochene nickte und erhob sich. Ernie hatte bereits einen Tisch und zwei Stühle eingeräumt und sah nun herausfordernd auf die drei Personen, die ihn am endgültigen Einpacken hinderten, herab.

Die beiden Frauen blickten noch einmal besorgt zu Niklas, schließlich machten sie sich mit ihren Einkäufen auf den Weg. Niklas erhob sich. Er fühlte sich fix und fertig, seine Beine drohten, unter ihm nachzugeben. Die Frau, er kannte noch nicht einmal ihren Namen, hatte recht. Er hatte sich einfach zu viel zugemutet. Psyche und Seele kamen da einfach nicht mit.

»Sie haben gehört, was Edelgard gesagt hat. Also ich an Ihrer Stelle würde mich jetzt etwas ausruhen. Sie sehen gar nicht gut aus.« Ernie nickte Niklas aufmunternd zu und verstaute das restliche Mobiliar in seinem Wagen. Der Motor heulte auf, und Ernies Foodtruck verließ als letzter den Thöninghauser Marktplatz. Ganz plötzlich stand Niklas vollkommen alleine da.

Edelgard und Waltraud. So langsam dämmerte ihm, wer die Frauen waren. Die Hartmann-Zwillinge. Zweieiig. Er glaubte, sich sogar daran zu erinnern, dass die beiden am selben Tag geheiratet hatten, allerdings keine Brüder, wie seine Mutter mal geunkt hatte, aber zumindest Cousins. Obwohl beide einen anderen Namen angenommen hatten, blieben sie im Dorf immer die Hartmann-Zwillinge. Unwillkürlich musste er grinsen, dabei ging es ihm tatsächlich ein wenig besser. Sigrid hatte sie, wenn sie von ihnen sprach, immer Edeltraud genannt, zwei Personen in einem Namen.

Ob er sich wirklich einen Sonnenstich eingefangen hatte, wie Waltraud vermutete? Doch es war so real gewesen, dieses Mädchen im roten Kleid. Aber wenn niemand sie gesehen hatte, musste es ja wohl Einbildung gewesen sein. Er seufzte. Ein Bier im *Halben Hahn* war nun wirklich keine Option mehr, er würde nach Hause laufen und sich hinlegen.

»Huhu, Niklas-Cheri. Ich hab mir gedacht, wenn du auf meine Anrufe nicht reagierst, dann komm ich einfach zu dir. Du kannst doch sicher eine starke Schulter zum Anlehnen in dieser schweren Zeit gebrauchen.«

Niklas hatte das silberfarbene Cabrio, das nun auf dem wieder freigeräumten kleinen Parkplatz stand, nicht bemerkt. Mit ausgebreiteten Armen stöckelte eine attraktive Frau mit pechschwarzem kurz geschnittenem Haar auf ihn zu. Die große Sonnenbrille hatte sie auf den Kopf geschoben, und in dem Mini-Jumpsuit in Leopardenoptik und mit einem Ausschnitt bis fast zum Nabel hätte jede andere Frau wie eine Witzfigur ausgesehen. Aber nicht Doro.

KAPITEL 18

Doro begleitete Niklas am Abend in die Kirche. Außer ein paar älteren Leuten war niemand zum Rosenkranz für Sigrid gekommen. Tessa hatte sich gemeldet, sie schaffe es nicht. Die meisten Thöninghauser gingen um diese Zeit noch ihren Verpflichtungen nach.

In der ersten Reihe saß eine alte Frau, die vorbetete, Elisabeth. Ihre Finger glitten flink über die Perlen des Rosenkranzes. Erstaunt registrierte Niklas, wie Doro die Worte nachsprach, ohne ein einziges Mal ins Stocken zu geraten. Er dagegen murmelte Unverständliches vor sich hin, in der Hoffnung, es würde niemandem auffallen, dass er keine Ahnung von dem Ganzen hatte.

Das *Vaterunser* hatte er noch hinbekommen, aber beim *Gegrüßet seist du Maria* war es vorbei gewesen, die sogenannten Geheimnisse dazwischen waren ihm sogar gänzlich unbekannt. *Jesus, der dich, o Jungfrau, im Himmel gekrönt hat.* Kaum waren die letzten Worte verklungen, raschelte es überall, die Rosenkränze wurden eingepackt, und die Leute verließen das Gotteshaus.

»Wollen wir noch auf ein Bier in die Dorfkneipe?«

Niklas und Doro traten vor die Kirche. Die Luft roch staubig, in der Ferne grollte Donner. Doch über Thöninghausen hatte sich nichts zusammengebraut, das Gewitter war weit weg.

»Nein, mir wäre es lieber, wir gehen zurück. Und danke, dass ich bei dir übernachten kann. Ich hatte gar nicht darüber nachgedacht, ob es in diesem Kaff überhaupt eine Pension gibt, von einem Hotel ganz zu schweigen.«

Doro hakte sich bei Niklas unter. Der Blick von Elisabeth, die als Letzte die Kirche verlassen hatte, folgte ihnen. Doro hatte ihr aufreizendes Kleidungsstück gegen Jeans und eine locker sitzende Bluse getauscht.

»Wir haben einiges zu besprechen, Niklas. Ich weiß, der Tod deiner Mutter nimmt dich mit, aber wir sind an unsere Verträge gebunden. Ich muss wissen, wo du stehst, was wir dieses Jahr noch annehmen können. Butterwegges Praxisschnepfe hat übrigens bei mir angerufen. Okay, du kannst den Termin nicht wahrnehmen, das versteh ich, aber du gibst jetzt nicht auf, oder?«

»Was heißt aufgeben? Ich hab mich an den alten Schnorrer gewöhnt. Seit Jahren hocke ich bei ihm, und außer der Tatsache, dass er mir das Geld aus der Tasche zieht, ist nichts passiert. Aber ich glaube, ich werde in Zukunft ohne ihn auskommen.«

»Wie meinst du das?« Doro blieb stehen, stützte sich auf Niklas' Schulter, hob ein Bein, zog ihre Sandalette aus und schüttelte einen kleinen Stein auf den Boden.

»Seitdem ich hier bin, hab ich zweimal geträumt. Wie immer Albträume. Ich bin schweißgebadet aufgewacht, auch das nichts Neues. Aber ich kann mich erinnern. Zuerst sind es nur Bruchstücke, aber dann setzen sie sich zusammen.«

»Und was träumst du?«

»Es hängt mit dem zusammen, was hier los ist. Ich hab dir ja heute Nachmittag von dem Leichenfund erzählt.

Das ist ein Thema, das verschwundene Mädchen. Das beschäftigt uns alle seit gestern Abend. Ich bin wahrscheinlich nicht der Einzige, den es bis in den Schlaf verfolgt hat. Zu guter Letzt hatte ich noch einen Traum, in dem ich in unseren Keller gegangen bin, eigentlich nichts von Belang.«

»Du hast ja fast den ganzen Nachmittag geschlafen, und ich wollte dich mit meinen Fragen nicht behelligen, aber hast du das Mädchen, Julia, gekannt? Geht es dir sehr nahe?«

»Du meinst, ob mich die Sache aus der Bahn wirft? Ich weiß es noch nicht, aber ich glaube eher nicht. Als Julia verschwand, war ich ein Kind. Aber natürlich frage ich mich, wie wahrscheinlich das ganze Dorf, was damals geschehen ist. Einfach auf dem Weg von der Disco nach Hause verschwunden. Und dann dieses entsetzliche Ende …«

Spontan blieb er stehen, nahm Doro in die Arme und küsste sie auf die Wangen. »Schön, dass du da bist und zur Beerdigung bleibst, morgen an meiner Seite bist. Obwohl ich hier in Thöninghausen groß geworden bin und viele meiner Freunde noch hier leben, ist es doch etwas anderes, eine vertraute Person da zu haben. Danke, Doro.«

Sie löste sich von ihm, grinste verschmitzt. »Wie hast du neulich gesagt, dafür kann ich mir auch meine Löffel vergolden. Oder was ähnlich Freches. Aber Spaß beiseite, du wirst morgen ganz sicher in ein ziemliches Loch fallen. Da ist es gut, wenn ich in deiner Nähe bin. Aber bevor du in dieses Loch fällst, müssen wir reden.«

Niklas presste die Lippen zusammen. »Okay, zu Hause bei einem Glas Wein, da lässt es sich besser plaudern.«

Als die beiden sich am Küchentisch gegenübersaßen, zögerte Doro einen Moment. »Niklas, vielleicht ist der Augenblick so kurz vor der Beerdigung deiner Mutter doch ungünstig.«

Niklas winkte ab. »Nein, ist in Ordnung. Jede Ablenkung ist besser, als an morgen zu denken.«

Doro lächelte ihn liebevoll an. »Wie lange kennen wir uns jetzt? Ich weiß noch, als du angerufen und mir das Manuskript von *Wind in den Cevennen* angeboten hast. Das ist jetzt fast fünfzehn Jahre her. Du bist quasi über Nacht in die Bestsellerlisten katapultiert worden. Du bist mein bestes und mein liebstes Pferd im Stall, aber nicht gerade das pflegeleichteste, das weißt du. Diese Ausfälle in den letzten Jahren haben ziemlich an meinen Kräften und Nerven gezehrt. Wir konnten fast keinen Abgabetermin einhalten. Es blieb mir gar nichts anderes übrig, als dich zu einem Therapeuten zu schicken. Zumindest bist du ruhiger geworden, auch wenn er deinem Problem immer noch nicht auf die Spur gekommen ist.«

Niklas schnaufte verächtlich. »Ruhiger geworden? Ach ja? Du weißt doch, was ich während der Arbeit schlucken muss, um überhaupt einen Satz schreiben zu können. Es ist ein Wunder, wie ich dermaßen vollgepumpt noch was zustande bringe.«

»Jetzt übertreib mal nicht. Ich weiß, was du nimmst. Da gibt es ganz andere Autoren, die sind oder waren völlig zugedröhnt. Baudelaire, Stevenson, Huxley, Benn.

Fallada und Klaus Mann sind daran zugrunde gegangen.«

Niklas zuckte nur mit den Schultern, lenkte dann aber ein.»Na ja. Aber wie gesagt, jetzt, wo ich mich an die Albträume erinnere, ist das Problem vom Tisch. Ich stelle mich meinen Träumen und falle nicht mehr in dieses Nichts, das seit Ewigkeiten meine Schaffenskraft behindert. Du wirst sehen, wenn ich zurück bin, kannst du schon den nächsten Bestseller der Presse melden.« Niklas bewegte theatralisch seinen rechten Zeigefinger von links nach rechts, als wolle er seine Worte damit unterstreichen.»Julia von Mondragon, erneut Nummer eins der Spiegel-Bestseller-Liste.«

Doro drehte ihr leeres Glas zwischen den Handflächen hin und her.»Okay. Aber ich warte immer noch auf eine neue Idee. Kannst du mir schon was anbieten? Wann könntest du liefern?«

Niklas hatte geahnt, dass diese Frage kommen würde. Er hatte noch überhaupt nichts. Doch das würde er Doro nicht sagen können. Er hielt sie schon seit Wochen hin.

»Ich denke an einen Serienmörder oder eine Mörderin. Die Person mordet nach Märchenmotiven«, sagte er aufs Geratewohl.

»Niklas, das hatten wir schon tausendfach. Damit lockst du keinen Hund mehr hinterm Ofen vor.«

Doro hatte recht.

»Hast du mal geschaut, wie viele Nachahmer es heutzutage von Agatha Christies *And Then There Were None* gibt? *Die Zehn kleinen Negerlein*? Ich weiß, es ist nicht mehr politisch korrekt, aber damals, als ich das Buch zum ersten Mal gelesen habe, hieß es noch so. Besonders beliebt: Personen, die nach einem Schneesturm in einem Hotel festsitzen, und einer nach dem anderen wird abgemurkst. Ich könnte dir allein davon eine Handvoll Titel nennen«, versuchte sich Niklas zu rechtfertigen.

»Das mag ja sein, aber ich halte nichts von der Idee. Basta.« Doro blieb stur.

»Aber ich gebe dem Ganzen eine total andere Wendung. Nichts ist, wie es scheint, verstehst du?«

Doro runzelte die Stirn und setzte eine skeptische Miene auf. Doch sie hörte nun zu. »Denk aber dran, du bedienst Frauen zwischen fünfundzwanzig und siebzig. Die wollen es weder matschig noch mit zu viel Blut. In deinem Roman für nächstes Frühjahr bist du schon an die Grenzen gegangen, das hab ich dir gesagt. Da geht kaum noch mehr. Um nicht zu sagen, da ist das Ende der Fahnenstange erreicht.«

»Ja, deswegen werde ich einen künstlerischen Aspekt miteinbeziehen. Das heißt, die Malerei, das Ganze soll eine ästhetische Dimension bekommen, verstehst du?«

Doro schüttelte den Kopf. Und auch er wusste selbst nicht so genau, wo er überhaupt hinsteuerte. Doch dann kam ihm die zündende Idee.

»Also, es geht um eine Künstlerin, eine Illustratorin von Kinderbüchern. Grimms Märchen werden neu aufgelegt. Sie legt dem Verlag die Zeichnungen vor, hat aber in vier davon eine Person hineingezeichnet, die auf den ersten Blick hineinpasst, aber nicht hineingehört. Es sind die vier Opfer, die sie töten wird. So steht zum Beispiel bei Dornröschen eine vierte Fee im Hintergrund. Sie trägt die Gesichtszüge einer realen Person. Svea Röder, unsere Kommissarin, kauft das Buch, sagen wir, für eine Nichte, und entdeckt die Ähnlichkeit. Und schon nimmt die Geschichte ihren weiteren Lauf.«

Doros Augen leuchteten auf. »Das ist genial, total genial.« Fast hätte sie ihn vom Stuhl gerissen, als sie aufsprang und ihn umarmte. »Und nächste Woche, wenn das alles hier vorbei ist, legst du los. Wun-der-bar.«

Als Doro im Gästezimmer verschwunden war, fand er nicht in den Schlaf. Die Beerdigung seiner Mutter war die eine Sache, die andere sein eben vom Himmel gefallenes Buchprojekt *Grimms Geister*. Das Buch würde ganz sicher ein Bestseller werden.

KAPITEL 19

»Was kramst du denn da im ganzen Haus herum? Du machst einen noch völlig verrückt. Tür auf, Tür zu, Schublade raus, Schublade rein.«

Evas Stimme tönte aus dem Erdgeschoss.

»Ich such die Schweißbänder«, brüllte Rüdiger zurück. Sie nervte ihn jetzt wirklich.

»Was musstest du auf deine alten Tage auch wieder damit anfangen. Außerdem ist es zu heiß. Und auch zu teuer. Ich arbeite bei Papa, bei Gernot, damit wir den Umbau bezahlen können, und du meinst, du müsstest wieder Tennis spielen. Geh doch Joggen, das ist billiger. Und wo diese Schweißbänder sind, weiß ich beim besten Willen nicht. Das ist dein Sportzeug, nicht meins.«

Rüdiger rollte mit den Augen. Er stand vor der langen Schrankwand im sogenannten Gästezimmer. Es war ein schönes Zimmer, hell, mit einem großen Fenster zum Garten. Eigentlich hätte dies auch das Kinderzimmer sein können, aber auf Nachwuchs hatten sie vergeblich gehofft.

Eva hatte recht. Es war zu heiß. Aber Tennis war nicht zu teuer. Er musste noch nicht einmal Clubmitglied im TC Rodenstein sein, nur die Platznutzung bezahlen, wenn er spielen wollte. Und die teilte er sich mit Markus. Der hatte ihn dazu überredet, wieder mit dem Tennis anzufangen. Zuerst war ihm alles zeitlich etwas eng geworden, immerhin war er noch zweimal die Woche bei der Freiwilligen Feuerwehr von Butzigheim zugange. Allerdings hatte er zu Anfang des Jahres seinen Vorstandsposten als Kassenwart aufgegeben, und die gewonnene Zeit investierte er nun in sein Tennisspiel. Als er zum ersten Mal nach neun Jahren wieder auf dem Platz gestanden hatte, war er erstaunt gewesen, wie sicher er noch den Ball traf und seine Gegner über den Platz scheuchen konnte.

Evas Gejammer wegen des Geldes war eigentlich ganz schön frech. So schlecht verdiente er als Fernsehtechniker nun auch wieder nicht. Sie sollte froh sein, dass er seine Freizeit bei der Freiwilligen Feuerwehr und auf dem Tennisplatz verbrachte und nicht in einem Spielcasino oder sonst wo, wo einem das Geld aus der Tasche gezogen wurde.

Doch darum ging es jetzt gar nicht. Damit Eva keinen Verdacht schöpfte, hatte er vorhin schon den Schlafzimmerschrank, in dem er auch seine Sportklamotten aufbewahrte, durchsucht. Dann den Schrank, in dem er seine Feuerwehrklamotten lagerte. Und nun stand er hier oben, sein Blick glitt über die acht weißen Schranktüren.

Eva hatte auf der rechten Seite ihren Krimskrams. Nähzeug, einen Webrahmen, Tüten voll mit Wollresten, eine kleine Staffelei, unbenutzte Farben, Kram aus ihrer Kinderzeit, von dem sie sich nie trennen konnte. Darunter mindestens vierzig Eulen. Eulen aus Plüsch, aus Plastik, aus Porzellan, aus Holz. Die größte Eule, sie maß mindestens einen halben Meter, hatte er ihr geschenkt.

Sein erstes Geburtstagsgeschenk für Eva, als sie miteinander gingen. So nannte man das damals. Der riesige Vogel saß auf dem Gästebett und starrte ihn an.

Die linke Seite gehörte ihm. Paninialben von Fußballweltmeisterschaften, Pokale, seine geliebte Sammlung von Feuerwehrautos, die Eva nicht im Wohnzimmer duldete. Zu gerne hätte er sie dort in einer Vitrine aufbewahrt und sich jeden Tag an den wunderbaren Modellen erfreut. Doch da konnte Eva sehr eigen sein. *Wenn du diese Autos hier ausstellst, kommen meine Eulen auch runter.* Also war das eine wie das andere oben geblieben.

Rüdiger seufzte tief. Er öffnete die erste Schranktür. Obwohl ihm absolut nicht danach war, lächelte er, als er die stattliche Anzahl kleiner roter Fahrzeuge vor sich sah. Prunkstück war ein Ford T aus dem Jahr 1916 als detailgetreue Nachbildung. Er nahm eines seiner geliebten Modelle heraus, berührte vorsichtig mit dem kleinen Finger die winzige Frontscheibe. Er hatte Eva strengstens verboten, die kleinen Kostbarkeiten in die Hand zu nehmen. Einmal hatte sie einen Auspuff abgebrochen. Er war damals fuchsteufelswild geworden. Damals, das hieß, als er noch bei seinen Eltern wohnte. Da standen die Miniaturautos in seinem Zimmer auf einem Regal. Seitdem hatte sie nie mehr eines der roten Wägelchen berührt.

In ihrer ersten Wohnung im Haus seiner Schwiegereltern war kein Platz für seine Sammlung gewesen. Die hatte er erst nach dem Umzug in das Haus von Evas Oma zu sich genommen. Seine Mutter hatte sie vorsichtig verpackt, sie wusste, wie damit umzugehen war, und er hatte sie gleich in den Schrank geräumt. Schade, hier oben fristeten die Schätzchen wirklich ein trauriges Dasein.

Zögernd nahm er den Magirus Deutz Feuerwehrwagen heraus. Ein tolles Modellauto. Man konnte sogar eine der seitlichen kleinen Türen öffnen. Er schüttelte das kleine Fahrzeug sanft. Ein leises Geräusch, ein kaum hörbares Kratzen von Metall auf Metall.

Schweiß brach ihm von einer Sekunde auf die andere aus allen Poren, und dies lag nicht an der sommerlichen Hitze, die sich im Zimmer breitgemacht hatte. Ihm wurde übel und er musste sich setzen, legte das winzige Modell neben sich auf die Matratze. Dreißig Jahre war es in Vergessenheit geraten.

Rüdiger atmete tief ein und aus, ganz allmählich beruhigten sich seine Nerven wieder. Er nahm den Wagen in die Hand, öffnete vorsichtig die winzige Tür und drehte das Fahrzeug zur Seite. Heraus fiel ein zartes Silberkettchen mit einem winzigen Anhänger in Form eines Kleeblattes.

Rüdiger stöhnte auf, als hätte ihm jemand mit der Faust in den Magen geschlagen. Seine Gedanken kehrten in den *Halben Hahn* zurück, als Lattwich gesagt hatte, Julia müsse doch Schmuck getragen haben. Ihm war ganz komisch geworden. Er hatte es verdrängt. Die Disco im *Scala* vor dreißig Jahren. Das Fußkettchen von Julia. Sie hatte an diesem Abend nur Augen für Robby gehabt. Ihn, der sie aus der Ferne beobachtet hatte, gar nicht beachtet. Sie hatte mit Robby rumgemacht, getanzt, geknutscht. Und irgendwann hatte er das Kettchen auf dem Boden schimmern sehen. Julia musste es verloren haben. Er hatte es in seine Hosentasche gesteckt. Er wollte es ihr zurückgeben, eine Art Heldentat daraus machen. Sie würde sich freuen, ihn vielleicht aus Dankbarkeit küssen.

Dann war Julia gegangen. Das sollte seine Gelegenheit werden. Ihr nachrennen und das Kettchen übergeben.

Tage später hatte er das Schmuckstück in seiner Hosentasche wiederentdeckt. Da war Julia bereits gesucht worden. Er hatte es in dem kleinen Feuerwehrauto versteckt, es dort einfach vergessen. Dreißig Jahre lang. Doch jetzt war Julia wieder da und das Kettchen ebenfalls. Er steckte es zurück in den Wagen, stellte ihn in den Schrank und verließ das Zimmer.

»Hast du endlich die verdammten Schweißbänder gefunden?«

Eva kam eben schnaufend die Treppe herauf.

»Nein. Ich werd mir neue kaufen. Ist sowieso zu heiß heute. Mein Kreislauf macht mir jetzt schon zu schaffen. Ich leg mich hin.«

Rüdiger wich Eva aus, die sich mit hochgezogenen Brauen und fragender Miene vor ihm aufbaute, und stapfte mit schweren Schritten die Stufen hinunter, fühlte dabei den bohrenden Blick seiner Frau im Rücken.

»Und was ist mit der Beerdigung?«

Rüdiger gab keine Antwort.

KAPITEL 20

Doro hatte fast während der gesamten Beisetzungsze-
remonie Niklas' Hand gehalten, und er war ihr unend-
lich dankbar dafür. Nie hätte er geglaubt, wie schmerz-
voll dieser letzte Gang für ihn sein würde.

Sie hatte ihn am Morgen geweckt und ihm einen starken Kaffee und ein aufgebackenes Brötchen mit Marmelade ans Bett gebracht. Das Brötchen ließ er liegen,
der Kaffee brannte in seiner Kehle. Doro hatte ihm die
Kleidung zurechtgelegt und noch einmal über das weiße
Hemd gebügelt. Sie waren zu Fuß zur Kirche gegangen
und nahmen in der ersten Reihe Platz. Das Gotteshaus
war fast bis auf den letzten Platz der mittleren Reihe
besetzt. Ein großer Teil der Einwohner von Thöninghausen und auch viele Menschen aus den umliegenden
Dörfern erwiesen Sigrid Febronia Westphal die letzte
Ehre.

Pfarrer Berg hielt eine sehr ergreifende Trauerrede,
erzählte Episoden aus Sigrids Leben und betonte, wie
stolz sie auf ihren Jungen gewesen sei. Niklas kamen die
Tränen, und Doro drückte ihm ein Taschentuch in die
Hand.

Nach dem Trauergottesdienst versammelten sich die
meisten wieder vor der Kirche. Ein paar gingen ihrer
Wege, so wie Gernot, der ganz sicher nach der Beerdi-

gung einige Teilnehmer, die nicht zum Leichenschmaus geladen waren, im *Halben Hahn* erwartete. Die Einladung dazu hatte Niklas mit Pfarrer Berg vorab besprochen, er war froh gewesen, als der Geistliche angeboten hatte, ihm diese Formalitäten abzunehmen.

In der sengenden Spätvormittagshitze setzte sich der Trauerzug in Bewegung und erreichte um halb zwölf den Friedhof, wo das ausgehobene Grab auf die Aufnahme von Sigrids sterblicher Hülle wartete. Auch hier fand Pfarrer Berg die richtigen Worte, der Sarg wurde in das Familiengrab hinabgelassen, man kondolierte, warf eine Handvoll Sand auf den Sarg. Flapp, flapp. Doro hatte, Niklas wusste nicht woher, einen Strauß weißer Rosen organisiert, von dem sie einzelne Blumen an die Umstehenden überreichte, die sie ebenfalls in die Grube warfen. Die Jagdhörner ertönten stimmungsvoll, eine Krähe, die in den Wipfeln der riesigen Eiche hinter der Grabstelle gesessen hatte, flog krächzend davon. Niklas schaute ihr nach. Nahm sie Sigrids Seele mit?

Er hatte keine Zeit, weiter darüber nachzusinnen, die nächsten Kondolierenden standen bereit. Er nahm jede Beileidsbekundung ruhig und gefasst entgegen. Bedankte sich, wurde umarmt, auf die Wangen geküsst, und man sagte ihm immer wieder, was für eine wunderbare Person seine Mutter gewesen sei. Tessa, Hartwig, Silvia, Eva, Rüdiger, Lattwich und seine Frau und, und, und. Seine Kindheit, seine Jugend zogen im wahrsten Sinne des Wortes an ihm vorüber.

Doro hatte ihn untergehakt, und einmal musste Niklas tatsächlich ein wenig schmunzeln, als eine ihm unbekannte Frau ihn und Doro als Herrn und Frau Westphal ansprach und ihnen ihr Beileid zum Heimgang der lieben Verstorbenen aussprach. Zuletzt standen nur noch sie beide und Pfarrer Berg vor dem Grab, das von üppigem Blumenschmuck umgeben war. Kränze, Gebinde, Sträuße mit Schleifen und Karten.

»Ich geh schon mal vor und sehe nach dem Rechten, mein Junge.« Der Pfarrer drückte Niklas die Hand. »Sie hat es gut bei unserem Erlöser.« Er blickte seufzend gen Himmel. Er nickte Doro zu und schritt langsam davon.

Niklas verharrte noch einige Minuten vor dem Grab, sprach ein stilles Gebet.

»Wollen wir?«

Er nickte. »Was hätte ich nur ohne dich gemacht?« Erneut traten Tränen in seine Augen.

Doro nahm ihn in die Arme. »Cheri, wozu hat man Freunde? Ich weiß, wie sehr ich dich nerven kann, aber wenn du mich brauchst, bin ich für dich da.«

Niklas blickte nachdenklich auf sie herab. »Merkwürdig und auch ein wenig schade, dass aus uns beiden nie was geworden ist.«

Doro schüttelte den Kopf. »Schade vielleicht, aber nicht merkwürdig. Du weißt doch, meine Liebe gehört nur einem einzigen Mann, Max. Daher kann ich auch nicht so lange bleiben. Meine Schwester hat selbst genug mit ihren Gören um die Ohren, und ich hab Max noch nie länger als zwei Tage allein gelassen.«

Max, Doros Sohn, war mit einer unheilbaren Immunschwäche auf die Welt gekommen. Doro hatte nie verraten, wer sein Vater war, und es hatte sich auch nie jemand blicken lassen und die Verantwortung für das kranke Kind mit Doro geteilt, soweit Niklas wusste. Das war jetzt vier Jahre her, und Niklas konnte nur bewundern, wie Doro ihr Leben und ihre Arbeit managte.

Mit einem alten Freund betrieb sie eine renommierte Literaturagentur, sorgte sich um ihre Autorinnen und Autoren. Zähe Verhandlungen mit den Verlagen, aufmunternde Gespräche mit ihren Klienten, wenn sie an sich und ihren schriftstellerischen Fähigkeiten plötzlich zweifelten. Dazu ihre immerwährende Sorge um Max, für den die kleinste Erkältung eine Gefahr für sein Leben bedeuten konnte.

»Doro, ich bin dir nicht böse, wenn du dich gleich auf den Weg machst. Ich schaffe den Rest allein.«

»Bist du sicher?«

Niklas nickte und zog Doro an sich. »Fahr nur, und gib Max einen Kuss von mir.«

Doro sah ihn zweifelnd an. Sie rückte seine dunkle Krawatte zurecht, schnippte einen unsichtbaren Fussel von seiner Schulter und küsste ihn links und rechts auf die Wangen.

»Okay, dann will ich mal. Du meldest dich, sobald hier alles erledigt ist, ja? Wir gehen zusammen essen, reden über alles, langsam, ganz langsam kommst du wieder zu dir. Und denk an einen neuen Termin beim Psychotherapeuten. Versprochen?«

»Versprochen.«

Gemeinsam gingen sie zum Friedhofsausgang. Es war totenstill, kein Windhauch war zu spüren, und so manche Grabbepflanzung hätte einen Schluck Wasser gebrauchen können. Niklas warf einen Blick zurück auf das Familiengrab. Abrupt blieb er stehen. Doro war schon einen Schritt weitergegangen, bückte sich, um eine bunte

Raupe, die ihren Weg kreuzte, aufzuheben und in den Schatten eines Grabsteins zu setzen.

»Nicht, dass mir noch jemand auf dich tritt, und das war's mit dem schönen Schmetterling«, murmelte sie, doch Niklas bemerkte nichts davon. Er hatte nur Augen für die Frau in dem roten Kleid mit den winzigen weißen Tupfen. Regungslos stand sie an Sigrids Grab.

»Doro, Doro.« Mit dem nächsten Schritt war Niklas bei ihr und zog sie am Arm hoch. »Siehst du sie, das Mädchen mit dem roten Kleid? Da, am Grab meiner Mutter.«

Doro drehte sich um und blickte in die Richtung.

»Wo? Ich seh nichts. Da ist keine Frau im roten Kleid. Da ist überhaupt niemand.«

Niklas war zu keiner Bewegung, keiner Antwort fähig. Stumm stand er da. Die Zwillinge hatten sie nicht gesehen, Doro hatte sie nicht gesehen. Nun zweifelte er wirklich an seinem Verstand.

Doro betrachtete ihn besorgt. »Komm, das ist alles zu viel für dich. Wir gehen. Ich begleite dich noch bis zum Gemeindehaus, dann trinkst du erst mal genügend Wasser. Du verträgst die Sonne nicht, und du hast heute Morgen auch nichts gegessen.«

Sie nahm ihn an der Hand, und Niklas ließ sich mitziehen. Er wandte sich nicht mehr um, voller Furcht, das Mädchen könnte erneut vor dem Grab stehen, doch niemand außer ihm würde sie sehen.

KAPITEL 21

Henriette Sievers, Sigrids ehemalige Haushaltshilfe, erwies sich als die gute Seele des Leichenschmauses. Sie schenkte Kaffee nach, brachte frische Kannen an den Tisch, sorgte für Nachschub auf den Platten mit Butter- und Streuselkuchen und belegten Brötchen. Bereits nach fünf Minuten war das erste Lachen zu hören, man erinnerte sich an Sigrids feinen Humor, ihre Hilfsbereitschaft und ihre Sorge um die noch älteren Mitmenschen in Thöninghausen.

Niklas musste Fragen beantworten, zuerst die, wie es ihm gehe, und dann die, wo denn seine hübsche Frau abgeblieben sei. Niklas erklärte, er sei zwar tieftraurig, auf der anderen Seite aber unfassbar froh zu sehen, wie viele Menschen seiner Mutter Zuneigung und Respekt auch noch nach ihrem Tod entgegenbrachten. Und Doro sei eine gute Freundin, sonst nichts.

Nach zwei Stunden verabschiedeten sich die ersten Trauergäste, und eine weitere Stunde später waren nur noch Pfarrer Berg, Niklas und Tessa da. Alles wurde zusammengepackt, Kuchenreste und Brötchen waren für die letzten Gäste auf Papptellern zum Mitnehmen bereitgestellt worden. Henriette Sievers hatte mit einer Freundin den Abwasch übernommen.

»Ich bin froh, dass es vorbei ist. Aber es war sehr stimmungsvoll, finde ich. Sie haben die richtigen Worte gefunden, Pfarrer Berg. Und danke, wie Sie das alles organisiert haben. Es ist ja nun wirklich nicht Ihre Aufgabe. Die Rechnung lassen Sie mir bitte zukommen, und ich werde gerne noch was in den Klingelbeutel tun, eine finanzielle Unterstützung für eins Ihrer vielen sozialen Projekte.«

Niklas saß jetzt wie erschlagen an einem der langen Tische. Irgendwie konnte er es immer noch nicht fassen, dass Sigrid tot und begraben war, doch die Erleichterung, dass nun alles vorbei war, überwog im Moment den Schmerz.

»Schon gut, mein Junge. Es war eine schöne Trauerfeier, und die Kirche war selten so voll wie heute. Es hätte Sigrid gefreut. Das heißt, es freut sie, denn ich bin sicher, sie schaut auf uns herab und klatscht vor Entzücken in die Hände.«

Die drei zuckten zusammen, als genau in diesem Moment das Klatschen zweier Hände zu hören war. Doch es war nur Henriette Sievers, die auf sich aufmerksam machte und verkündete, sie und Ilona seien fertig, sie würden schon mal nach Hause gehen.

»Und Niklas, ich melde mich die Tage noch bei dir, wie es weitergeht und so. Und wegen der Kleider deiner Mutter ... Sie sagte, ich könnte mir was aussuchen. Das war kurz bevor sie ins Krankenhaus kam. Ich hätte aber nie gedacht, dass sie nie mehr zurückkommt.« Henriette war an den Tisch getreten. Sie wurde ein wenig rot. »Aber das hat natürlich Zeit, ist ja jetzt nicht der richtige Zeitpunkt.«

»Henriette, du brauchst dich ganz gewiss nicht zu entschuldigen. Ich bin froh, wenn mir jemand beim Sortieren der Kleider hilft. Du suchst dir einfach aus, was du haben möchtest.«

»Und vielleicht auch was für Ilona, weißt du, sie kommt aus Rumänien, sie hat nicht viel. Ich hab mich mit ihr angefreundet. Sie ist eine gute Frau.«

»Aber sicher, auch für Ilona. Sag ihr, sie kann auch Geschirr, Gläser, Töpfe und was weiß ich haben.«

»Meine Liebe, ich glaube, es ist an der Zeit, Niklas nun endlich ein wenig zur Ruhe kommen zu lassen.« Pfarrer Berg stand auf, fasste Henriette sanft am Ellbogen und schob sie vor sich aus dem Raum.

Jetzt saßen nur noch Niklas und Tessa da. Tessa stand auf, ging zu dem Kühlschrank, der hinter der Serviertheke stand, öffnete ihn, ihr Blick glitt suchend über den Inhalt. Sie nahm eine Flasche heraus, fasste unter die Theke und brachte zwei Gläser zum Vorschein. Sie stellte die beschlagene Flasche und die Gläschen auf den Tisch.

»Zu früh?«

Niklas schüttelte den Kopf. »Nein, heute nicht, ich kann jetzt einen Schluck vertragen.«

Tessa goss den eiskalten Wodka in die Gläser, die beiden prosteten sich zu. »Auf Sigrid, wo immer sie nun auch sein mag.« Mit einem Zug war der Wodka weg. Tessa schüttelte sich, und Niklas goss sich einen zweiten ein. Tessa winkte ab.

»Schön, dass du mir Gesellschaft leistest«, sagte Niklas. Er spürte, wie ihm das hochprozentige Getränk bereits in den Kopf zu steigen begann. »Hier wird es allerdings so ganz allmählich ungemütlich. Hast du Lust, noch mit zu mir zu kommen? Ich möchte jetzt nicht alleine ins Haus. Es ist merkwürdig, die ganze Zeit über hatte ich das Gefühl, meine Mutter ist irgendwie noch präsent. Sogar der Geruch ihres Parfums wabert durch die Zimmer. Nur wenn ich gleich die Tür aufschließe und mir endgültig bewusst wird, dass sie nicht mehr da ist ... Ich hab richtig Schiss davor.«

»Klar, ich komm mit. Hast du noch ein paar Vorräte da? Ich könnte uns später was kochen, dann brauchst du heute Abend nicht mehr aus dem Haus.«

»Vorräte? Es sind Konserven da und Nudeln, wenn ich mich nicht täusche. Wenn das reicht.«

Tessa lachte. »Ich bin eine Künstlerin auf diesem Gebiet. Gib mir drei Zutaten, und ich zaubere dir daraus ein fulminantes Abendessen.«

Auf dem Weg zu Niklas' Elternhaus ergriff Tessa einfach seine Hand, und sie spazierten wie alte Freunde, die sie waren, die steile Straße hoch.

Sie schwiegen eine Weile, bis Tessa schüchtern fragte: »Und dein Verhältnis zu dieser Doro ist rein freundschaftlich? Ihr habt sehr vertraut miteinander gewirkt.«

»Ja, sie ist eine liebe Freundin. Ich kann mich jederzeit auf sie verlassen. Nicht mehr und nicht weniger«, antwortete er schlicht und drückte Tessas Hand fester.

Vor der Villa hielt er kurz inne, dann stieg er mit Tessa die breite Treppe nach oben und schloss die Tür auf. Doch der Moment der Angst blieb aus. Es war ein Haus, eine Diele, eine Küche wie jede andere auch. Gut, es war sein Zuhause, doch Sigrids Geist hatte nicht von der Villa Besitz ergriffen, wie er insgeheim befürchtet hatte.

Tessa schlug vor, sich auf die Terrasse zu setzen. »Das Wetter ist einfach zu schön, um sich drin zu verkriechen.«

»Im Kühlschrank steht eine Flasche Weißwein, die können wir trinken«, meinte Niklas und nahm zwei Gläser aus dem Schrank.

»Jetzt mal ehrlich, Niklas, was hat dir Sorgen bereitet? Dass dich alles hier an deine Mutter erinnert? Das bleibt nicht aus, das ist normal. Ein Foto, ihre Lieblingstasse, ein Buch, das sie besonders gemocht hat. Das und viele tausend andere Dinge werden dich an sie erinnern.«

»Ja, nein ...« Niklas kam ins Stottern. Wie sollte er das erklären? »Das sind alles Dinge, die man ganz real sieht, und du hast recht, warum sollte man sich vor ihnen fürchten. Ich meinte eher das, was man spürt, ob ihre Aura, nun wo sie begraben ist, im Haus präsent wird.«

»Niklas, du glaubst doch nicht an Geister? Und wenn sie rumspuken würde, wäre sie ein guter Geist, also mach dir da mal keine Sorgen.« Wieder lachte Tessa herzlich und munter. »Liest du etwa immer noch diese ganzen Schauergeschichten, diese Groschenheftchen? Ich glaub's nicht! Sag mal, Niklas Westphal, wirst du denn nie erwachsen?«

Plopp. Tessa hatte die Flasche entkorkt, stellte sie in einen Kühler. »Los, raus in die Sonne. Sie vertreibt deine spooky Gedanken.«

»Spooky Gedanken. So kann man das wohl sagen. Und ja, ich bekenne mich schuldig, ich lese immer noch die Sinclair-Hefte. Als ich ankam, hat Eva mir eins mitgebracht.« Seine Stimme wurde nachdenklich. »Aber jetzt, nach dem Fund von Julias Leiche, irgendwie ... Ich weiß auch nicht, ob es mir noch Spaß macht, sie zu lesen. Das eine ist Fiktion, das andere die Realität. Man mag sich nicht vorstellen, was sie durchlitten hat.«

Auf der Terrasse nahmen sie an einem einfachen Holztisch auf zwei bequemen Klappstühlen, die in der Ecke gestanden hatten, Platz. Niklas schenkte ein, die Gläser klirrten, und die beiden schwiegen eine kleine Weile. Niklas betrachtete den goldenen Wein, der im Glas, das er gegen die Sonne hielt, funkelte.

»Ich hatte einen merkwürdigen Traum. Rotkäppchen und der Wolf, aber es war nicht das Rotkäppchen, ich hab von Julia geträumt. Ihre Mutter hat sie Rotkäppchen wegen ihrer roten Haare genannt, wusstest du das?«

Tessa schüttelte den Kopf.

»In dem Traum bin ich dem Wolf gefolgt, er konnte sprechen, wie im Märchen. Wir haben uns über Fußball unterhalten. Vollkommen verrückt. Und das, was du spooky nennst, es ist so ...« Niklas brach ab. »Aber ich rede und rede. Jetzt erzähl du doch mal. Du bist ja zu ziemlicher Berühmtheit gelangt.«

Tessa zögerte, wollte ihn zum Weiterreden animieren. Doch Niklas sah sie abwartend an. Sie fuhr mit dem Finger über das kühle Glas und lächelte. »Das ist schnell erzählt. Ich hab mich nach meinem Studium der Kunstgeschichte auf Fälschungen spezialisiert. Ein, ich nenne es mal Phänomen, das es durch alle Jahrhunderte hindurch gibt. Aber eine so große Sache wie die war mir noch nie untergekommen. Die Fälschungen sind von anerkannten Fachleuten als Originale bewertet und für Unsummen an Galerien verkauft oder versteigert worden. Ein Käufer ist schließlich stutzig geworden. Er hat mich gebeten, sein Gemälde zu untersuchen, und siehe da, die Farbpigmente gehörten nicht in die Entstehungszeit der Gemälde, sondern in die späten Neunziger. Dann ging alles ganz schnell. Die Kunstwelt war aufgerüttelt, andere Gemälde wurden untersucht, und es kam heraus: Alles ist über ein und denselben Kunsthändler verkauft worden. Was lag also näher, als ihm mal auf die Finger zu schauen. Er hatte einen begnadeten Künstler an der Hand, der die Cézannes und Modiglianis wie am Fließband produzierte. Und zack, hatten sie ihn am Haken. Das ist die Geschichte.«

»Total spannend. Du bist also eine Kunstdetektivin.«

»Wenn du es so nennen willst, ja. In der *ZEIT* hat mich auch jemand so genannt. Die Miss Marple der Kunstfälscherszene. Obwohl ich nicht ganz so alt und schrullig bin wie sie.«

»Aber genauso gewieft. In der ZEIT, hast du gesagt?«

Niklas nahm sein Smartphone zur Hand, um den Artikel zu suchen. Er gab die Begriffe *Miss Marple*, *Gemälde* und *Fälschung* ein, und schon war der Bericht gefunden.

»Ein schönes Foto von dir.« Er begann zu lesen, während Tessa die beiden Gläser auffüllte.

»Julia ...«

»Hm, ja?«

»Nichts, lies erst zu Ende.«

»Wahnsinn.« Niklas pfiff durch die Zähne. »Ein Millionengeschäft. Chapeau, meine liebe Tessa. Was wolltest du eben sagen?«

»Ob die Polizei den Fall wieder aufrollt? Dann wird es in Thöninghausen turbulent werden. Ein Cold Case wird ganz schön Staub aufwirbeln. Heute sind die Möglichkeiten, Spuren zu entdecken, zu verfolgen und zu interpretieren erheblich ausgereifter. Ich hab mich gestern mit Tante Gertie unterhalten. Damals stand Thöning-hausen Kopf. In jedem Haus wurde nachgefragt, ob ir-gendjemand eine Ahnung hätte, ob Julia vielleicht einen Freund hatte, wer was gesehen haben könnte. Aber nichts. Tante Gertie meinte, Gerd Wunderlich, der Polizist, hätte, bis er im Rollstuhl gelandet ist, nicht aufgegeben, nach Julia zu suchen.«

»Das hab ich in der Zeitung gelesen. Natürlich weiß ich, wer er ist, aber dass er mit den damaligen Ermittlun-gen betraut war, wusste ich nicht. Er wohnt ja noch hier. Das wird ihm ganz schön zu schaffen machen, jetzt, wo Julias Leiche gefunden worden ist.«

»Garantiert. Tante Gertie kennt ihn ganz gut vom Kir-chenchor, allerdings singen beide nicht mehr, er muss mittlerweile auch schon über achtzig sein. Ob Wunder-lich damals einen Verdacht hatte, wer das gewesen sein könnte? Würde mich mal interessieren.«

»Davon hätte man doch gehört, oder?«

Tessa zuckte mit den Schultern. »Da hast du wahr-scheinlich recht. Aber zurück zu deinem merkwürdigen Traum. Hat der Wolf das Rotkäppchen gefressen?«

»Nein, das war ein guter Wolf. Er hat sie gesucht und gefunden. Mehr nicht.«

»Dann wünsche ich mir einen solchen Wolf in Men-schengestalt, der das Dreckstück findet, das Julia ver-schleppt und ihrem Schicksal überlassen hat.«

Wie am Nachmittag tags zuvor grollte in der Ferne der Donner. Doch diesmal zogen auch Wolken auf, die davon kündeten, dass das Gewitter Thöninghausen nicht verschonen würde. Als die ersten dicken Tropfen fielen, verzogen sich Niklas und Tessa ins Haus.

»Wir könnten noch in der Bibliothek rumschmökern, und anschließend kochen wir zusammen.«

Nach einer Stunde hatte sich ein Bücherstapel angehäuft, der in zwei Bananenkartons gerade mal Platz finden würde. Tessa hatte bei jedem Buch zweimal gefragt, ob Niklas es tatsächlich abgeben wolle. Es waren Ausstellungskataloge, Künstlermonografien, Bildbände zur Malerei und Architektur, und Niklas erzählte mit einer gewissen Wehmut, wie oft ihn seine Eltern, später nur noch seine Mutter, in Museen und Ausstellungen geschleppt hatten.

»Einmal waren wir in München im Deutschen Museum, das hatte ich mir gewünscht. Ansonsten Gemälde, Plastik, Kunsthandwerk.«

Tessa stand auf und reckte sich. »Alles schön dem Alphabet nach geordnet, da brauchte man nicht lange zu suchen, um etwas zu finden. Bei mir stehen die Bücher wie Kraut und Rüben durcheinander, übereinander und hintereinander. Ich sollte auch mal etwas mehr System reinbringen. Rechts die Bücher für den kulturellen Intellekt, links die Belletristik, auch geordnet. Alles, was in der Literatur Rang und Namen hat. Ach, und ein paar Krimis sind auch dabei.«

»Such dir aus, was du möchtest. So viel Platz hab ich nicht in meinen Regalen, um die Bücher alle unterzubringen.«

Tessa begann unten rechts bei Carl Zuckmayer, ihr Blick glitt über die Regalreihe darüber.

»Das ist allerdings nicht so konsequent«, lachte sie. »Die von's ... Die hätte ich wahrscheinlich eher Bettina von Arnim zu A gestellt und Annette von Droste-Hülshoff zu D. Aber so viele Adlige gibt es ja nun auch wieder nicht unter den Schreiberlingen.« Ihr Blick verharrte bei einer Reihe, deren Buchrücken verrieten, dass sie aus demselben Verlag stammten. »Und die meisten davon sind Frauen. Interessant. Ach, die Bücher hier kenne ich. Julia von Mondragon. Ich hab sie bis jetzt verschlungen. Merkwürdiger Zufall. Julia.« Tessa streckte den Arm aus und zog einen Band heraus.

»Wie findest du ihre Bücher?« Niklas blätterte in einem Werk über Hieronymus Bosch. Der Mann war in der Tat sehr fantasiebegabt gewesen.

»Prima. Packend. Von der ersten bis zur letzten Seite. *Wind in den Cevennen* war einfach toll geschrieben. Ich mag diese Mischung, ein wenig Romantik, eine Prise Spannung, Landschaftsbeschreibungen. Allerdings mochte ich das letzte Buch von ihr nicht so sehr. Ihre Schreibe hat sich verändert.«

»Wie meinst du das?« Gespannt sah Niklas, der auf dem Boden hockte, zu Tessa auf.

»Sie ist brutaler geworden. Die ersten Romane waren noch, wie soll ich sagen, cosy. Weißt du, was ich meine? Auch heiter, beschwingt. Dann sind sie immer düsterer und auch blutiger geworden. Das ist nicht so ganz mein Geschmack, wenn es Richtung Thriller geht. Keine Ahnung, wahrscheinlich verlangt die Leserschaft das, zumindest einige Leser. Aber mein Ding ist das nicht. Wenn sie so weiterschreibt, lese ich nichts mehr von ihr. Sie scheint mir überhaupt eine merkwürdige Person zu sein. Tritt nie in der Öffentlichkeit auf, keine Interviews, keine Lesungen, nichts. Sehr menschenscheu offenbar. Vielleicht aber auch einfach nur hässlich wie die Nacht.«

»Ja, das wird's wohl sein. Einfach nur hässlich wie die Nacht.« Niklas kniete sich hin und legte den Bosch auf Tessas Buchstapel. »Wollen wir mal die Vorräte plündern? Ich hab ganz schön Kohldampf.« Er streckte die Arme aus und zog Tessa auf die Beine.

Eine Dose Thunfisch, eine Konserve mit gehackten Tomaten, Spaghetti, ein Glas Kapern. Im Handumdrehen hatte Tessa ein schmackhaftes, würziges Nudelgericht auf den Tisch gezaubert, zu dem Niklas aus dem Weinkeller einen dunkelroten, ein wenig nach Zimt schmeckenden deutschen Rotwein vom Rheingau auf den Tisch brachte.

»Klasse.« Niklas schob die letzte Gabel in den Mund. Er tupfte sich mit einer Papierserviette die Lippen ab, hob sein Glas und nahm einen großen Schluck.

»Du hast das vorhin ernst gemeint, nicht wahr, das mit der Entwicklung in den Romanen.«

»In denen dieser Julia? Auf jeden Fall. Deine Mutter war wohl ein großer Fan von ihr?«

Niklas zuckte die Achseln. »Ich denke schon, sonst würden die Bücher wohl nicht im Regal stehen. Aber an was machst du so ein Urteil genau fest?«

»Das ist weniger ein Urteil als eine Feststellung. Vielleicht insofern dann aber doch ein Urteil, dass ich die Bücher beurteile, also, ob ich sie nun gut finde oder auch nicht. Die ersten waren so richtig zum Wohlfühlen. Weißt du, auf der Couch rumlümmeln, ein Glas Wein, draußen beschissenes Wetter und sich nach Südfrankreich in diese Romanze entführen lassen. Dem letzten Roman hab ich echt entgegengefiebert, er stand auch Ruckzuck auf der Spiegel-Bestseller-Liste, da hatte man allerdings fast den Eindruck, dass es sich nicht mehr um dieselbe Autorin handelt. Nichts mehr mit cosy. In einem See wird die Leiche eines Kindes entdeckt, wie sich rausstellt, obwohl sie ein Kleidchen trägt, ein Junge. Man hat ihn missbraucht, erwürgt und anschließend ertränkt. Und bevor er ins Wasser geworfen wurde wie ein Stück Müll, hat man ihn eingesperrt gehalten, ihn fast verhungern lassen.«

Tessa stellte ihr Glas, das sie eben zum Mund führen wollte, mit einem Knall auf den Küchentisch. »Das ist doch geradezu unglaublich. In dem Krimi, er heißt übrigens *Roter Mond, du gehst so stille*, stellt der Gerichtsmediziner fest, dass der Kleine keine Fingernägel mehr hatte. Er hat versucht, sich mit den blanken Händen aus seinem Gefängnis zu befreien. Genau wie Julia. Allerdings war er nicht in einer Kiste gefangen, sondern in einer engen Kammer ohne Fenster in einer Villa. Dann dieser total irre Zufall, die Autorin heißt ebenfalls Julia. Was sagst du dazu?« Sie wartete eine Antwort von Niklas, der mit gespannter Ruhe Tessas Ausführungen lauschte, gar nicht erst ab. »Es läuft mir gerade eiskalt den Rücken runter.« Sie schüttelte sich. »Das Opfer war ein kleiner Junge in einem Kleid ...«

Sie wollte eben ansetzen, Niklas zu erklären, was es mit dem Kleidungsstück auf sich hatte, als er ergänzte: »In einem roten Kleid.«

Sie sah ihn erstaunt an. »Ach, du hast es gelesen?«

»Ja ... oder nein. Ich habe es geschrieben.«

KAPITEL 22

Auszug aus dem Roman von Julia von Mondragon: *Roter Mond, du gehst so stille*. Bestseller im Jahr 2016

Svea Röder stand fröstelnd am Rand des Baggersees. Sie zog ihren cremefarbenen Wollmantel enger um sich, obwohl der Spätsommertag immer noch mit angenehmen dreiundzwanzig Grad aufwartete. Irgendwo tirilierte ein Vogel. Sein Gesang passte so gar nicht zu der Stimmung, die an dem sonst so gut besuchten See herrschte. Seitdem der letzte Bagger vor mehr als zwanzig Jahren seine letzte Schaufel Kies herausgehoben hatte, hatte sich die Landschaft um den See verwandelt. Ein Spielplatz, Liegeflächen, ein kleines Bootshaus, in dem man Tretboote mieten konnte. Doch vor allem hatte sich eine bunte Flora und Fauna um den See herum angesiedelt, die alle, die noch das triste Umfeld von früher kannten, immer wieder in Erstaunen versetzte. Sogar die seltene und gefährdete Kreuzkröte war gesichtet worden.

Der Strandabschnitt war nun frei von Badegästen und Sonnenhungrigen. Das rot-weiße Absperrband flatterte in der leichten Brise. Gespannt starrte die Kommissarin auf die Wasseroberfläche, die sich kräuselte. Ob durch den Wind oder das, was sich unter der Oberfläche tat, vermochte sie nicht zu sagen. Hinter dem Absperrband wartete ein Not-

arztwagen auf seinen Einsatz, und drei Polizisten in Uniform hielten die Schaulustigen davon ab, die Absperrung einfach zu ignorieren.

Lediglich ein junger Mann in Bermudas und einem T-Shirt mit dem Aufdruck DLRG und ein zweiter, etwas älterer Mann in Jeans und einem kurzärmeligen gestreiften Hemd, der einen Rucksack über dem Arm hängen hatte, standen in der Nähe von Svea und beobachteten mit bleichen Gesichtern, was sich im Baggersee tat. Noch war nicht viel zu sehen.

Plötzlich tauchte der Kopf eines Tauchers auf. Er hob die Arme und wedelte damit in der Luft, dann schüttelte er den Kopf. Svea schaute fragend zu dem Mann in der Jeanshose.

»Es war an dieser Stelle, nicht genau an diesem Punkt, vielleicht zehn, fünfzehn Meter weiter im See. Ich habe«, er nickte dem jungen Rettungsschwimmer zu, »ihm gesagt, in der Verlängerung des Bootshauses einfach geradeaus in Richtung der Weide auf der anderen Seite. Da habe ich es gesehen.« Er schüttelte sich und biss sich auf die Lippen.

»Da war nix. Ich bin genau in die Richtung geschwommen, auch unter Wasser nix.« Die Stimme des Mannes von der DLRG klang fest.

»Trotzdem, wir suchen weiter.« Svea gab dem Froschmann ein Zeichen, wieder hinabzutauchen. Das Boot, das ihn zu der angegebenen Stelle gefahren hatte, lag still und ruhig auf dem Wasser. Der Taucher verschwand, und die Kommissarin fragte den Älteren erneut, was er denn nun gesehen hätte.

»Ich habe es schon zweimal gesagt. Ich bin rausgeschwommen, bin ein wenig getaucht und habe etwas Glitzerndes gesehen. Nein, es waren nicht die Sonnenstrahlen, die sich vielleicht durch die Wasseroberfläche brachen. Es war viel weiter unten. Ich bin hoch, habe Luft geholt und wieder runter. Und dann habe ich ihn gesehen, einen kleinen Körper, ein Kind vermute ich, er lag auf dem Grund. So wahr ich hier stehe. Vielleicht sieht Ihr Taucher nichts, weil er«, er zeigte auf den Rettungsschwimmer, »und ich das Wasser zu sehr aufgewühlt haben.«

»Das müsste sich inzwischen einigermaßen gelegt haben«, widersprach der junge Mann. »Gut, dass Sie nur einen runtergeschickt haben. Wenn zwei da unten rumpaddeln würden, wäre wahrscheinlich jetzt doch wieder alles trüb.«

Svea nickte nur. Plötzlich kam erneut Bewegung in die Wasseroberfläche. Der Taucher erschien, diesmal hielt er einen ausgestreckten Daumen nach oben und winkte in Richtung Boot.

»Er hat etwas gefunden.«

Langsam setzte sich das Boot in Bewegung, und ein zweiter Taucher glitt über den Bootsrand ins Wasser.

»Warum geht noch einer runter?« Die Frage konnte Svea Röder dem Rettungsschwimmer nicht beantworten.

Nach kurzer Zeit tauchten beide Froschmänner wieder auf. Der eine hielt den Körper unter den Achseln, der zweite unter den Beinen. Der Mann, der die Entdeckung gemacht hatte, schrie auf. An den Beinen waren offenbar zwei große Steine befestigt. Svea hielt den Atem an, als man den Leichnam ins Boot hievte.

Drei Minuten später, Svea hatte den Mann von der DLRG und den unglücklichen Schwimmer gebeten, hinter das Absperrband zu treten, tuckerte das Boot Richtung Ufer. Die Taucher hatten ihre Brillen abgenommen. Still und mit betretenen Mienen legten sie ihren Fund auf den noch warmen Sand.

Svea Röders Kollege, Wolfgang Werner, der sich beim Team des Rettungswagens aufgehalten hatte, trat hinzu. Vor ihnen lag der leblose Körper, gehüllt in ein rotes Kleidchen. Die Füße waren nackt. Svea atmete tief ein und aus. Sie beugte sich über den Leichnam, betrachtete das wachsbleiche Gesicht. Sie murmelte etwas vor sich hin und beugte sich noch tiefer hinunter. Ruckartig richtete sie sich wieder auf.

»Wolfgang, das ist ein Junge.«

»Ein Junge?«

Svea nickte. In dem roten Kleidchen steckte ein Junge von vielleicht neun oder zehn Jahren, wie Dr. Remigius ihnen am nächsten Tag verkünden sollte. Ganz offenbar etwa zwei Tage zuvor zunächst erstickt und dann ins Wasser geworfen.

KAPITEL 23

Tessa verschluckte sich fast. Sie hustete und spuckte ein paar Tropfen Rotwein über ihren Teller.

»Du willst mich wohl auf die Schippe nehmen. *Du* hast die Bücher geschrieben? Aber dann wärst du ja Julia von Mondragon?« Sie riss die Augen auf.

Niklas deutete eine kleine Verbeugung an. »Gestatten, Julia von Mondragon höchstselbst. Du bist übrigens nun eine von einer Handvoll Personen, die wissen, wer sich hinter diesem Namen verbirgt. Meine Agentin Doro, du hast sie auf Sigrids Beerdigung gesehen, Sigrid, der Verlagsleiter, meine Lektorin und jetzt du.«

Tessa schüttelte ungläubig den Kopf. »Ich glaub's einfach nicht. Ich hätte nie gedacht, Julia könnte ein Mann sein. Niemals. Du schreibst, nun, wie soll ich sagen, du schreibst, wie ich glaube, dass eine Frau schreiben würde. Du hast offenbar eine echt weibliche Seite in dir verborgen. Erzähl, wie kam das denn? Die Idee mit dem weiblichen Pseudonym. Julia von Mondragon. Wie bist du darauf gekommen? Was antwortest du denn, wenn dich jemand fragt, was du so machst? Und wie komme ich zu der Ehre, an diesem Geheimnis jetzt teilhaben zu dürfen?«

Niklas kratzte sich am Kopf. »Puh, ganz schön viele Fragen auf einmal. Als Niklas Westphal hätte ich die

Frauenromane nicht so an die Frau gebracht. Und wir achten darauf, dass niemand über meine wahre Identität Bescheid weiß. Deswegen mache ich auch keine Lesungen. Und das Pseudonym? Zufall. Meine Mutter hatte einen Roman gelesen, der Titel war mir im Ohr, als ich einen weiblichen Namen gesucht habe. Julia von Mogador, keine Ahnung wer den geschrieben hat. Ich habe Mogador einfach umgebaut, die beiden N eingefügt und zack war ich bei Mondragon. Wenigstens etwas Männliches in meinem Namen.« Er grinste schief.

»Und jetzt bereust du, dass du es mir verraten hast. Weil ich dir Löcher in den Bauch frage.« Tessa stellte die Teller in den Geschirrspüler. Dann öffnete sie den Kühlschrank und nahm die Flasche Kräuterschnaps, die sie beim Stöbern nach Essbarem darin entdeckt hatte, heraus. Fragend hob sie die Flasche mit dem Hirsch auf dem Etikett hoch.

»Gerne. Warte, ich hol die Gläser.« Niklas stand auf und nahm zwei Stamperl aus dem Schrank, die Tessa füllte. Die beiden prosteten sich zu, und der süßliche Kräuterschnaps floss ihre Kehlen hinab.

»Nein, ist schon okay.« Niklas lehnte sich in seinem Stuhl zurück und verschränkte die Hände im Nacken.

»Wenn jemand fragt, was ich arbeite, sage ich ganz ehrlich, ich schreibe. Anschließend kommt meist die Frage, was ich schreibe, und dann komme ich von der Wahrheit ab. *Ich schreibe für Zeitungen als freier Mitarbeiter.* Damit hab ich tatsächlich angefangen, mit kleinen Reportagen. Vor etlichen Jahren hab ich den ersten Roman geschrieben: *Wind in den Cevennen.* Eigentlich sollte Frédéric mein Protagonist sein, aber irgendwie wurde Alice die Hauptperson. Mehr und mehr floss es aus der Feder, als hätte Rosamunde Pilchers Muse mich geküsst. Ich hab den Roman mehr als dreißig Verlagen angeboten. Doch null Reaktion. Kurzerhand habe ich mir also die Adressen verschiedener Literaturagenturen besorgt, aber auch da war es nicht so einfach. Die Erste, die mir positiv geantwortet hat, war Doro. Sie hat mich groß rausgebracht. Aber mit einer Einschränkung. Niklas Westphal und Romane à la Rosamunde, das würde nicht funktionieren, meinte sie. Sie hat mich also gebeten, ein Pseudonym zu erfinden. Und so bin ich nach einer schlaflosen Nacht bei Julia von Mondragon gelandet. Doro war begeistert. Das Buch kam raus, die Leserinnen waren hin und weg, und so begann meine Karriere als Schriftstellerin.« Niklas leerte sein Glas.

»Und weiter?«

»Nichts und weiter. Ich habe meine Exposés geschrieben, Doro fand sie entweder gut oder nicht. Aber darum ging es dann schon irgendwann nicht mehr. Wie du es gesagt hast, die Leserinnen fiebern den Büchern entgegen. Einige, denen es doch zu thrillermäßig wurde, sind vielleicht abgesprungen, andere kamen hinzu. Beim *Roten Mond* gab es ganz schön was um die Ohren, doch die meisten waren begeistert. Svea Röder ist einfach eine wunderbare Ermittlerin, und ihr Schicksal geht den Leserinnen zu Herzen. Daher verzeihen sie Julia, wenn es, wie du sagst, nicht mehr so cosy zugeht. Der neueste Roman liegt beim Verlag. Er kommt im nächsten Frühjahr raus. Eigentlich sollte er schon im Herbstprogramm im Jahr davor dabei sein, aber irgendwie bin ich nicht fertig geworden. Nun, auf jeden Fall legt Julia da noch eine Schippe drauf. Svea stößt in ihrem neuen Fall, sie ist nun auf Wunsch des Verlages eine Serienermittlerin geworden, an ihre Grenzen. Was sie auch persönlich erlebt, wird der reinste Horror. Es geht um ihren Vater, der bei einem Überfall ums Leben kam. Die Täter sind nie gefunden worden, doch Svea kommt hinter eine riesige Verschwörung, der ihr Vater zum Opfer fiel. Es geht um Spionage.«

Voller Eifer hatte Niklas Tessa von seinem neusten Werk erzählt, doch nun schwieg er betreten. Mit einem Mal sah er Doros entgeistertes Gesicht vor sich, als er ihr das erste Svea-Röder-Exposé gegeben hatte. Ob er wirklich so stark von den Wohlfühlromanen abweichen wolle? Doch er war stur geblieben, und der Erfolg hatte ihm recht gegeben. Allerdings fingen da auch seine Albträume ohne Erinnerung und die damit verbundenen Schreibblockaden an. Nicht direkt, nicht massiv, aber schleichend, ohne dass er dem zunächst große Bedeutung beigemessen hätte. Ein unruhiger Traum, den er am Morgen bereits wieder vergessen hatte, Tage vor seinem Computer, in denen ihm kein einziger Satz gelang.

Als die Störungen immer massiver wurden, hatte Doro darauf bestanden, er solle sich professionellen Rat holen, sonst würde sie ihm keinen einzigen Thriller mehr durchgehen lassen. Bis jetzt war Butterwegge ihm allerdings keine große Hilfe gewesen. Im Gegensatz zu Doro hatte er auch nie an einen Zusammenhang zwischen seiner neuen Romanreihe, den Albträumen, an die er sich nie erinnern konnte, und den Schreibblockaden geglaubt. Niklas wusste nur, dass er sich neuerdings erinnerte.

Das Gefühl, dies könnte mit seiner Rückkehr nach Thöninghausen, seiner Rückkehr in die elterliche Villa zu
tun haben, wurde immer stärker.

Tessa riss ihn aus seinen Gedanken.

»Wäre es nicht auch eine Idee gewesen, diesen doch
ziemlich an die Nieren gehenden Roman unter einem
anderen Pseudonym zu schreiben?«

»Nein. Julia von Mondragon ist wie eine eingetragene
Marke. Daran ändert man besser nichts.«

»Verstehe. Und warum hast du es mir nun gesagt?«

Niklas presste die Lippen zusammen. »Weil ich wollte,
dass du es weißt«, antwortete er schlicht. »Manchmal ist
es gar nicht so einfach, ein Geheimnis für sich zu behalten«, fügte er hinzu.

»Dann danke ich dir für dein Vertrauen. Und ich kann
schweigen.« Tessa lächelte und deutete eine kleine Verbeugung an.

»Gern geschehen.« Niklas grinste zurück. Er wurde
wieder ernst. »Sag mal, kannst du dich immer an deine
Träume erinnern? An deine Albträume?«, fragte er unvermittelt.

»Hm, was für eine merkwürdige Frage. Ja, eigentlich
schon. Ich kann mich sogar aus ihnen befreien, wenn es
zu übel wird. Aber warum willst du das wissen?«

»Bei mir ist das anders. Ich hab eine Art Albtraum-
Blackout. Erst seitdem ich wieder zu Hause in Thöninghausen, also wirklich hier im Haus bin, erinnere ich mich
an meine Träume.«

»Wie, du erinnerst dich normalerweise nicht?«

»Nein. Ich weiß nur, dass sie schlimm, furchterregend
sind. Mehr nicht. Allerdings hat sich nun etwas grund-

legend geändert. Ich habe Albträume, vielleicht nicht ganz so nervenaufreibend wie sonst, aber wenn ich aufwache, weiß ich, was in meinen Träumen passiert ist. Ob es nun allein mit meiner Rückkehr zu tun hat, mit dem Haus, meinem Zimmer, kann ich nicht sagen. Butterwegge hätte vielleicht eine Antwort darauf.«

»Wer ist denn Butterwegge?«

Niklas erzählte Tessa von den Problemen, mit denen er sich herumschlug, von seinem Therapeuten, der sich seiner Träume und damit auch seiner Psyche angenommen hatte. »Bis jetzt jedoch mit mäßigem Erfolg«, schloss er.

»Puh. Das ist ja ein Ding. Du bist Julia von Mondragon, leidest unter Albträumen, an die du dich nicht erinnerst, sie scheinen dich aber so zu ängstigen, dass du eine Schreibblockade bekommst, sie sind eingetreten, als deine Geschichten immer schauriger wurden, vielleicht war es aber auch umgekehrt? Und nun, da du im Haus deiner Kindheit bist, kehrt eine Erinnerung, zumindest die an deine Träume, zurück. Haben die denn irgendwas mit dem Fund von Julias Leiche zu tun?«

»Kann nicht sein. Ich hab mich schon in der Nacht zuvor erinnert. Aber die Sache mit Julia hat sich prompt in einem neuen Nachtmahr, ist eigentlich ein tolles Wort, manifestiert. Jedes Bild, jeder Satz, nichts hatte ich daraus vergessen.« Niklas erzählte, ließ kein Detail aus. Er fühlte sich geradezu befreit, als er Tessa den Inhalt seiner Träume schilderte. »Heute Morgen war ich an der Stelle, an der man Julias Leiche gefunden hat«, schloss er und sah Tessa unsicher an.

Sie stieß hörbar die Luft aus und richtete sich auf. »Warum? Doch wohl nicht, weil du den Ort in deine Romane einfließen lassen willst?«

»Nein, ganz sicher nicht. Ich kann es dir nicht genau sagen, was mich hingezogen hat. Neugierde, ganz sicher, aber keine Sensationslust. Das ist nicht mein Ding. Der Traum, von dem ich dir eben erzählt hab, hat mich dazu animiert. Als ich mit dem Wolf zum Haus von Rotkäppchen gegangen bin. Aber weißt du, was merkwürdig war? Ich hab Markus gefragt, ob Julia etwas Rotes angehabt hatte. Wie bin ich nur auf diese Idee gekommen? Ich hab mir den Kopf darüber zerbrochen. Es muss mit dem Rotkäppchen-Traum zusammenhängen, vielleicht aber auch mit dem vorletzten Roman. Da trug dieser tote Junge ein rotes Kleid.«

»Das war für mich so ziemlich die Szene im Buch, die am meisten unter die Haut ging. Ab dem Zeitpunkt war klar, auf was die Geschichte zusteuert. Im Kapitel davor beschreibst du noch das Idyll der Flora und Fauna, wie lieblich alles um den See herum ist, und dann das. Du vertreibst deine Leser ja gerne knallhart aus dem Paradies. In deinem Roman *Der Sommer, der ein Frühling war* machst du das auch. So wie du den Garten beschreibst, bekommt man direkt Lust, selbst darin zu lustwandeln, sich an der Pflanzenpracht und den Fischen im Teich zu erfreuen. Und plötzlich liegt darin die Leiche von Hanna. Schon interessant, wie du ein Idyll zerstören kannst.«

Plötzlich stutzte Tessa. »Sag mal, hast du etwa in dem Buch dieses Haus, die Nachbarvillen und euren Garten beschrieben? Die Lage des kleinen Sees, die Seerosen, die Hecke zur Nachbarin, ist das nicht genauso wie in dem Roman?«

Niklas, der bei den ersten Worten betreten geschwiegen hatte, musste jetzt schmunzeln. »Du liest wirklich sehr genau. Was du dir so alles merkst. Sogar die Hecke zum Nachbargrundstück.«

Tessa zuckte die Achseln. »Ich beobachte einfach alles intensiv. Ohne diese Fähigkeit könnte ich meinen Beruf überhaupt nicht ausüben. Also, ist es hier, wo sich diese Szenen abspielen?«

»Ja, ist es. Ich beschreibe grundsätzlich nur Dinge, die ich kenne, besucht und gesehen habe. Also, jetzt nicht, was die Story angeht, nur das Drumherum. Die Orte, die Gebäude, die Landschaften, Sehenswürdigkeiten und so. Nur so kommt es auch authentisch rüber. Der Leser merkt sehr schnell, wenn du als Autor keine Ahnung von dem hast, über das du schreibst. Du kannst nicht eine Szene entwickeln, in der eine Gruppe von Leuten während eines Regengusses in der Lüneburger Heide in einem Kastanienbaumwäldchen Schutz sucht. Wer so etwas von sich gibt, war nie in der Heide. Das heißt, es gibt nichts, was ich beschreibe, was ich nicht auch gesehen, geschmeckt oder annähernd auch gefühlt hätte.«

»Also auch den Stoff des Kleides der Näherin«, grinste Tessa. »Dieses seidige Gefühl auf deiner Haut.«

»He, wirst du jetzt etwa frech? Auch Männer tragen Seidenhemden.« Niklas rollte seine Serviette zu einer Kugel und warf sie in Richtung Tessa, die sie geschickt auffing.

»Das war übrigens der langweiligste Roman, den ich von Frau von Mondragon gelesen habe. Es war alles ein wenig vorhersehbar, wenn ich dir das so offen sagen darf. Im *Wind in den Cevennen* war natürlich auch klar, dass das Haus ein Geheimnis birgt, aber es war so romantisch, die Entwicklung der Beziehung zwischen den beiden. Und dieses Geheimnis in dem alten Relief aus der Zeit der Kamisarden, das hast du verdammt geschickt eingefädelt.«

»Ich glaube, ich werde dir meine Manuskripte in Zukunft zum Testlesen geben. Meine Lektorin macht einen tollen Job, aber du liest die Romane vielleicht mit ganz anderen Augen. Hättest du Lust dazu?«

»Es wäre mir eine Ehre, Julia von Mondragon. Aber apropos Augen, die fallen mir gleich zu.«

»Na komm, wer wird denn jetzt schlappmachen. Noch einen letzten Kräuterschnaps.«

Niklas goss großzügig nach.

KAPITEL 24

»Niklas, wach auf. Alles ist gut.«

Er öffnete die Augen, im Zimmer war es hell. Die Morgensonne ließ den Staub in der Luft tanzen. Tessa saß auf der Sofakante und hielt Niklas' Hand. Mühsam richtete er sich auf. Was machte er im Wohnzimmer?

»Was ist los?«

»Du hast geschrien wie am Spieß.«

»Oh Mann, dröhnt mir der Schädel. Hab ich wirklich so viel getrunken?«

»Nein. Aber du bist nach dem dritten Schnaps regelrecht zusammengeklappt. Mitten im Satz hast du plötzlich über dem Tisch gelegen und warst weg. War einfach alles zu viel für dich. Ich konnte dich gerade noch so wieder wachbekommen, du bist mit mir ins Wohnzimmer und auf die Couch gefallen. Du hast kaum gelegen, da hast du schon tief und fest geschlafen. Ich wollte dich in dem Zustand nicht allein lassen. Nachdem ich Tante Gertie informiert habe, ich würde außer Haus übernachten, hab ich auf dem Sofa im Arbeitszimmer deiner Mutter geschlafen. Bis du so geschrien hast. Hast du wieder geträumt? Kannst du dich erinnern?«

Niklas rieb sich über die Augen und gähnte. »Weiß nicht, lass mich erst mal zu mir kommen. Danke übrigens. Wahrscheinlich würde ich immer noch auf dem

Küchentisch liegen oder auf dem Fußboden, wenn du dich nicht um mich gekümmert hättest. Mann, so was ist mir noch nie passiert.«

Tessa half Niklas vom Sofa auf. Mit wackeligen Beinen begleitete er sie in die Küche, wo Tessa ein Frühstück vorbereitete. Sie goss Niklas eine Tasse Kaffee ein. Er verbrannte sich die Lippe, als er den ersten Schluck nahm. Tessa saß ihm abwartend gegenüber.

»So langsam kommt's. Ich hab geträumt, ich wäre wieder mit dem Wolf unterwegs, zu diesem Haus. Diesmal hat er nichts gesagt, ist nur neben mir her getrottet. Dann wurde er immer schneller, ich bin kaum nachgekommen. Vor der Tür ist er stehen geblieben, hat mich groß angeschaut und hat etwas Merkwürdiges gesagt.«

Niklas zupfte ein Stück von seinem aufgebackenen Brötchen ab, zerkrümelte es und legte es auf den Teller, ohne einen Bissen zu nehmen. »Er sagte: Gestatten, mein Name ist Bingo.«

Er sah auf und registrierte Tessas breites Lächeln.

»Ein höfliches Tier, der Bingo. So hieß doch euer Hund? Ein Jagdhund, so gescheckt, stimmt's?«

Niklas nickte. »Ja, ein Münsterländer. Ein toller Hund.« Er schwieg.

»Und dann?«

»Er hat mich aufgefordert, die Tür aufzumachen. Es roch total modrig in dem Haus, und Bingo meinte, er würde vorgehen und die Lage checken. Genauso hat er gesagt: *die Lage checken*. Ich bin hinter ihm her, und da lag sie auf dem Bett. Es muss eine Sie gewesen sein, aber es war nur ein Skelett von ihr übrig, eins mit roten Haaren, mehr war nicht mehr da. Der Wolf, also Bingo, hat sich davorgesetzt und laut geheult. Dann hab ich wohl geschrien, und du warst da.«

Niklas stützte die Arme auf den Tisch und verbarg sein Gesicht in den Handflächen. »Tessa, das war kein Traum. Das war eine Erinnerung verpackt in einen Traum. Mit dem Fund von Julias Leiche ist sie an die Oberfläche gekommen«, stöhnte er.

Tessa streckte die Hände aus, die Niklas in die seinen nahm.

»Wie meinst du das?«

»Wie ich es sage. Das alles ist kein Zufall. Die Träume von diesem Wolf, mit dem ich zu einem Haus laufe und dort zuerst ein Mädchen, später das Skelett mit roten Haaren entdecke. Tessa, das ist Julia, der Wolf ist mein Hund, ich muss mit Bingo da gewesen sein, an dem Ort, an dem man Julia in die Kiste gepackt hat, sie hat verrecken lassen.« Er sprang auf. »Ich werd noch verrückt. Ich geh duschen, und dann muss ich raus, ich brauche frische Luft.«

Der Regen des vergangenen Abends hatte nicht die erhoffte Abkühlung gebracht. Schon jetzt war ein neuer schwül-heißer Tag mehr als eine Ahnung. Automatisch schlug Niklas den Weg zur Klosterruine ein. Schweigend gingen sie nebeneinander her, bis er plötzlich stehen blieb.

»Kannst du dich an Leute erinnern, die sich da oben niedergelassen hatten?«

Tessa überlegte einen Moment. »Ich weiß auch nur, dass es sie gab, aber erinnern? Wir haben uns am Abend im *Halben Hahn* noch über sie unterhalten. Aber nein, sie sind mir überhaupt nicht präsent. Warum fragst du?«

»Nur so. Ob sie wirklich nichts mit Julias Verschwinden zu tun hatten?«

»Das weiß ich nicht, aber offenbar ja nicht.«

Sie spazierten weiter. Am Kloster angelangt, nahm Niklas Tessa bei der Hand und zog sie zu der Obstwiese. Sie setzten sich unter einen Baum, Niklas riss einen Grashalm ab, legte die Hände zu zwei Fäusten zusammen, zwischen denen der Halm steckte. Er blies Luft zwischen seinen Daumen über den Grashalm in den Hohlraum zwischen seinen Händen. Doch außer dem Atem, den er ausstieß, war nichts zu hören.

»Das hat mein Vater mir beigebracht. Eigentlich sollte es sich anhören, als würde ein Hirsch röhren oder so ähnlich. Irgendein Tierlaut.«

»Der hat eher geröchelt.« Tessa lachte.

Niklas warf den Halm weg. »Vorgestern hab ich auf dem Markt ein Mädchen in einem roten Kleid gesehen«, begann er unvermittelt. »Und nach der Beerdigung stand sie an Sigrids Grab. Außer mir hat sie niemand bemerkt. Komisch, oder? Und Markus hab ich gefragt, ob es Kleidungsreste gibt. Rote Kleidungsreste.«

»Das hast du gesagt, also, dass du Markus gefragt hast. Ich hab übrigens, als du geschlafen hast, Tante Gertie angerufen. Sie hat sich noch erinnert, was Julia anhatte. Die Kleidung war auf den Vermisstenzetteln, die wohl überall hingen, beschrieben. Sie hat einen davon aufgehoben. Julia hat nichts Rotes getragen. Und wen hast du da gesehen?«

Jetzt lehnte Niklas mit geschlossenen Augen am Baum. Tessa überließ ihn seinen Gedanken. »Ich weiß, hat Markus mir auch gesagt. Wahrscheinlich hab ich niemanden gesehen. Vielleicht hatte ich einen Sonnenstich. Aber ich glaube, ich war damals mit Bingo in der Nähe des Munitionsdepots«, sagte er dann mit ausdrucksloser Stimme.

»Du hast geträumt, Niklas.«

»Ja, natürlich. Aber diesem Traum liegt etwas zugrunde, was wirklich passiert ist. Ich war mit dem Hund im Wald unterwegs. Wie fast jeden Tag. Bingo hat mich dorthin gezerrt. Vielleicht hat er was gerochen, gehört, keine Ahnung. Wir hätten sie vielleicht retten können.«

»Niklas, das ist doch dummes Zeug. Wenn du jeden Tag mit dem Hund dort warst, wäre dir doch irgendwas aufgefallen, oder nicht? Irgendeine Veränderung. Zertrampelter Boden, abgebrochene Äste, niedergedrücktes Gebüsch.«

»Ich hab nicht gesagt, dass ich jeden Tag an dieser Stelle war, nur, dass ich jeden Tag mit dem Hund im Wald herumgestreift bin. Ich bin mir eigentlich sogar ziemlich sicher, dass ich dort noch nie war, bis Bingo mich hingeführt hat. Vielleicht habe ich tatsächlich etwas gesehen. Jemanden in roter Kleidung, die Person, die Julia dorthin gebracht hat.«

»Meinst du wirklich, jemand, der so was macht, zieht sich so auffällig an? Und das alles am helllichten Tag? Es muss doch Tag gewesen sein, sonst hättest du im Wald nichts gesehen.«

Niklas betrachtete nachdenklich seine Fingernägel. »Da hast du auch wieder recht. Wahrscheinlich verarbeite ich im Moment einfach alles, was um mich herum passiert. Julia wird gefunden, ich habe Bingos Halsband und seine Leine im Regal in meinem Zimmer liegen, und ein Foto von ihm steht da. Die Tatsache, dass Julias Mutter sie Rotkäppchen nannte, da hat sich mein alter Hund glatt in einen Wolf verwandelt. Was meinst du, wenn ich an der Stelle im Wald gewesen wäre, hätte ich das tatsächlich vergessen können?« Niklas betonte das Wort *wäre*.

»Klar. Du warst doch noch ein Junge. Wie alt? Zehn? Elf? Ganz ehrlich, wie oft hat man mir die Geschichte erzählt, als mir beim Kindergeburtstag meiner Cousine so übel geworden ist, dass ich mich übergeben musste, und zwar auf den Stapel mit ihren Geschenken. Da war ich dreizehn. Und ich hab nicht die leiseste Erinnerung daran. Alles weg. Und die Sache mit dem Mädchen im roten Kleid auf dem Markt und am Grab ist doch so merkwürdig auch wieder nicht. Du hast sie gesehen, andere halt nicht. Das ist doch nichts Besonderes. Von wegen Sonnenstich. Da laboriert man länger dran rum, glaub's mir. Aber eine Sache ist schon merkwürdig.«

Jetzt war es Tessa, die die Augen schloss und konzentriert nachdachte. Dann wandte sie ihren Blick zu Niklas.

»Rot ist schon eine auffallende Farbe, eine Signalfarbe. Wenn ich genau darüber nachdenke, hast du in deinen Romanen oft jemanden etwas Rotes tragen lassen. Das Kleid der Näherin, das Kleid der Toten im Teich oder das des Jungen in deinem letzten Buch.«

Niklas schaute sie verblüfft an. »Irgendeine Farbe muss doch ein Kleidungsstück haben.«

»Das schon. Aber es ist immer rot. Bei *Wind in den Cevennen*, da kann ich mich nicht erinnern, ob Alice oder sonst wer etwas auffällig Rotes getragen hat. Auch nicht in dem Roman danach. *Glück auf acht Hufen*.«

»Die Cornwall-Schmonzette.«

»Mir hat's gefallen. Die beiden Geschichten sind romantisch, luftig-leicht. Später werden die Farben, je mehr Spannung in deine Bücher kommt, intensiver. Glaub mir, als Malereiexpertin fällt mir so was auf. Mit den Farben, also mit dem Rot, unterstreichst du letztendlich das Schreckliche, das in deinen Geschichten erzählt wird. Franz Marc, der Maler des Expressionismus, hat den Farben jeweils ein Prinzip zugeordnet. Blau ist das männliche Prinzip, herb und geistig, Gelb ist das weibliche, sanft, heiter und sinnlich, und Rot ist die Materie, brutal und schwer. Er sagte, es gibt keine Gegenstände und keine Farbe in der Kunst, sondern nur Ausdruck. Und du bevorzugst Rot, das Prinzip des Brutalen, um dich auszudrücken.«

KAPITEL 25

Niklas begleitete Tessa zum Haus ihrer Großtante. Tessa hatte bemerkt, wie unwohl er sich gefühlt hatte, als sie ihn damit konfrontiert hatte, was man aus der Bevorzugung der Farbe Rot in der Kleidung seiner Romanfiguren herauslesen konnte. Um das Unbehagen zu überspielen, hatte sie munter weitergeplaudert und ihn darauf aufmerksam gemacht, Rot könne ebenso für Wärme, Liebe, Temperament oder Leidenschaft stehen. Niklas war dankbar, als Tessa versuchte, das Gespräch in andere Bahnen zu lenken.

Von der Farbenlehre waren sie irgendwann zu ihrem neusten Forschungsprojekt gekommen. Sie hatte unter der obersten Farbschicht eines Gemäldes von Vermeer eine Vorzeichnung entdeckt, die etwas ganz anderes zum Ausdruck bringen sollte als das, was letztendlich auf dem Gemälde zu sehen war. Einen Spiegel, in den eine junge Frau blickte, die in der endgültigen Fassung allerdings aus dem Fenster sah.

Sie vergaßen die Zeit, und irgendwann hatte Tessa erschrocken angemerkt, Gertie habe wahrscheinlich schon einen Suchtrupp losgeschickt, um sie aufzuspüren. Und so waren sie wieder beim Thema der verschwundenen und wieder aufgetauchten Julia gelandet.

»Ob deine Tante außer dem Vermisstenzettel noch andere Sachen aufgehoben hat, die Julias Verschwinden betreffen?«

Tessa hatte bereits die Haustür aufgeschlossen und brüllte laut hinein: »Ich bin wieder da!«, woraufhin ihre Tante zurückrief: »Du brauchst nicht so zu schreien, ich höre noch gut. War's denn nett bei dem jungen Westphal? Pfarrer Berg hat mir gesagt, du hättest dort übernachtet.«

Tessa grinste. »In diesem Dorf bleibt aber auch gar nichts verborgen.« Sie wurde wieder ernst. »Fragen wir sie.«

Gertie saß vor dem Fernseher und schaute sich eine Zoosendung an. Ein Tierpfleger stellte soeben einen Eimer voll mit Grünzeug in ein Gehege, senkrecht standen sechs Möhren darin. Der sechste Geburtstag eines Onagers, eines asiatischen Wildesels, der sich auch sofort über sein Futter hermachte.

»Tante Gertie, wir stören dich nicht lange bei der Fete für den Esel, Niklas hat nur eine Frage.«

Gertie drehte sich aus dem Sessel zu den beiden um. »Na, mein Junge, wie geht's dir denn? War eine schöne Beerdigung. Pfarrer Berg findet doch immer die richtigen Worte. Ich wünschte, ich könnte hören, was er über mich sagen wird.« Sie schmunzelte. »Wahrscheinlich sagt er, die wilde Gertie hat nichts anbrennen lassen in ihrer Jugend. Allerdings, wer sollte unserem Pfarrer das erzählen, sind doch alle tot, die aus meiner Jugend.« Sie seufzte tief. »Also, mein Junge, was kann ich für dich tun? Gleich kommt der Bericht über den Zoo am Meer.«

»Tessa sagt, Sie hätten noch einen Zettel von denen, die überall aushingen, als man nach Julia gesucht hat.«

Die alte Frau schob sich jetzt schwerfällig aus ihrem Fernsehsessel. »Ich hab es nicht glauben wollen, als es im Dorf rumging, man hätte sie gefunden. Ich muss sagen, ich habe wirklich geglaubt, sie wäre einfach abgehauen. Ihre Eltern waren ziemlich streng mit ihr, und in dem Alter schätzt man das nicht sehr. Aber andererseits, wo hätte sie denn hinsollen, ohne Geld, ohne Ausweis? Es sei denn, sie wäre mit jemandem mitgegangen. Wir hatten in der Zeit diese Verrückten da oben hocken, das war ein stetes Kommen und Gehen. Vielleicht, so hatten viele hier gehofft, hatte sie sich in einen von denen verguckt und war mit ihm weitergezogen. Nun, wenn man jetzt ihre Leiche gefunden hat, kehrt endlich Ruhe ein. Und du wolltest den Vermisstenzettel?«

»Ja, ich wollte mir einfach nur mal anschauen, wie sie damals ausgesehen hat. Es muss doch auch in den Zeitungen Berichte gegeben haben. Haben Sie die zufällig auch aufgehoben?«

Gertie antwortete nicht, sondern schlurfte zu der Schrankwand aus heller Eiche und zog eine der unteren Schubladen heraus. Mit sicherem Griff förderte sie eine Pappmappe zutage und hielt sie Niklas hin. Als er sie ihr abnahm, stöhnte sie leise und versuchte, ihre Finger zu strecken.

»Ah, die Gicht. Nun, man wird eben nicht jünger. Da, mein Junge, ich hab alles gesammelt. Wenn es dich interessiert, kannst du es behalten. Ich hab damals einmal die Woche bei unserem Polizisten, dem Gerd, sauber gemacht. Dem ist Julias Verschwinden, wie uns allen, natürlich auch ganz schön an die Nieren gegangen. Schon von Berufs wegen. Ich glaub ja, die da oben hatten was damit zu tun. Wenn sie auch mit keinem von den Zigeunern weggegangen ist, sollte man trotzdem jetzt mal wieder nachhaken, ob nicht doch einer von denen sie auf dem Gewissen hat. Aber unterhalt dich doch mal mit Gerd, der hat noch viel mehr Material gesammelt.«

Die alte Frau wandte sich an ihre Großnichte.»Hast du Niklas zu meinem Geburtstag eingeladen? Wäre schön, wenn er kommt. Die ganzen alten Leute um mich rum, da fühl ich mich wie mit einem Bein schon im Grab.«

»Wenn ich noch hier bin, komme ich gerne.« Niklas hatte sich die Mappe unter den Arm geklemmt.

»Gertie, du hast doch bestimmt auch noch ein Fotoalbum, das Niklas sich mal ansehen kann. Ihr vom Landfrauenverein habt doch immer das Erntedankfest ausgerichtet, und die Mädchen haben beim Schmuck geholfen. Ich kann mich noch gut daran erinnern, wie wir alle, ich dann ein paar Jahre später, dagesessen haben und uns mit den Ähren und den Blumen rumgeärgert hatten, die sich einfach nicht zu einem Kranz winden lassen wollten. Marlies hat sie immer auf Vordermann gebracht, unsere Kränze. Die Fotos zeigen doch das ganze Dorf vor und während des Festes.«

»Da muss ich mal oben schauen. Ich weiß auch nicht, warum ich die Mappe mit den Artikeln hier aufbewahre und die Alben oben. Merkwürdig. Man würde doch denken, alte Leute kramen umso öfter in ihren Erinnerungen, je näher es Richtung Ende geht.«

»Lass nur, wenn du uns sagst, wo sie sind, gucken wir selber nach. Ich glaube, deine Sendung geht gleich los.«

Tatsächlich schnaufte sich ein Walross in diesem Moment aus dem Wasser und walzte seinen massigen Körper auf einen flachen Felsen.

»Das ist Gundula, mit der fangen sie immer an. Die Alben sind in der Kammer, wo der Staubsauger steht, in einem Koffer.«

Nach zehn Minuten hatte Niklas drei Alben herausgesucht. Jedes Album umfasste den Zeitraum von etwa drei Jahren. Auf den ersten Fotos war Julia elf, auf den letzten des zweiten Fotoalbums gehörte das Mädchen bereits der Vergangenheit an, im letzten war das Erntedankfest in Thöninghausen nicht mehr das, was es einmal gewesen war.

So ganz genau wusste Niklas selbst nicht, was er mit den ganzen Artikeln und Bildern anfangen würde. Obwohl er es Tessa gegenüber abgestritten hatte, war ihm doch kurz der Gedanke durch den Kopf gegangen, Julias Schicksal in einem seiner nächsten Romane zu verarbeiten. Viele Kollegen ließen in ihre Geschichten selbst Erlebtes einfließen, setzten sich in ihren Romanen mit persönlichen Schicksalsschlägen auseinander. Warum also nicht Julias Verschwinden und das Auftauchen ihrer Leiche nach dreißig Jahren zu einem spannenden Kriminalroman verarbeiten. *Rotkäppchens Sarg.* Im nächsten Moment kam ihm seine Idee völlig geschmacklos vor.

»Die Alben würde ich gerne mitnehmen.«

Tessa nickte, ohne aufzusehen. Sie hatte sich in ein weiteres Fotoalbum vertieft. »Guck mal, das bin ich mit meinen Eltern. Meine Güte, wie die Zeit vergeht. Da ist meine Mutter so alt wie ich jetzt.«

Sie hielt Niklas ein Foto unter die Nase.

»Kommen sie nicht zum Geburtstag?«

»Nein. Totaler Mist. Sie sind Kreuzfahrtjunkies. Jetzt sitzen sie in der Karibik fest. Irgendein Virus, nichts Tödliches, aber unangenehm, hat einige befallen, und sie sind in Quarantäne. Und das noch für die nächsten acht Tage. Du kannst gerne noch weiterschauen. Ich kümmere mich mal eben um Gertie. Nach den Zoo-Dokus wird sie hungrig wie ein Seelöwe.« Tessa lachte.

»Danke, aber ich bin so weit durch.«

Niklas verabschiedete sich von Tessa und ihrer Tante und trottete nach Hause. Auf dem Küchentisch breitete er die Mappe und die Alben aus, legte daneben einen Notizblock und einen Stift. Wenn er seine ersten Ideen zu einem Plot entwickelte, hielt er sie immer handschriftlich fest. Ganz oben notierte er *Julia – Rotkäppchen*. Darunter schrieb er: *Julia von ihrer Mutter wegen der roten Haare Rotkäppchen genannt.*

Als Nächstes skizzierte er seine beiden Träume mit dem Wolf, der sich in seinem letzten Traum als Bingo, der Familienhund, entpuppt hatte. Er hatte ihn zum Haus geführt, in dem Rotkäppchen gefangen war. War es vorgestern tatsächlich nur die reine Neugierde gewesen, die ihn zum Fundort der Leiche geführt hatte? Hatte es ihm eine innere Stimme befohlen? Auch diese Fragen hielt Niklas fest. Konnte es sein, dass Bingo ihn vor dreißig Jahren bereits zu dem Ort geführt hatte, an dem Julia versteckt worden war? Es gab ein ganzes Fotoalbum mit Bildern von seinem geliebten Münsterländer. Vielleicht erzählten ihm die Fotos etwas.

Niklas ging ins Wohnzimmer. Hier standen die Alben im untersten Regal, geordnet nach Jahren. Wenn, dann interessierte ihn die Zeit vor dreißig Jahren. Bingo musste damals dreizehn Jahre alt gewesen sein. Ein Hundeopa. Dass der alte Kerl überhaupt noch so weit hatte laufen können. Oder hatte Bingo vielleicht eine Mission zu erfüllen gehabt? Sein junges Herrchen an den Ort eines Verbrechens zu führen? Niklas schüttelte über sich selbst den Kopf. Ging nicht doch die Fantasie gewaltig mit ihm durch? Er zog zwei Alben heraus und brachte sie in die Küche.

Als Erstes nahm er sich die Mappe vor, in der Gertie die Artikel gesammelt hatte. Der Zettel war wahrscheinlich in jedem Thöninghauser Briefkasten und darüber hinaus gelandet. Oben stand VERMISST, es folgte ein Schwarzweißfoto von Julia. Sie war ein apartes Mädchen gewesen. Schlank, hohe Wangenknochen, die Haare fielen bis auf die Schultern. Sie trug das Jeanshemd, das sie anhatte, als sie verschwunden war. Darunter waren eine Hüfthose abgebildet und ein Paar Sandalen mit hoher Plateausohle und ein silbernes Kettchen mit einem vierblättrigen Kleeblatt als Anhänger. Davon hatte niemand etwas gesagt. Aber sie musste es ja wohl getragen haben, sonst würde man bei der Suchanzeige nicht darauf verweisen. Auf dem Foto machte Julia ein verkniffenes Gesicht, als ob sie jemand aufgefordert hatte, zu lachen, und sie hätte keine Lust dazu gehabt. *Nerv nicht*, schien sie zu sagen.

Niklas legte den Zettel zur Seite. Jedenfalls hatte Julia kein rotes Kleidungsstück getragen, als sie verschwunden war. Doch warum faszinierte ihn nur dermaßen ein Kleid in Rot? Ob es tatsächlich nur die Assoziation der Farbe mit Gewalt war, wie Tessa meinte?

Niklas lehnte sich im Stuhl zurück und verschränkte die Arme hinter dem Kopf. Was war nach der Ankunft in seinem Heimatdorf geschehen? Er erinnerte sich an seine Träume. Die beiden letzten standen in direktem Zusammenhang mit Julias Verschwinden und Wiederauftauchen. Er hatte mehrfach eine junge Frau im roten Kleid gesehen, einzig und allein er! Und die Farbe Rot dominierte die Bekleidung der Opfer in seinen Romanen, die an Grausamkeit zugenommen hatten. Dies hatte nicht nur Tessa bemerkt. Auch einige Rezensenten hatten sich darüber ausgelassen. Einige fanden, seine Geschichten hätten an Spannung zugenommen, ohne es negativ zu bewerten, aber es gab auch die zarten Seelchen, die schrieben, dies sei ihr letztes Buch von Julia von Mondragon gewesen, die Leichtigkeit und Unbeschwertheit ihrer ersten Romane seien verschwunden. Doch seine aktuellen Bücher waren doch deswegen nicht schlecht. Er hatte für den letzten Roman sogar den renommierten Albrecht-Nessel-Preis bekommen, dotiert mit fünftausend Euro.

Niklas klopfte sich mit dem Ende des Bleistifts an die Zähne und überflog seine wenigen Notizen. Zuletzt fügte er den Satz hinzu: *Was hat es mit der Frau im roten Kleid auf sich?*

KAPITEL 26

Vor 30 Jahren

Sie lag nur mit einem Slip bekleidet unter dem Apfelbaum, einem von zwanzig Obstbäumen, die sie im Frühling gepflanzt hatten. Noch war das Blätterdach nicht üppig genug, als Schattenspender durchzugehen. Sie langweilte sich. Pierre zupfte spielerisch an ihrem Ohr. »Na, keine Lust heute?«

Sie drehte ihm demonstrativ den Rücken zu. »Nö, frag Marla, die will doch immer. Oder Zoe, ich glaube, bis das Kleine auf die Welt kommt, hat sie nichts dagegen, mit dir zu pennen.«

»Aber ich will jetzt dich.«

»Und ich will nicht. War doch eine klare Abmachung unter uns. Wer keine Lust hat, muss ja wohl auch nicht groß Erklärungen abgeben. Außerdem hab ich noch was vor.« Die Idee war Lilly ganz spontan gekommen. Wenn sie einfach nicht da war, musste Pierre sich jemand anderen für seine Vormittagsvögelei suchen. Sie sprang auf und sah den begehrlichen Blick, den er ihr zuwarf.

»Was genau hast du vor?«

Auch wenn er immer so tat, als könnte jeder tun und lassen, was er wolle, hatte Pierre eine Autorität an sich, die ihr nicht gefiel.

»Ich geh ins Dorf, ein bisschen was einkaufen. Was das Feld abwirft, reicht doch hinten und vorne nicht. Es regnet nicht, eigentlich hat keiner von uns eine Ahnung, wie man sich um das ganze Gemüse zu kümmern hat. Müssten wir nicht schon längst mal alles gewässert haben? Hast du die Gurken gesehen? Total schrumpelig.«

Sie hatte absichtlich nicht Pierre direkt angesprochen, der sich zu Anfang als Gemüse- und Salatkenner aufgeplustert hatte. In Wirklichkeit wusste niemand von ihnen, wie man das Land zu bestellen hatte. Als sie hier eingezogen waren, hatten sie Träume, hochfliegende Pläne. Nach einem Jahr war nicht mehr viel davon übrig. Sie sehnte sich schon fast wieder zurück nach ihrem einstigen bourgeoisen Leben. Doch dieses Leben gab es inzwischen nicht mehr.

Nachdem ihr Vater ein zweites Mal geheiratet und mit der neuen Frau zu allem Überfluss auch noch zwei Kinder bekommen hatte, fühlte sie sich in der Familie wie das fünfte Rad am Wagen. War rebellisch geworden, hatte mit dem Kopf durch die Wand gewollt, die Schule geschwänzt, kein Abend war vergangen, an dem sie nicht in einer Disco abtanzte und übermüdet und mit dickem Kopf am nächsten Morgen aufwachte. Das ging so lange, bis ihr Vater ihr drohte, sie rauszuwerfen. Ihre Stiefmutter hatte nur schwach dagegen protestiert.

Und dann hatte sie Pierre in der Fußgängerzone getroffen. Das hieß, er hatte sie angequatscht und ihr ein Buch unter die Nase gehalten, das er ihr schenken wollte. Verblüfft hatte sie einfach zugegriffen und schon saß sie in der Falle. Der Typ hatte nicht mehr lockergelassen, sie in ein Gespräch verwickelt, das er wahrscheinlich für philosophisch hielt. Im Nachhinein betrachtet war es einfach nur dummes Geschwätz gewesen. Von wegen, sich Flügel anlegen, sich von den Konventionen des Spießbürgertums befreien und so weiter. Doch damals war sie seiner Stimme, seinen Ideen und vor allem seinem unglaublich tollen Aussehen verfallen.

Sie hatte alles an Geld zusammengekratzt, was sie besaß, und war mit Pierre und drei weiteren Gefährtinnen – die weibliche Entourage hätte ihr eine Warnung sein sollen – von dannen gezogen. Sein Plan war faszinierend gewesen. Irgendwo ein altes Gemäuer besetzen, nach dem kein Hahn krähte, dieses mit eben demselben und seiner Hühnerschar zu beleben und mit dem zufrieden sein, was die Erde hergab. Wenigstens war er nie auf die Idee gekommen, sie sollten anschaffen oder betteln oder stehlen gehen oder sonst was in der Art.

Schon nach zwei Wochen war ihre Suche erfolgreich gewesen. Ein maroder Schuppen neben einem alten Kloster bei einem Kaff namens Thöninghausen, von dem sie noch nie etwas gehört hatte. Unterwegs hatte sich ihnen noch Tom angeschlossen, der angeblich handwerkliche Fähigkeiten besaß und aufgrund eines unbedeutenden Eigentumsdelikts etwas Abstand von der Zivilisation brauchte. Zumindest war er geschickt genug gewesen, das undichte Dach zu flicken und ein paar Bretter auf den Boden zu nageln.

In den ersten Wochen, nachdem sie sich etwas eingerichtet hatten, waren offenbar niemandem im Dorf die neuen Nachbarn aufgefallen. Doch dann wurde ein Mädchen vermisst. Auf dem Nachhauseweg von der Disco spurlos verschwunden. Am nächsten Tag hatten sie schon dagestanden. Polizei und irgendwelche selbsternannten Sheriffs, die allerdings von den Ordnungshütern sofort wieder weggeschickt worden waren. Man hatte nach dem Mädchen, Julia, überall in der Klosteranlage gesucht, sogar den Boden wieder aufgerissen. Doch natürlich war sie nicht bei ihnen gewesen. Weder lebendig noch tot.

Einmal noch war der Vater des Mädchens bei ihnen aufgetaucht. Doch er blieb friedlich, hatte noch einmal nachgebohrt, ob man nicht doch irgendetwas gesehen habe. Vielleicht sei seine Tochter heimlich bei ihnen untergekrochen, ohne dass sie etwas davon bemerkt hätten. Doch natürlich war da nichts gewesen.

Danach begegnete man ihnen, obwohl sie einfach nur auf dem Gelände lebten, zunächst mit Misstrauen. Eine Bürgerinitiative versuchte sogar, sie zu vertreiben. Doch der Dorfpfarrer intervenierte und erreichte tatsächlich, dass sie bleiben durften. Ganz allmählich wich das Misstrauen einer gewissen Gleichgültigkeit. Nach dem Motto: Leben und leben lassen. Man hatte sich arrangiert.

Isa bekam einen Minijob bei Carmen, der Friseurin, und Tom lieh man ohne großen Kommentar sogar einen Betonmischer. Ein altes Ding, das mit einer Handkurbel zu bedienen war. Tom hatte großspurig verkündet, einen Kamin bauen zu wollen. Der erste Winter war mild, kein Schnee, zwei Nächte mit Frost, der zweite war allerdings verdammt hart gewesen. Einen Kamin hatten sie immer noch nicht, da die ehemalige Scheune, in der sie lebten, keinen Abzug hatte. Sie hatten sich wie kleine Tiere in ihrem Bau verkrochen, sich gegenseitig unter Unmengen von Wolldecken gewärmt. Für den nächsten Winter mussten sie sich etwas einfallen lassen. Ein Ofen wäre nützlich. Aber keiner, bei dem man eine Vergiftung durch irgendwelche Gase bekam.

Pierre hatte im März damit begonnen, ein paar Aushilfsjobs anzunehmen. Er war ein abgehalfterter Realschullehrer und hieß eigentlich Peter. Der Anschlag an den Bäumen Thöninghausens, er würde für kleines Geld Nachhilfeunterricht in Mathe und Englisch geben, hatte Erfolg. Seitdem wurden wenigstens ein paar Mark in die Haushaltskasse gespült, denn nur von Luft und Liebe und den kümmerlichen Felderzeugnissen war es nicht so ganz einfach zu leben. Tom hatte zudem im Papierwerk in Rodenstein einen Aushilfsjob gefunden, der allerdings nicht viel einbrachte. Das winzige Salär wurde komplett von dem Geld, das Tom für den Bus berappte, wieder aufgefressen. Zumindest hatte er das behauptet, als er wieder alles hinwarf.

Nur sie hatte sich bisher mit einem Beitrag zum Lebensunterhalt zurückgehalten. Nicht freiwillig, Pierre hatte sie darum gebeten. Isa hatte sie aufgeklärt.

»Dummchen, du bist seine Nummer eins. Weißt du eigentlich, wie du aussiehst? Wenn du runter ins Dorf gehst, machst du alle Männer an, meint er. Und schwupp, hat dich jemand an der Angel. Pierre meint, das geht ganz schnell bei dir. Wenn ich nicht auf Typen stehen würde, ich würde schwach bei dir werden. Um deine schwarzen Locken beneidet dich doch jede Frau.«

Sie war rot geworden und hatte gelacht. Zumindest bei Pierre war es schnell gegangen. Das stimmte. Aber wer sollte sich denn da im Dorf an sie heranmachen wollen? Wenn man Isa Glauben schenken durfte, lebten dort, bis auf ein paar Ausnahmen, nur alte Leute. Außerdem liebte sie ihre Freiheit. Umso stärker fühlte sie sich seit geraumer Zeit im Kloster eingeschränkt, und das Empfinden von Langeweile nahm von Woche zu Woche zu.

Als Isa ihr von dem Zettel im Blumenladen erzählte, wurde sie sofort hellhörig. Es stand extra dabei, dass Fachwissen nicht notwendig wäre. Dort wollte sie heute ihr Glück versuchen. Doch das musste sie Pierre jetzt noch nicht auf die Nase binden. Er würde sie erst gar nicht weglassen, zumindest würde er versuchen, ihr alles madig zu machen, und am Ende würde sie klein beigeben und hier oben bleiben.

Und so wiederholte sie, es sei Markttag, sie würde extra erst jetzt gehen, da die Marktleute, bevor sie wieder alles einpackten, die Ware vielleicht für den halben Preis abgeben würden. Sie habe Lust auf Pfirsiche und Fenchel.

Ohne Pierres Kommentar abzuwarten, sprang sie auf, lief ins Haus und kramte in ihrer Kiste, in der sie das Wenige, das sie an ihr altes Leben erinnerte, aufbewahrte. Sie zog ihr Lieblingskleid heraus. Rot mit winzigen weißen Punkten, ärmellos, einem schmalen weißen Gürtel und einem hübschen Ausschnitt, der ihre Brüste, die etwas üppiger hätten ausfallen dürfen, trotzdem betonte. Die schwarzen Locken band sie flink zu einem Pferdeschwanz, schlüpfte in ihre Sandalen, schnappte sich eine Baumwolltasche und machte sich auf den Weg ins Dorf. Sie bemerkte, wie Pierre ihr verdrießlich nachschaute, doch es kümmerte sie nicht.

Das rote Kleid schwang um ihre gebräunten langen Beine, während sie dem Dorf zustrebte.

KAPITEL 27

Den nächsten Vormittag widmete Niklas zunächst dem weiteren Sichten und Räumen. Die Nacht war ruhig und traumlos gewesen, was wahrscheinlich an der Überdosis Baldrian lag, die er geschluckt hatte.

Zunächst wunderte es ihn, wie wenig offizielle Schreiben im Haus waren. Ein Ordner mit den Strom- und Wasserrechnungen der letzten drei Jahre, ebenso Schornsteinfeger- und Müllgebühren. Dann fiel ihm ein, dass wahrscheinlich das meiste beim Steuerberater lag. Ein Anruf im Büro von Frau Clausen bestätigte es ihm. Sie hätte sich sowieso noch melden wollen, es seien noch ein paar Dinge zu klären. Niklas hatte erst gar nicht gefragt, um was es sich handelte, sondern nur versprochen, in der nächsten Woche einen Termin zu vereinbaren.

Einer plötzlichen Eingebung folgend, rief er danach die Seiten verschiedener Immobilienmakler auf, um sich einen ersten Überblick zu verschaffen, was ein Haus, oder vielmehr, eine Villa, in dieser Gegend wohl kostete. Gab es eigentlich einen Energieausweis für das Haus? Da musste er beim Bezirksschornsteinfeger nachfragen. Wie hoch war die zu entrichtende Grundsteuer? Niklas hatte von nichts eine Ahnung. Er entdeckte eine ganz ähnliche Villa, fünfzehn Kilometer hinter Rodenstein.

Vergleichbares Baujahr, etwas renovierungsbedürftig. Die stand unter Denkmalschutz. Und die Westphal-Villa? Wahrscheinlich würde sie bei einem Verkauf geprüft werden. War sie dann mehr wert? Oder würde es schwieriger sein, einen Käufer zu finden? Was da noch alles auf ihn zukam. Resigniert klappte Niklas sein Notebook zu.

Der Schrei eines Vogels drang durch das geöffnete Küchenfenster. Was hockte er denn nur in der stickigen Küche herum, wo sich draußen ein Jahrhundertsommer präsentierte? Niklas packte Alben und Mappe zusammen mit seinen Notizen, einer Flasche Wasser und einer Packung Erdnüsse, deren Mindesthaltbarkeitsdatum gerade mal vier Wochen überschritten war, in eine Klappbox und brachte alles auf die Terrasse. Eine blau schillernde Libelle flog auf ihn zu, setzte sich auf die Lehne des Stuhls und flog wieder in Richtung Teich davon. Tessa hatte wirklich eine bemerkenswerte Beobachtungsgabe. Allerdings hatte sie eine Kleinigkeit übersehen. Es gab keinen Birnbaum im Garten. Den hatte er für seinen Roman wegen seiner Blüte im Frühjahr hinzuerfunden.

Er schlug Tante Gerties Mappe auf und begann, die Zeitungsartikel intensiv zu studieren. Zu Anfang hatten noch verschiedene Zeitungen von Julias Verschwinden groß aufgemacht berichtet. Das reichte bis zu einem Boulevardblatt, das titelte: *Discoqueen in Regennacht spurlos verschwunden.* Davon, Julia sei die Discoqueen gewesen, hatte Niklas bis jetzt noch nichts gehört. Und überhaupt. Was war das für eine bescheuerte Bezeichnung? Vielmehr hatte Pfarrer Berg erwähnt, sie sei eher ein scheues Mädchen gewesen, das von seinen Eltern noch wie ein kleines Kind behandelt worden war. Andererseits: Vielleicht verwandelten sich solche Mädchen immer dann, wenn sie der Aufsicht der strengen Eltern entfliehen konnten, in schillernde Nachtfalter. Er musste bei Eva oder Silvia einmal nachhaken.

Der Inhalt der Artikel war immer der gleiche. Julia war zum Discoabend der Landjugend nach Trutstadt, hatte mit ihrem Vater ausgemacht, mit dem Bus nach Thöninghausen zurückzufahren und war dort nie angekommen. Ihr Vater hatte umsonst an der Haltestelle auf sie gewartet. Er war zur Disco gefahren, doch niemand wusste, wo Julia abgeblieben war. Freunde berichteten, sie hätte rechtzeitig, um den Bus zu erreichen, das *Scala* verlassen und war alleine zur Haltestelle aufgebrochen. Die Namen der Mädchen und Jungs wurden in den Artikeln nicht genannt.

Die folgenden Nachrichten beschäftigten sich mit den Ermittlungen. Hunde hatten kurz eine letzte Spur von Julia aufnehmen können, doch nach wenigen Metern war Schluss gewesen, der Starkregen hatte es unmöglich gemacht, sie weiter zu verfolgen. Aufrufe mit der Bitte, Personen, die Julia nach dreiundzwanzig Uhr noch gesehen hatten, sollten sich bitte melden, waren erfolglos geblieben. Freunde und Nachbarn waren befragt worden, und bald hatte sich das Hauptaugenmerk der Ermittler auf die kleine Kommune, die auf dem Gelände des alten Klosters lebte, gerichtet, die, nach Angaben von Julias Vater, bestimmt einen gewissen Reiz auf seine Tochter ausgeübt hätten. Doch auch diese Ermittlungen waren im Sande verlaufen. Die Einschätzung des Vaters entbehrte jeder Grundlage, die jungen Leute hatten sich gegenseitig ein Alibi gegeben, Julia wäre nie bei ihnen gewesen, man habe sie genauso wenig oder genauso gut gekannt wie jeden anderen Dorfbewohner auch, nämlich eher flüchtig.

Nach und nach war das Interesse an Julias Verschwinden erloschen. Ein letzter Beitrag war ein Jahr danach in der regionalen Wochenzeitung erschienen, *Auch zwölf Monate nach dem Verschwinden einer jungen Frau aus Thöninghausen noch keine Spur*. Ein weiteres Mal wurden alle Fakten zusammengefasst. Die Eltern hatten die Hoffnung noch nicht aufgegeben und die Belohnung für Hinweise auf den Verbleib ihrer Tochter noch einmal selbst um tausend D-Mark erhöht. Daraufhin hätte es einen Anruf bei der Familie gegeben, Julia sei in Marbella gesehen worden, doch auch dort war das Mädchen nicht auffindbar.

Der letzte Satz ließ Niklas den Atem anhalten. Er traute seinen Augen nicht. Das hatte in keinem der anderen Artikel gestanden: *Es ist zu hoffen, dass sich das Schicksal nicht wiederholt. Bereits vor drei Jahren ist ein Mädchen aus der Gegend verschwunden und nur wenige Tage später tot zwischen Rodenstein und Thöninghausen in einem Schuppen aufgefunden worden. Die damals fünfzehnjährige Milena K. war auf dem Weg von Thöninghausen nach Rodenstein mit ihrem Fahrrad unterwegs gewesen, als sie überfallen, vergewaltigt und erwürgt wurde. Bis heute gibt es keine Hinweise auf den Täter.*

Davon hatte Niklas noch nie etwas gehört. Als Julia verschwand, war er elf gewesen, dann war er, als Milena K. ermordet worden war, acht Jahre alt. Warum war dieser Fall so sang- und klanglos untergegangen? Als man Milenas Leiche entdeckt hatte, waren die Klosterhippies noch nicht da gewesen. Vielleicht hatte man sich bei den Ermittlungen nach Julias Verschwinden zu sehr auf die Kommune konzentriert, und da diese zuvor noch nicht existierte, war ein Zusammenhang zwischen Julias Verschwinden und Milenas Vergewaltigung und Ermordung einfach nicht gesehen worden. In einem Roman würde Niklas so etwas als schlampige Ermittlung bezeichnen. Ob Eva oder Silvia das Mädchen aus Rodenstein gekannt hatten? Oder die anderen aus der Clique?

Niklas öffnete die Wasserflasche und genoss die prickelnde Kühle. Die Erdnüsse waren nicht mehr sehr knackig, aber er schob sich trotzdem drei Handvoll der salzigen Nüsschen hintereinander in den Mund. Er wischte sich die Hände an seiner Hose ab und widmete sich den Fotoalben.

Zuerst das Familienalbum. Bilder von ihm als Baby, bei der Einschulung mit einer riesigen spitzen Tüte, die mit einer dunkelblauen Schleife oben zugebunden war. Sein erstes Fahrrad, Weihnachten vor dem Tannenbaum, die Spielzeugeisenbahn, sein Vater hatte sich mehr mit ihr beschäftigt als er. Und da war Bingo, ein Kleiner Münsterländer. Sein Vater hatte ihn schon vor Niklas' Geburt gekauft und ihn für die Jagd ausbilden lassen. Bingo war ein zuverlässiger Apportierhund geworden und zudem ein liebevoller Babysitter, der, als Niklas älter wurde, ein treuer und achtsamer Begleiter auf ihren stundenlangen Streifzügen durch die Natur gewesen war.

Niklas beim Fußball, Niklas mit seinen Eltern in München, das erste Weihnachten ohne seinen Vater. Damit schloss dieses Album.

Das nächste hatte seine Mutter, die als Einzige die Alben gepflegt hatte, ausschließlich dem Hund gewidmet. Bingo als Welpe, Bingo der Junghund, Bingo inmitten von Jägern, Bingo an Niklas' Wiege, Fotos, auf denen er stolz einen Vogel in der Schnauze trug, Bingo und sein Vater im Garten im Gras liegend, Bingo auf dem Sofa mit seiner Mutter. Der Hund hatte das stolze Alter von sechzehn Jahren erreicht. Er war friedlich in seinem Körbchen eingeschlafen, was den Verlust aber nicht weniger schmerzlich gemacht hatte. Niklas hatte sich vorgenommen, irgendwann wieder einen Hund zu haben, aber einen wie Bingo würde es nie mehr geben, und er stellte sich die Frage, ob er einem Hund überhaupt gerecht werden könnte.

Er blätterte wieder zurück. Das Bild würde er sich vergrößern lassen. Seine Mutter hatte ein Datum daruntergeschrieben und die Worte: *Wenn wir ihn nicht hätten ...* Bingo saß neben ihm, er kniete neben seinem Hund und hatte ihm liebevoll den Arm um den felligen Hals gelegt. Der Hund schien in die Kamera zu lächeln, sein Maul war geöffnet, die Zunge hing ein Stück heraus. Was lag da eigentlich vor den Hundepfoten?

Niklas kniff ein wenig die Augen zusammen, die Sonne blendete. Da fiel es ihm wieder ein. Es war der Schal seiner Mutter. Ein teures Stück von Hermès. Aus Seide, mit Hufeisen und anderem Pferdekram drauf. Sie waren mit dem Hund unterwegs gewesen, als sie ihn verloren hatte, und Niklas hatte sich am nächsten Tag auf die Suche gemacht. Nach einer halben Stunde hatten sie das gute Stück gefunden. Bingo hatte es gefunden.

Plötzlich stand Niklas die Szene vor Augen, als wäre es gestern gewesen. Er hatte den Schal eingesteckt. In der Hosentasche hatte er immer eine Belohnung für seinen Hund. Doch merkwürdigerweise hatte Bingo den Brocken – war es nicht immer getrocknete Lunge gewesen? – nicht angenommen. Hechelnd war er weitergerannt und hatte kaum auf Niklas' Rufen reagiert. Der Hund hatte so gezogen, dass er die Leine am Ende sogar loslassen musste. Über Stock und Stein war er dem Hund gefolgt. Irgendwann hatte Bingo haltgemacht, sich hingesetzt und gejault.

Niklas rutschte mit seinem Stuhl in den Schatten, in der Sonne konnte er sich nicht konzentrieren, nicht seine Erinnerungen intensivieren. Bingo hatte dagesessen und gejault. So jämmerlich, dass ihm angst und bange geworden war. Er hatte sich gefragt, ob der Hund sich vielleicht beim Rennen verletzt hatte, einen Dorn in die Pfote getreten, sich beim Sprung über einen Ast etwas verrenkt hatte. Er hatte ihn untersucht, abgetastet. Der Hund hatte weiter gejammert, doch er hatte nichts entdeckt, was Bingo hätte Schmerzen bereiten können.

Am Nachmittag waren er und seine Mutter nach Rodenstein zum Tierarzt gefahren, doch es war alles okay gewesen. Er hatte noch einen ziemlichen Anschiss von seinem Vater bekommen, als er erzählte, dass der Hund sich losgerissen hatte. Da hätte doch wer weiß was passieren können. Freilaufende Hunde dürfe der Jäger einfach abknallen, weil immer die Gefahr bestehen könne, dass sie wilderten. Und wenn er sich so weit von zu Hause entfernt wirklich verletzt hätte? Was dann? Er, Niklas, wäre wohl nicht in der Lage gewesen, Bingo nach Hause zu tragen.

Genau so war es gewesen. Er würde es vielleicht nicht auf die Bibel schwören, aber er war sich auf einmal sicher: Der Hund hatte ihn damals zum Versteck von Julia geführt. Ob sie da noch gelebt hatte? Hätte er sie retten können? Das Datum, das seine Mutter dazugeschrieben hatte! Da wurde Julia bereits seit fast einer Woche vermisst. Am Tag nach ihrem Verschwinden war der Wald durchkämmt worden. Polizei, Suchhunde, Männer aus dem Dorf, viele ebenfalls mit Hund. Keiner hatte auch nur die geringste Spur entdeckt. Womöglich war sie zu diesem Zeitpunkt noch nicht in ihr Versteck gebracht worden. Doch wo könnte sie in der Zwischenzeit gewesen sein? Niklas stöhnte. Ob es der Polizei jetzt noch etwas nutzte, wenn er das, was vor dreißig Jahren vermutlich geschehen war, berichtete?

Die rotbraunen, ledergebundenen Alben von Tessas Tante glänzten in der Sonne. Niklas begann auch sie durchzublättern. Private Schnappschüsse, eine ganz junge Tessa mit ihren Eltern, die sich irgendwann entschlossen hatten, wegzuziehen. Mädchen beim Kranzwinden. Sie standen an langen Tischen und lachten in die Kamera, während sich auf dem Tisch Früchte und Ähren türmten. Tessa, die für den unbekannten Fotografen einen Kussmund machte, Eva, die sich einen kleinen Kranz aus Herbstblumen auf den Kopf gesetzt hatte, seine Mutter, die in einer Küchenschürze soeben einen großen Topf auf einen Tisch stellte, an dem man sich zu einem gemeinsamen Essen versammelt hatte, Pfarrer Berg, der das Werk der Dörflerinnen begutachtete, ein geschmückter Altar, eine Schar fröhlicher Mädchen, die sich links und rechts neben einer riesigen Erntekrone aufgestellt hatten und in die Kamera winkten. Und ganz rechts außen – sie. Nicht mitten in der Gruppe, denn sie war eine Fremde, doch irgendwie schien sie sich zugehörig zu fühlen, sonst wäre sie nicht auf dem Foto.

Niklas blätterte wie elektrisiert zurück. Am Tisch entdeckte er sie nicht. Doch es war auf dem Erntekronenbild eindeutig das Mädchen im roten Kleid, das er in dieser Woche bereits zweimal in Thöninghausen gesehen hatte. Die schwarzen Locken, das rote Kleid mit den kleinen weißen Punkten und dem weißen Gürtel.

Niklas stutzte. Das konnte sie doch nicht sein. Dann wäre sie in den ganzen Jahren um keinen einzigen Tag gealtert. Spielte ihm seine Fantasie einen Streich? Hatten sich zu den Albträumen in der Nacht nun auch noch Tagträume gesellt? Warum gerade jetzt? Warum gerade sie?

KAPITEL 28

Niklas würde Tante Gerties Alben und die Mappe mit den Zeitungsartikeln noch ein wenig behalten. Er brachte die Klappbox wieder ins Haus. Sein Magen knurrte. Er durchforstete seine Vorräte, briet die letzten Eier zusammen mit etwas gewürfeltem Brot und ein paar Scheiben Tomaten in einer Pfanne. So langsam musste er sich ein paar Vorräte anlegen, wenn er noch länger in Thöninghausen bleiben wollte. Und es sah ganz danach aus. Nach dem Essen verzog er sich mit einer Flasche Bier und seinem Notebook wieder auf die Terrasse. Die Frösche hatten zu einem Konzert angesetzt. Auf sie war Verlass.

Butterwegge hatte ihn einmal danach gefragt, ob er auch tagsüber im Wachzustand träume, ohne sich erinnern zu können. Nein, so etwas hatte er noch nie erlebt, da war sich Niklas damals ganz sicher gewesen. Danach war es für den Therapeuten kein Thema mehr. Was hatte es mit den Tagträumen eigentlich auf sich? Niklas widmete sich dem Wikipedia-Eintrag zu dem Thema.

»Tagträume sind bildhafte, mit Träumen vergleichbare Fantasievorstellungen und Imaginationen, die im wachen Bewusstseinszustand erlebt werden.« Fantasievorstellungen. Das würde auf jeden Fall bedeuten, dass er sich die Frau in Rot eingebildet hatte. Aber er kannte sie doch gar nicht! Und doch musste sie existiert haben, das Foto bewies es, und er hatte sie gesehen, glaubte, sie gesehen zu haben. Allerdings zig Jahre später. Genauso schön, genauso jung, genauso gekleidet. Warum hatte er sie gesehen?

Weiter stand da, der Tagtraum sei eine Form der Trance. Nein, er war nicht in Trance, er war bei klarem Verstand gewesen. Er hatte noch die Zwillinge befragt, hatte Doro auf das Mädchen aufmerksam gemacht. Und sonst? Im Französischen benutzte man für diese Tagträume den Begriff *rêverie*, das hatte etwas Leichtes, Spielerisches, fand Niklas, um sofort wieder auf den Boden der Tatsache zu gelangen, da damit durchaus ausschweifendes Delirieren und Fantasieren gemeint war. Delirieren!

Mit zunehmender Bestürzung musste er lesen, dass Tagträume offenbar als Vorstufen zur geistigen Zerrüttung betrachtet wurden. Geistige Zerrüttung. Was hatte Doro noch über ihn gesagt? Allerdings hatte sie es natürlich nicht ernst gemeint. Genie und Wahnsinn lägen bei Schriftstellern, und damit hatte sie auch ihn gemeint, ganz eng beieinander.

Anschließend widmete sich der Artikel dem Thema »Tagtraum und Dichter«. So habe E. T. A. Hoffmann seine Tagträume als Inspiration für sein Werk genutzt. Niklas las verblüfft über Hoffmanns Kater Murr. Was Hoffmann der Kater, war ihm offensichtlich der Wolf, beziehungsweise sein Hund.

Da Niklas seine eigene Intelligenz durchaus realistisch einschätzte, seufzte er zufrieden, denn dann konnte es mit dem Wahnsinn nicht ganz so dramatisch sein. Und was sagte die Psychologie zu all dem? Das Tagträumen sei weit verbreitet, wenn Menschen allein waren oder sich entspannten. Er war nicht allein gewesen und auch nicht entspannt. Die Träume würden kurz vor dem Einschlafen auftreten, nur selten sei mit ihnen während der Mahlzeiten zu rechnen. Bei ihm war es am helllichten Tag gewesen. Allerdings hatte er auf dem Markt etwas gegessen. Natürlich kam auch Sigmund Freud nicht zu kurz. »Tagträume sind die nächsten Vorstufen hysterischer Symptome.« Wie die Träume, seien die Fantasien Wunscherfüllungen und basierten auf den Eindrücken infantiler Erlebnisse.

Erlebnisse, Erinnerungen aus der Kindheit. Nachdenklich klappte Niklas seinen Computer zu. Natürlich war er nicht hysterisch. Der Tod seiner Mutter, die Beerdigung, der Leichenfund, ganz sicher hatte ihn das alles stark mitgenommen, doch er war weit davon entfernt, den Verstand zu verlieren.

Also noch mal von vorne: Es gab mehrere Möglichkeiten. Eine beliebige junge Frau in einem roten Kleid war auf dem Markt und auf dem Friedhof gewesen. Zufall. Nur hatte blöderweise außer ihm niemand die junge Frau bemerkt. Zweitens: Die Zwillinge hatten sie gesehen, behaupteten aber das Gegenteil. Nur warum? Doch was war mit dem Friedhof? Okay, Doro hatte sie ganz einfach nicht registriert. Schluss. Dritte Möglichkeit: Er hatte es sich beide Male eingebildet. Warum?

Auf diese Frage gab es zwei Antworten. Einfach nur so. Eine unbefriedigende Antwort. Oder weil er sie vor vielen Jahren hier wie dort gesehen, sozusagen ein Déjà-vu gehabt hatte, keinen Tagtraum. Sie war plötzlich »aufgetaucht«, wie er sie in Erinnerung hatte. Dabei spielte sicher sein zugegebenermaßen fragiler Gemütszustand eine Rolle. Das hieß aber doch, sie musste ihm etwas bedeutet haben, in irgendeiner Form. Dass sie offenbar ein Teil der Dorfgemeinschaft gewesen war, bewies das Erntedankfoto in Gerties Album.

So schnell er konnte, notierte sich Niklas diese Gedanken, bevor sie wie ein flinker Vogel davonflogen. Die Koinzidenz zwischen Julias Leichenfund und dem Déjàvu war kein Zufall. War das Mädchen im roten Kleid vielleicht Milena K.? Verquickte er die beiden Fälle in seinem Unterbewusstsein miteinander? Der Hinweis auf den Mord an Milena war für ihn zwar neu, doch vielleicht war seine Erinnerung daran einfach nur verschüttet gewesen und kam jetzt wieder hoch?

Niklas klappte sein Notebook wieder auf. Vielleicht gab es ja noch weitere Hinweise auf das Mädchen Milena. Nach ein paar Minuten wurde er fündig. Ein Foto, eine Aufforderung an die Bevölkerung, sich zu melden, wenn man etwas über die letzten Stunden im Leben dieses Mädchens wusste. Milena war eher klein gewesen, ein wenig korpulent und nach dem Schwarzweißfoto sah es aus, als hätte sie blonde, burschikos kurz geschnittene Haare gehabt. Milena war also nicht das Mädchen vom Markt und Friedhof. Vielleicht wusste Pfarrer Berg, wer sie war.

Kurz entschlossen entfernte er vorsichtig das Foto aus dem Album und steckte es ein. Mit etwas Glück war Berg zu Hause.

KAPITEL 29

Niklas bediente den altmodischen Türklopfer an der wuchtigen Holztür. Das Pfarrhaus war ein ansehnlicher Bau des ausgehenden achtzehnten Jahrhunderts, der sein barockes Erbe nicht verleugnen konnte. Der Keilstein über der Türrahmung zeigte ein Lamm und ein Kreuz und die Jahreszahl 1797. Mit einem Ruck öffnete sich die Tür. Pfarrer Berg stand vor ihm, in beigefarbenen Bermudas und einem schwarzen Poloshirt mutete er wie ein alter Pfadfinder an. Seine dünnen behaarten Beine steckten in Trekkingsandalen. Er zog erstaunt die Augenbrauen hoch.

»Nanu, Niklas. Ich wollte gerade zu Josefa. Christiane rief an, ihrer Mutter geht's nicht gut. Führt dich etwas Wichtiges zu mir?«

Niklas erfasste ein leichter Schwindel, und er hielt sich am Türrahmen fest. Er war in hohem Tempo gegangen und nun vollkommen außer Puste.

»Du meine Güte, dir geht es aber auch nicht besonders. Komm rein. Ich dachte, es ist ein Vorrecht der Alten, in der Hitze das Trinken zu vergessen, aber du bist um keinen Deut besser«, sagte der Pfarrer streng und zog Niklas ins Innere des Hauses. Im Flur mit den alten grün-weiß gemusterten Fliesen empfing ihn wohltuende Kühle.

»Na komm, du weißt ja, wo die Küche ist. Ich ruf nur schnell bei Christiane an, dass es etwas später wird.«

Brav wie ein Kommunionkind tappte Niklas hinter dem Pfarrer her, der sein Handy aus der Hosentasche gezogen hatte und, als wäre seine Telefonpartnerin schwerhörig, seine Entschuldigung, er käme etwas später, hineinbrüllte. Er steckte das Telefon wieder ein.

»Keine Ahnung, was los ist. Ich hab was getrunken, aber vermutlich nicht genug. Den Weg zu Ihnen bin ich ziemlich flott gegangen. Dazu die ganze Aufregung. Ich bin wohl doch nicht mehr so jung, wie ich dachte.«

Die Küche im Pfarrhaus hatte sich, seitdem Niklas sie vor geschätzt einer Ewigkeit das letzte Mal betreten hatte, kaum verändert. Der riesige Gasherd, der alte Schrank mit dem Oberteil, das auf gedrechselten Säulchen ruhte, sogar das Wachstuch auf dem Holztisch mit den Sonnenblumen schien noch das alte zu sein. An der Wand ein Druck, Michelangelos Sixtinische Madonna, daneben ein Kruzifix. Pfarrer Berg ließ Wasser in ein Glas laufen und reichte es Niklas.

»Trink und setz dich, so viel Zeit muss sein. Aber ich denke, es sind nicht nur Hitze und Nachlässigkeit bei der Wasseraufnahme. Dich beschäftigt doch noch mehr. Und eins vorweg: Ich weiß von deiner Schriftstellerei. Eigentlich wollte ich dir das schon früher sagen, aber dazu eine passende Gelegenheit finden. Nur, wann sollte die sein? Auf jeden Fall nicht, wenn du Thöninghausen wieder den Rücken gekehrt hast.«

Pfarrer Berg lachte laut, seine Bassstimme erfüllte den Raum, als er Niklas' weit aufgerissene Augen sah.

»Deine Mutter hat mir das Geheimnis anvertraut. Ich wusste zunächst nicht so recht, ob ich es dir überhaupt gestehen soll. Aber auf der anderen Seite, bei mir ist es gut aufgehoben. Wenn du es nicht publik machen willst, ist es dein gutes Recht. Also, was führt dich her?«, wiederholte er seine Frage.

»Ähm, nun. Irgendwie hätte ich es mir ja denken können. Meine Mutter war dermaßen stolz auf mich und meinen Erfolg, und ich hatte sie gebeten, nichts darüber zu sagen. Aber irgendein Ventil brauchte wohl ihr Stolz, sonst wäre sie vermutlich noch geplatzt.« Auch Niklas musste nun lachen. Er verschluckte sich am Wasser, und nach einem ausgiebigen Hustenanfall zog er das Foto aus seiner Hosentasche. Er legte es auf die Wachsdecke.

»Mich führen mehrere Fragen her, Pfarrer Berg. Das ist ein Foto aus Gerties Album. Die Mädchen bei den Vorbereitungen zu Erntedank. Ich kenne alle, die da hocken. Doch ein Mädchen ist mir unbekannt. Da hinten, die Letzte mit dem gepunkteten Kleid.«

Berg schwieg, ging zum Schrank und entnahm einer flachen Porzellanschale eine Lesebrille, die er aufsetzte. Er betrachtete das Foto eingehend und biss sich auf die Unterlippe. Dann reichte er es Niklas zurück und nahm die Brille wieder ab.

»Das ist Lilly«, sagte er nur und setzte sich Niklas gegenüber an den Tisch. »Sie nannte sich Lilly, ich glaube, keiner von uns kannte ihren Nachnamen.«

»Und?«

»Nichts und. Warum fragst du nach ihr?«

»Erzählen Sie mir von ihr«, bat Niklas statt einer Antwort.

Pfarrer Berg räusperte sich. »Lilly war das schönste Mädchen, das ich je gesehen habe. Fröhlich, liebenswürdig, offen, hilfsbereit. Sie war ...« Seine Stimme klang nun wie brüchiges Glas. »... unbezähmbar und voller Freiheitsdrang. Ich weiß nicht, ob das die richtigen Worte sind. Unbezähmbar hört sich an, als wäre sie eine Wilde gewesen, aber das war sie nicht. Ich meine damit, wenn sie im Dorf auftauchte, glaubtest du, eine Herde wilder Pferde fege durch Thöninghausen. Anders kann ich es nicht beschreiben. Ihr rotes Kleid wirbelte um sie herum wie Flammenzungen, mein Gott, jetzt rede ich schon wie aus einer Bibelstelle. Sie versprühte einfach Freiheit, Unabhängigkeit, das, was den meisten von uns im Dorf fehlte und fehlt. Wie ein Wirbelwind kam sie daher, bezauberte jeden mit ihrem Lächeln und ihrer Fröhlichkeit.« Berg seufzte und tupfte sich mit einem Taschentuch, das er aus der Hosentasche gezogen hatte, über die Augen.

Niklas saß mit offenem Mund da. Einen solchen Gefühlsausbruch hatte er von dem alten Dorfpfarrer auf seine Frage nach der jungen Frau beim besten Willen nicht erwartet. Es klang fast, als sei Berg damals ein wenig in sie verliebt gewesen.

»Weißt du Niklas, wir waren alle ein bisschen verliebt in sie«, sagte Berg, als hätte er Niklas' Gedanken gelesen. »Zumindest die männlichen Wesen«, schmunzelte er nun. »Du übrigens auch.« Jetzt lächelte er übers ganze Gesicht. »Kannst du dich denn überhaupt nicht mehr erinnern? Die Sache mit der Rose?«

Niklas schüttelte den Kopf. »Nein, was war damit?«

»Wir hatten eine Hochzeit. Die Kirche war schon geschmückt, vorne ein großes Bouquet von weißen und lachsfarbenen Rosen. Du bist heimlich in die Kirche, hast eine Rose rausgezogen und sie ihr überreicht. Außer mir hat es niemand gesehen. Sie hat sie genommen, dir einen Kuss gegeben und sich die Rose in die Haare gesteckt. Du hast dagestanden wie angewurzelt. In dem Moment habe ich mir fast ein wenig gewünscht, ich wäre an deiner Stelle«, erzählte Berg mit verschmitzter Miene. »Aber warum fragst du nach ihr?«

»Später. Was ist aus ihr geworden? Wo kam sie überhaupt her? Und warum hab ich sie vergessen?«

»Sie war eins von den Hippiemädchen im alten Kloster. Sie und Isa kamen regelmäßig ins Dorf. Isa hat im Friseursalon gejobbt und Lilly bei Marlies im Blumenladen. Ab und zu hat sie auch bei Gernot gekellnert. Durch Marlies ist sie auch zu der Erntekronengeschichte gekommen. Marlies hatte sie mitgebracht. Und wie ich sagte, sie hat wie ein Kind, das in einen Laubhaufen springt, das Dorf in einem Sommer durcheinandergewirbelt. Dann war sie von heute auf morgen verschwunden. Keiner weiß, wo sie abgeblieben ist. Ich bin noch zum Kloster, aber da wusste auch niemand, wo sie hinwollte. Es war fast so, als hätte sie nie existiert. Merkwürdig, nicht wahr? Wir haben noch lange darüber geredet, warum sie so sang- und klanglos weg ist. Aber sie war eben wie ein Tier, das es nicht in Gefangenschaft aushält. Oder wie ein Zugvogel. Ja, genau, ein Zugvogel. Wo sie herkam, weiß ich nicht. Sie ist mit den jungen Leuten zusammen hier aufgetaucht, hat mit ihnen da oben gelebt. Warum du sie vergessen hast? Das kann ich dir auch nicht sagen. Du warst eben ein Kind. Als ich neun Jahre alt war, ist meine Großmutter gestorben. Ich habe keinerlei Erinnerung an sie. Wenn es nicht Familienfotos gäbe, wüsste ich noch nicht einmal mehr, wie sie ausgesehen hat. Das ist halt so. Wie sagt man? Aus den Augen, aus dem Sinn.«

Niklas stand auf und füllte erneut sein Glas. Er drehte sich um und lehnte sich an die Spüle.

»Das ist es eben nicht. Ich meine aus dem Sinn. Zumindest nicht bis vor ein paar Tagen. Pfarrer Berg, ich habe sie gesehen. Auf dem Markt vor einem Stand und auf dem Friedhof. Sie stand vor Sigrids Grab. In diesem roten Kleid mit den Punkten, das sie auch auf dem Foto trägt.«

»Das sie immer getragen hat«, brummte der Pfarrer. »Aber Niklas, das kann nicht sein, und das weißt du.« Er zögerte und fragte dann:»Glaubst du, sie als junges Mädchen gesehen zu haben oder als erwachsene Frau?«

»Als junges Mädchen. Außer mir hat sie sowieso niemand bemerkt.«

»Nun, das ist unmöglich. Wahrscheinlich spielt dir deine doch sehr ausgeprägte Fantasie einen Streich. Deine Nerven waren angespannt, die Hitze und einfach ein Déjà-vu. Anders kann ich es mir nicht erklären.«

Niklas zuckte mit den Schultern. »Das hab ich mir auch gesagt. Und wenn ich so verliebt in sie war«, jetzt grinste er, »ist es ja kein Wunder, wenn ich sie mir aus der Erinnerung auf den Markt projiziert habe. So eine Art Gedankenhologramm. Aber sagen Sie«, er wurde wieder ernst, »hat man nicht an ein Verbrechen gedacht, als sie plötzlich verschwand? Und wann ist sie überhaupt verschwunden?«

»Nein, an ein Verbrechen hat niemand gedacht. Sie war zwar von heute auf morgen weg, aber sie hat Marlies

Geld dagelassen. Marlies hatte sie im Voraus für eine Woche bezahlt, und Lilly hatte ihr das Geld zurückgelegt mit einer Notiz, sie würde ja nicht dafür arbeiten, hätte es also auch nicht verdient. Marlies hat vielleicht Augen gemacht. Wann ist sie weg? Lass mich überlegen. Es war im Sommer, ja, es war August.«

»Und wenn die Notiz eine Fälschung war, wenn jemand das Dorf glauben lassen wollte, sie wäre freiwillig gegangen?« Niklas ließ nicht locker.

»Also, Niklas. Was denkst du denn? Nein. Du kommst wegen Julia auf diese Idee, nicht wahr? Nochmals nein, das ist doch ganz etwas anderes.«

Obwohl der Pfarrer mit aller Bestimmtheit gesprochen hatte, war Niklas davon nicht wirklich überzeugt, doch er behielt seine Gedanken für sich.

»Apropos Julia. Da ist noch etwas.« Er setzte sich wieder hin, stützte schwer seinen Kopf in die Hände. Dann berichtete er dem Pfarrer von seinen Träumen und den Erkenntnissen, die er daraus gezogen hatte. Er schloss mit den Worten: »Ich hätte es in der Hand gehabt, Julia zu retten. Bingo hat mich zu ihr geführt. Ich bin mir sicher. Doch ich habe nicht verstanden, was er mir sagen wollte. Hätte ich nur genau hingehört. Vielleicht hat sie um Hilfe gerufen. Doch ich bin einfach auf und davon. Bingo hat sie gehört, gerochen, was weiß ich. Später sind wir nicht mehr in der Nähe des Depots gewesen. Ich, wir wussten ja gar nicht, dass da eins war. Das heißt, die Person, die Julia dort hat verrecken lassen, die hat es gewusst.« Niklas' Stimme erstarb.

»Grundgütiger. Natürlich hat dieser Mensch davon gewusst, keine Frage. Die Polizei wird den Fall wieder aufrollen. Das weiß ich von Markus. Er hat mir noch etwas erzählt, ich denke, weil er weiß, dass ich darüber schweige. Es sind Interna, doch er musste sie sich wohl von der Seele reden. Aber auch dein Seelenheil ist mir wichtig, Niklas. Markus sagte, man hat Julia geknebelt, damit sie keinen Laut von sich geben konnte. Niklas, sie konnte gar nicht um Hilfe rufen. Du hast sie gar nicht hören können, verstehst du. Vielleicht hat es deinen Hund aus einem ganz anderen Grund dorthin gezogen. Ein Hase, ein Reh, er hat die Witterung aufgenommen, ist los und du bist ihm gefolgt. Niklas, verrenn dich nicht in Spekulationen. Du warst ein Kind. Du kannst für überhaupt nichts irgendetwas. Verstehst du?«

Pfarrer Berg schaute auf die Uhr, die über dem Kühlschrank an der Wand hing.

»Ich hoffe, das ist dir ein Trost. Ich muss jetzt leider los, aber komm, wenn du reden willst, jederzeit zu mir. Meine Tür steht dir immer offen, Tag und Nacht.«

Die beiden Männer erhoben sich gleichzeitig. Niklas reichte dem Pfarrer die Hand. »Ich weiß nicht, ob es mir ein Trost sein kann. Tatsache ist auf jeden Fall, dass in meiner Nähe ein Mensch gestorben ist. Und was Bingo angeht: Er war ein gut erzogener Hund. Nie wäre er einfach hinter einem Stück Wild hergejagt. Nein, der Hund hat Julia gerochen, gespürt, davon bin ich überzeugt. Grüßen Sie Christiane von mir, ihre Mutter kann sich wahrscheinlich gar nicht mehr an mich erinnern.«

Niklas begleitete den Pfarrer noch ein paar Schritte. »Eine letzte Frage habe ich noch. Erinnern Sie sich an den Mord an Milena K.? Wer war dieses Mädchen? Sie war nicht von hier. Sie ist auf dem Weg nach Rodenstein vergewaltigt und erwürgt worden.«

Der Pfarrer zuckte bei den letzten Worten zusammen. »Natürlich erinnere ich mich. Milena Kettenhofen. Sie hat eine Ausbildung gemacht in der Bäckerei Reiter. Vor fünf oder sechs Jahren hat die zugemacht. Wie so viele haben die Inhaber keinen Nachfolger gefunden. Im Sommer ist Milena die Strecke immer mit dem Rad nach Rodenstein gefahren. Die Polizei ist damals davon ausgegangen, dass es der gleiche Täter war wie im Frühjahr. Er hat Milena in der hereinbrechenden Dunkelheit bei der Scheune von Kerner aufgelauert, sie hineingeschleppt und, na ja, du weißt schon ...«

Er blieb abrupt stehen. »Wie im Frühjahr? Wollen Sie damit etwa sagen, ein paar Wochen davor ist schon einmal ein Mädchen Opfer eines Vergewaltigers geworden?«

Der alte Mann rieb sich über sein Kinn. »Ja. Zwei junge Frauen nacheinander. Und dann auch noch Julia.«

»Und Lilly.«

»Nein. Lilly ist gegangen. Ich habe es dir doch gesagt. Sie war ein Zugvogel. Ich bin zum Kloster, habe nach ihr gefragt, wollte wissen, wo sie hin ist. Glaub mir, das Schicksal dieses Mädchens hat mich nicht losgelassen. Ihr ist nichts zugestoßen, ihre Zeit war gekommen, und sie hat Thöninghausen verlassen.«

»Und wer war das Mädchen vor Milena?«

»Sinja Castorp.«

»Sinja? Von ihr stand nichts in der Zeitung. Ich kann mich noch daran erinnern, dass sie sich das Leben genommen hat. Scheiße, deswegen? Weil sie vergewaltigt worden ist? Kein Mensch hat damals darüber geredet.«

Niklas erinnerte sich nur zu gut an das Entsetzen, das der Selbstmord in Thöninghausen ausgelöst hatte, schließlich war Sinja die Nichte von Henriette Sievers, der Haushaltshilfe seiner Mutter, gewesen. Das Mädchen war sechs oder sieben Jahre älter als er. Dann war sie also mit vierzehn oder fünfzehn Jahren Opfer der Vergewaltigung geworden. Und nie war ein Täter ermittelt worden?

»Man hat nie einen Täter gefunden«, beantwortete der Pfarrer Niklas' stumme Frage. »Und Sinja konnte keine Aussage machen. Der Täter muss geglaubt haben, sie sei tot. War sie auch fast, als man sie fand. Das arme Kind war betäubt worden. Sie lag danach wochenlang im Wachkoma. Und später konnte sie sich an überhaupt nichts erinnern. Doch das, was man ihr angetan hat, wog so schwer, dass sie sich nur wenige Monate später die Pulsadern aufschnitt. Sie ist verblutet, diesmal kam jede Hilfe zu spät. Es war furchtbar, ganz furchtbar. Ihre Eltern sind weggezogen. Henriette, eure Zugehfrau, ist ihre Tante. Sinjas Eltern wollten nicht darüber reden. Es gab nach der Vergewaltigung einen kleinen Artikel in der Zeitung. Ein Mädchen ist auf dem Weg zu Heinrich Volkmanns Hof, wo sie ihr Pony hatte, verschleppt und vergewaltigt worden. Mehr nicht. Es ist auch kein Name genannt worden. Ich bete zu Gott, dass nun endlich, nach dem Fund von Julias Leiche, wieder etwas Bewegung in diese Fälle kommt und den Opfern endlich Gerechtigkeit widerfährt.«

KAPITEL 30

Eigentlich war Niklas nicht nach Gesellschaft, doch als er Lattwich im *Halben Hahn* verschwinden sah, lenkte er seine Schritte spontan dorthin. Wenn er Näheres über Sinja erfahren wollte, konnte der Bestatter ihm bestimmt weiterhelfen.

Lattwich saß an der Theke mit einer Cola, Gernot wischte Gläser mit einem Tuch aus. Ansonsten war die Kneipe leer.

»Na, Niklas, soweit alles in Ordnung?« Gernot warf einen fragenden Blick zum Zapfhahn, doch Niklas schüttelte den Kopf.

»Mir bitte auch eine Cola und, wenn du hast, mit einer Scheibe Zitrone.«

»Zitrone hab ich nicht, aber die Cola ist eiskalt, erfrischt auch so schön. Ich kann dir noch Eiswürfel reintun.«

Im Nullkommanichts standen Flasche und ein Glas mit Eiswürfeln vor Niklas. Lattwich hatte ihm zum Gruß zugenickt, erhob jetzt sein Glas und prostete ihm zu.

»War doch ne schöne Beerdigung. Und die Bläser waren das Tüpfelchen auf dem i. Erinnerst du dich, bei deinem Vater waren sie auch, also bei dessen Beerdigung. *Ich hatte einen Kameraden* hat Walter auf dem Horn geblasen. War etwas schräg, aber sehr stimmungsvoll.«

Niklas kratzte sich am Kinn. Nein, er erinnerte sich nicht. Er schüttelte den Kopf.

»Dein Vater hat ja selbst nicht bei den Bläsern mitgewirkt, ich glaube, er konnte gar kein Instrument spielen, aber als Jäger hatte er natürlich auch einen gewissen Anspruch auf die musikalische Begleitung. Stimmungsvoll ist es allemal, hab ich eben schon gesagt.«

»Ja, war wirklich schön.«

Schweigen breitete sich aus. Nur das Klackern der Eiswürfel, die in der Cola langsam vor sich hinschmolzen, war zu hören, als Niklas das Glas hin und her drehte. Gernot unterbrach die Stille.

»Gibt's Neuigkeiten, wegen Julia, meine ich?«

Lattwich, den er direkt angesprochen hatte, zuckte mit den Achseln. »Nicht wirklich. Sie ist noch in der Gerichtsmedizin, ich bekomme sie morgen oder übermorgen. Es soll schließlich eine schöne Beerdigung werden. Ich hab auch schon eine Idee wegen des Sarges. Muss ich noch mit Karla drüber sprechen. Helle Esche, ich glaube, das wäre sehr passend.«

»Du sagst immer schöne Beerdigung. Schön ist so was doch eigentlich nie.« Gernot hielt ein Glas gegen das Licht, das durch die offene Tür in den Schankraum fiel, hauchte kurz darüber, polierte nach und stellte es weg.

»Na ja, schön ist vielleicht nicht der richtige Begriff, aber stimmungsvoll.« Lattwich orderte eine zweite Cola.

Vom Knebel wusste Lattwich wohl nichts, dachte Niklas, sonst hätte er ihn ganz sicher erwähnt. Aber der Bestatter konnte trotzdem mit einer Neuigkeit aufwarten.

»Eigentlich soll ich ja nichts sagen, aber morgen weiß es sowieso jeder. Ich hab es von Karla. Es hat einen Zahnabgleich gegeben, es ist zu hundert Prozent Julia. Also da war sie dann endgültig futsch, die Hoffnung, dass sie es sich irgendwo in Spanien oder sonst wo gutgehen lässt.« Er seufzte.

Gernot schenkte sich daraufhin einen Korn ein, die beiden anderen Männer lehnten dankend ab.

»Sag, Lattwich, hast du dich damals auch um die Beerdigungen von Milena Kettenhofen und Sinja Castorp gekümmert?«, fragte Niklas wie beiläufig.

Die beiden älteren Männer starrten ihn an.

»Wie kommst du denn jetzt da drauf?« Gernot goss sich einen zweiten Schnaps ein.

»Na, das ist doch wohl klar, Gernot. Immerhin sind die beiden Mädchen aufgrund von Verbrechen ums Leben gekommen.« Lattwich nickte Niklas zustimmend zu.

»Stimmt. Wie blöd von mir.« Gernot kippte den Korn hinunter und hustete.

»Um auf deine Frage zurückzukommen: Das Mädchen aus Rodenstein ist auch dort beerdigt worden, und die Sinja, das war so furchtbar, sie hat sich die Pulsadern aufgeschnitten. So was hab ich noch nicht gesehen. Vollkommen weiß war sie. Sie ist eingeäschert worden. Ganz schlimme Sache damals. Bis heute haben sie das Schwein, das den armen Dingern das alles angetan hat, nicht erwischt. Und jetzt auch noch Julia. Gerd hat ja nie daran gezweifelt, dass ihr was zugestoßen ist.«

»Lebt Gerd Wunderlich immer noch in dem letzten Haus in der Schulstraße?«

»Ja, er geht aber kaum noch vor die Tür. Er hat Parkinson, und sein Herz ist auch nicht mehr das stärkste. Er sitzt seit vier Jahren im Rollstuhl. Es hat ihn ganz schön erwischt mit all den Krankheiten. Geistig ist er noch ganz fit. Er hat nicht viel Gesellschaft, Gerd war ja schon immer ein Eigenbrötler. Der Alois, also der Dr. Wiesner, geht regelmäßig hin, die beiden spielen zweimal die Woche Schach zusammen, und er versorgt ihn auch medizinisch. Was machen wir nur, wenn der mal die Praxis aufgibt? Alois ist doch auch schon um die siebzig. Ich glaube kaum, dass er eine Nachfolge findet. Wer will denn schon Dorfarzt sein? Nun, egal. Jedenfalls bringt Eva ihnen immer das Essen. Ansonsten versorgt Gerd sich so weit noch selbst. Eva hat ihm angeboten, sich einmal die Woche um den Haushalt zu kümmern, hat er aber zuerst abgelehnt. Jetzt geht sie einmal die Woche zum Putzen hin. Aber lange wird er das nicht mehr allein wuppen können.«

Mittlerweile waren die Eiswürfel geschmolzen, die Cola schmeckte verwässert. Niklas orderte ein Bier. Lattwich winkte ab, als Gernot ein zweites Glas unter den Zapfhahn stellen wollte.

»Sagt mal, ganz andere Frage: Kann sich von euch noch jemand an Lilly erinnern?«

»Da kannst du einen drauf lassen«, brummte Gernot und stellte Niklas das Glas auf einen Filzdeckel. »Die hat ja das Dorf ganz schön durcheinandergewirbelt.«

»Na, jetzt übertreib mal nicht so. Sie war einfach ein junges ungestümes Ding, vielleicht schlecht erzogen, bisschen frech und vorlaut, aber sie hat doch das Dorf nicht durcheinandergewirbelt, wie du sagst.« Lattwich griff in seine Hosentasche und legte zwei Geldstücke auf den Tresen.

»Sie hat bei Marlies im Blumenladen ausgeholfen, und plötzlich hat jedermann im Dorf gemeint, er müsste seiner Frau ein Sträußchen mit nach Hause bringen. Lilly hat die Konjunktur in Marlies' Geschäft eindeutig angekurbelt. Und als sie bei dir mal eine Woche gekellnert hat, als meine Eva krank war, da hat hier keine Maus mehr reingepasst, zumindest keine männliche. Sie war unfassbar hübsch, war nur am Lachen. Aber plötzlich war sie weg.«

»Wie Julia«, sagte Niklas.

»Ja, nein, nicht wie Julia«, wandte Gernot ein. »Sie war weg, offiziell weg, hat bei Marlies noch Geld gelassen, das die ihr als Vorschuss gegeben hatte. Das ist es, was ich sagen wollte. Sie hat alles durcheinandergewirbelt. Den Männern den Kopf verdreht, also vielen, nicht allen. Es war dieser verdammt heiße Sommer, erinnerst du dich, Lattwich? So wie dieses Jahr. Sie hatte immer dieses dünne rote Sommerkleidchen an, man konnte fast durchgucken. Hat den Männern den Kopf verdreht, sagte ich schon, hat sich aber mit keinem eingelassen.«

»Bist du da sicher, Gernot?«

»Was heißt sicher? Das hätte sich doch wohl in Thöninghausen ruckzuck rumgesprochen. Dann noch eher die andere, die bei Carmen ausgeholfen hat. Die hatte auch immer nur so knappe Höschen, so Hot Pants, an.«

»Na, wenn du das sagst. Du hättest ja wahrscheinlich am ehesten mitbekommen, wenn sie einer abgeschleppt hätte. Und was war mit dem Geld, das sie angeblich hat mitgehen lassen?« Lattwich schob den Barhocker dicht an die Theke.

Der Wirt wurde rot. »Ach das, da habe ich mich halt aufgeregt. Na, wenn schon. Ich bin mir auch schon nicht mehr so sicher, ob es Lilly war. Aber noch mal, von wegen Abschleppen. So was hätte ich nicht zugelassen. Sind doch alles Stammkunden, die hätten sich doch zum Affen gemacht, wenn sie hier ein Techtelmechtel angefangen hätten.«

»Und keiner weiß, wo sie hin ist?« Niklas wischte sich den Schaum von den Lippen.

»Nö, hat sich auch nicht mehr gemeldet oder blicken lassen. Was interessiert dich denn nur so an Lilly?«

»Ich dachte, ich hätte sie gesehen, auf dem Markt und auf dem Friedhof.«

»Wie sieht sie denn jetzt aus? Moment, du warst doch damals noch ein Knirps, wie kannst du dich denn überhaupt an sie erinnern?«

Lattwich lachte. »Sie hat halt die Männer allen Alters in ihren Bann gezogen. Auch die Knirpse. Sogar unseren Pfarrer hatte es erwischt, da bin ich mir sicher.«

»Ich kann mich nicht genau erinnern, also an damals. Aber an das rote Kleid. Und die junge Frau, die ich gesehen hab, hat so eins getragen.«

»Moment mal, Niklas, was heißt hier junge Frau. Die Lilly muss jetzt weit in den Vierzigern sein, also nix junge Frau. Du musst sie verwechselt haben. Ich bin sicher, wenn sie hier gewesen wäääre«, er zog das ä besonders in die Länge, »sie wäre hundertpro reingekommen, um Hallo zu sagen.«

»Da wirst du wohl recht haben.« Auch Niklas zahlte jetzt, und nach der Bitte, Grüße an Eva auszurichten, machte er sich auf den Heimweg.

Lilly, das Mädchen im roten Kleid, musste also tatsächlich ein Déjà-vu gewesen sein. Unmöglich konnte es sich um die Lilly von damals handeln. Daher hatte er sie wahrscheinlich auch nicht »gesehen«, als er auf dem Klostergelände gewesen war. Ein Déjà-vu ereignete sich wahrscheinlich nur an Orten, wo er ihr leibhaftig begegnet war. Allerdings, warum gerade auf dem Friedhof? Darauf wusste Niklas keine Antwort. Und falls es doch kein Déjà-vu war, dann war es ganz einfach nur ein junges Mädchen in einem Sommerkleid gewesen. Das wäre die einfachste Erklärung. Und Julia? Pfarrer Berg hatte es abgetan, doch er und Bingo waren in unmittelbarer Nähe von Julias Grabkammer, ja, ihrer Grabkammer, gewesen.

Entschlossen machte Niklas kehrt. Er musste mit Gerd Wunderlich sprechen.

KAPITEL 31

»Hast du was vergessen?«

Gernot hatte gerade zwei Pils nach draußen gebracht. In der Sonne saßen zwei junge Männer in kurzen Hosen und ärmellosen T-Shirts, die sich verliebt anblickten. Mit so was konnte er gar nichts anfangen. Jetzt stand er hinter seiner Theke und listete die nächsten Bestellungen beim Getränkegroßhändler auf, als Lattwich wieder den *Halben Hahn* betrat.

»Mensch, Gernot, was man nicht im Kopf hat, hat man in den Beinen. Ich wollte dir nur Bescheid sagen, dass Eva die nächsten beiden Abende wieder etwas später kommt. Die Buchführung macht mich noch ganz verrückt. Zahlendreher drin, und bis Anfang nächster Woche muss ich alles bei dem Steuerfritzen haben.«

»Alles klar, kein Problem. Bin es ja die letzte Zeit gewohnt«, brummte Gernot. »Nicht doch vielleicht ein Bier?«

Lattwich zog sich den Barhocker heran. »Überredet. Aber nur das eine. Und du trinkst eins mit. Wer sind denn die beiden Typen da draußen?«

Gernot ließ sich nicht lange bitten und zapfte zwei Pils. »Keine Ahnung. Wanderer, was weiß ich. Mach bloß keine blöde Bemerkung, wenn du nachher wieder gehst.«

»Ach was. So einer bin ich doch nicht. Ich sag immer: Leben und leben lassen.«

Gernot grinste. »Das sagt gerade ein Bestatter. Ich schmeiß mich weg. Na denn, Prost.«

Die beiden Männer nahmen einen zünftigen Schluck.

»Gernot, mir auch eins«, tönte es vom Eingang.

»Alles klar, Schorsch. Hast du für heute deinen Laden schon dicht gemacht?«

Der Schreibwarenhändler zuckte mit den Schultern. »Die beiden da draußen haben vorhin vier Postkarten und einen Wanderführer gekauft. Einundzwanzig fuffzig. Mehr Umsatz hab ich am Tag selten. Also mach ich mal ein Päuschen. Wenn ich mir vorstelle, ich müsste auch noch Miete für den Laden zahlen. Gut, dass das Haus mir gehört. Ich betrachte meine Arbeit mittlerweile als eine Art Hobby, nicht mehr als Broterwerb. Und wenn ich das letzte Buch vom Weirauch verkauft habe, mache ich für immer zu.«

Webers Schorsch nahm sein Pils, betrachtete kritisch die Schaumkrone, nickte zufrieden und trank.

»Ah, das tut gut. Diese verdammte Hitze.«

»Wie viele von Heriberts Schmökern hast du denn noch?«

»Zweiundneunzig. Sigrids Sohn war der Letzte, der einen gekauft hat.«

Lattwich und Gernot brüllten vor Lachen.

»Zweiundneunzig«, keuchte Lattwich. »Da stehst du aber noch lange in deinem Laden.«

»Ich hab eine Idee. Soll ich ein paar Exemplare hier auslegen?«, fragte Gernot. »Ich nehme sie sozusagen in Kommission, und du beteiligst mich am Gewinn. Was kosten denn die Dinger?«

»Zehn neunzig. Nicht schlecht, die Idee. Sagen wir, du bekommst eins neunzig.«

»Nö, das ist mir zu wenig. Zwei Euro?«

»Abgemacht. Ich bring dir nachher zehn Bücher vorbei. Und noch ein Pils, Gernot. Unser Geschäft muss gefeiert werden.«

»Was feiert ihr? Welches Geschäft?«

»Schau her, schau her. Der Walter. Nichts von Belang. Auch ein Bier?«

Walter Tümmler hob den Daumen.

»Wie geht's deiner Mutter?«, erkundigte sich Lattwich.

»Gut, warum fragst du? Brauchst du Nachschub?« Der Neuankömmling grinste und schlug dem Bestatter, der gerade einen Schluck zu sich nehmen wollte, mit der flachen Hand auf den Rücken.

Lattwich hustete und verschüttete etwas Bier auf seinem Hemd. »Blödmann. Ich wollte einfach nur wissen, wie es Elisabeth geht. Sonst nichts.«

»Gut geht's ihr. Und Rita auch, falls du das auch noch wissen willst. Sag mal, was sitzen denn da für zwei komische Vögel vor der Tür, Gernot?«

»Fang du jetzt nicht auch noch damit an. Einfach zwei Gäste, lass sie bloß in Ruhe.«

Walter hob abwehrend die Hände. »Ist ja schon gut. Aber sagt mal, ist doch ein Ding. Findet da einer nach dreißig Jahren die Leiche von Julia. Ich hab da schon nicht mehr dran geglaubt, ich meine, dass sie wieder auftaucht. Okay, vielleicht braun gebrannt aus Marbella, aber nicht als Skelett in einer Kiste.«

Webers Schorsch zuckte bei diesen Worten zusammen. »Gruselig, ganz gruselig. Wisst ihr, was ich die ganze

Zeit denke? Vielleicht wäre es besser gewesen, man hätte sie gar nicht gefunden. Was Klara jetzt durchmacht. Alles wieder von vorne. Das ganze Dorf ist in Aufregung. Es war doch alles ruhig. Jetzt fragt jeder wieder, wer das wohl gewesen war. Ich mag das nicht, diese Unruhe im Dorf.«

Lattwich schwieg dazu. Er hatte immerhin, so tragisch die Geschichte war, einen neuen Auftrag zu erledigen.

Gernot meldete sich zu Wort. »Eigentlich hast du recht. Ein paar Tage mehr Umsatz durch die Reporter macht es nicht wett, dass hier wieder alle aus dem Häuschen sind. Gefällt mir nicht, gefällt mir gar nicht. Ne Runde?«

Er zeigte auf die Spirituosen hinter sich. Alle nickten, und Gernot stellte vier Korn auf die Theke. Man prostete sich zu, alle tranken gleichzeitig und ließen die kleinen Glasstampfer auf das Holz der Theke knallen.

»Schon irgendwie merkwürdig …«, begann Walter. Er leerte sein Bierglas und verfiel in Schweigen.

»Was ist merkwürdig?«, fragten die drei anderen fast gleichzeitig, als von Walter keine Fortsetzung seines Satzes kam.

»Na, kaum ist Niklas Westphal zurück, taucht Julias Leiche auf. Find ich halt eben sonderbar.«

»Pff, was soll denn daran sonderbar sein? Das ist höchstens ein Zufall«, kommentierte Webers Schorsch kopfschüttelnd. »Da besteht doch kein Zusammenhang. Wenn Niklas Julia gefunden hätte, das wäre merkwürdig. Aber so …«

»Noch zwei Bier, bitte.« Einer der jungen Männer war ins Lokal getreten. »Und gibt es auch den Mittagstisch?

Draußen auf der Tafel steht was von Hähnchengeschnetzeltem. Wenn ja, dann bitte zwei Portionen.«

»Ach herrje.« Gernot griff sich an den Kopf. »Sofort. Ich bring gleich alles raus.«

An die drei Männer gewandt sagte er: »Leute, ich muss mal wieder ein wenig arbeiten. Wollt ihr noch was trinken? Zahlen könnt ihr später, ich schreib die Biere auf eure Deckel, der Schnaps geht aufs Haus.«

KAPITEL 32

»Bei der Hitze so flott unterwegs? Na ja, du bist ja auch noch jung.«

Niklas hielt erschrocken inne. Er hatte sie nicht gesehen und war, ganz in Gedanken versunken, schon fast an dem schmalen Haus mit dem gepflegten Vorgarten vorbeigeeilt. Waltraud Hartmann, eine der Zwillinge, richtete sich auf, in der rechten Hand eine Gartenschere, in der linken Zweige mit dunkelbraunen Blättern.

»Dieser Drecksköter pinkelt mir immer an die Hortensien. Keine Ahnung, wie er durch den Zaun kommt. Ich hab ja den Dackel von gegenüber in Verdacht, klein genug ist er, und es sind nur die unteren Zweige. Jetzt schau dir mal an, wie eklig die aussehen.«

Sie hielt Niklas die Corpora Delicti hin. Es roch sogar nach Hundepipi.

»Ärgerlich, aber die Blüten sehen toll aus«, sagte er lahm.

»Mein Jörn hätte ihn mit einem Arschtritt auf die andere Seite, also Straßenseite, befördert, wenn er ihn erwischt hätte.«

Jörn war der verblichene Ehemann, der aus der Papierpresse, wie Niklas sich erinnerte.

»Das ist Tierquälerei. Es gibt doch so ein Zeug, das man ausstreuen kann, um Hunde und Katzen zu verscheuchen, versuchen Sie es doch mal damit.«

Niklas stellte sich vor, wie Jörn seinem Bingo einen Tritt verpasst hätte. Er musste ein unangenehmer Zeitgenosse gewesen sein, der Zwillingsgatte. Allerdings konnte sich Niklas absolut nicht an ihn erinnern.

»Gehst du ein bisschen durchs Dorf spazieren? Erinnerungen auffrischen? Jetzt wo Julia gefunden worden ist, kochen die ja überall hoch«, ergänzte sie, ohne einen direkten Zusammenhang zwischen den beiden Sätzen herzustellen. Doch Niklas passte das gerade gut in den Kram. Er musste so viele Informationen sammeln wie möglich.

»Waren Sie näher mit der Familie Römer bekannt?«

»Nein, nicht mehr als die meisten im Dorf. Ich kann mich nur erinnern, dass sie ein ziemlich forsches Mädchen war. Tanzte ihren Eltern manchmal ganz schön auf der Nase herum.«

»Was heißt das jetzt genau? Gab es öfter Streit bei den Römers?«

»Das weiß *ich* doch nicht. Klara hat halt manchmal so geseufzt, beim Bäcker, beim Metzger und wenn man gefragt hat, ob alles in Ordnung wäre, hat sie gesagt ›Ach, die Julia‹ und wieder geseufzt. Da weiß man ja, was so etwas zu bedeuten hat. Aber schlimm, ganz schlimm. Wir alle im Dorf haben doch gedacht, sie hat sich aus dem Staub gemacht. Wer konnte denn ahnen, dass sie die ganze Zeit über da im Wald liegt?«

Sie wedelte mit den angepissten Zweigen in Richtung des Waldes. Der strenge Geruch stieg Niklas in die Nase.

»Und nachdem bereits zwei Mädchen vergewaltigt worden waren, eines davon sogar ermordet, ist keiner auf die Idee gekommen, mit Julia könnte dasselbe passiert sein?«

Waltraud Hartmann zog die Schultern hoch. »Nein, die hat man doch gleich gefunden. Das war überhaupt gaaaanz was anderes. Aber Julia war weg, wie vom Erdboden verschluckt. Sinja und Melania ...«

»Milena«, unterbrach Niklas sie.

»Ja, von mir aus, Milena ... die waren aber auch beide ein ganz anderer Typ Mädchen. Da wäre niemand auf die Idee gekommen, die wären abgehauen. Sinja und ihr Pony, nie hätte sie das verlassen. Und Milena hatte doch gerade mit ihrer Ausbildung angefangen. Damals war es schwer, überhaupt eine Lehrstelle zu finden. Sie war total glücklich, als sie sie bekommen hatte. Aber bei Julia, wie gesagt, hätte es keinen gewundert, wenn irgendwann eine Postkarte aus Marbella oder so gekommen wäre.«

»Aber die kam nicht. Und da ist keiner stutzig geworden?«

»Irgendwann hat man sich halt keine Gedanken mehr darüber gemacht. So, und jetzt muss ich rein, was trinken. Ist ja verdammt heiß heute. Also denn.«

Sie drehte sich um und verschwand hinter der aluminiumglänzenden Haustür.

Bis auf die Begegnung mit Waltraud gehörte die Straße Niklas. Kein Mensch war weit und breit zu sehen. Am Ende der Schulstraße stand das Haus von Gerd Wunderlich. Der Vorgarten schien vernachlässigt, doch die Pflanzen kümmerte es nicht. In wildem Durcheinander hatten sich die, die der Hitze trotzten, ausgebreitet. Am Briefkasten hing ein handgeschriebener Zettel mit dem Hinweis, keine Werbung einzuwerfen. Nichtsdestotrotz steckte ein bunt bedruckter Flyer im Briefschlitz mit Werbung für einen Pizzaservice in Rodenstein.

Die Haustür hätte einen frischen Anstrich vertragen können. Niklas bohrte seinen Zeigefinger in den Klingelknopf. Da er nicht wusste, ob der alte Polizist mittlerweile nicht auch schwerhörig war, wiederholte er die Prozedur mit Nachdruck.

»Wer ist denn da?«

Aha, Gerd Wunderlich hatte sein Gehör also noch nicht verloren.

»Niklas Westphal, der Sohn von Sigrid, meiner verstorbenen Mutter.« Himmel, was war das denn für ein Satz? Die Tatsache, dem ehemaligen Polizisten von Angesicht zu Angesicht gegenüberzutreten, hatte ihn offenbar wieder in einen Schuljungen verwandelt. Niklas konnte sich noch daran erinnern, wie ihn Wunderlich einmal dabei erwischt hatte, als er auf Geheiß von Hartwig den Kaugummiautomaten aufbrechen sollte, um an einen Ring in einem durchsichtigen Ei aus Plastik zu kommen, den Hartwig verschenken wollte. Damals musste er so sechs Jahre alt gewesen sein. Wunderlich hatte ihn doch tatsächlich am Ohr gezogen. Niklas spürte ganz plötzlich einen stechenden Schmerz in seinem linken Ohrläppchen.

Die Tür wurde geöffnet, und Gerd Wunderlich rollte ein Stück zurück, um Niklas einzulassen.

»Niklas Westphal, soso. Ich wäre gerne zur Beerdigung gekommen, aber dieses beschissene Parkinson. Es gibt Tage, da kann ich nicht mehr aufhören zu zittern. Du hast Glück, heute geht's ein wenig besser. Möchtest du was trinken?«

So eigenbrötlerisch fand Niklas den alten Mann gar nicht. Er hatte sogar den Eindruck, dass er sich über ein wenig Abwechslung freute. Niklas beugte sich herunter und reichte Wunderlich die Hand.

»Gerne. Wenn ich Sie nicht gerade störe.«

»Nein, du störst nicht. Ich sitze hinten an der Terrassentür und starre in den Garten. Dabei kann man nicht gestört werden. Was führt dich zu mir? Du kommst doch nicht einfach, um Guten Tag zu sagen.« Gerd Wunderlich rollte voran, und Niklas folgte ihm.

»Geh schon vor, einfach geradeaus. Ich bring uns was zu trinken. Wasser ist doch in Ordnung? Ich kann dir leider keinen Kaffee anbieten, ich muss streng Diät halten wegen meiner Medikamente.«

»Natürlich, gerne ein Wasser. Kann ich Ihnen helfen?«

»Nein, ich komm gut alleine klar.«

Niklas ging ins Wohnzimmer. Es war nur spärlich möbliert. Eine große Schrankwand stand an einer Seite, die Regale waren nur so weit gefüllt, wie jemand, der im Rollstuhl saß, heranreichen konnte. Ein paar Klassiker bei den Büchern, ansonsten, wie Niklas lesen konnte, nur Fachbücher der Kriminalistik, Kriminaltechnik, Forensik, Psychologie. Eine große Couch stand an der Wand gegenüber, darauf eine Decke. Ob Wunderlich hier schlief? Ein Fernseher, eine Stehlampe, ein Tisch, auf dem ein Notebook lag, daneben ein dünner Pappordner. Die Terrassentür war geöffnet. Eine niedrige Rampe führte über die Schwelle auf die Terrasse.

»Setzen wir uns raus.«

Niklas drehte sich um. Auf seinen Oberschenkeln balancierte Wunderlich ein Tablett, auf dem zwei Gläser und eine Flasche Mineralwasser standen. Er trat hinzu, als Wunderlich ihm das Tablett entgegenstreckte. Geschickt manövrierte sich der alte Mann durch die Tür, links und rechts war vielleicht gerade ein Zentimeter Luft, schätzte Niklas. Er stellte das Tablett auf einem braunen Plastiktisch ab, goss die Gläser voll und zog sich einen ebenfalls braunen Stapelsessel herbei.

»Nun, Niklas Westphal, wie geht's dir? Deine Mutter war eine anständige Frau. Sie hat regelmäßig bei mir vorbeigeschaut. Wir haben uns immer gut unterhalten. Was wirst du mit dem Haus machen? Es behalten?«

»Mir geht's so weit gut. Ich werde in den nächsten Tagen entscheiden, wie es weitergeht. Vielleicht vermiete ich es auch.«

»Du kommst also nicht zurück?«

Niklas schüttelte den Kopf. Eine Wespe surrte herbei, entdeckte, dass es hier nichts zu holen gab, und flog wieder davon.

»Herr Wunderlich, ich bin tatsächlich nicht hier, um einfach nur Hallo zu sagen. Ich möchte Ihnen eine Geschichte erzählen und hören, was Sie davon halten.«

Niklas erzählte von seinem Traum mit dem Wolf, der ihn zu einem Haus geführt hatte. Und seiner Erkenntnis, dieser Traum müsse die Erinnerung an eine reale Situation widerspiegeln. Der Seidenschal seiner Mutter, Bingo, der ihn gefunden hatte, der keine Ruhe gab und ihn schließlich zu einem Ort führte, der ganz sicher Julias Versteck war, der Ort, an dem sie einen furchtbaren Tod gestorben war.

Der alte Polizist hatte mit gespannter Miene zugehört.

»Julia Römer, die Geschichte hat mich nie losgelassen«, sagte er. »Ich weiß nicht, was ich von dem, was du erzählt hast, halten soll. Du meinst, du bist dir sicher, dort gewesen zu sein. Lassen wir es mal so stehen. Wir haben das Waldstück damals abgesucht, doch keiner der Hunde hat angeschlagen. Wir hatten eine Hundestaffel aus der Stadt, und die hiesige Jägerschaft hat uns mit ihren Jagd- und Spürhunden unterstützt. Doch da war nichts. Es kann natürlich durchaus sein, dass der Täter Julia woanders festgehalten und sie erst nach der Suchaktion dorthin gebracht hat. Es ist sogar naheliegend. Wir hatten nicht die geringste Spur von ihr gefunden. Sie war weg, einfach weg. Nach ein paar Wochen, wir hatten Julias Familie und Freunde fast täglich befragt, blieb uns nichts anderes übrig, als davon auszugehen, dass Julia in ihrem Elternhaus offenbar nicht glücklich gewesen und einfach von zu Hause weggelaufen war. Nicht wirklich befriedigend, aber ...« Wunderlich ließ den Satz unvollendet. »Nun, der Fund im Munitionsdepot erzählt uns eine andere, traurige Geschichte.«

Niklas goss dem alten Mann Wasser nach. Er nahm das Glas, seine Hand zitterte, und das Wasser spritzte heraus.

»Sie sagten eben ›uns‹, doch ich habe gehört, Sie hätten niemals daran geglaubt, Julia könnte das Weite gesucht haben. Für Sie sei immer klar gewesen, dass Julia einem Verbrechen zum Opfer gefallen sein muss. Sie hatten recht. Was hat Sie eigentlich so sicher gemacht?«

Gerd Wunderlich knetete seine Hände. »Es gab eine Sache, die die drei Mädchen gemeinsam hatten. Ich muss vorausschicken: Schon vor Julia sind zwei Mädchen Opfer eines Gewaltverbrechens geworden. Du warst damals noch ein kleiner Junge, als das geschah.«

»Ich weiß, Milena Kettenhofen aus Rodenstein und Sinja Castorp. Die eine vergewaltigt und erwürgt, die andere hat sich später das Leben genommen.«

»Ah, du weißt also Bescheid. Du hast dich mit den Fällen beschäftigt? Warum?«

»Weil es einen Zusammenhang gibt zwischen Julia, Milena und Sinja, weil ich es vielleicht in der Hand gehabt hätte, Julia zu retten, weil ich es ihr schuldig bin, mir darüber Gedanken zu machen, ich bin es ihr schuldig, dazu beizutragen, die Wahrheit ans Licht zu bringen.«

»Ich verstehe. Dann sind wir schon zwei. Wir sind es den Mädchen schuldig. Es gibt keine Nacht, in der ich nicht aufwache und mich frage, was damals passiert ist. Wie ist es möglich, dass es überhaupt keine Hinweise auf einen Täter gab? Heute könnte uns eine DNA-Untersuchung helfen. Warten wir ab, ob Julias Leiche uns noch etwas verrät. Sinja ist eingeäschert worden, von Milena ist nichts mehr übrig. Beide Mädchen waren nackt, keine Kleidungsstücke, an denen man heute noch Spuren entdecken könnte. Ich bin alle Wege, die sie genommen haben, zigfach abgegangen, habe jeden Stein umgedreht. Nichts. Der Täter ist aus dem Nichts aufgetaucht, im Nichts verschwunden. Julia ist damals nicht in den Bus eingestiegen, ihr Vater hat umsonst an der Haltestelle gewartet. Es gibt zwei Möglichkeiten. Entweder ist sie in ein Auto gestiegen oder zu Fuß mit jemandem mitgegangen. Daran glaube ich jedoch nicht, es herrschte damals ein Sauwetter. Es ist also naheliegend, dass sie jemand mitgenommen hat. Ihr Mörder.«

»Und was hat Sie damals so sicher gemacht, dass Julia einem Verbrechen zum Opfer gefallen sein muss?«

»Die drei Mädchen hatten etwas gemeinsam. Es gab etwas, was sie hier hielt. Bei Sinja war es das Pony. Milena hatte gerade ihre Ausbildung begonnen, worüber sie überglücklich war. Die familiäre Situation war damals nicht leicht für sie, ihre Noten waren miserabel. Es war wie ein Sechser im Lotto, als man ihr diese Lehrstelle angeboten hat. Ihre Mutter war verwitwet, und als Milena zwölf war, hat sie wieder geheiratet und noch zwei Töchter bekommen. Milena wurde sozusagen abgeschrieben, das sprichwörtliche fünfte Rad am Wagen. Sie trieb sich eine Zeit lang rum, kam aber irgendwann zur Vernunft und fing die Ausbildung an, hatte große Pläne, was sie mit ihrem ersten selbst verdienten Geld anstellen wollte. Frau Reiter, die Inhaberin der Bäckerei, in der Milena lernte, sagte damals, das Mädchen hätte jeden Pfennig gespart. Ihr großer Traum war, so schnell wie möglich den Führerschein zu machen. Sogar einen kleinen Wagen hatte sie sich schon ausgeguckt. Einen Käfer. Und Julia hielt die Liebe hier, ja, Julia war verliebt, bis über beide Ohren. Sie hat Tagebuch geführt, und zwei Wochen vor ihrem Verschwinden hatte sie zum ersten Mal mit einem Jungen geschlafen. Robert Bauer, Robby. Es schien lange gedauert zu haben, bis er auf sie aufmerksam wurde, doch schließlich wurden die beiden ein Paar. Julia hat sich ihrem Tagebuch anvertraut. Ihre Eltern durften nichts davon wissen, Robby war damals ein ziemlicher Tunichtgut. Der Junge ist natürlich in den Fokus der Ermittlungen geraten, doch er hatte ein bombenfestes Alibi. Er war bis zum Ende der Tanzveranstaltung dabei, es gab zig Zeugen. Ganz ehrlich, welches Mädchen, das sich endlich am Ziel seiner Träume angelangt sieht, macht sich auf den Weg nach Spanien oder sonst wohin? Robby hatte auch nicht Schluss mit ihr gemacht, dann läge der Verdacht nahe, dass sie abgehauen ist. Nein, die beiden hatten sich bereits wieder für eine Liebesnacht verabredet. Auch Julias Mutter hat nie an ein freiwilliges Verschwinden geglaubt. Das Gerücht kam sowieso erst auf, als man Prospekte eines Reisebüros in ihrem Zimmer gefunden hat. Sie hatte Pauschalreisen nach Marbella angekreuzt. Das hat die Vermutung, sie könnte von zu Hause weggelaufen sein, angeheizt.«

»Hat denn irgendwas gefehlt? Kleidung, Geld?«

»Nur etwas Geld, keine zwanzig Mark.« Gerd Wunderlich rollte in den Schatten, die Sonne schien jetzt brennend auf die Terrasse.

»Da hinten hängt meine Kappe, kannst du sie mir bitte bringen?« Er zeigte auf eine selbst gezimmerte Garderobe an der Wand, an der eine gelbe Baseballkappe hing. Niklas brachte sie dem Alten.

»Ich kann nicht mehr viel tun. Meine Tage sind gezählt. Ich hoffe nur, ich werde es noch erleben, wenn der Täter endlich gefasst wird.« Die Stimme des Polizisten klang brüchig.

Niklas räusperte sich. »Die Fälle werden nun wieder aufgerollt. Das wird sicher seine Zeit dauern, schließlich wird man nach all den Jahren nicht eins, zwei, drei, einen Täter aus dem Hut zaubern können.«

Wunderlich lächelte schmerzerfüllt. »Ja, leider bin ich da raus.«

»Glauben Sie, der Täter lebt noch?«

»Das ist schwer zu sagen. Nach Julias Verschwinden hat die Serie, man darf es getrost als Serie bezeichnen, soweit wir wissen aufgehört. Vielleicht ist der Täter weitergezogen, vielleicht war es von Anfang an ein Täter, der hier nur sporadisch aufgetaucht ist. Ein Vertreter, ein LKW-Fahrer. Zwischen der Ermordung von Milena und Julia liegen drei Jahre. Ich konnte aber keinen Zusammenhang zwischen unseren Opfern und anderen toten Mädchen in der näheren oder weiteren Umgebung finden. Und doch kann es unser Mann gewesen sein, der sonst wo seine grausamen Verbrechen begangen hat. Mag sein, dass er mittlerweile tot ist. Vielleicht werden wir nie erfahren, wer es war.«

Niklas nickte bedrückt. Der alte Polizist hatte recht. Vielleicht hatte der Mörder der Gegend den Rücken gekehrt, so wie Lilly einfach von heute auf morgen nicht mehr in Thöninghausen gesehen worden war.

»Herr Wunderlich, ein weiteres Mädchen ist doch ebenfalls von hier verschwunden. Erinnern Sie sich noch an Lilly?«

»Lilly Rose. Natürlich.«

Im ersten Moment war Niklas leicht verwirrt. Rose? Natürlich, das Mädchen musste schließlich einen Familiennamen haben. Lilly Rose, ein Name wie der einer ganz besonderen Blume. Wunderlich war offenbar einer der wenigen, vielleicht sogar der Einzige, der ihren Nachnamen kannte.

»Ich wusste nicht, dass sie Rose hieß. Oder war das ihr zweiter Vorname?«

»Nein, Rose ist der Familienname.«

Niklas schloss kurz die Augen. Rose. Pfarrer Berg hatte ihm erzählt, er hätte Lilly eine Rose geschenkt. Hatte sie ihm damals ihren Namen verraten? Und er hatte es vergessen? Und wie das rote Kleid irgendwo in seinem Unterbewusstsein abgespeichert, um es irgendwann abzurufen?

Der alte Mann musterte sein Gegenüber aufmerksam. Niklas holte tief Luft und erzählte auch ihm, dass er die junge Frau zweimal im Dorf gesehen hatte, was ja eigentlich nicht sein konnte.

»Ich denke, der Tod meiner Mutter, die Beerdigung, das hat mich alles etwas durcheinandergebracht, und meine Fantasie hat mir ganz einfach einen Streich gespielt. Man sagt, sie sei einfach so verschwunden.«

Der alte Polizist kniff Augen und Mund zusammen, als ob ihn ein plötzlicher Schmerz durchzucken würde.

»Da sprichst du einen besonders wunden Punkt in meinem Leben als Polizist an. Um es kurz zu machen: Ja, Lilly war plötzlich weg, und nein, ich glaubte damals nicht, sie wäre einfach verschwunden. Zwei Mädchen tot, eins wie vom Erdboden verschluckt, und Lilly Rose von heute auf morgen ebenfalls weg. Ich habe nicht an einen Zufall geglaubt, doch der Zettel, den sie Marlies hinterließ, zusammen mit dem Geld, hat eigentlich keinen anderen Schluss zugelassen, als den, dass sie sich entschieden hatte, weiterzuziehen. Sie war ein wildes, unabhängiges Mädchen, musst du wissen. Wild insofern, dass sie sich von niemandem etwas hat sagen lassen, unabhängig in der Form, dass niemand sie festhalten konnte. Es gab einige im Dorf, die es bei ihr versucht hatten. Kein Wunder, so wie sie aussah. Ob sie je einen rangelassen hat, das weiß niemand. Zumindest hat sich keiner im Dorf damit gebrüstet. Ich habe alle befragt, die Auskunft hätten darüber geben können, wo Lilly abgeblieben sein könnte. Doch dabei ist nichts herausgekommen. Das Merkwürdige ist, sie war nicht bei ihren Leuten im Kloster, um ihre restlichen Sachen abzuholen oder sich zu verabschieden. Allerdings hat das dort niemanden wirklich beunruhigt. ›Hier kann jeder kommen und gehen, wie er will, wir sind frei wie die Vögel‹, nach dem Motto haben sie gelebt. Aber ihre Sachen waren weg. Dass sie sich nicht von ihren Freunden verabschiedet hatte, hat meine Unruhe, ihr könnte etwas zugestoßen sein, natürlich befördert, aber wie gesagt, bei meinen Recherchen ist nichts rausgekommen, und niemand hat sie offiziell als vermisst gemeldet. Dann kam diese erste Postkarte aus Saintes-Maries-de-la-mer in Südfrankreich. Vorne ein paar Stiere drauf und eine Art Wappen der Bewohner der Camargue, hinten stand drauf: *Bin endlich im Paradies angekommen. Lilly.* Nun, damit war eigentlich klar, Lilly war tatsächlich weitergezogen. Ein Vogel, der im Winter in den Süden fliegt. Ihre Freunde haben weitere Post von ihr bekommen. Eigentlich hätte ich erleichtert sein sollen. Aber ich hatte trotzdem immer ein komisches Gefühl, was Lillys plötzliches Verschwinden anging.«

Wunderlich hob die Hände und ließ sie wieder in seinen Schoß fallen.

»Warum?«

»Nun, ich hab mich die ganze Zeit gefragt, was sie mir nichts, dir nichts hat aufbrechen lassen. Ich bin zu keinem Schluss gekommen. Ich dachte, es musste etwas vorgefallen sein, was sie dazu getrieben hat. Aber auch bei der Beantwortung dieser Frage bin ich nicht weitergekommen. Schließlich habe ich mir, wie alle anderen, eben gesagt, Lilly Roses Zeit in Thöninghausen ist zu Ende gegangen, und sie hat sich ein neues Ziel gesucht.« Er zuckte mit den Achseln. Müdigkeit hatte sich in das Gesicht des alten Mannes geschlichen. »Ich muss dich nun leider bitten zu gehen. Ich bin vollkommen erschöpft. Aber es hat gutgetan, mit dir zu reden. Eigentlich habe ich nie die Hoffnung aufgegeben, Lilly noch einmal zu sehen, einfach, um sicher zu sein, dass ihr wirklich nichts zugestoßen ist.«

Niklas erhob sich und begleitete Wunderlich ins Wohnzimmer, er bedankte und verabschiedete sich.

Auf der Straße zog ein Mann einen kurzbeinigen Hund hinter sich her, das Handy am Ohr und seinem Gesprächspartner soeben mitteilend, Kevin sei das größte Arschloch, das die Welt je gesehen habe. Der Dackel hob den Kopf und sah Niklas treuherzig an. Wenn das mal nicht der Hortensienkiller war.

Wunderlich hatte Niklas einige Antworten gegeben, doch gab es noch viele offene Fragen. Das sollte nicht sein letzter Besuch bei dem Polizisten gewesen sein, nahm er sich vor. Einer plötzlichen Eingebung folgend rief er Tessa an. Das Internet hatte die Artikel über die

Verbrechen nicht vollständig angezeigt. Doch er wollte, musste alles lesen, was darüber geschrieben worden war. Natürlich hätte er sich den *Tageskurier* auch mit einem Gast-Abo herunterladen können, doch sein Plan war, sich alle Artikel in der Abgeschiedenheit und Ruhe des Zeitungsarchivs zu Gemüte zu führen. Allerdings verspürte er nicht gerade den Drang, bei dieser Hitze mit dem Rad nach Rodenstein zu fahren, und der Bus fuhr am Nachmittag nur ein einziges Mal. Er würde Tessa bitten, ihn zu fahren. Vielleicht hatte sie ja Lust, mit ihm auf Spurensuche zu gehen.

KAPITEL 33

Nachdem Niklas den alten Polizisten verlassen hatte, saß dieser reglos in seinem Rollstuhl. Natürlich würde mit dem Fund von Julias Leiche alles wieder von vorne beginnen. Für ihn war es nie ein Cold Case gewesen. Bis zu seiner Erkrankung hatte er Hunderte von Personen befragt, war durchs ganze Dorf gezogen, hatte an jede Haustür geklopft. Wer hatte etwas gesehen, beobachtet, gehört? Er hatte ein Dossier angelegt, das sämtliche Zeugenaussagen, es gab ja nicht viele, alle Gesprächsaufzeichnungen, Fotos und vieles mehr enthielt. Und doch war er dem Täter nie auf die Spur gekommen.

Sein Körper fühlte sich an, als strömten winzige Elektroschocks durch ihn hindurch. Etwas, das der junge Westphal gesagt hatte, war von größter Wichtigkeit gewesen. Er konzentrierte sich auf das zurückliegende Gespräch mit ihm. Sein Gedächtnis war immer noch hervorragend, und er konnte es fast Wort für Wort in seinem Kopf rekapitulieren. Seitdem sein Körper die meisten Funktionen verweigerte, hatte sein Geist an Stärke gewonnen.

Und da waren sie, die Worte, die ein ganz neues Licht auf die Fälle warfen. Bisher war er immer von einem Einzeltäter ausgegangen. Zu absonderlich die Vorstellung, zwei oder sogar noch mehr Männer hätten diese abscheulichen Verbrechen begangen. Niklas hatte gesagt, man könnte nicht eins, zwei, drei einen Täter aus dem Hut zaubern. Eins, zwei, drei, magische Worte. Und wenn es tatsächlich zwei oder drei gewesen waren?

Er rollte mit seinem Stuhl an die Schrankwand. Auf Höhe seiner Brust verbargen sich dahinter die Ordner und Akten, die er für sich angelegt hatte. Er öffnete den Schrank. Doch wo beginnen?

Wunderlich dachte nach. Wenn es zwei oder mehr gewesen waren, mussten sie einander gut kennen, sich gegenseitig vertrauen, gleiche Ziele verfolgen, zur gleichen Zeit unterwegs gewesen sein. Wer kam dafür infrage? Lastwagenfahrer, die zu zweit fuhren? Vertreter? Sie waren meist alleine auf Tour. Zwei oder mehr Männer hatten den Mädchen aufgelauert. Nein, nicht aufgelauert. Der Zufall hat sie ihre Wege kreuzen lassen. Die Männer waren unterwegs, sie begegneten einem Mädchen in der Dunkelheit, nutzten die Gunst der Stunde, hielten an und nahmen es mit. Es war niemand von auswärts. Die Mädchen kannten die Personen, bei denen sie einstiegen. Julia, weil sie befürchtete, es gäbe Ärger mit ihrem Vater, wenn sie zu spät käme, Sinja, die Angst um ihr Pony hatte, Milena, die nicht zu spät zu einer Verabredung kommen wollte. Alle waren erleichtert eingestiegen, ahnten nicht, dass sie zum Tod ins Auto gestiegen waren.

Der alte Polizist biss sich auf die Lippen. In Thöninghausen gab es nur eine Gruppe, die immer wieder gemeinsam aufbrach, die Jäger. Zu dritt, zu viert oder mehr verabredeten sie sich, waren, wie man in Thöninghausen sagte, ein Kopp und ein Arsch. Eine Truppe, zu der sich auch immer wieder andere Männer dazugesellten.

Gernot vom *Halben Hahn*, bis ihm sein Knie zu schaffen machte. Doch war das nicht erst nach dem Verschwinden von Julia gewesen? Einige Male war auch er selbst mit den Männern auf der Jagd gewesen. Damals war noch Jörn unter ihnen, der in der Papierpresse zu Tode gekommen war. Der Schwager vom Schreibwaren Weber war auch ab und zu mit von der Partie. Der Mann war Lehrer und in den Schulferien aus Hamburg oder Bremen angereist. Lothar Engelbrecht hieß er. Und Schorsch Weber selbst. Wenn der nicht gerade Zeitschriften und Schulhefte verkaufte, trieb er sich im Wald herum. Waldemar Kern, der Metzgermeister, war ebenfalls jagdbesessen. Wie alt mochte der damals gewesen sein? Um die Zwanzig, schätzte Wunderlich. Nicht viel älter als Walter, der Sohn von Elisabeth. Niklas' Vater, Edwin, der Bestatter Lattwich, Josefas Mann. Genaugenommen das halbe Dorf.

Je länger Wunderlich überlegte, desto länger wurde seine Liste. Doch wer von denen hockte besonders eng zusammen? Wunderlich notierte die Namen, verschob sie hierhin, dahin, bis er eine regelrechte Clique ausgemacht hatte. Er stöhnte auf. Diesmal nicht vor körperlichem Schmerz. Wenn sich seine Befürchtungen bewahrheiteten, wäre das *der* Skandal im Dorf. Einer, mehrere von ihnen, Vergewaltiger und Mörder. Ein unfassbarer Schock für die Angehörigen. Nein, das konnte einfach nicht sein! Aber welche andere Möglichkeit gäbe es noch? Nein, er war auf der richtigen Fährte. Wunderlichs Jagdinstinkt war wieder erwacht. Er fühlte sich so lebendig wie schon seit Langem nicht mehr.

Er rollte zum Esszimmertisch, auf dem sein Handy lag. Bevor er seine ehemaligen Kollegen informierte, musste er auf Nummer sicher gehen. Doch wen sollte er zuerst anrufen? Er hatte von niemandem die Nummer. Wunderlich hatte eine Idee. Gertie konnte ihm weiterhelfen.

Nach einer Stunde war Gerd Wunderlich an Körper und Geist erschöpft. Doch er hatte etwas erreicht. Vielleicht würde schon sein erstes Gespräch Klarheit bringen. Morgen würde er mit Niklas reden. Er hatte ihn wachgerüttelt, mit ihm würde er seine Gedanken teilen. Er sah auf die Uhr. Es klingelte, und Wunderlich rollte an die Haustür. Er öffnete.

»Pünktlich wie die Maurer«, begrüßte er den Mann mit einem breiten Lächeln. »Du hast dich bestimmt gefragt, warum ich mit dir reden möchte. Ich hab dir schon am Telefon gesagt, es geht um Julia und die anderen Mädchen. Ich hoffe, du kannst mir dabei helfen, etwas Licht ins Dunkel zu bringen.«

KAPITEL 34

Tessa ließ sich nicht zweimal bitten. Fünf Minuten nach seinem Anruf stand sie mit ihrem Auto bei der Kirche, und Niklas stieg ein.

»Ist deine Klimaanlage kaputt? Hier drin ist es ja wie in einem Backofen.« Er kurbelte die Scheibe in dem altertümlichen Fiat herunter, doch statt der erhofften angenehmen Brise wehte ein Schwall heißer Luft herein.

»Warte, ich bin doch eben erst losgefahren. Das Wägelchen braucht halt seine Zeit, bis es zum Aushalten ist. Also, was haben wir vor? Was ist dein Plan, und was soll bei dem Ganzen rauskommen?« Tessa schob ihre Sonnenbrille ins Haar und sah Niklas neugierig an.

»Nun, der Plan ist, dass wir die Artikel durchforsten.«

»Warum?«

»Vielleicht entdecken wir darin irgendetwas, was uns dem Täter näherbringt.«

»Wie, du meinst also, in den Zeilen dazwischen, also den nicht geschriebenen, ist eine Botschaft versteckt, die uns zum Täter führt? Tss.«

»Nein, du bist albern. Natürlich nicht. Ach, ich weiß ja auch nicht, was ich mir erhoffe. Ich will mich besonders auf die Zeitungsbeiträge zu Julias Verschwinden konzentrieren. Vielleicht hat irgendjemand etwas gesagt, dem keine große Bedeutung beigemessen wurde und das heute in einem anderen Licht erscheint.«

»Zum Beispiel?«

»Ich hab kein Beispiel.« Niklas fing an, sich zu ärgern. Denn im Grunde genommen hatte Tessa recht. Was würde es bringen, die Artikel zu lesen? Alles, was er in Erfahrung bringen wollte, hatte er von Wunderlich gehört, vom Pastor. Auf was also hoffte er? Was sollte in den Beiträgen stehen, was er nicht schon wusste? Und Lilly Rose war sowieso nie ein Thema gewesen.

»Du hast recht. Keine Ahnung, was ich mir davon verspreche. Komm, dreh um, wir fahren zu mir und machen uns einen netten Nachmittag.«

»Nix da. Irgendwas hat dich angetrieben. Wir fahren zum *Tageskurier* und werfen einen Blick ins Zeitungsarchiv. Ist ja hoffentlich mittlerweile alles digitalisiert. Ich kann mich noch an die Zeit erinnern, als man einen Film, auf dem jede einzelne Zeitungsseite drauf war, in ein Lesegerät einspulen musste.«

Beim *Tageskurier* war bis auf die Artikel der letzten fünf Jahre nichts digital. Nachdem die beiden ihren Wunsch geäußert hatten, die Exemplare aus einem bestimmten Zeitraum lesen zu wollen, händigte ihnen eine ältere Frau die Filmrollen aus. Gott sei Dank waren die beiden einzigen Lesegeräte frei, und Niklas und Tessa machten sich an die Arbeit.

»Ach nein, guck mal, kann ich mich gar nicht dran erinnern. Der Verkehrsminister war hier, um die Ortsumgehung einzuweihen.«

»Konzentrier dich auf unsere Suche, sonst sitzen wir morgen früh noch hier«, brummte Niklas und widmete sich einem Artikel zu den Bauernprotesten, bei denen sich zwanzig Trecker mit Gülle auf den Weg gemacht hatten, um sie dem Minister für Natur und Umwelt vor die Tür zu kippen.

Nach einer Stunde lehnte sich Tessa erschöpft zurück und rieb sich über die Augen. In der Zeit hatte der Drucker dreimal seine Arbeit getan und die wenigen Artikel, die sie als wichtig erachtete, ausgespuckt.

»Das war's. Mehr gibt's nicht. Und bei dir?«

»Ich bin noch nicht durch. Der letzte Artikel, den ich gefunden habe, ist nicht uninteressant. Der, der ihn geschrieben hat, war in der Schule und hat sich mit Lehrern und Mitschülern unterhalten. Aber da muss noch mehr kommen.« Er widmete sich wieder dem Bildschirm und blätterte weiter.

»Ach, schau mal einer an.« Tessa hatte sich zu den letzten Seiten der Ausgabe begeben.

»Wer hat sich denn noch die Ehre gegeben, die ganzen Käffer hier zu besuchen?« Niklas sah nicht auf.

»Keiner hat sich die Ehre gegeben. Ich dachte gar nicht, dass das schon so lange her ist.«

»Was?«

»Hier, die Annoncen.«

Jetzt sah Niklas auf. »Tessa, du sprichst in Rätseln. Was war wie lange her? Und was meinst du mit Annoncen?« Er stellte sich hinter sie und spähte über ihre Schulter. »Ach, Todesanzeigen. Sag das doch gleich.« Enttäuscht setzte er sich wieder hin.

»Du lässt einem ja keine Zeit. Hier, das sind die zum Tod von Josefas Mann. Schau mal, er ist zwei Monate, nachdem Lilly Rose aus dem Dorf verschwunden ist, gestorben. Plötzlich und unerwartet. Eine Annonce von seiner Frau, eine von der Jägerschaft, eine von Freunden und Nachbarn. Hier, bei der Anzeige der Freunde und Nachbarn sind auch deine Eltern dabei. Alles Leute, die man kennt, auch unter den Jägern.«

Niklas hatte ebenfalls eine Reihe von Artikeln ausgedruckt, doch wie er jetzt schon ahnte, war nichts dabei, was ihn einen Schritt näher an – was? – gebracht hätte. Er spulte die Rolle an den Anfang zurück, packte sie in ihre Dose und schaltete das Lesegerät aus.

»Sigrid war eng mit Marlies befreundet. Ich kann mich noch gut an die Kaffeekränzchen erinnern, die meine Mutter ausgerichtet hat. Ganz zu Anfang sollte ich mal ein Gedicht aufsagen vor den Damen.«

»Und, hast du's gemacht?«

»Wahrscheinlich. Du hast doch meine Mutter gekannt. Wenn die sich was in den Kopf gesetzt hatte … Zeig mal, was du gefunden hast.«

Auf dem Bildschirm vor Tessa war eine komplette Seite mit Annoncen zu sehen.

»Tatsächlich.« Er schwieg einen Moment. Seine Stimme hörte sich belegt an, als er sagte: »Ein Jahr später war mein Vater tot. Und weißt du was? Ich vermisse ihn noch immer wie am ersten Tag.«

»Soll ich sie mal ausdrucken?«

»Ja. Schaden tut es nicht. Aber eigentlich hatte ich mir hier mehr erhofft. So einen Wow-Effekt. Etwas, das alle bisher übersehen haben«, seufzte Niklas resigniert. Er rollte die Ausdrucke zusammen, erbat sich von der Archivarin ein Gummiband und zahlte.

»Wollen wir bei mir noch einen Wein trinken?«

Tessa startete das Auto und parkte aus.

»Sei mir nicht böse. Morgen ist Gerties Geburtstag. Ich bleib lieber bei ihr und halte Händchen. Sie lässt es sich ja nicht anmerken, aber sie ist total aufgeregt. Hoffentlich klappt auch alles, hoffentlich schmeckt den Leuten das Essen, und so weiter. Ich hoffe vor allem, dass es morgen nicht ganz so heiß wie heute ist, es macht den alten Leuten ganz schön zu schaffen. Du kommst doch? Ich hab dir jetzt nicht noch eine Extraeinladung mitgebracht. Aber die Einladung von Gertie kam von Herzen. Es sind natürlich viele ältere Gäste da.«

»Hör mal, ich bin auch keine zwanzig oder dreißig mehr. Ich unterhalte mich gern mit den Alten. Wenn jemand was zu erzählen hat, dann sie.«

»Du meinst jetzt wegen der Morde und so?«

»Eigentlich mehr so allgemein. Aber keine schlechte Idee. Ich werd mich einfach ein wenig umhören, wie man die ganzen Tragödien damals so wahrgenommen hat.«

»Aber reg mir bloß niemanden auf. Du weißt, wie empfindlich alte Menschen sein können.«

»Wegen der Hitze.«

»Blödmann, wegen merkwürdiger Fragen von noch merkwürdigeren Schriftstellern.« Tessa grinste von einem Ohr zum anderen.

Vor der Villa verabschiedeten sich die beiden, und Niklas verzog sich in die Kühle hinter den dicken Mauern.

KAPITEL 35

Den Vormittag verbrachte Niklas damit, die Zeitungs-
berichte erneut zu studieren, kam allerdings zu keiner
weiterreichenden Erkenntnis. Irgendwann hatte man
das Interesse an der Berichterstattung verloren. Sinjas
Selbstmord war nie erwähnt worden. Für die Storys der
Lokalredaktion war das Kürzel JF zuständig gewesen.
Wie Niklas nach einem Telefonanruf in der Redaktion
des *Tageskuriers* erfuhr, stand JF für Joachim Frisch, doch
der Reporter war vor vier Jahren verstorben.

Niklas zog seinen Notizblock heran. Wunderlich war
von einem Täter ausgegangen. Ob es ein Muster gab?
Auf der ersten Seite hatte er bereits notiert: *Was hat es
mit der Frau im roten Kleid auf sich?* Diese Frage war noch
nicht beantwortet.

Niklas strich eine neue Seite glatt, ein großes jung-
fräuliches Blatt Papier. Mit einem solchen begann er auch
grundsätzlich seine Romane. Arbeitstitel, Personen, roter
Faden. Er heftete es dann immer an die Wand seines
Arbeitszimmers. Am Ende stimmte kaum noch etwas
mit den ursprünglichen Ideen überein. Der Buchtitel
hatte sich meist geändert, die Hälfte der Personen war
weggefallen und durch neue ersetzt worden. Der rote
Faden blieb, riss jedoch an manchen Stellen, und etwas
Neues wurde angeknüpft.

Nach kurzer Überlegung schrieb er in großen Druckbuchstaben an den oberen Rand des Blattes *DER MÄDCHENSCHÄNDER*. Furchtbar. Ein reißerischer Romantitel. Doch das hier war die Wirklichkeit. Er strich die Worte wieder durch. Die reinen Fakten. Der Mann war zweimal zum Mörder geworden, zweimal hatte er ganz sicher vergewaltigt. Milena, Sinja, Julia, diese drei Namen schrieb er nebeneinander, bei den beiden ersten zusätzlich das Datum, wann die Mädchen missbraucht worden waren, bei Julia das Datum ihres Verschwindens.

Kein Rhythmus war zu erkennen. Spätsommer, Frühling, Herbst. Keine identischen Wochentage. Zwei Mädchen aus Thöninghausen, eins aus Rodenstein, zwischen fünfzehn und sechzehn Jahre alt. Geordnete Verhältnisse, auch bei Milena. Keine Spuren, keine Zeugen, der Täter war dreimal im Dunkeln verschwunden. Die einzige Hoffnung, die blieb, war, dass Julias Leiche oder auch der Fundort irgendetwas preisgaben. Doch bisher hatte man nichts dazu erfahren.

Mit einem gewissen Abstand setzte er den Namen Lilly Rose daneben. Sie war etwas älter als die drei anderen jungen Frauen, kam aus keinem der Dörfer. Sie gehörte zu den Klosterhippies, verbrachte Zeit im Dorf, war irgendwann einfach verschwunden. Kurzer Abschiedsbrief, Karte aus Südfrankreich. Und doch war Wunderlich den Verdacht nie losgeworden, ihr könnte etwas zugestoßen sein. Dem widersprach allerdings die Ansichtskarte. Wer genau hatte die eigentlich bekommen? Er musste Wunderlich danach fragen.

Unter die Namen der drei toten Mädchen notierte Niklas all das, was die Ermittlungen ergeben hatten. Viel war es ja nicht gewesen. Zuletzt fügte er unter JULIA eine knappe Zusammenfassung seines Traums hinzu und notierte: *KANN ES SEIN, DASS BINGO UND ICH VOR IHRER TODESGRUFT STANDEN?* Und wenn er schon dabei war, seine Träume niederzuschreiben, durfte bei Lilly der Tagtraum, oder besser das Déjà-vu, nicht fehlen.

Zuletzt verband er die ersten drei Namen mit dem von Lilly durch einen großen Bogen, schrieb darunter *Zusammenhang* und setzte ans Ende ein riesiges Fragezeichen. Das Blatt landete mit Reißzwecken befestigt an der Küchenwand. Niklas trat einen Schritt zurück, doch auch mit Abstand betrachtet, brachten ihn seine wenigen Notizen nicht weiter.

Den restlichen Tag bis zum Geburtstagsabend von Gertie widmete Niklas erneut der Sichtung von Regalen, Schränken und Kommoden. Es nahm einfach kein Ende. Jedes einzelne Buch nahm er in die Hand, schüttelte es, Zettel flogen heraus. Meist kleine Notizen, wie Einkaufszettel oder eine Erinnerung an einen Geburtstag, Kassenbons. Im Kleiderschrank seines Vaters hingen die Hemden gebügelt, die Hosen auf Falte. Anzüge aus einer anderen Zeit, zum Teil mit breiten Schultern, die Hosen mit Aufschlag. Warum nur hatte sich seine Mutter nicht davon trennen können?

Niklas seufzte. Das war eben die wahre Liebe. Treue noch über den Tod hinaus, auch wenn es sich nur um Klamotten handelte, die man nicht weggeben wollte. Auch ihm würde es wahrscheinlich schwerfallen, alles in einen Sack zu stopfen und in einem Kleidercontainer zu entsorgen. Er sollte doch eine Firma für Haushaltsauflösungen kommen lassen. Einen Entrümpler. Nein, keinen

Entrümpler, denn Gerümpel war das nun wahrlich nicht, was sich in seinem Elternhaus befand.

Er schloss die Tür zum Schlafzimmer wieder ab. Im Zimmer seiner Mutter das Gleiche. Hier hatte er alles bereits unter die Lupe genommen. Kleidung, ein paar wertvolle Handtaschen, die er Henriette schenken wollte, das weiße Bücherregal mit ein paar Romanen, Fotoalben, antiquarischen Büchern über Pflanzen und Kräuter, die sie im Laufe ihres Lebens gesammelt hatte. Oben auf dem Regal saß eine Affenkapelle aus Murano, die Sigrid sich vor ein paar Jahren gekauft hatte, als er sie nach Venedig eingeladen hatte.

Auf einem gefalteten Tüchlein lag daneben ihr Trauring. Sigrid hatte ihn nicht mehr abbekommen, da ihre Finger angeschwollen waren. Immer wieder hatte sie versucht, ihn vom Finger zu lösen, bis Niklas sie zu einem Goldschmied geschickt hatte, der den Ring aufschnitt. Wann war das gewesen? Das musste jetzt bestimmt schon zehn Jahre her sein. Die ganze Zeit davor hatte sie sich herumgequält und über den zu eng gewordenen Ring gejammert. Der Goldschmied hatte noch gemeint, es sei höchste Zeit gewesen, ein zu enger Ring könne richtig gefährlich werden.

Die Alben würde er natürlich mitnehmen und die Pflanzenbücher vielleicht der Universität vermachen. Er zog das erste Album heraus, dabei fiel ein Buch, das nach hinten zwischen die Alben geschoben worden war, heraus. Niklas hatte es noch nie gesehen. Es war kein gedrucktes Buch, es war eher ein Büchlein, das seine Mutter offenbar selbst gestaltet und geschrieben hatte. Auf dem seidigen Einband mit allerlei Pflanzen prangte ein Etikett. *Meine Heilpflanzen*. Niklas blätterte es auf. Es enthielt handschriftliche Notizen von Sigrid und gezeichnete Pflanzen, Blüten, Stängel, Samenkapseln. Verblüfft betrachtete er die feinen Zeichnungen. Er hatte nichts von diesem außergewöhnlichen Talent Sigrids geahnt. Hier und da war auch ein gepresstes Blatt eingefügt. Behutsam legte er es zu Seite. Diesen Schatz würde er natürlich mitnehmen.

Die Alben waren, wie die in der Bibliothek, bestückt mit Fotos aus seiner Kindheit, Schulzeit, den Jugendjahren. Er und Bingo, Sigrid und er im Urlaub, bei einer Städtereise, Sigrid mit Freundinnen im Garten bei einer Geburtstagsfeier. Ein großformatiges Foto nahm die ganze Seite des großen Albums ein. Sechs Frauen an einem ovalen Tisch, darauf ein Sektkühler, Teller, Reste von Kuchen. Seine Mutter in der Mitte lächelte in die Kamera, die fünf Frauen erhoben ihre Gläser, prosteten Sigrid zu und lachten ebenfalls in Richtung des Fotografen.

Marlies, die Blumenhändlerin, ganz links, daneben Frau Basler, die Haushälterin von Pfarrer Berg, die vor zwei Jahren in Rente gegangen und kurz darauf gestorben war, wie ihm Sigrid berichtet hatte. Dann Josefa Wagner, die mittlerweile demente Mutter von Christiane. Auf der anderen Seite Rita, die Cousine seiner Mutter. Das hieß, sie wurde Cousine genannt, obwohl eigentlich ihre Mutter und Niklas' Großmutter Cousinen waren. Sie hieß nun Tümmler und war die Schwiegertochter der alten Elisabeth. Ganz außen saß Gertie, die Frau, die heute ihren Geburtstag feierte.

Siedend heiß fiel Niklas ein, dass er noch nicht einmal ein Geschenk für Tessas Großtante hatte. Eine Flasche

Wein erschien ihm irgendwie zu unpersönlich. Kurz entschlossen zupfte er vorsichtig das große Foto aus dem Album. In seinem Zimmer lag noch irgendwo ein gerahmtes Autogramm von Berti Vogts, den silberfarbenen Rahmen könnte er benutzen, um das Foto als Geschenk zu präsentieren. Ein selbst gebasteltes Geschenk, wie in Kindertagen. Vor wie vielen Jahren mochte das Geburtstagsfoto gemacht worden sein? Es stand kein Datum dabei.

Niklas klappte das Album, das er zurückgestellt hatte, wieder auf. Die Fotos davor und danach waren datiert. Also musste es der Einundsechzigste von Sigrid gewesen sein. Stimmt, in dem Jahr hatte er nicht kommen können. Zu ihrem Sechzigsten waren sie in London gewesen. Er betrachtete das Foto eingehender. Sechs vergnügte ältere Damen an einem strahlenden Sommertag. Drei von ihnen waren inzwischen tot, eine dement, Gertie und Frau Basler ledig, der Rest verheiratet und, wenn Niklas richtig rechnete, bis auf eine zu diesem Zeitpunkt alle verwitwet. Das hieß, ob Rita verwitwet war, wusste er gar nicht. Zumindest hatte seine Mutter nichts davon erzählt, ob Elisabeths einziger Sohn und Ritas Ehemann gestorben war. Wie hieß denn der nur wieder? Werner? Winfried? Wolfgang? Irgendwas mit W. Walter, das war's, der Sohn von Elisabeth hieß Walter. Natürlich, er wurde allmählich vergesslich. War es nicht auch Ritas Mann gewesen, der an Sigrids Beerdigung das Horn geblasen hatte? So genau hatte er nicht darauf geachtet und in ihren grünen Jagdanzügen sahen alle irgendwie gleich aus.

Plötzlich musste Niklas laut lachen. Eine Erinnerung hatte sich Bahn gebrochen, eine Geschichte, der er eine ordentliche Ohrfeige seines Vaters zu verdanken hatte. Der hatte irgendeine Jagdgeschichte zum Besten gegeben, es fielen die Worte: »Und plötzlich knallte es, und Walter wäre fast vom Hochsitz gefallen.« Er hatte dies zum Anlass genommen, lauthals zu singen: »Walter, Walter, wenn er pupst, dann knallt er.« Doch sein Vater hatte es nicht witzig gefunden. Es hatte geknallt, nämlich die Hand seines Vaters auf seiner Wange.

Unbewusst rieb sich Niklas darüber. Seine ganzen Freunde hatten das Liedchen hinter dem armen Mann her gesungen. Sein Vater hatte ihn nochmals ins Gebet genommen und ihm gesagt, wie unschön es sei, einem kranken Mann solche frechen Worte hinterher zu rufen. Walter werde bald kaum noch etwas sehen können, müsse in absehbarer Zeit auf die Jagd verzichten, an der sein Herz doch so hinge. Niklas und seine Freunde sollten mit diesen Frechheiten sofort aufhören, sonst würde es was setzen. Tatsächlich hatte Niklas Walter Wochen später mit einer Brille gesehen, deren Gläser so dick wie Glasbausteine waren.

Das Foto passte perfekt in den Rahmen, es sah richtig edel aus. In Ermangelung von Geschenkpapier, im ganzen Haus war nichts aufzutreiben, band er eine dunkelgrüne Schleife, das Band lag in einer der Küchenschubladen, darum. Anschließend sprang er unter die Dusche, zog sein letztes sauberes Hemd an und machte sich auf den Weg zum Pfarrgemeindehaus. Erst vor Kurzem der Leichenschmaus nach der Beerdigung und heute ein Freudenfest zum Geburtstag von Gertie.

Als Niklas den großen Pfarrsaal betrat, hatte er tatsächlich ein Déjà-vu. Abgesehen von der mehr oder weniger farbenfrohen Bekleidung der Gäste und der Tatsache, dass am Ende des Saals auf einer Bühne ein Mann an einer Hammondorgel saß und Blumenschmuck die weiß gedeckten Tische zierte, war es wie nach der Beerdigung seiner Mutter. Dieselben Geräusche und, bis auf ein paar Ausnahmen, nahezu dieselben Personen.

Eine junge Frau mit einem Tablett trat auf ihn zu und bot ein Glas Sekt oder einen Saft an. Niklas entschied sich für den Alkohol. Suchend sah er sich um. Wo war das betagte Geburtstagskind? Als ihm jemand auf die Schulter tippte, zuckte er zusammen, und ein paar Tropfen des Schaumweins spritzten aus dem Glas. Er drehte sich um. Gertie, eingehängt in den Arm ihrer Großnichte, wandte ihm ihr vor Aufregung hochrotes Gesicht zu und strahlte ihn kokett an.

»Kein Küsschen für das Jubelmädchen?«

Niklas fühlte sich an seine frühe Kindheit erinnert, wenn Freundinnen seiner Mutter, Tanten oder sonstige weibliche Wesen einen Kuss eingefordert hatten. Er beugte sich zu der alten Frau hinunter und küsste sie auf beide Wangen.

»Alles Gute zum Geburtstag. Hier, eine kleine Erinnerung.«

Er hielt ihr das gerahmte Foto hin, und die alte Frau stieß einen kleinen Freudenschrei aus.

»Nein, wie schön! Ach, was waren das noch für Zeiten. Die Geburtstage deiner Mutter, in eurem wunderschönen Garten. Ach, danke dir, mein Junge. Das bereitet mir wirklich Freude. Es wird einen Ehrenplatz im Wohnzimmer haben.« Und schon wandte sie sich dem nächsten Gratulanten zu, Tessa im Schlepptau, die Niklas noch eben zuraunen konnte, das sei in der Tat ein wirklich liebevolles Geschenk.

Eine weitere Servicekraft näherte sich Niklas mit einem Tablett, auf dem winzige Brötchenhälften mit Hackepeter drapiert waren. Beherzt griff er zu. Wann hatte er zuletzt Schweinemett gegessen? Mit ordentlich Zwiebeln drauf.

»Nehmen Sie noch eins, ist genug da.« Die Frau lächelte ihn an.

»Danke, mach ich. Eine Frage. Haben wir freie Platzwahl oder sind wir gesetzt?«

»Es gibt Tischkarten. Wer sind Sie denn? Vielleicht habe ich Ihre Karte schon gesehen?«

»Niklas Westphal.«

Sie überlegte kurz, zeigte dann auf einen langen Tisch direkt vor der Orgel.

»Ich glaube, ganz da vorne.«

Das hatte gerade noch gefehlt. Direkt vor diesem unsäglichen Instrument, dem sein Tastengeber gerade *Schöne Maid* entlockte. Furchtbar. Doch Niklas setzte sich in Gang, freundlich von einigen Frauen, die auch auf Sigrids Beerdigung gewesen waren, begrüßt. Sie fragten nach seinem Wohlsein und beteuerten noch einmal, wie leid es ihnen tue, dass Sigrid nun nicht mehr unter ihnen weile. Was hätte sie heute eine Freude an Gerties Feier gehabt. Aber in diesem Fall wäre er ja nicht hier, nicht wahr? Niklas konnte es nur bestätigen.

Er sah suchend auf den Tisch. Zuerst entdeckte er das von Hand geschriebene Kärtchen mit seinem Namen, dann, ihm gegenüber platziert, die alte Elisabeth, neben ihr ein Mann mittleren Alters mit einer Brille, hinter deren

Gläsern winzige Äuglein funkelten, Walter, neben Niklas war Rita platziert.

Rita erhob sich und begrüßte ihn mit zwei Küsschen, Walter streckte die Hand über den Tisch, und Elisabeth nickte ihm zu. Auch hier wieder allgemeines Bedauern zum Heimgang seiner lieben Mutter. Doch heute wolle man fröhlich sein und Gertie hochleben lassen. Rita tat kund, sie hätte sich gerne länger mit Niklas am Tag von Sigrids Beerdigung unterhalten, aber es wäre Walter überhaupt nicht gutgegangen, das anstrengende Hornblasen bei der Hitze, daher seien sie gleich nach Hause. Walter brummte dazu Unverständliches, und Elisabeth sagte, dafür sei sie ja bis zum Ende geblieben.

Links von Niklas saß Frau Schumacher, seine Nachbarin. Er hatte sie schon lange nicht mehr gesehen, nur ab und zu von Sigrid etwas über sie gehört. Die letzten Jahre hatte die alte Frau offenbar sehr zurückgezogen gelebt. Jetzt saß sie da und lächelte Niklas aus einem runden runzeligen Gesichtchen an, das ihn an einen rotwangigen Apfel, den niemand aus dem Obstkorb geklaubt hatte, erinnerte.

»Frau Schumacher, hallo. Schön, Sie zu sehen.«

»Niklas, es freut mich auch, dich zu sehen. Leider konnte ich der Beisetzung deiner lieben Mama nicht beiwohnen. Die Hitze hat mir an dem Tag so zu schaffen gemacht. Wasser in den Beinen, weißt du. Dann kann ich mich kaum bewegen. Seit Sigrids Tod habe ich immer ein Auge auf euer Haus und den Garten gehabt, nicht, dass sich mal jemand zu schaffen macht, der da nicht hingehört. Komm mich doch einmal besuchen, wir könnten miteinander ein wenig plaudern.«

»Gerne, wenn ich noch die Zeit finde. Aber danke, dass Sie so aufmerksam sind. Ich werde wahrscheinlich noch ein paar Tage hier sein, es gibt noch unheimlich viel zu tun. Aber wenn ich wieder weg bin, wäre es wirklich nett, wenn Sie weiterhin die Augen aufhalten.«

Frau Schumacher tätschelte seine Hand und wollte eben antworten, als eine Art Tusch auf der Hammondorgel sämtliche Gespräche verstummen ließ. Martin Wischkureit, der Musiker, stellte sich und sein Musikinstrument, Hermine, vor und verwies auf eine CD, von der er ein paar Exemplare ganz zufällig – na, wie seid ihr denn in meinen Koffer geraten? – dabei hatte. Gelächter erfüllte den Saal. Kaum hatte der Musiker seine Vorstellung beendet, erhob sich Frau Schumacher schwerfällig von ihrem Platz.

»Ich hätte mir gewünscht, ich könnte länger durchhalten. Aber das ist doch zu viel für mich. Sind ja nicht nur die Beine, das Herz ist es. Und diese Lautstärke, nein, das geht gar nicht. Denk dran, Niklas, komm doch noch vorbei, bevor du wieder fährst, ja?«

Niklas versprach es. Die Feier entwickelte sich, wie er es geahnt, vielleicht sogar befürchtet hatte. Die Hammondorgel machte jedes Gespräch quasi unmöglich, außerdem hatte er mit Elisabeth nicht viel zu reden. Ritas Mann wirkte abwesend, ab und zu gab er einen Kommentar zur Musik von sich. Rita schwelgte lauthals in der Vergangenheit, als sich die Frauen im Dorf, die Frauen ihrer Generation, noch jede Woche zu einem Kränzchen, einem Geburtstag getroffen hatten. Aber heute, alles nicht mehr wie früher. Die einen tot, die anderen so gebrechlich oder dumm im Kopf, dass man nichts mit ihnen anfangen konnte. Sie gab Niklas einen Stoß in die Rippen, als Christiane hereinkam und ihre Mutter an einen der Tische führte.

»Die kriegt doch gar nichts mehr mit«, war Ritas unfreundlicher Kommentar, kurz bevor sie ein lautes *Huhu* in Richtung der beiden Frauen trompetete. Elisabeth warf ihr einen vorwurfsvollen Blick zu, und Walter grinste nur. Er hatte dem Bier, das er sich im Fünfzehnminutentakt orderte, bereits ordentlich zugesprochen, den Kaffee aus den großen Thermoskannen lehnte er mit verächtlicher Geste ab.

Ein kurzer Lichtblick erschien, als Tessa an den Tisch kam und ihn flüsternd fragte, ob er sich auch nicht langweile.

»Aber nein, alles gut.« Und schon war sie wieder weg.

Das Spiel der Orgel wurde in regelmäßigen Abständen unterbrochen von Festrednern, die mehr oder weniger – eher weniger – witzig Gertie hochleben ließen, gefolgt von einem kleinen Mädchen, das seine Geige bearbeitete und ein Stück zum Besten gab, das Niklas nicht zweifelsfrei identifizieren konnte.

Auch der Platz links von Elisabeth war mittlerweile besetzt. Ein schweigsamer dünner Mann um die Siebzig, der sich auf hartnäckiges Nachbohren Elisabeths als Vetter aus Dingeldorf vorstellte, was zu allgemeinem Lachen führte, das der Vetter achselzuckend ignorierte. Wahrscheinlich war er es gewohnt, dachte Niklas, der Vetter aus Dingsda Dingeldorf.

»Ich hol mir mal ein Bier an der Theke und geh nach draußen, ich kann das Gedudel nicht mehr hören.« Ächzend und leicht schwankend schob sich Ritas Mann vom Stuhl.

»Gute Idee, ich komm mit. Bisschen frische Luft tut gut«, schloss sich ihm Niklas an und erhob sich ebenfalls.

»Walter, bleib aus der Sonne raus. Du hast schon ganz schön gebechert. Sonst wird dir noch schwindlig«, riet Elisabeth ihrem Sohn. Der nickte und quetschte sich zwischen den Stühlen zum Ausgang.

Als Niklas an der Theke ankam, hatte Walter bereits zwei Bier geordert, die kurz darauf vor ihnen standen. Einträchtig verließen die beiden Männer das Pfarrgemeindehaus, und Niklas überlegte, was Walter eigentlich beruflich machte oder gemacht hatte.

»Prost.« Die beiden Gläser wurden zur Hälfte geleert, und Walter rülpste laut. »Kann man da drin ja nicht machen. Obwohl, bei dem ganzen Geschnatter und dem Geklimper hätte wahrscheinlich keiner was gehört.«

»Wahrscheinlich. Sag mal, Walter, ihr zwei, du und mein Vater, ihr wart zusammen jagen, wenn ich mich recht erinnere«, begann Niklas ein Gespräch.

»Ja, war ne tolle Zeit. Manchmal hat er dich mitgenommen, da warst du so groß.« Walter hielt seine rechte Hand in Höhe seiner Knie. »Oder vielleicht auch so.« Die Hand wanderte in Richtung Hüfte.

Niklas sah ihn verblüfft an. Er konnte sich nicht daran erinnern und sagte es Walter.

»Na ja, manchmal ist vielleicht übertrieben. Ein oder zwei Mal. Sigrid, deine Mutter, hat dem schließlich einen Riegel vorgeschoben. Wunderlich, obwohl der doch wissen musste, wie man schießt, hat einmal fast euren Bingo erledigt. Ab da durftest du nicht mehr mit, zu gefährlich.«

»Ach, Wunderlich hat auch zu der Jägertruppe gehört? Wusste ich gar nicht.«

»Tss, das halbe Dorf, zumindest die männliche Bevölkerung, war irgendwann mal dabei. Heute geht kaum noch jemand. Ich tu noch so. Streife einfach so herum, ohne Gewehr. Die Augen, weißt du. Wunderlich sitzt im Rollstuhl, dein Vater tot, der Mann von Marlies tot. Andere haben kein Interesse mehr. Nur noch die Bläser sind geblieben. Schießen nicht, aber blasen noch. Na ja, jeder wie es ihm beliebt. Sag mal, was machst du eigentlich so? Wir haben uns das alle gefragt. Elisabeth sagt, deine Mutter hätte gesagt, du schreibst. Für welche Zeitung denn? Kenn ich die?«

»Wahrscheinlich die eine oder andere«, antwortete Niklas ausweichend. »Hier ein Artikel, da ein Artikel.«

»Über was? Hast du ein Spezialgebiet? Sport vielleicht?«

»Nein, eher so die Kulturschiene. Mal was über ein Buch oder ein Theaterstück.«

»Ach, so einer bist du, ein Kritiker. Nun, ich halte es damit: Jeder nach seinem Geschmack.«

Chacun à son gout, dachte Niklas. Damit hatte Walter recht.

»Was hast du eigentlich beim alten Wunderlich gewollt?«

Walter lehnte sich an die Hauswand und stocherte mit dem kleinen Finger zwischen den Zähnen. Seine Frage kam so unvermittelt, dass Niklas im ersten Moment glaubte, nicht richtig gehört zu haben.

»Waltraud hat dich gesehen, als du bei ihm ins Haus bist.«

»Einfach so. Er und Sigrid waren befreundet. Und da es ihm gesundheitlich nicht gut geht, hab ich gedacht, ich statte ihm einen Besuch ab.«

»Aha. Waltraud hat Rita auch erzählt, du wärst auf dem Markt ziemlich komisch gewesen. Hättest eine Frau im roten Kleid gesehen. Allerdings haben sie und ihre Schwester nix gesehen. Na ja, die beiden werden aber auch so langsam alt und tattrig. Edelgard ist ja fast blind wie ein Maulwurf. Dann sieht sie auch nicht, wie ihre Schwester den Sekt nur so in sich reinkippt. Die hat bestimmt schon ein paar Gläschen intus. Als sie vorhin zum Klo ist, hat sie geschwankt wie eine Fregatte im Sturm. Ich hoffe nur, Elisabeth wird nicht auch noch so. Nicht, dass die Sauferei im Alter in der Familie liegt.«

Komisch? Hatte er tatsächlich den Eindruck hinterlassen, er sei komisch gewesen. Komisch im Sinne von merkwürdig? Und Sauferei war ja wohl ein Thema, das Walter ebenfalls durchaus betraf. Elisabeth war also verwandt mit den Zwillingen? Ihm war gar nicht bewusst gewesen, wie viele Verwandtschaftsverhältnisse im Dorf bestanden.

»Hast du gehört, was ich gesagt hab?«

Niklas schreckte aus seinen Gedanken. »Das war die Hitze. Waltraud hat das ganz richtig erkannt. Hitze und Stress, da ging es mir nicht gut. Und die Frau war irgendeine Kundin auf dem Markt. Muss ja auch nicht jeder bemerkt haben.« Warum rechtfertigte er sich eigentlich?

»Ja, ist aber auch verdammt heiß, dieser Tage. Das bisschen Regen hat auch keine Abkühlung gebracht.« Walter verlagerte sein Gewicht vom rechten auf das linke

Bein. Sein Glas war mittlerweile leer. Er hatte es auf dem Boden abgestellt und stierte darauf.

»Apropos Frau in Rot. Kannst du dich noch an Lilly Rose erinnern? Sie hat doch immer ein rotes Kleid getragen. Kam oben von den Klosterhippies und war irgendwann wieder weg.«

Walter verzog das Gesicht, als hätte er in eine extrem saure Gurke gebissen.

»'türlich erinnere ich mich an die Schlampe.«

Nun glaubte Niklas erst recht, nicht richtig gehört zu haben. Schlampe? Walter war der Erste und bisher Einzige, mit dem er über Lilly gesprochen hatte, der so ein abfälliges Urteil über sie fällte.

»Schlampe? Wie kommst du denn da drauf?«

Walter druckste herum. »Na, vielleicht nicht Schlampe. Aber durchs Ohr gebrannt. Die hatte doch nur uns Männer im Kopf. War hinter jedem her, der Hosen trug. Wollte sich wohl einen angeln und in ein gemachtes Nest setzen.«

Das war Niklas nun absolut neu. Gerade die Frauen aus dem Dorf hatten doch für ein solches Verhalten eine gute Antenne. Und der Pfarrer wäre innerhalb von kürzester Zeit darüber informiert worden, wenn eine Unruhestifterin und potenzielle Ehebrecherin ihr Unwesen getrieben hätte. Man hätte ihn gebeten, ihr die Meinung zu sagen und sie zu maßregeln. Auch Gernot, über dessen Kneipe doch so manche Dorfmeldung ging, hatte nichts dergleichen gesagt. Im Gegenteil. Walter war ein ziemlicher Dummschwätzer.

»Dann hätten eure Frauen euch aber Bescheid gesagt.«

»Da kannst du einen drauf lassen. Rita und meine Mutter hätten mich an den Haaren durchs Dorf geschleift.« Walter zuckte mit den Achseln. »Auf jeden Fall war sie ein Vamp, oder wie man das nennt. Ich glaub, die meisten waren froh, als sie weg war.«

»He, ihr zwei, kommt ihr mal bitte wieder rein. Gertie will eine kleine Rede halten.« Tessa stand in der Tür und winkte Niklas und Walter zu.

Die meisten waren froh, als sie weg war. Walters Worte klangen in Niklas unheilvoll nach.

KAPITEL 36

Niklas erwachte mit einem bitteren Geschmack im Mund.

Es war gestern nicht wirklich spät geworden. Walter hatte in den wenigen Minuten, in denen Gertie gesprochen hatte, zwei Korn geordert und hinuntergekippt. Als Rita ihn gebeten hatte, weniger zu trinken, hatte er bereits lallend kundgetan, das gehe sie einen Scheißdreck an. Elisabeth hatte daraufhin etwas gezischt, was Niklas nicht verstanden hatte, und Walter hatte sich einen dritten Schnaps bestellt.

Als Hartwig und Silvia anrückten, hatte er seinen Platz verlassen und sich zu den beiden an die Theke gesellt. Sie hatten einen Wein getrunken und zusammen den Rest des Abends verbracht. Tessa war dazugekommen, und der zu süße Weißwein hatte dafür gesorgt, dass Niklas schon mit Kopfschmerzen, die nichts Gutes für den nächsten Tag verhießen, ins Bett gefallen war.

Er schälte sich aus der leichten Decke und wankte unter die Dusche. Als er nach seinem Polohemd griff, rümpfte er die Nase. Es stank. Und gewaschen hatte er immer noch nicht. Er brauchte unbedingt neue Klamotten. Tessa hatte ihm bereits gesagt, sie sei heute Vormittag mit Aufräumen beschäftigt, sie konnte er also nicht schon wieder bitten, ihn nach Rodenstein zu fahren. Im

Dorf selbst gab es keinen Laden mehr, der Kleidung verkaufte.

Nach drei Tassen Kaffee, der so stark war, dass er ihm fast ein Loch in die Magenwand brannte, und einer Scheibe Brot setzte er sich auf sein Rad und fuhr los. Elf Uhr am Vormittag, knallblauer Himmel, eine Sonne, deren Hitze sein Blut in den Adern zum Kochen zu bringen schien. Er hatte eine Flasche Wasser in eine Baumwolltasche gepackt, sie in den Fahrradkorb gelegt und eine Kopfschmerztablette in die Hosentasche gesteckt. Nach wenigen Minuten hatte er die Dorfgrenze passiert. Vor ihm lag eine lang gestreckte Straße, nach einem Kilometer begannen die Kurven und ein leichter Anstieg. Schon von Weitem sah man die Ruine der Burg von Rodenstein. Ein Trecker, der Heuballen geladen hatte, kam ihm entgegen. Niklas hielt sich dicht am Straßenrand, denn von hinten überholten ihn die Autos mit hohem Tempo. Früher war in Richtung Rodenstein nicht so viel Verkehr gewesen, erinnerte er sich.

Nach der nächsten Kurve bremste Niklas ab. Rechts lag eine verfallene Scheune. Die runden, in Netze gehüllten Strohballen mussten schon jahrelang dort liegen. Die Netze waren dunkel verfärbt, das Stroh war schimmelig. Das war die Scheune von Kerner. Hatte der Landwirt den Betrieb aufgegeben? In dieser Scheune war Milena von ihrem Vergewaltiger ermordet worden. Niklas schob das Rad über den unebenen Weg. Ehemals war hier ein Feldwirtschaftsweg gewesen, der nun, kaum noch erkennbar, überwuchert war.

Er stellte das Rad an der Scheune ab. Das große Tor hing noch stabil in den Angeln. Es ließ sich durch einen kräftigen Zug öffnen, und Niklas ging hinein. Eine Maus, vom plötzlichen Strahl der Sonne, die ins Innere fiel, irritiert, huschte davon. Auch hier lagerten dunkelschimmelige Ballen. Geerntet, eingenetzt, eingefahren und nicht mehr gebraucht. Modriger Geruch stieg ihm in die Nase. Wie lange die Ballen hier wohl schon lagen? Im hinteren Teil der Scheune führte eine Holzleiter, der die meisten Sprossen fehlten, auf einen Boden, der ein Drittel der Scheune einnahm.

Hier also war das Mädchen getötet worden. Langsam durchschritt Niklas die Scheune. Trotzdem wirbelte er Staub auf, der in den einfallenden Sonnenstrahlen tanzte. Zerbrochenes Glas lag an der Seite, daneben ein Kondom. Er versuchte erst gar nicht auf den Boden hochzusteigen, die restlichen Sprossen waren morsch. Er würde sich bei einem Sturz womöglich das Genick brechen. Natürlich deutete nichts mehr auf die Stelle hin, an der man Milena gefunden hatte. Legte man um ein Vergewaltigungs- und Mordopfer einen Kreideumriss an? Wie lange hatte sie da gelegen, bis man sie gefunden hatte? Hatten die Eltern sie schnell als vermisst gemeldet? Hatte der Täter ihr aufgelauert? Hatte er sie gekannt und ihre Fahrtstrecke? Oder war es ein Zufall gewesen? Falsche Zeit, falscher Ort? Hatte er mit dem Auto Milena überholt, gestoppt, abgedrängt? Oder war er ihr entgegengekommen? Heutzutage würde man eine DNA-Probe vom Opfer nehmen. Vielleicht alle männlichen Bewohner von Thöninghausen und Rodenstein einem Test unterziehen. Doch dazu war es zu spät.

Wo war Sinja missbraucht worden? Sie war auf dem Weg zu ihrem Pony auf dem Hof von Bauer Volkmann gewesen. Wo hatte der Vergewaltiger sie aufgegriffen? Die Fragen hatten sich die Ermittler damals sicher auch gestellt. Sinja war bewusstlos gewesen. Also keine zufällige Tat. Der Täter hatte offenbar K.o.-Tropfen, oder was es zu der Zeit gab, immer dabei. Julia, verschwunden auf dem Weg zum Bus. Der Täter hatte dreimal seine Opfer an der Straße gefunden. Gezielt gesucht oder Zufall?

Niklas verließ den schaurigen Ort. Als er seine Wasserflasche öffnete, kam ihm ein Schwall Mineralwasser entgegen. Durch das Schütteln auf dem Rad war der Inhalt geradezu explosiv geworden. Nach wenigen Minuten war sein Hemd schon wieder getrocknet, und eine Viertelstunde später sah er das Ortsschild von Rodenstein vor sich. Er hätte sich besser vorher nach den Öffnungszeiten der Geschäfte erkundigt, denn Punkt eins schloss hier alles bis um fünfzehn Uhr. Kurz überlegte er, zur Burgruine zu fahren, doch bis er oben ankäme, wäre er völlig durchgeschwitzt.

Er schob sein Rad Richtung Marktplatz. Um die Wartezeit zu überbrücken, würde er etwas essen, auch wenn ihm nicht wirklich danach war. Der Alkohol vom Vortag ließ seinen Magen immer noch leicht revoltieren. Er hatte die Auswahl. Die Pizzeria *Luigi*, das gutbürgerliche Restaurant *Roter Hirsch*, der Dönerimbiss *Döner and more* oder das Café mit kleinem Mittagstisch. Als sein Blick auf das Schild über dem Café traf, war seine Entscheidung gefallen. *Café Kettenhofen*. Doch was wollte er fragen, um zu erfahren, ob dieses Café Milenas Familie gehörte? Vielleicht war Kettenhofen ja ein gängiger Name hier im Ort.

Da ihn weder nach Pizza, Roulade noch Döner gelüstete, setzte er sich schließlich vor das Café, das gut besucht war. Eine große Schiefertafel unterbreitete das Mittagsangebot, das von einem Paar Wienerwürstchen mit Kartoffelsalat bis hin zu einem Bauernfrühstück mit Bratkartoffeln, Speck und Rührei und einer Gewürzgurke XXL reichte. Das war genau nach seinem Geschmack, befand Niklas, und er bestellte das Bauernfrühstück bei dem Kellner, der mit einem ausgeprägten slawischen Akzent sprach. Dazu ein alkoholfreies Weizenbier, mit dem das Café jedoch nicht dienen konnte. Dafür müsse er rüber zum *Roten Hirsch*. Niklas begnügte sich mit einer Cola.

»Hat es geschmeckt? Vielleicht noch einen Espresso?«

Der Kellner räumte mit Schwung den Teller ab und sah Niklas abwartend an.

»Gerne, und die Rechnung bitte. Eine Frage, ist Herr oder Frau Kettenhofen da? Kann ich mit einem der beiden sprechen?«

Mit einem Tuch, das er elegant über den Tisch wedelte, fegte der Kellner ein paar Kartoffelkrümel auf den Boden, über die sich umgehend ein Spatz, der offenbar irgendwo bereits gelauert hatte, hermachte.

»Tut mir leid, da müssen Sie sich zum Friedhof begeben. Das Café heißt zwar noch so wie die Vorbesitzerin, aber es gehört jetzt meinem Onkel, Bogumil Kowalczyk, und das schon seit ich denken kann. Warum wollten Sie mit den Kettenhofens reden?« Neugierig starrte der Kellner Niklas an.

»Ich kannte sie von früher, war dann ewig im Ausland. Ich wusste nicht, dass sie tot sind.«

Jetzt grinste sein Gegenüber von einem Ohr zum anderen. »Nein, sie lebt noch. Nach dem Tod ihrer Tochter hat Frau Kettenhofen hier alles verkauft. Sie ist mit den Mädchen weggezogen, aber vor drei oder vier Jahren kam sie wieder zurück und hat das kleine Café am Friedhof übernommen. Vielleicht, weil sie so näher bei ihrer Tochter ist«, fügte er ernst hinzu.

Niklas bedankte sich für die Auskunft, wartete auf seinen Kaffee und zahlte. Es war immer noch zu früh, um sich im *Modehaus Lampe* neue Hosen und Hemden zu besorgen. Und bis zum Friedhof, der hinter dem Ortsausgang von Rodenstein lag, war es nicht weit. Der Kellner hatte immer nur von ihr gesprochen. Ob es den Mann, den sie in zweiter Ehe geheiratet hatte, nicht mehr gab? Wunderlich hatte nichts erwähnt. Vielleicht wusste er es auch nicht.

Das Café lag versteckt hinter einer Hecke. Hier begann auch das Friedhofsgelände. Es war still. Ein paar Autos parkten vor dem Eingang zum Friedhof, drei Räder standen in Fahrradständern. Das Café war in einem anheimelnden Fachwerkgebäude untergebracht, auf einem gekiesten Platz standen vier Tische unter einer Linde. Niklas setzte sich. Er studierte die Karte, ein Eis wäre jetzt genau das Richtige. Die Auswahl war nicht groß. Er wählte einen Schwarzwälder-Kirsch-Becher mit Schuss, als die Bedienung, eine Frau, deren Alter er nur schwer schätzen konnte, ihn nach seinem Wunsch fragte. Auf gut Glück hängte er an seine Bestellung ein *Frau Kettenhofen* an. Die Frau nickte und verschwand. Also war sie Milenas Mutter. Sie musste ziemlich jung gewesen sein, als sie ihre Tochter bekommen hatte. Noch immer hatte

Niklas keinen Schimmer, was er eigentlich in Erfahrung bringen, über was genau er mit ihr reden wollte. Vorsichtshalber stellte er sein Handy leise.

Nach wenigen Minuten kam die Frau wieder, auf dem Tablett einen hohen Becher, das Eis war gekrönt mit Schlagsahne und einer Kirsche.

»Frau Kettenhofen, haben Sie einen Moment Zeit für mich?«

Die Frau wischte sich mit einer müden Geste die ergrauten Haare, die zu einem Bob geschnitten waren, aus dem Gesicht.

»Nicht schon wieder. Ich habe keine Ahnung, der wievielte Journalist Sie sind, seitdem man die Leiche von Julia entdeckt hat. Ich weiß nicht, was ich euch erzählen soll. Ändert es irgendetwas, jetzt, wo man das arme Ding gefunden hat? Daran glaube ich erst, wenn man endlich auch den Täter ermittelt hat. Meine Tochter ist tot und begraben, da begraben.« Sie zeigte mit dem Daumen hinter sich.

Niklas nutzte die Pause. »Frau Kettenhofen, ich bin kein Journalist. Unsere Familie hat Sinja gut gekannt ...« – eine kleine Notlüge – »... und ich bin ganz zufällig hier.« Er wusste nicht mehr weiter.

»Und was wollen Sie dann von mir? Ich verstehe nicht. Warum soll ich einen Moment Zeit für Sie haben? Essen Sie, Ihr Eis schmilzt.« Trotz ihrer ablehnenden Haltung zog sie einen Stuhl heran und setzte sich.

Niklas fuhr mit dem langen Löffel in den Becher und schob ihn in den Mund. »Ich war nicht ganz ehrlich zu Ihnen«, sagte er dann und legte den Löffel auf den Teller. Ihm war nicht mehr nach Eis. »Sinjas Tante hat für

meine Mutter gearbeitet. Als sie starb, nach der Vergewaltigung, war ich noch ein kleiner Junge. Ich habe auch
Ihre Tochter nicht gekannt, ebenso wenig Julia. Aber ich
glaube, ich war an dem Ort, als Kind, im Wald, mit meinem Hund, also ich weiß nicht genau, wissen Sie, ich
habe es geträumt, und war mir plötzlich sicher, ich ...«
Die Frau legte Niklas ihre Hand auf den Arm.

»Und Sie haben Angst davor, die Gewissheit zu erlangen, wirklich vor Julias Grab gestanden zu haben, ohne
ihr helfen zu können.«

Niklas nickte nur erstaunt darüber, wie schnell diese
Frau seine Gedanken hatte ergründen können.

»Mir geht es genauso. Es vergeht keine Nacht, in der
ich nicht daran denke, dass ich meiner Tochter nicht
habe helfen, sie retten können. Jemand hat Milena ab-
gefangen, ihr aufgelauert. Sie fuhr immer mit dem Rad
von Thöninghausen nach Hause. Wir hatten zu der Zeit
nicht das beste Verhältnis. Mein Mann und Milena hatten permanent Streit, die beiden Kleinen waren keine
fünf Jahre alt und so anstrengend. Dazu das Café, die
ganze Arbeit. Wissen Sie, sie wollte ihre Lehre bei mir
machen. Ich habe es abgelehnt, diese ewigen Streite-
reien zwischen uns. An dem Tag, als es passierte, hatte
Milena mich gefragt, ob ich sie abholen kann. Sie hatte
noch was vor, wollte ins Kino. Aber das wurde denkbar
knapp nach der Arbeit. Sie musste ja noch aufräumen,
wischen und so. Und dann hatte sie einen Platten. Von
der Scheune, in der sie gefunden wurde, hätte sie zu Fuß
eine gute halbe Stunde gebraucht. Das Rad hätte sie
schieben müssen, oder hätte es vielleicht auch dagelassen. Hätte ich sie abgeholt und direkt vor dem Kino ab-

gesetzt, wäre das nicht passiert. Wissen Sie, wie oft ich daran denke? Ich werde es mir bis zum Ende meiner Tage nicht verzeihen. Meine Ehe ist daran zerbrochen, ich war in Behandlung. So ganz allmählich ist ein wenig Ruhe in mein Leben eingekehrt, jetzt bricht alles wieder auf.« Tränen traten in ihre Augen, die sie mit der Hand wegwischte.

Niklas wusste nicht, was er sagen sollte. Er hatte diese Wunde nicht wieder aufgerissen, eine Wunde, die nie verheilt war, aber er hatte in ihr gebohrt.

»Es tut mir leid, ich wollte nicht ...«

»Sie müssen sich nicht entschuldigen. Es hat mir gutgetan, mit Ihnen zu reden. Wir sind so etwas wie im Schicksal verbunden. Aber Sie waren noch ein Kind, was hätten Sie schon tun können? Vielleicht hätte Ihnen sogar niemand geglaubt. Ich dagegen hätte es in der Hand gehabt. Milena könnte noch am Leben sein. Stattdessen ist sie ihrem Mörder begegnet. Diese Schuld zu tragen, erscheint mir manchmal unmöglich. Nicole, meine Älteste, wird bald heiraten, sie bekommt ein Kind. Der Kontakt zu den Mädchen ist wieder besser geworden, nur das hält mich am Leben.« Abrupt stand sie auf. »Ich muss weitermachen.«

Ohne einen Abschiedsgruß ging sie in Richtung Haus. Sie hatte noch nicht einmal nach seinem Namen gefragt.

Nachdenklich fuhr Niklas zurück in die Stadt. Das *Modehaus Lampe* öffnete soeben seine Türen. Er deckte sich mit neuer Kleidung ein, entschied sich für ein blaues Poloshirt, das er anprobierte, und orderte das gleiche Modell in drei weiteren Farben. Eine leichte Baumwollhose, Wäsche und eine Bermuda, die er auf dem Weg zur

Kasse noch mitnahm, ergänzten seine Neuerwerbungen. Er hatte es noch nie geschätzt, ewig suchen und anprobieren zu müssen.

In Höhe der Scheune hielt er noch einmal am Straßenrand an. Der Täter hatte offenbar weder Julia noch Milena aufgelauert. Es war eine zufällige Begegnung, die die beiden Mädchen das Leben gekostet hatte. Die eine auf dem Weg zum Bus, an der Haltestelle hätte ihr Vater gewartet. Das Wetter war hundsmiserabel gewesen. Hatte sie den Bus verpasst? Das musste doch bei den Ermittlungen rausgekommen sein. Natürlich, sie war wahrscheinlich zu spät an der Haltestelle, stand im Regen, ihr Vater wäre wütend geworden. Jemand hatte angehalten, ihr angeboten, sie mitzunehmen. Und dann …

Dasselbe bei Milena. Sie war unter Zeitdruck gewesen. Hatte befürchtet, zu spät zu ihrer Verabredung zu kommen. War losgeradelt, hatte einen platten Reifen, in Höhe der Scheune. Was hatte sie gemacht? War sie unschlüssig am Straßenrand stehen geblieben, jemand hatte gehalten und dasselbe Angebot wie bei Julia gemacht? Doch wie hatte er sie überredet, mit ihm in die Scheune zu gehen? Er konnte sie nicht am helllichten Tag am Straßenrand überwältigen. Das Fahrrad. Er hatte vielleicht gesagt, sie solle das Fahrrad in die Scheune bringen, es könnte sonst gestohlen werden. Also hatte er einen Wagen gefahren, in dem man kein Fahrrad transportieren konnte. Zu klein? Zu vollgeladen?

Waren beide, Julia und Milena, zu einem Unbekannten ins Auto gestiegen? Julia hatte miterleben müssen, dass zwei junge Mädchen Opfer eines Vergewaltigers und Mörders wurden. Wäre sie zu einem Fremden in den

Wagen gestiegen? Und was war mit Sinja? Auf dem Weg zu Volkmanns Hof. Er musste Wunderlich nach den genaueren Umständen fragen.

Niklas fiel ein, dass er sein Handy vorhin leise gestellt hatte. Er zog es aus der Hosentasche. Jemand hatte angerufen und eine Nachricht hinterlassen. Gerd Wunderlich, der alte Polizist. Ihm sei noch etwas durch den Kopf gegangen, er würde sich freuen, wenn Niklas am nächsten Tag auf einen Tee vorbeikäme. Niklas drückte auf Wählen, doch niemand meldete sich.

KAPITEL 37

»Na, hast du was gefunden?« Tessa saß mit einer Kühltasche auf der Treppe vor der Haustür. »Von gestern ist noch jede Menge übrig. Ich hab mir gedacht, wir könnten heute Abend zusammen essen.« Sie stand auf, umarmte Niklas, der seine Tüten aus dem Fahrradkorb hob.

»Gute Idee. Gib mir die Kühltasche, die scheint ja ganz schön schwer zu sein.«

»Ich hab noch eine Flasche Sekt dabei. Kaltes Fleisch, Salate, Käse. Nur auf Brot müssen wir verzichten.«

Niklas nestelte den Haustürschlüssel aus seiner Hosentasche und schloss auf. Die Klamotten ließ er in der Diele stehen, die Kühltasche trug er in die Küche.

»Was ist das denn?« Verwundert widmete sich Tessa Niklas' Aufzeichnungen.

»Es lässt mich einfach nicht los. Die Erkenntnis, vor Julias Gruft gestanden zu haben, sie nicht gerettet zu haben ... Ich hab einfach das Bedürfnis, mehr zu erfahren. Ich bin regelrecht besessen von dem Gedanken, den Mörder zur Strecke zu bringen. Daher hatte ich auch gehofft, über die Zeitungsartikel auf irgendeine Spur zu stoßen. Tut mir leid, das kommt dir jetzt wohl ziemlich theatralisch vor.«

Tessa schüttelte den Kopf. »Nein, ich verstehe dich.«

»Nun, aber das war ja wohl nichts. Nichts in und nichts zwischen den Zeilen, was uns weitergebracht hätte.« Niklas seufzte. »Wollen wir?«

Er hatte das Essen in den Kühlschrank gepackt und hob nun die Sektflasche hoch.

»Gerne. Gläser?«

»Hinter mir im Schrank.«

Niklas füllte die einfachen Sektflöten, der Schaumwein perlte, und die beiden prosteten sich zu.

»Findest du das merkwürdig?«

Tessa schüttelte den Kopf. »Nein, überhaupt nicht. Ich verstehe einfach nicht, warum man dieses Dreckschwein nie gefasst hat. Mindestens drei Mädchen hat er auf dem Gewissen, und es gibt keine Spur. Ich meine, das ist schließlich nicht vor hundert Jahren passiert, wo die Polizei noch nicht all diese Möglichkeiten wie heute hatte. Du sammelst jetzt tatsächlich alles, was mit den Verbrechen zu tun hat?«

»Das, was ich bekommen kann. Gerd Wunderlich hat auch nicht mit den Fällen abgeschlossen. Er ist übrigens auch der Einzige, der Zweifel daran hat, dass Lilly noch am Leben ist. Er befürchtet, sie könnte ebenfalls Opfer des Mörders geworden sein. Obwohl es einige Hinweise darauf gibt, dass sie einfach so gegangen ist.«

Tessa hielt ihr Glas Richtung Fenster, beobachtete die feinen Bläschen, die nach oben trudelten. »Ich hab die Adresse von einem der Hippies, vielleicht weiß er mehr über ihr Verschwinden.«

Niklas riss die Augen auf. »Wieso das? Wie bist du da drangekommen?«

»Ich glaube, du hast mich infiziert. Mit dem Wer-ist-der-Täter-Virus. Es lässt mir ehrlich gesagt auch keine Ruhe mehr. Den Namen von dem Typen zu erfahren, war der pure Zufall. Christiane war doch gestern mit ihrer Mutter auf Gerties Geburtstag. Sie lebt fast vollkommen in der Vergangenheit. Ich hatte mich mit Christiane unterhalten, als Elisabeth, Rita und Walter sich verabschiedeten. Plötzlich hat Josefa Walter am Arm gepackt und gefragt, ob er nun den Betonmischer abholen würde, Hans wäre doch tot, und sie wolle den Betonmischer zurückhaben. Ich sag dir, es war vollkommen verrückt. Christiane wusste Bescheid. Hans, ihr Vater, hatte ihn den Hippies ausgeliehen.«

»Das olle Ding steht heute noch da oben«, unterbrach Niklas schmunzelnd Tessas Erzählung.

»Dann kann Josefa ihn ja wiederhaben.« Tessa grinste. »Nun, damit war die Geschichte aber noch nicht zu Ende. Josefa wurde richtig wütend und sagte, Tom sei ein Dieb, wenn er ihn nicht zurückgibt. Welcher Tom, fragten natürlich alle. Na, der Tom, der Hippie-Tom, Tom Hütter. Stell dir vor, das hat sie sich gemerkt. Kein Mensch wusste, wie der Typ hieß. Zumindest keiner aus dem Dorf. Gut, vielleicht der eine oder andere. Wunderlich dürfte ihn kennen, er hat schließlich mit den Leutchen geredet. Das ist doch wirklich total irre. Ich hab den Namen heute Morgen gegoogelt und den alten Hippie gefunden. Ich ruf morgen mal da an und kündige unseren Besuch an. Bekomm ich zur Belohnung noch einen Tropfen?« Tessa hielt Niklas ihr Glas hin, und er schenkte nach.

»Setzen wir uns raus. Ich hab auch noch etwas zu berichten. Ich hab mich heute mit Milenas Mutter unterhalten, war an der Scheune, in der ihre Tochter starb, und es gibt einen Zusammenhang zwischen Milena und Julia, zumindest was den Tathergang angeht.«

Gespannt lauschte Tessa Niklas in den nächsten Minuten.

»Du hast vollkommen recht. Die Mädchen haben den Typen gekannt. Beide wollten nach Hause, doch es kam ihnen was dazwischen, was sie daran hinderte. Plötzlich erschien der vermeintliche Retter, sie vertrauten ihm blind, und ...«

»Wir müssen rausfinden, ob die Situation bei Sinja ähnlich war. Es muss doch irgendeinen Grund gegeben haben, warum sie in ein Auto gestiegen ist. Ich werd morgen bei Wunderlich vorbeigehen und nachfragen. Er wollte mir sowieso noch etwas erzählen und hat mich auf einen Tee eingeladen. Vielleicht ist ihm noch was zu Lilly eingefallen.«

Tessa verscheuchte eine Fruchtfliege, die sich auf dem Rand ihres Glases niedergelassen hatte.

»Niklas.« Sie zögerte.

»Hm.«

»Wegen Lilly. Du wirst gleich sagen, ich hätte sie nicht mehr alle. Aber bei mir hat sich eine Idee festgesetzt, also ich weiß auch nicht, aber ...« Sie biss sich auf die Lippen.

»Na komm schon, raus damit.«

»Wir haben ja schon darüber gesprochen, wie dich das rote Kleid in deinen Büchern richtiggehend verfolgt. Ganz harmlos zu Beginn der Schriftstellerkarriere, zuletzt diese furchtbare Geschichte mit dem kleinen Jungen im Kleid. Irgendwie verarbeitest du Lilly, da bin ich mir sicher. Du kannst jetzt sagen, Tessa und ihre Hausfrauenpsychologie, da hast du natürlich auch recht, aber es kann kein Zufall sein, wenn du dieses Thema immer und immer wieder in deinen Romanen aufgreifst. Und kaum bist du hier, siehst du eine junge Frau im roten Kleid. Außer dir hat sie allerdings niemand gesehen. Wenn du mich fragst, fließt eine Erinnerung ein, die dich so beeindruckt hat, dass du nicht mehr von ihr loskommst. So ähnlich wie mit deinem Traum von dem Wolf, der dich leitet, nur hat dich in der Realität dein Hund zu Julias Grab geführt.«

Niklas hatte gespannt zugehört. Jetzt, wo Tessa den Traum erwähnte, wurde ihm plötzlich bewusst, dass er seitdem überhaupt nichts mehr geträumt hatte. Oder konnte er sich mal wieder nicht erinnern? Ob er bereits in seinem Roman *Wind in den Cevennen* das Rote-Kleid-Thema verarbeitet hatte? Er fragte Tessa danach.

»Nein, das hast du, glaube ich, nicht. Aber so genau hab ich mir die einzelnen Klamotten nun auch nicht gemerkt. Mir ist halt eben dieses immer wiederkehrende Motiv des roten Kleides irgendwann aufgefallen. Nein, wenn ich genau überlege, gab es da kein rotes Kleid. Aber dein Erstlingswerk führt mich zum nächsten Punkt. Das Häuschen, das Alice erbt, heißt *Mas des Roses*. Rose, verstehst du? Auch Rosen tauchen regelmäßig in deinen Romanen auf. Okay, in romantischen Frauenromanen dürfen sie fast zwangsläufig nicht fehlen. Aber ich schätze, das war deine erste Auseinandersetzung mit Lilly. Klingt ein wenig weit hergeholt, aber lass es einfach mal so stehen.«

»Gut, mach ich. Aber jetzt weiter mit dem Kleid.«

Tessa holte tief Luft. Was jetzt kam, würde Niklas wahrscheinlich umhauen.

»Bin gleich wieder da.« Sie stand auf, verschwand im Haus und kam nach einer Minute wieder zurück, in der Hand Niklas' Bestseller *Der Sommer, der ein Frühling war*. Er wartete ab. Tessa setzte sich, blätterte ein wenig. Sie begann zu lesen.

»*Nach vorne hin, wo auch das blaue Hechtkraut wucherte, schien das Rot der Seerosen heller, nach hinten, wo der Teich von einem Meer aus blauen Blüten gerahmt wurde, schimmerten sie in einem satten samtigen Dunkelrot.* Blablabla. *Ein Schauer durchfuhr Desiree. Das war kein Blütenmeer, es war ein Tuch. Ein Stück Stoff. Blutrot. Mit einem Gefühl des Grauens, das langsam von ihr Besitz ergriff, näherte sie sich dem Teichrand.* Blablabla. *Einer Ophelia gleich schwamm Hannas Leiche, gehüllt in das rote Kleid, das Desiree nur aus ihrem Traum kannte, zwischen den Blüten der Black Princess.*«

Niklas wurde blass, er ahnte, was Tessa daraus schließen würde.

»Niklas, du beschreibst euer Haus, euren Garten, euren Teich. Und in diesem Teich ist eine Frau in einem roten Kleid ums Leben gekommen. Ertränkt. Niklas, was, wenn du in deinem Roman etwas verarbeitet hast, was du tatsächlich gesehen hast? Was, wenn Lilly hier gestorben ist? Du warst ein Junge, hast etwas gesehen, was du dir nicht erklären konntest, hast es verdrängt, doch wenn du schreibst, drängt diese Erinnerung an die Oberfläche. Du lässt es aber nur bedingt zu.«

Niklas verschlug es die Sprache. Eine Mischung aus Ärger und Unsicherheit brach sich Bahn.

»Tessa, an so was erinnert man sich. Ich würde mich erinnern.«

Tessa schwieg, blickte ihn skeptisch an. Schließlich sagte sie vorsichtig: »Niklas, deine Erinnerung lässt dich durchaus manchmal im Stich. Denk doch nur an die Träume, die du nicht mehr zu fassen bekommst. Du hast es mir selbst erzählt.«

Niklas sackte in sich zusammen. Sie hatte in diesem einen Punkt recht. Doch seine Fantasie war seine Fantasie, sie hatte nichts mit der Realität zu tun. Wenn er das Haus seiner Eltern, den Garten, die Nachbarn, den Teich in seinem Roman hatte lebendig werden lassen, war das der Tatsache geschuldet, dass er das beschrieb, was er kannte, nur so war er authentisch. Das hatte er Tessa doch erklärt. Wie konnte man einen Roman über die Cevennen schreiben, ohne je dort gewesen zu sein? Unmöglich, die Leser würden es sofort merken. Er hatte seine Fantasie, die Tote im roten Kleid im Seerosenteich mit dem verknüpft, was er kannte, nicht mehr und nicht weniger. Und genau das sagte er Tessa.

»Es war nur so eine Idee. Total bescheuert, entschuldige. Wenn so etwas in eurem Garten passiert wäre, wenn Lilly hier zu Tode gekommen wäre, dann ...« Sie schlug sich die Hand vor den Mund. »Scheiße, das würde bedeuten ...« Wieder unterbrach sie sich.

»Das würde bedeuten, meine Eltern könnten womöglich etwas damit zu tun gehabt haben«, ergänzte Niklas trocken. »Tessa, dieser Gedanke ist so abwegig, dass er es nicht wert ist, auch nur eine Sekunde daran zu verschwenden.«

»Stimmt, sorry. Lassen wir das. Wollen wir jetzt vielleicht etwas essen?«

Niklas war froh, als seine Freundin das Thema so bereitwillig fallen ließ. Ohne allzu großen Appetit widmete er sich dem Abendessen, und als Tessa auf die Uhr sah, ihm sagte, sie würde sich jetzt auf den Weg machen, machte er keine Anstalten, sie aufzuhalten.

»Ich hol dich morgen so gegen zehn ab, bin gespannt, was uns dieser Tom zu erzählen hat«, verabschiedete sie sich.

Mit einem Whisky kehrte Niklas auf die Terrasse zurück. Es war eine sternenklare Nacht. Irgendwo war das Miauen einer Katze zu hören, das zu einem wütenden Geschrei anschwoll. Wahrscheinlich hatten sich zwei Kater in der Wolle, Revierkampf mit allem, was dazugehörte. Fast menschlich hörten sich die Schreie an. Wie in diesem gruseligen Traum, als er den Keller entdeckte, die Wände, die immer bedrohlicher auf ihn zu rückten, ihn zu zerquetschen drohten. Das Wesen, das in seinem Traum geschrien hatte.

Und wenn Tessa doch recht hatte? Seit Jahren plagten ihn Ängste, die er nicht fassen konnte, geboren aus Träumen, an die er sich nicht erinnerte. Rissen die Villa, der Tod seiner Mutter, das Stöbern in alten Schränken und Kommoden eine Wand in seinen Erinnerungen ein? Hatte es die Schreie im Keller tatsächlich gegeben, war in diesem Teich ein Mensch zu Tode gekommen? Lilly? Und wenn all diese verschütteten Erinnerungen versuchten, sich in seinen Romanen Gehör zu verschaffen, was war dann mit dem letzten Buch? Hatte es auch diesen Jungen gegeben, den man missbraucht und wie ein Stück Müll im Wasser versenkt hatte? Und wer war dieses Kind gewesen?

KAPITEL 38

Sein alter Radiowecker riss Niklas mit dem grellen Geplapper eines Moderatorenduos aus dem Schlaf. In einer halben Stunde wäre Tessa da. Er war nach drei weiteren Whiskys vollkommen erledigt ins Bett gefallen. Lange hatte er wach gelegen und gegen den Schlaf gekämpft, aus Angst, ein neuer Traum würde ihm weitere Schrecken offenbaren. Doch gegen seine Müdigkeit war er machtlos gewesen. Sein Schlaf war traumlos geblieben, und nach einer Dusche und einer Tasse Kaffee schimpfte er sich einen kompletten Idioten. Seine Bücher waren reine Fantasieprodukte. Fertig, aus.

Munter wie ein Fisch im Wasser wartete Tessa vor der Villa. Ausgeschlafen, in einem schicken Sommerkleid, die Haare zu einem Knoten gebunden. Sie schob ihre Sonnenbrille in die Haare.

»Na, wie siehst du denn aus?«

»Ein Whisky zu viel.«

Tessa kommentierte sein Geständnis nicht weiter, öffnete die Beifahrertür und ließ Niklas einsteigen.

»Hab ich dir überhaupt schon gesagt, wo es hingeht?«

Niklas schüttelte den Kopf. Er hätte es besser sein lassen. Bösartig klopften die Hämmerchen an seine Schädelinnenwand.

»Tom Hütter lebt gar nicht weit von hier. Er ist natürlich auch nicht mehr der Jüngste. Ich hab ein Bild von ihm auf seiner Firmenseite entdeckt. Graues Haar, schütter, aber ein Pferdeschwanz. Wie der Vater des Kommissars in diesem Münsteraner Tatort. Vielleicht kifft er sogar noch.« Sie lachte hell. »Aus dem Hippieoberhaupt ist ein Malermeister geworden, die Firma nun in den Händen von Hütter Junior. Ich habe heute Morgen angerufen. Der alte Chef hat sich, wie man mir sagte, zurückgezogen, sein Sohn hat übernommen. Thomas, Tom, Hütter hat sich einen alten Bauernhof gekauft, wo er mit seiner Frau lebt. Also irgendwie back to the roots, würde ich mal sagen. Der Hof ist so dreißig Kilometer hinter Rodenstein, ziemlich einsam gelegen. Ich habe dort leider niemanden erreicht. Hoffen wir mal, dass wir Tom zu Hause antreffen.«

Tessas muntere Plauderei tat Niklas gut. Er war ihr dankbar, dass sie nicht an das Gespräch des Vorabends anzuknüpfen versuchte. Als sie die Scheune passierten, die er am Vortag inspiziert hatte, unterließ er einen Kommentar.

»Ich fahre heute Nachmittag noch zu Wunderlich. Komm doch mit. Ich glaube, er ist ziemlich einsam und wird sich freuen, wenn in seinem Haus ein bisschen mehr Leben ist. Vielleicht können wir ihm auch noch etwas über Lilly erzählen.«

Den Rest der Fahrt berichtete Tessa von einem neuen Auftrag. Ein Privatmann hatte sie gebeten, seine Sammlung zu durchforsten, angeblich lagerten mehrere Hundert Bilder auf dem Dachboden.

»Ich war schon mal kurz da. Wenn ich mit dem Vermeer fertig bin, lege ich los. Das, was ich bis jetzt gesehen habe, ist nett, aber nicht aufregend. Ein paar wirklich hübsche Stillleben sind dabei. Der Großvater und der Vater waren die Sammler und Jäger, ich bin gespannt, ob doch noch das eine oder andere Schätzchen zu entdecken ist.«

»Vielleicht stößt du dabei auch auf Raubkunst, was machst du in einem solchen Fall?«

»Ob es Raubkunst ist, kann ich erst beurteilen, wenn ich die Provenienz eines jeden Bildes untersuche. Das soll übrigens auch auf Wunsch des Besitzers geschehen. Wenn ich etwas entdecke, was beispielsweise aus jüdischem Besitz stammt, wird eine ganze Maschinerie in Bewegung gesetzt. Wer war der Besitzer, ist es gestohlen worden, wurde es verkauft, wenn ja, unter welchen Umständen, fordern die Erben es zurück? Je nachdem bin ich mit dem Job Minimum ein Jahr beschäftigt.«

»Vielleicht lagert der *Turm der Blauen Pferde* auf dem Dachboden.« Niklas grinste.

»Ich glaube, wenn ich dieses Bild von Franz Marc entdecke, bleibt mir vor lauter Aufregung das Herz stehen. Aber das Schicksal des Gemäldes ist in der Tat etwas, das einen Kunsthistoriker nicht loslässt. So, gleich sind wir da. Oh, ist das nicht idyllisch?«

Ein Schotterweg führte zwischen Weiden, auf denen Kühe friedlich grasten, zu einem Bauernhaus. Die weißen Flächen der Gefache des Fachwerkgebäudes schimmerten hell in der Sonne. Ein großes Einfahrtstor stand offen, und Tessa fuhr auf einen Parkplatz, auf dem ein alter Mini stand. Die angrenzende Scheune war zu einer Garage umgebaut worden, in der ein dunkelroter Volvo geparkt war. Die beiden stiegen aus, und Tessa zeigte auf den *Atomkraft-nein-danke*-Aufkleber auf dem schwedischen Wagen.

Als sie sich dem Haus näherten, kam ein Rauhaardackel auf krummen Beinchen um die Ecke gerast und stimmte ein Gekläffe an, das einem Hund von der Größe eines Dobermanns alle Ehre gemacht hätte.

»Wurzel, willst du wohl Ruhe geben.«

Ein Mann war ihm gefolgt, Tom Hütter, wie Tessa Niklas zuflüsterte.

»Hallo, kann ich Ihnen helfen? Sie stehen auf privatem Grund und Boden.«

»Na, von seiner Einstellung, Privatbesitz sei ein Relikt aus der Vergangenheit, ist aber nicht mehr viel übrig«, raunte Niklas.

»Entschuldigen Sie, wir dringen hier so einfach ein. Mein Name ist Niklas Westphal, meine Freundin Tessa. Wir kommen aus Thöninghausen und haben nur ein paar Fragen zu der Zeit, als Sie und Ihre Freunde dort in dem alten Kloster gelebt haben.«

Hütter blickte sie misstrauisch an. »Sind Sie von der Presse? Sie kommen wegen des Mädchens, dessen Leiche man gefunden hat, stimmt's? Ich hab nichts dazu zu sagen, und jetzt verschwinden Sie. Wie war noch mal Ihr Name? Ich werde mich über Sie bei Ihrer Zeitung beschweren. Für wen arbeiten Sie?«

»Niklas Westphal. Und ich bin kein Reporter.«

In der Zwischenzeit war eine Frau aus der Haustür getreten.

»Westphal? Ich habe früher, nach der Zeit im alten Kloster, gegenüber der Apotheke von Sigrid und Edwin

Westphal in dem Wolllädchen gearbeitet. Sie sind der Sohn, nicht wahr?«

»Genau«, bestätigte Niklas erleichtert.

»Tom, das ist der Sohn von Sigrid. Ich habe Ihre Mutter so gemocht. Noch nach Geschäftsschluss hat sie einem die Medikamente herausgegeben.«

Ihr Mann hatte schweigend zugehört. »Entschuldigen Sie, ich wollte Sie nicht so anfahren. Aber für mich ist das Kapitel erledigt«, brummte er und streckte Tessa und Niklas die Hand hin. »Was kann ich also für Sie tun?«

»Kommen Sie doch nach hinten in den Garten. Es ist ja so heiß. Etwas Erfrischendes zu trinken?« Frau Hütter war näher getreten und strahlte Niklas an. Von Tessa nahm sie kaum Notiz.

»Danke, das ist nicht nötig. Wir wollen Sie nicht lange belästigen. Eigentlich haben wir nur eine Frage. Wissen Sie, Herr Hütter, was aus Lilly Rose geworden ist? Sie hat damals mit Ihnen in der … nun in Ihrer Kommune gelebt.«

»Meine Güte, Lilly. Wann haben wir das letzte Mal etwas von ihr gehört, Tom?«

Niklas und Tessa sahen sich verblüfft an.

Frau Hütter lachte schallend. »Sie können sich wohl nicht vorstellen, dass ich auch mal ein hübsches Hippiemädchen war, das am liebsten nackt durch die Wiesen gelaufen ist, mit nichts als ein paar Blumen im Haar.«

»Isa, lass mal gut sein, daran ist Herr Westphal glaube ich nicht interessiert, sich dich nackt vorzustellen«, grinste Tom Hütter. »Außerdem, Hippies waren schon längst out, als wir uns im Kloster niedergelassen haben. Wir waren eher eine spirituelle Kommune. Sie wollen also wissen, wo Lilly steckt? Na, immer noch in Südfrankreich, nehme ich mal an. Sie hat sich damals einfach vom Acker gemacht. Hatte keine Lust mehr auf uns und keine Lust mehr auf Thöninghausen. Sie hat ein paar Sachen eingepackt, wir haben überhaupt nichts bemerkt, und weg war sie. Soweit ich weiß, hat sie sich in Köln ein paar Leutchen angeschlossen, die mit ihrem Bus nach Südfrankreich sind. War doch so, Isa? Die hat sie in Köln getroffen.«

Isa Hütter nickte. »Ja, Köln. Hatte sie uns geschrieben. Die erste Karte kam aus Saintes-Maries-de-la-mer. Von dort ist sie nach Nizza, war dann in Italien, aber nicht für lange. Jetzt ist sie irgendwo in einem Dorf bei Montpellier. Aber nicht Lilly hat die Sachen abgeholt, Tom, da irrst du dich. Das hat jemand für sie erledigt. Auch der Reisepass war dabei. Pierre hat das doch gesagt.«

»Davon weiß ich nichts. Aber ist sie nicht nach Montélimar?«, warf Tom Hütter ein. »Nein, war doch Montpellier. Sie ist verheiratet. Hat zwei Kinder bekommen. Wir wollten sie längst mal besucht haben. Aber wir wüssten noch nicht mal, wo genau. Aber es wäre sowieso bis jetzt nichts draus geworden. Die Firma und so, wissen Sie. Nie Zeit gehabt.«

»Jemand hat Lillys Sachen abgeholt? Wer soll das gewesen sein? Warum ist sie nicht selbst gekommen, um sich zu verabschieden?«

Hütter zuckte die Achseln. »Keine Ahnung. Jeder konnte bei uns eigentlich tun und lassen, was er wollte, wir hatten es nicht so mit den Konventionen. Isa hat recht, jemand hat das Zeug von Lilly geholt. Aber wer das war, weiß ich nicht. Wir waren auch nicht da. Genau, Pierre hat es rausgegeben.«

Isa bestätigte es. »Pierre hat sich noch ziemlich aufgeregt, weil sie nicht persönlich gekommen ist. Er hatte immer ein Auge auf sie geworfen. Er ist vor drei Jahren gestorben. Lungenkrebs. Wir waren noch auf seiner Beerdigung.«

»Das hat er aber sonst niemandem gesagt, also, dass Lillys Sachen abgeholt worden sind? Und wer sie abgeholt hat?« Niklas konnte sich nicht erinnern, ob Wunderlich diesen Umstand erwähnt hatte.

Tom und Isa schüttelten gleichzeitig den Kopf. »Keine Ahnung, warum hätte er es erzählen sollen? Der Einzige, der sich für Lillys Abgang interessiert hat, war ein Polizist aus dem Dorf. Doch mit dem wollten wir nichts zu tun haben.«

Das glaubte Niklas sofort. »Wissen Sie, wie Lilly heute heißt? Und Sie haben wirklich nicht die leiseste Ahnung, wie ihre Adresse lautet?«

»Nein, sagte ich doch schon, wir wissen es nicht«, antwortete der Malermeister. »Sie hat immer nur Ansichtskarten geschickt. Ein, zwei Sätze, und das war's. Mit Lilly unterschrieben. Die letzte kam, mein Gott, das muss schon ewig her sein, ich glaube vor fast zwanzig Jahren.«

Isa Hütter nickte bestätigend.

»Haben Sie die noch, dürfte ich sie mal sehen?«, bat Niklas.

»Tut mir leid, die sind weg. Als wir vor eineinhalb Jahren hierhergezogen sind, haben wir so richtig ausgemistet. Die Karten sind mit dem ganzen Altpapier, was sich angesammelt hat, auf dem Müll gelandet. Aber wenn sie sich wieder melden sollte, kann ich Ihnen gerne Bescheid geben.«

»Schade, aber danke, das wäre nett. Ich hab leider keine Karte dabei.«

»Kein Problem, schreiben Sie mir Ihre Nummer auf. Isa, besorg mal bitte Stift und Papier.«

Kurz darauf kam Isa Hütter mit dem Gewünschten zurück, und Niklas hinterließ seine Telefonnummer.

Er wollte sich schon verabschieden, als ihm ein Gedanke kam.

»Hatten Sie eigentlich einen Hund, damals?« Rüdiger hatte ihn erwähnt, doch konnte sich sonst niemand an ihn erinnern. Hatte er ihn sich eingebildet, oder war er der Einzige aus dem Dorf, der ihn gesehen hatte?

»Warum fragen Sie? Ja, wir hatten einen Hund, einen wunderschönen Belgischen Schäferhund. Er gehörte Pierre. Sah fast ein bisschen aus wie ein Wolf. Aber ein total gutmütiges und liebes Tier. Jetzt sind wir auf was im Handtaschenformat umgestiegen.« Hütter lachte und zeigte auf den Dackel, der es sich in der Sonne bequem gemacht hatte.

Niklas und Tessa verabschiedeten sich endgültig und fuhren zwischen den Weiden zurück zur Hauptstraße.

»Nun, der Punkt wäre geklärt. Lilly lebt. Das ist doch die Hauptsache«, sagte Tessa fröhlich. »Südfrankreich. Da hat sie eine gute Wahl getroffen. Aber es würde mich schon interessieren, wer ihre Sachen abgeholt hat. Okay, das spielt jetzt ja wohl keine Rolle mehr. Und Rüdiger hat tatsächlich einen Hund gesehen. Ob du ihn auch mal gesehen hast, diesen Schäferhund? Daher deine Idee vom Wolf?«

»Nein, das kann ich mir nicht vorstellen. Was soll ich beim Kloster denn verloren haben? Die Frage ist, was hat Rüdiger da oben getrieben? Gespannt?« Niklas grinste, wurde aber sofort wieder ernst. »Und Lilly ist nicht in unserem Teich ertränkt worden.« In seiner Stimme schwang unverhohlen Erleichterung mit. »Komm, ich lad dich zu einem frühen Mittagessen ein. Du glaubst nicht, was ich plötzlich für einen Appetit habe. Später gehen wir zusammen zu Wunderlich. Bin ich gespannt, was er für mich hat.«

Nach Pizza mit Salat und einer halben Karaffe Rotwein bei *Luigi* kutschierte Tessa sie gutgelaunt nach Thöninghausen. Auch jetzt schwieg Niklas, als sie an der Scheune vorbeibrauste.

»Was ist denn da los?« Ein mulmiges Gefühl überkam ihn plötzlich.

Am Ende der Straße, in der Gerd Wunderlich wohnte, stand ein Polizeifahrzeug mit Blaulicht. Tessa bremste und hielt, als jemand hinter ihr hupte. Sie fuhr an die Seite, ließ den Wagen passieren.

»Niklas, das war Lattwich. Was macht der denn mit seinem Leichenwagen hier?«

»Steigen wir aus und fragen nach.«

Mit einem Satz waren Niklas und Tessa aus dem Auto und liefen los.

»Halt, hier kann niemand weiter.«

»Mensch, Markus, was ist denn passiert?«

Der Polizist schüttelte den Kopf. »Das wissen wir noch nicht.«

Lattwich verschwand soeben im Eiltempo im Haus.

»Was ist mit Wunderlich?«

Eigentlich war Tessas Frage überflüssig. Die Polizei vor der Tür, der Leichenwagen vorgefahren.

Markus schaute nach links und nach rechts, als befürchte er, beobachtet zu werden, wenn er den Mund aufmachte.

»Wunderlich ist tot. Der Doktor wollte sich zum Schach heute Abend mit ihm verabreden. Als Wunderlich sich nicht meldete, ist er hin. Er saß leblos im Rollstuhl. Mehr kann ich euch nicht sagen. Wäre besser, wenn ihr jetzt von hier verschwindet. Da kommt der Pfarrer.«

Schnaufend näherte sich Pfarrer Berg. Er grüßte kurz, schob sich an Niklas und Tessa vorbei, nickte Markus zu und verschwand im Haus.

»Für den letzten Segen ist es jetzt leider zu spät«, murmelte Niklas.

»An was er wohl gestorben ist?« Tessa hatte Niklas' Hand ergriffen, und sie gingen zurück zum Auto. »An Parkinson stirbt man doch nicht so von jetzt auf gleich. Oder?«

»Ich weiß es nicht. Als ich bei Wunderlich war, machte er, bis auf das Zittern seiner Hände und die Tatsache, dass er im Rollstuhl saß, auf mich einen stabilen Eindruck. Aber vielleicht hatte er ein schwaches Herz oder ein Blutgerinnsel im Kopf.«

»Aber auch ein schwaches Herz hört doch nicht einfach auf zu schlagen. Ob er obduziert wird?«

»Keine Ahnung. Ich kann das einfach nicht glauben. Wunderlich tot. Irgendwas stimmt doch da nicht. Ich hab ein ganz beschissenes Gefühl.«

»Mir geht's genauso. Das kann doch kein Zufall sein. Julias Leiche wird gefunden. Wunderlich war der ermittelnde Beamte. Er will sich mit dir treffen, weil er dir etwas mitteilen möchte. Und jetzt ist er tot. Komm, wir können hier nichts tun, ich fahr dich nach Hause. So schlimm das Ganze ist, es sind noch Salat und kalter Braten in deinem Kühlschrank. Bevor es schlecht wird. Wenn es für dich in Ordnung ist, bleibe ich heute Abend bei dir. Gertie hat sich mindestens zehn Quizsendungen programmiert, die sie gestern verpasst hat und heute Abend anschauen will. Miträtseln kann sie auch ohne mich. Apropos rätseln, wir sollten deine Aufzeichnungen unbedingt aktualisieren.«

»Stimmt, das sollten wir. Aber vorher will ich noch bei Henriette vorbei. Vielleicht kann sie uns sagen, was Sinja bewogen hat, in ein Auto zu steigen und nicht mit dem Rad weiterzufahren.«

KAPITEL 39

Das Häuschen von Henriette Sievers war das zweite im Alten Hofweg. Von hier ging es direkt hinaus auf die Felder, deren hohe Stauden wie müde Krieger in der leichten Brise wankten. In der Straße glich ein Haus dem anderen. Sie waren in den späten Fünfzigern und frühen Sechzigern für Aussiedler aus dem Osten erbaut worden, die sie gegen einen relativ geringen Zinssatz hatten erwerben können. Längst hatten sich die Eigentumsverhältnisse gewandelt. Wegzug, Tod und Verkauf hatten den Häuschen neue Besitzer beschert.

Die ehemalige Haushalthilfe der Familie Westphal stand im Vorgarten, beide Arme auf einen Besen gestützt, und unterhielt sich mit Elisabeth. Beide wussten schon vom Ableben Gerd Wunderlichs und kommentierten es mit ungläubigem Kopfschütteln.

»Der arme Gerd. Ich hab gehört, der Doktor hat ihn gefunden«, tat Henriette Sievers kund.

Elisabeth ihrerseits sagte: »Rita hat gehört, dass der Pfarrer ihn besuchen wollte und Wunderlich tot vor seinem Rollstuhl liegend entdeckt hat.«

Tessa und Niklas äußerten sich nicht dazu.

»Was wollt ihr denn von Henriette?«, fragte Elisabeth neugierig.

»Es geht um ein paar Dinge, die das Haus betreffen«, erwiderte Niklas vage.

»Ach, und was?«

»Elisabeth, du bist ja überhaupt nicht vorwitzig«, kanzelte daraufhin Henriette die alte Frau ab und schob Niklas und Tessa mit einer resoluten Geste zum Hauseingang.

Elisabeth harrte noch einen Augenblick vor dem Gartentor aus, doch als sich die Haustür mit einem lauten Knall vor ihrer Nase schloss, trat sie den Rückzug an.

»So ein neugieriges Weib«, schimpfte Henriette und führte ihre Besucher in die gute Stube, die zugleich Wohn- und Esszimmer war. Auf dem Esszimmertisch lag ein halb fertiges Puzzle, der Eiffelturm.

»Das ist doch sicher verdammt schwierig. Die einzelnen Etagen unterscheiden sich ja kaum. Wie viele Teile sind es denn?«, fragte Tessa interessiert.

»Dreitausend.« Der Stolz in Henriettes Stimme war nicht zu überhören. »Allerdings arbeite ich schon bestimmt seit acht Wochen daran. Schlimm, ganz schlimm, das mit Gerd. Wisst ihr denn, was passiert ist, wer ihn denn nun gefunden hat? Setzt euch doch.« Sie zeigte auf ein rotes altmodisches Plüschsofa, das in den Ecken von zwei Bären in Trachtenanzügen bewohnt wurde. Niklas und Tessa quetschten sich dazwischen.

»Wir wissen auch nichts Genaues. Es sieht so aus, als hätte der Doktor ihn entdeckt. Er wollte sich zum Schach mit Gerd verabreden, und als der nicht ans Telefon ging, ist der Doktor hin. Woran er gestorben ist, wissen wir nicht.« Tessa hatte sich einen der Bären auf den Schoß gesetzt.

»Das ist Ludwig. Er liebt seine Ecke.«

Mit rotem Kopf setzte Tessa den Bären wieder zurück.

»Nun, was ist mit dem Haus? Brauchst du meine Hilfe?«

Henriette stand auf und rückte Ludwig zurecht. Dann nahm sie wieder Platz und nickte Niklas aufmunternd zu.

»Nun, ähm, das hab ich nur gesagt wegen Elisabeth. Wir wollen nicht an alten Wunden rühren, Henriette, aber wir sind wegen Sinja hier. Sinja war damals auf dem Weg zu Volkmanns Hof, als sie überfallen und vergewaltigt wurde. Später konnte sie sich an nichts erinnern. Sie ist dem Täter begegnet, als es wohl schon dunkel war, der hat sie in die Büsche gezerrt, sie war halb tot, als man sie gefunden hat, und ...« Niklas versagte die Stimme, als er sah, wie Henriette die Tränen in die Augen traten.

»Das arme Kind. Sie hat die Scham nicht ertragen. So jung, und schneidet sich die Pulsadern auf.« Henriette zog ein Taschentuch aus der Schürzentasche, schnäuzte sich und reckte die Schultern. »Es ist schon so lange her, doch der Schmerz hört niemals auf. Wenn damals dieses verdammte Pony nicht eine Kolik bekommen hätte, wäre das alles nicht passiert.«

»Wie meinst du das, Henriette?«

»Sinja war an dem Abend schon längst zu Hause. Meine Schwester und ihr Mann waren nicht da. Bauer Volkmann rief an, Django würde sich so eigenartig benehmen, er befürchte, das Pony habe eine Kolik. Er würde den Tierarzt informieren. Weil es schon dunkel war, wollte er auch nicht, dass Sinja sich auf den Weg machte. Dabei hätte er sich doch denken können, dass das Mädel sein Pony in so einem Zustand nicht allein lassen würde. Sie muss wie eine Verrückte gefahren sein, die Kette ist abgesprungen. Es gab ja noch keine Handys, sie konnte keinen anrufen. Sie stand da, mutterseelenallein und total verzweifelt.«

Henriette Sievers schluchzte laut, die Tränen strömten jetzt nur so ihre Wangen hinunter. Ihr Körper wurde wie von Krämpfen geschüttelt. »Es tut mir leid, ich kann nicht mehr. Lasst mich bitte alleine, die Erinnerung, sie zerreißt mir das Herz.«

Betreten erhoben sich Niklas und Tessa vom Sofa.

»Soll ich vielleicht eine Tasse Tee kochen, oder kann ich sonst was für dich tun?«

Niklas kniete vor der Frau nieder.

»Danke, mein Junge, ich brauche jetzt einfach meine Ruhe. Das ist zu viel. Julia gefunden, Gerd tot, deine Mutter beerdigt. Geht nur, macht euch keine Sorgen. Ich leg mich hin, ich komm schon klar.«

Schweigend verließen Niklas und Tessa das Haus.

»Das ist der Zusammenhang«, sagte Tessa entschieden.

»Genau, das ist der Zusammenhang. Der Täter hat sich auch bei Sinja zunutze gemacht, dass das Mädchen unbedingt an sein Ziel, in diesem Fall zu seinem kranken Pony, wollte. Er hat sie am Straßenrand stehen sehen, hat angehalten, ihre Verzweiflung erkannt, ihr angeboten, sie zu Volkmann zu fahren. Doch stattdessen hat er das Mädchen betäubt und vergewaltigt. Er ist geflüchtet, als er dachte, sie sei tot.«

»Die Frage ist, hatte er das Betäubungsmittel bereits in seinem Auto, um seine Opfer willenlos zu machen?«

»Du meinst, er hatte Chloroform, oder was auch immer, dabei, war regelrecht auf der Jagd? Vielleicht hatte er es auch zufällig im Auto. Nur, aus welchem Grund?«

Sie kamen an Tessas Wagen an, als der schwarze Leichenwagen an ihnen vorbei in Richtung Ortsausgang fuhr.

»Lattwich bringt ihn offenbar in die Stadt. Das heißt, Wunderlichs Leiche wird untersucht.«

»Das heißt, der Doktor hat nicht einfach einen Totenschein ausgestellt. Irgendwas an Wunderlichs Tod ist nicht ganz koscher.«

KAPITEL 40

»Du fährst heute Abend besser nicht mehr. Du kannst hier übernachten.«

Tessa reckte sich im Liegestuhl und griff nach ihrem Weinglas, das neben ihr auf dem Boden stand.

»Ist wohl besser. Ich habe echt einen leichten Schwips, der Weißwein hat's ganz schön in sich.«

Niklas hob die Flasche hoch und schaute auf das Etikett. »Ordentlich für einen Weißen, vierzehn Komma fünf Prozent.«

»Und irgendwie liegt mir der Kartoffelsalat im Magen. Ich hoffe nur, er war nicht verdorben. Wie geht's dir denn?«

Niklas drückte auf seinem Bauch herum. Er grinste. »Nichts, du hast aber auch ganz schön reingeschaufelt. Komm, wir vertreten uns etwas die Beine, dann fühlst du dich bestimmt gleich besser.«

Er zog Tessa an beiden Händen aus dem Liegestuhl.

»Ich muss die ganze Zeit daran denken, wie Lattwich mit Wunderlichs Leiche an uns vorbeigefahren ist. Was die wohl rausfinden werden?«

»Tessa, wir werden es erfahren. Es macht nicht viel Sinn, sich jetzt den Kopf darüber zu zerbrechen. Wir haben meine Aufzeichnungen aktualisiert und sind zu dem Schluss gekommen: Jemand hat die Notsituation der Mädchen ausgenutzt. Aber ehrlich, ich bin jetzt einfach zu kaputt. Verschieben wir unser Brainstorming, der Begriff passt wirklich bestens, so wie mir der Kopf schwirrt, auf morgen. Hörst du, wie die Frösche quaken? Statten wir ihnen einen Besuch ab. Komm, am Teich ist es bestimmt angenehm kühl. Wir nehmen den Wein mit und hören uns das Gratiskonzert an.«

Niklas klemmte sich die Flasche unter den linken Arm und hakte rechts Tessa ein, die die beiden Gläser genommen hatte.

»Der Park ist wunderschön. Das ist wohl der Birnbaum aus dem Roman.«

»Nein, das ist ein Apfelbaum. Im Roman habe ich den Birnbaum wegen der Blüten und dem Namen der Birnen, *Gute Luise*, ausgewählt. In diesem Jahr trägt der Apfelbaum ziemlich viele Früchte. Guck mal, die haben doch eine ganz andere Form als Birnen.«

Tessa kniff die Augen zusammen und zog einen Ast heran. »Stimmt«, sagte sie und ließ den Ast wieder los. »Besser Früchtchen dran als Blüten um diese Zeit. Das wäre wirklich zu unheimlich. Wie kommst du eigentlich auf deine Ideen? Jetzt abgesehen davon, dass du Dinge verarbeitest, die du kennst. Irgendwo in dir schlummert schon so ein kleiner Edgar Allen Poe. Ich kann mich noch gut daran erinnern, wie wir auf eurem Dachboden gesessen haben und du diese Geschichten vorgelesen hast. Poe war ja schon beängstigend, aber die Sinclair-Hefte, die waren besonders grausam. Hat dich so etwas eigentlich beeinflusst?«

Niklas überlegte kurz. »Auf jeden Fall Poe, ich möchte schon eine düstere Spannung erzeugen, und er war ein Meister darin. Sinclair weniger, solche Grausamkeiten möchte ich meinen zartbesaiteten Leserinnen nicht zu-muten.«

»Dann solltest du dich in Zukunft wirklich nicht mehr steigern. Lieber wieder mehr cosy, weniger mörderisch-grausam. Hast du schon eine Story für dein nächstes Buch?«

»Ich hab einige Ideen. Aber vielleicht hast du recht. Ich sollte wieder an den *Wind in den Cevennen* anknüpfen. So in der Art verschrobener Bestseller-Autor sucht Ruhe in der Provence, kleines Steinhaus, das er wieder aufbaut. Eines Tages fällt ihm eine attraktive Kunsthistorikerin vor die Füße, die ein Geheimnis mit sich rumschleppt. Die beiden verlieben sich ineinander, Geheimnis wird gelöst, und so leben sie glücklich bis ans Ende ihrer Tage.«

»Sehr schön, dann fang mal damit an. Wenn du Details aus dem Arbeitsleben einer Kunsthistorikerin brauchst, wende dich vertrauensvoll an mich. Oh, ist das ein Para-dies!«

Sie standen vor dem Teich, stellten Flasche und Glä-ser am Ufer ab.

»Es ist wie im Buch. Diese Seerosen sind einfach wun-derschön. Eine außergewöhnliche Farbe. Und dieses Froschkonzert. Die Frösche geben sich extra viel Mühe für uns. Man sieht allerdings keinen einzigen von ihnen. Ob sie dahinten zwischen den Stängeln der gelben Blu-men sitzen? Ich glaube, das sind Sumpflilien. Stimmt's?«

»Frag mich was Leichteres. Von Botanik hab ich nicht wirklich Ahnung. Um den Garten hat sich ausschließ-lich meine Mutter gekümmert. Es gibt rechts von der Terrasse unter dem Küchenfenster noch ein Kräuter-beet. Würz- und Heilkräuter. Aber nachdem sie nicht mehr in der Apotheke arbeitete, hat sie, glaube ich, nur noch Küchenkräuter gezogen. Sigrid hat gern den Umweltschützer Hubert Weinzierl zitiert. Es gibt ein Gedicht von ihm, sie sagte, das bringt es genau auf den Punkt, also, dass Kräuter Heilpflanzen sind. Warte mal, vielleicht finde ich es. Sigrid würde sich freuen, wenn ich es dir an ihrem Teich vorlese.«

Niklas gab einige Wörter in sein Handy ein.

»Hier, ich hab's schon. *Im Mittagsgleiß die Blüte brich: Johanniskraut, Blutweiderich. Schafgarbenblüh, Basilikraut, Kamill und Linde duften laut. Die Sonne brennt, der Heuwind streicht, das Haar fällt frei, die Kleider leicht. Und Lust aus allen Tümpeln lacht. Weit wird der Sinn und wild die Nacht. Misch Tausendgüldenkraut darein, Storchschnabel, Salbei, Rosmarein und achte auf die Sternenbahn, damit das Kraut auch heilen kann.* Nett.«

»Und absolut passend. Die Sonne brennt, nun, das hat ein wenig nachgelassen, hier der Tümpel, garantiert würden wir auch die Pflanzen entdecken. Und tadaaa ...« Tessa zog das Haargummi aus ihrem Knoten und schüttelte den Kopf wie ein Pferd, das eine Fliege verscheucht. »... das Haar fällt frei. Jetzt fehlt nur noch die wilde Nacht. Und die Frösche quaken ihr Liebeslied voller Lust.«

Sie setzten sich ins Gras, und Niklas verteilte den restlichen Wein.

»So ganz konsequent bist du bei deinen Schilderungen aber nicht«, sagte Tessa und hob ihr Glas in Richtung Teich. »Wenn mich nicht alles täuscht, schreibst du von blauen Blumen am hinteren Ende des kleinen Sees. Ich hab dir doch den Abschnitt vorgelesen. Ganz sicher, da heißt es blaue Blumen. Ist das nun dichterische Freiheit, wie mit dem Birnbaum, oder hat deine Mutter die irgendwann beseitigt?«

Niklas lag im Gras und kaute auf einem Halm. »Wahrscheinlich dichterische Freiheit. Andererseits...« Er richtete sich auf und beschirmte die Augen gegen die letzten Strahlen der Abendsonne, die auf der ruhigen Wasseroberfläche glänzte. »... bin ich in solchen Dingen, bis auf den Birnbaum, da war es ja wegen des Namens, ziemlich pingelig. Warum sollte ich blaue Blumen beschreiben, wenn sie gelb sind. Aber warte mal, ich hab eine Idee. In einem der Alben war ein großes Farbfoto, da sehen wir bestimmt, was im Teich geblüht hat. Zumindest vor fünfzehn Jahren oder so.«

»Warte, ich komm mit. Ich hab in meiner Tasche ein Vergrößerungsglas mit Licht. Ich bin jetzt wirklich darauf gespannt, welche Pflanzen es waren.«

Mittlerweile brach sich ganz allmählich die Dämmerung Bahn. Winzige Leuchtkäfer trudelten über den Rasen.

»Johanniskäfer. Sie sind auf der Suche nach einem Weibchen und locken es mit dem Licht an.«

»Aha, deswegen hast du deine Lupe mit Licht in der Tasche, um die Männer anzulocken.«

»Frechdachs.« Tessa gab Niklas einen Schubs.

Beim dritten Album in der Bibliothek wurde Niklas fündig. Das Foto zeigte den Teich formatfüllend. Die roten Seerosen strahlten in voller Pracht, den Hintergrund bildete ein Meer blauer Blüten.

»Lass mal sehen.« Tessa ließ ihre Lupe über das Foto gleiten. »Weißt du, wie die Pflanzen heißen?«

»Keine Ahnung. Ich sagte dir doch schon, in Botanik bin ich eine Null.«

»Mir kommen sie bekannt vor. Ich hatte dir doch von den Stillleben erzählt. Ich hab sie schon alle abgelichtet. Warte mal, da ist ein Foto dabei, auf dem diese Pflanze in einer Vase angeordnet ist. Da kann ich mich auf mein Gedächtnis verlassen.«

Tessa nahm ihr Smartphone zur Hand. »Ich hab sie zwar auch auf meinem Computer, aber ich denke, das Foto ist ausreichend. Hier, das ist es. Von Eugène Henri Cauchois. *Stillleben mit Nelken und Eisenhut.* Ein schönes Gemälde. Nicht superteuer, ich schätze es auf achttausend Euro. Immerhin. Also, die blaue Blume, die hinter den gelben Sumpflilien am Teichrand geblüht hat, war ein Blauer Eisenhut. Sehr dekorativ, wie ich finde.«

»Ja, sehr hübsch.«

»Warum er wohl den gelb blühenden Pflanzen das Feld überlassen musste?«

»Keine Ahnung. Meine Mutter hat immer in ihrem Garten herumgewerkelt. Wir hatten sogar ein Kartoffelbeet. Später kamen dort Zucchini und Kürbisse rein. Das Würzkräuterbeet hat sie auch permanent neu bepflanzt. Vielleicht war ein Schädling schuld, hat die Eisenhutpopulation ausgerottet.«

»Glaube ich kaum. Hier, der Blaue Eisenhut ist nahezu immun gegen Krankheiten und Schädlinge. Liegt wohl unter anderem daran, dass fast alle seine Teile hochgiftig sind. Sogar die bloße Berührung kann Hautentzündungen hervorrufen.« Tessa hielt Niklas einen Artikel, den sie gegoogelt hatte, vor die Nase.

»Das wird's sein. Natürlich. Sigrid hat sie wahrscheinlich rausgerissen, als die Nachbarn mit den Kindern eingezogen sind. Die beiden kamen auch hier in den Garten. Dann wäre das also geklärt. Komm, wir genießen die letzte Wärme draußen. Soll ich uns noch eine Flasche Wein öffnen?«

In diesem Augenblick summte Tessas Handy. Sie lauschte, steckte das Telefon wieder weg.

»Tut mir leid, ich muss los. Tante Gertie fühlt sich nicht besonders. Sie hat Kopfschmerzen und befürchtet, sie könnte einen Schlaganfall bekommen. So schlimm wird's nicht sein, aber ich mach mich lieber auf die Socken.«

»Schade. Ich begleite dich runter ins Dorf.«

Arm in Arm spazierten Niklas und Tessa in zügigem Tempo durch die laue Sommernacht. Am Dorfbrunnen hatten sich ein paar Jugendliche versammelt, die eine Zigarette mit eindeutigem Duft die Runde machen ließen.

»Ob es für die Kids überhaupt eine Zukunft in so einem Dorf gibt? Was meinst du?«

Tessa zuckte mit den Schultern. »Für die einen ja, für andere nicht. Wer höher hinaus will in seinem Leben, muss hier raus. Das siehst du doch an uns. Für Hartwig, Silvia, Rüdiger oder Eva ist das Dorf ihre Heimat, die Dorfgemeinschaft ihre große Familie. Christiane bleibt wegen ihrer Mutter. Du hast, Gott sei Dank, den Absprung geschafft. Ich verdanke es meinen Eltern, die von hier weggezogen sind, dass ich über den Tellerrand hinausschauen und mich entwickeln konnte. Aber schau dich doch mal um. Das einzige Geschäft, das floriert, ist Lattwichs Bestattungsunternehmen. Wenn das Dorf irgendwann doch mal ausgestorben ist, ist es damit vorbei. Ich kann mir auch nicht vorstellen, dass es einen Nachfolger für Pfarrer Berg gibt. Dann sind die Kirche,

Erntedank und die Christmette ebenfalls Geschichte. Eigentlich schade, allerdings sind wir nicht die Richtigen, die es bedauern sollten, denn durch Leute wie uns kommt es ja überhaupt erst so weit.«

Den Rest des Weges bis zu Gerties Haus gingen sie schweigend nebeneinander her.

KAPITEL 41

Das Grollen des Donners hörte sich bedrohlich nahe an. In der Nacht hatte noch nichts auf einen bevorstehenden Wetterumschwung hingedeutet. Niklas erwachte. Er hatte keine Nachrichten gehört, sich somit weder mit dem Geschehen in der Welt noch in der Region und auch nicht mit dem Wetter beschäftigt. Er stand auf und sah aus dem Fenster in den Morgenhimmel. Dunkle Wolken ballten sich dort. Es war nur wenig abgekühlt, und eine Schwüle, die wie eine Last über allem lag, breitete sich im Laufe des frühen Vormittags unangenehm aus. Unangenehm auf der Haut, bei jeder Art der Bewegung, sogar beim Atmen. Niklas versuchte, Tessa zu erreichen, doch es sprang nur der Anrufbeantworter an. Er fragte nach, wie es Gertie gehe, und sagte, er würde sich wieder melden.

Obwohl er überhaupt keine Lust dazu hatte, widmete er sich wieder seinen Sichtungspflichten. Schlaf- und Arbeitszimmer waren erledigt, ebenso das Wohn – und das Esszimmer, blieb weiterhin die Bibliothek, die ihm nach wie vor Kopfzerbrechen bereitete. Wie mit den ganzen Büchern verfahren? Er hatte immer noch keine Lösung parat. Zwar hatte er im Internet einige Antiquariate entdeckt, die komplette Sammlungen aufkauften, aber irgendwie kam es ihm falsch vor, die Dinge auseinanderzureißen, die seine Eltern über all die Jahre gesucht, gefunden, gekauft und gesammelt hatten.

Das, was er in ein paar Tagen geschafft hatte, war allerdings ein Tropfen auf dem heißen Stein angesichts der Unmengen an Büchern, die an den vier Wänden in den deckenhohen Regalen schlummerten. Die Lücken, die die Exemplare, die Tessa eingepackt hatte, hinterlassen hatten, fielen nur auf, wenn man wusste, wo die Kunstbände einst gestanden hatten. Mit einem tiefen Seufzer verließ er die Bibliothek. Ein andermal.

Vielleicht konnte er Tessa noch einmal überreden, sich mit ihm zusammen dieser Herkulesaufgabe zu widmen, die Spreu vom Weizen zu trennen. Ob vielleicht ein paar Seniorenheime in der Umgebung Interesse an den Büchern hätten? Diese Idee gefiel Niklas, je länger er darüber nachdachte. So würden die Bücher doch einen guten Zweck erfüllen. Den Rest konnte er immer noch einem Antiquariat anbieten.

Zufrieden mit diesem Plan nahm er ein zweites Frühstück zu sich. Fast verbrannte er sich an seinem Kaffee den Mund, als sein Handy losschrillte. Es war Tessa.

»Gertie hatte einen leichten Schwächeanfall«, berichtete sie atemlos. »Die Hitze und die Aufregung, du weißt schon. Dr. Wiesner ist gerade da und hat ihr ein Rezept ausgestellt. Ich muss nach Rodenstein in die Apotheke, hast du vielleicht Zeit, so lange bei Gertie zu bleiben? Sie ist wie immer sehr uneinsichtig und will sich nicht schonen. Du könntest sie im Auge behalten, bis ich mit den Medikamenten da bin und Gertie damit zur Ruhe kommt.«

»Ja, klar«, erwiderte Niklas.

»Du bist ein Schatz! Ich muss mich beeilen, die Apotheke schließt um die Mittagszeit, Dr. Wiesner wartet noch, bis du da bist. Ich nehme Gerties Wagen. Der freut sich, wenn er mal wieder bewegt wird.«

Niklas machte sich umgehend auf den Weg. Er klingelte, und Dr. Wiesner öffnete ihm die Tür.

»Ah, Niklas, da bist du ja schon. Gertie ist tatsächlich gerade eben eingenickt. Ich hab ihr ein paar Baldriantropfen gegeben. Was diese Hausmittel doch alles bewirken. Ein Kaffee wäre jetzt prima. Tessa sagte, wir sollen uns hier wie zu Hause fühlen. Das schließt die Küche mit ein. Willst du auch einen?«

Niklas schüttelte den Kopf. »War wohl alles zu viel für Gertie. Das trubelige Fest, und dieses Gewitterwetter ist auch nichts für den Kreislauf. Aber müssen Sie nicht zurück in die Praxis?«

Dr. Wiesner war bereits in die Küche gegangen und hantierte an der Kaffeemaschine herum. »Nein, die Praxis habe ich doch aufgegeben. Weißt du das nicht? Ich bin über siebzig und kümmere mich nur noch um Notfälle wie diesen hier. Es sollten allerdings nicht zu extreme Notfälle sein. Die meisten im Dorf bevorzugen das Ärztehaus in Rodenstein, da gibt es Mediziner verschiedener Fachrichtungen. Mir bleiben nur die Alten, und um die sorge ich mich noch gerne. Ich kenne meine Pappenheimer seit über vierzig Jahren und sie mich. Werden immer weniger, und bald ist es ganz aus mit uns Alterchen. Du siehst es ja an Gerd. Seine Tage waren zwar gezählt, aber dass es so schnell geht, hätte ich nicht gedacht. Vielleicht wollte er einfach auch nur seine letzten Monate genießen und ist deswegen etwas unvorsichtig geworden.«

Der Kaffee war inzwischen durchgelaufen, und sein Aroma erfüllte die kleine Küche. Wiesner setzte sich an den Tisch, und Niklas nahm gegenüber Platz.

»Ich trink doch eine Tasse.« Niklas stand wieder auf, nahm aus dem Küchenschrank einen Becher und goss ihn halb voll. »Wie meinen Sie das, Wunderlich sei unvorsichtig geworden?«

»Nun, die Parkinsonerkrankung ist nicht aufzuhalten, du kannst sie nur etwas lindern, sie erträglicher machen. Gerd bekam einen sogenannten nichtselektiven MAO-Hemmer. Das Medikament ist allerdings mit Nebenwirkungen verbunden. Es ist unerlässlich, dabei eine Diät einzuhalten, um die Nebenwirkungen nicht noch zu verstärken. Bluthochdruck ist zum Beispiel eine davon. Es ist mir vollkommen unverständlich, aber Gerd hat, obwohl er wusste, wie schädlich es für ihn ist, ja, sogar tödlich für ihn sein kann, Rotwein getrunken. Er steht noch im Kühlschrank, eine angebrochene Flasche Chianti, *Castello Don Viduzzi*. Ich hab nachgesehen, es gibt kaum einen Wein, der mehr Tyramin enthält als dieser. In der Kombination mit Gerds Medikament kommt es zu Herzrasen bis hin zum Herzstillstand. Und das bei seiner schwachen Pumpe. Das war's dann. Wer weiß, vielleicht hat Gerd das Risiko sogar bewusst gesucht. Es war aber ganz sicher ein unangenehmes Sterben. Er muss sehr heftig reagiert haben, hat gekrampft und ... Exitus. Das Glas lag zerbrochen vor dem Rollstuhl, und er hat sich sogar einen Zahn beschädigt. Wahrscheinlich ist ihm das Glas beim Krampfen an den Zahn geschlagen. Schlimm, schlimm.«

»Als ich ihn besucht habe, hatte ich den Eindruck, er weiß sehr wohl, was ihm guttut und was nicht.« Niklas konnte das eben Gehörte kaum fassen. Nie und nimmer hätte Wunderlich es darauf angelegt, mit seinem Leben, und wenn es nur noch von kurzer Dauer gewesen wäre, zu spielen. Wunderlich wollte noch erleben, wie der Mädchenmörder zur Strecke gebracht wurde, er hatte sich mit ihm, Niklas, schließlich austauschen wollen.

»Können wir in den Kopf oder in die Seele von jemandem blicken, der bald diese Erde verlässt? Wohl kaum. Tja, auf jeden Fall werden wir immer weniger, wir alten Thöninghauser«, wiederholte der Arzt seine Worte von vorhin. »Deine Mutter werde ich besonders vermissen. Sie war eine gute Frau.« Er trank einen Schluck, verzog das Gesicht und schaufelte einen weiteren gehäuften Löffel Zucker in seine Tasse. »Ist ein bisschen stark geraten, der Kaffee. Ja, Sigrid, wir werden sie vermissen. Was hat sie immer von euren Reisen und Unternehmungen erzählt und geschwärmt. Sie hat mal angedeutet, du seist unter die Schriftsteller gegangen. Ist was draus geworden, aus deiner Schreiberei?«

Bevor Niklas antworten konnte, war Dr. Wiesner bereits wieder bei Sigrid angelangt. »Sie hat wirklich alles wunderbar in Schuss gehalten, deine Mutter. Den großen Garten, die Villa. Weißt du schon, wie es weitergeht? Mit dem Haus?«

»Nein. Ich gestehe, ich wollte es eigentlich verkaufen, aber jetzt bin ich mir nicht mehr so sicher. Es hängen enorm viele Erinnerungen daran. An meine Eltern, meine Kindheit, alles, was drin ist, erinnert mich an Papa und Sigrid. Ich weiß noch nicht mal, wie ich mit den Möbeln, dem Geschirr, den Bildern, einfach mit allem umgehen soll. Die Bücher würde ich gerne verschiedenen Seniorenheimen schenken. Was meinen Sie dazu?«

»Eine schöne Idee. Ich hätte ein paar Adressen für dich. Die Möbel könntest du in den Secondhand-Laden in Rodenstein geben, da sind immer Menschen, die es nicht so dicke haben, die sich über ein kostenloses Sofa, einen gut erhaltenen Kühlschrank freuen. Es tut gut zu sehen, wie du in die Fußstapfen deiner Mutter trittst. Sie hat sich auch gerne um die gekümmert, die es nicht so gut hatten wie sie.« Wiesner zögerte. »Da ist noch eine Sache, ich weiß nicht, ob Christiane darüber Bescheid weiß, du musst mit ihr darüber reden, wegen des Geldes.«

Niklas sah den Arzt fragend an. »Christiane Wagner? Wegen welchen Geldes?«

»Oh, also hat deine Mutter nie mit dir darüber gesprochen? Wann hast du denn den Notartermin? Der ist ja bei Dr. Tillmann in Rodenstein, wegen des Testaments, meine ich? Dann wirst du es wahrscheinlich erfahren.«

»Ich hab mit dem Notar telefoniert, bevor ich nach Thöninghausen kam. Meine Mutter hat mir vor einem halben Jahr gesagt, sie wolle allmählich ihr Haus bestellen, Dr. Tillmann würde sich um den Nachlass kümmern. Ich hab damals ja nicht geahnt, dass sie todkrank ist. Ich erbe das gesamte Vermögen, es gibt nur zwei, drei kleine Klauseln. Wahrscheinlich wird das eine davon sein. Aber wenn Sie wissen, um was es geht, erzählen Sie es mir doch.«

Der Arzt lehnte sich in seinem Stuhl zurück. »Nun, Hans Wagner, Christianes Vater, starb, wie man so sagt, plötzlich und unerwartet. Er hatte einen Herzinfarkt. Ich war sofort bei ihm und habe umgehend den Notarzt-wagen gerufen. Hans war in kürzester Zeit im Kranken-haus. Gerade noch rechtzeitig, hatten wir alle gedacht. Es wurden umgehend alle Maßnahmen ergriffen. Doch sein Zustand verschlechterte sich, und dann ist er doch gestorben, und Josefa stand ganz alleine da mit Christiane. Das Hauptproblem war, dass Hans als selbstständiger Versicherungsvertreter kaum etwas in die Rentenkasse eingezahlt hatte, gespart hatte er auch nichts und, obwohl er vom Fach war, nicht an eine Lebensversicherung oder so was gedacht. Und nicht nur das. Er hat es mit seiner Selbstständigkeit auch gerne übertrieben. Statt seine Versicherungen zu verkaufen, hat er sich lieber im Wald mit seinen Jagdfreunden getroffen. Christiane war gerade in der zweiten oder dritten Klasse. Josefa musste gucken, wie sie über die Runden kam. Sie hat chronisches Rheuma, ist schwerbehindert. Sie hat vielleicht zehn Jahre stundenweise gearbeitet und ein paar Mark in die Rentenkasse eingezahlt. Und dann dieses Drama. Josefa ist darüber regelrecht verrückt geworden. Ach herrje, das wollte ich so eigentlich gar nicht sagen. Anfangs war sie nur etwas durcheinander, aber irgendwann wurde es richtig schlimm. Zuerst Schreianfälle, später warf sie sogar Sachen nach Christiane, wenn die ihr helfen wollte. Nun gut, dann hat deine Mutter etwas getan, von dem nur der Pfarrer, Josefa, wahrscheinlich Christiane und ich etwas wissen. Sie hat das Grundstück zwischen Thöninghausen und Rodenstein, das, wo jetzt die Neubausiedlung steht, verkauft, und das Geld für die beiden angelegt. So konnten Christiane und ihre Mutter mit einer Minirente und dem großzügigen Zuschuss von Sigrid recht gut über die Runden kommen.«

Niklas verschlug es die Sprache. Davon hatte seine Mutter nie etwas erzählt. Er hatte noch nicht einmal von der Existenz dieses Grundstücks gewusst.

Als hätte er seine Gedanken gelesen, fügte der Arzt hinzu: »Das Grundstück hat deine Mutter von ihrem Vater geerbt. Wir sprechen von einer Summe von mehreren Hunderttausend Euro.«

Jetzt musste Niklas doch schlucken. Er war nicht auf das Geld angewiesen, aber die Höhe dieses Geldgeschenkes verblüffte ihn doch. Er räusperte sich.

»Nun, das war in der Tat sehr großzügig von Sigrid. Allerdings frage ich mich, warum sie das getan hat?«

»Weil sie halt so war, wie sie war. Sie litt keine Not, lebte in dieser wunderbaren Villa. Sie war ganz einfach eine uneigennützige Wohltäterin, Pfarrer Berg ist sogar einmal so weit gegangen, sie eine Heilige zu nennen.«

Niklas wurde rot. Sigrid eine Heilige. Doch uneigennützig war ihr Geldsegen auf jeden Fall gewesen.

»Hat das Geld etwas mit der Demenzerkrankung von Josefa zu tun? Ist die schon so früh ausgebrochen?«

Der Arzt presste die Lippen zusammen. Schließlich gab er sich einen Ruck. »Die angebliche Demenz ist eine Erklärung für die Öffentlichkeit, für Freunde, die Leute aus dem Dorf. Landläufig würde man sagen, dass Josefa unter einer schweren psychischen Erkrankung leidet. Im Dorf würde man sagen, sie ist geisteskrank.«

»Verrückt?«

»Ich habe es eben selbst benutzt, das Wort. Aber es hört sich hässlich an. Geisteskrank, krank an Geist und

344

Seele, so würde ich als alter Arzt es benennen. Der Tod von Hans, die ungewisse Zukunft, das alles hat sie sehr mitgenommen. Ihr Geist hat es einfach nicht mehr ausgehalten.«

»Aber Christiane hat sie mit zu Gerties Geburtstag genommen. Da hätten es doch alle gemerkt, wenn sie nicht ganz richtig im Kopf ist.«

»Josefa hat ihre lichten Momente. Das ist nichts Ungewöhnliches bei Menschen mit einer derartigen Erkrankung. Christiane weiß, wann diese Augenblicke sind und wie sie sie nutzen kann. Sie ist ein liebes, cleveres Mädchen. Wenn Josefa ihre Tochter nicht hätte, wäre sie schon längst in einer Anstalt. Wer weiß, ob sie noch leben würde.«

»Aber das bedeutet ja, Christiane musste schon als Kind mit einer kranken Mutter zusammenleben. Wie konnte man das zulassen?«

»Die ersten Jahre war eine Pflegekraft rund um die Uhr im Haus. Auch das hat viel Geld gekostet. Ohne deine Mutter ein Ding der Unmöglichkeit. Als Christiane älter wurde, kam eine Pflegerin täglich zweimal zu ihnen. Auch ich war immer für sie da und der Pfarrer. Hätte es nur das geringste Anzeichen gegeben, es könnte Christiane nicht gutgehen, hätten wir sofort gehandelt. Aber was wäre für Christiane die Alternative gewesen? Das Waisenhaus. Dank der richtigen Einstellung der Medikamente und den vielen helfenden Händen konnte Josefa in ihrem Haus bleiben und Christiane bei ihrer Mutter und in ihrer gewohnten Umgebung. Auch deine Mutter hatte, nicht nur finanziell, einen großen Anteil daran, dass es funktionierte.«

Die Haustür quietschte, und Tessa kam mit einer Tüte mit Apothekenaufdruck in die Küche.

»Wie schön, Sie sind noch da. Habt ihr euch gut unterhalten? Und Gertie schläft? Wunderbar. Ich habe alles bekommen, was Sie aufgeschrieben haben.«

»Sehr gut. Ich schau noch mal nach deiner Tante, und dann mach ich mich auf den Weg. Euch noch einen schönen Tag, und beschwöre Gertie, sie soll es wenigstens heute ruhig angehen lassen und im Bett bleiben. Morgen kann sie sich in den Garten legen, wenn das Wetter es zulässt, aber heute verschreibe ich Bettruhe.«

Tessa begleitete Dr. Wiesner nach oben. Nachdenklich starrte Niklas in seinen leeren Becher, auf dessen Grund sich ein paar Krümel Kaffeesatz gesammelt hatten. Sie erzählten ihm nichts.

KAPITEL 42

»Gertie schläft jetzt. Henriette kommt in einer halben Stunde vorbei, sie will ihr ein wenig Gesellschaft leisten. Das ist eben das Schöne an so einem Dorf. Die Gemeinschaft hält zusammen, komme was wolle, in guten wie in schlechten Zeiten. Trotzdem würden mich keine zehn Pferde mehr zurückbringen. Findest du nicht auch, dass hier irgendwie die Zeit stehen geblieben ist? Ist dir schon mal aufgefallen: Es lebt hier niemand, der aus einem anderen Land kommt. Sogar der Kebabladen wird von einem Einheimischen betrieben, inklusive Shisha Bar. Solange es ein paar junge Leute gibt, wird der Schuppen laufen, aber wenn die abwandern, kann Jörg seinen Laden dichtmachen. Und überhaupt, wie kann man mit den paar Gästen sein Auskommen haben?«

Tessa rührte Zucker in ihre Tasse und verscheuchte gleichzeitig eine Stubenfliege, die es sich auf einem eingetrockneten Fleck auf der Tischdecke bequem gemacht hatte und mit ihrem winzigen Rüssel versuchte, darin herumzustochern. Unverdrossen kehrte das kleine Tier zurück. Tessa ließ es schließlich gewähren.

»Apropos Auskommen. Der Doktor hat mir etwas sehr Eigenartiges erzählt. Es ehrt zwar meine Mutter, aber stell dir vor, sie hat ein wertvolles Grundstück verkauft, um nach dem Tod von Josefas Mann, also Christianes Papa, die beiden finanziell zu versorgen.«

»Echt? Das ist ja ein Ding. Hut ab vor deiner Mutter. Meine Güte, aber das ist doch schon ewig her, seitdem Hans gestorben ist. Dann hat deine Mutter seit ... lass mich überlegen, es hieß doch, er hätte beim WM-Endspiel den Infarkt bekommen, dann hat sie seit zig Jahren gezahlt. Fließt das Geld immer noch? Und wie lange noch?«

»Ich nehme an, bis Josefa tot ist.«

Tessa öffnete das Fenster und scheuchte die Fliege, die nun vehement gegen die Scheibe brummte, hinaus. Draußen war es still.

»Was mag der Grund für diese Großzügigkeit gewesen sein? Ich meine, viele Frauen sind in Thöninghausen irgendwann Witwen geworden, und umgekehrt starben auch Ehefrauen und ließen ihre Männer zurück. An die ist kein Geld deiner Mutter geflossen, nehme ich an?«

Niklas zuckte mit den Schultern. »Nicht, dass ich wüsste. Wenn, hätte mir der Doktor das sicher erzählt.«

Tessa spann ihre Gedanken laut weiter: »Sie hat also gezahlt, nachdem Hans tot war, der Ernährer der Familie ausgefallen war. Ganz ehrlich, ich finde das, je länger ich darüber nachdenke, zwar immer noch sehr großzügig, aber auch ziemlich strange. Niklas, ich weiß, meine Frage hört sich unverschämt an, aber war Sigrid Josefa irgendwas schuldig?«

»Das ist nicht unverschämt, sondern absolut nachvollziehbar. Seitdem mir Dr. Wiesner das erzählt hat, grüble ich ja auch darüber nach, was da dahinterstecken könnte. Ihr hat die Familie leidgetan, sie wollte die Not lindern, mehr fällt mir beim besten Willen nicht ein. Tessa, was meinst du, soll ich einfach nachfragen? Oder hinterlässt das den Eindruck, ich wollte das Geld zurückhaben oder die Zahlungen einstellen?«

Tessa überlegte nicht lange. »Ist doch eine gute Idee. Ich komm mit. Warten wir nur noch, bis Henriette da ist.«

In diesem Moment ertönte ein durchdringendes Klingeln.

»Wenn Gertie nicht schon wach ist, ist sie es jetzt«, seufzte Tessa. »Die Tür ist doch offen. Die Tür ist offffennn«, rief sie in den Flur hinein.

»Und wenn die Türglocke sie nicht aus dem Schlaf gerissen hat, dann dein zartes Stimmchen«, grinste Niklas.

Schnaufend betrat Henriette die Küche, in der rechten Hand einen Korb, über den ein kariertes Geschirrtuch gelegt war. »Hallo ihr zwei, ich hab Bienenstich gemacht. Für euch ist auch was dabei. Gertie soll schön oben im Zimmer bleiben, ich bring ihr den Kuchen gleich hoch. Und ihr, was habt ihr so vor? Geht ihr aus?«

Tessa und Niklas hatten sich bereits erhoben. Tessa hatte ihre kleine Schultertasche in der Hand. Sie drückte die Frau an sich.

»Wie lieb. Wir haben Sie hoffentlich nicht zu sehr aufgeregt gestern?«

»Alles gut. Manchmal ist es richtig, auch mal wieder zu weinen. Na, dann macht euch mal auf den Weg. Ich werd schön auf unsere Gertie achtgeben.«

»Wir wollten mal nach Christiane sehen. Ich glaube, der tut ein wenig Abwechslung gut. Den ganzen Tag bei der kranken Mutter sitzen ... Hat sie eigentlich einen Freund?«

»Nein, das wüsste ich. So was spricht sich schnell rum. Vielleicht hält sie nach einem Mann Ausschau, wenn Josefa tot ist, aber vorher bestimmt nicht. Sie hatte mal kurz was mit Markus, aber das ging nicht lange gut. Der Junge hat sich bemüht, sie hatte sich ja später zu einem recht hübschen Ding gemausert. Irgendwann konnte er sie überreden, mit ihm ins Kino zu gehen, und prompt hatte Josefa einen Anfall. Christiane hatte Josefa vorher ein leichtes Schlafmittel gegeben, das hatte sie vom Doktor bekommen. Trotzdem ist Josefa in den drei Stunden, in denen sie weg war, aufgewacht und hat begonnen, das Wohnzimmer auseinanderzunehmen. Markus dachte zuerst an einen Einbruch, aber es war Josefa selbst, die das Chaos angerichtet hatte. Jedenfalls hat Christiane mit ihm Schluss gemacht. Tja, so war das. Na, dann grüßt sie mal schön von mir.«

Henriette öffnete den Küchenschrank, entnahm ihm zwei Teller und legte zwei Kuchenstücke darauf, den Rest verstaute sie im Kühlschrank.

»Warte, den nehmen wir mit, wenn dir das recht ist.« Henriette nickte zustimmend, Tessa nahm den Teller wieder aus dem Kühlschrank und deckte ihn mit einem Stück Klarsichtfolie ab.

Das Haus von Josefa und Christiane lag am Ortsende, oder auch am Ortsanfang, je nachdem, aus welcher Richtung man kam. Die Straße machte einen Knick, und unversehens verwandelte sich der Asphalt in Kopfsteinpflaster, buckelige graue Quadrate von fünfzehn mal fünfzehn Zentimetern, eine Pflasterung, wie sie vor vierzig Jahren noch ganz Thöninghausen besessen hatte. Am ersten Haus an der Ecke war noch ein altes Emaille-Schild befestigt, ein Hinweis auf die ehemalige Zahnarztpraxis von Dr. Richard Ölderlein.

»Vor dem hatte ich richtig Schiss. Ich glaube, der hat immer am Betäubungsmittel gespart. Auf jeden Fall tat es trotz Spritze immer höllisch weh, wenn er was an den Zähnen gemacht hat. Gibt es seine Praxis noch?«

»Ja, aber die hat der Sohn übernommen. Ist jetzt im Ärztehaus in Rodenstein. Ich war letztes Jahr da, als ich Gertie besucht hatte. Mir war ein Stück Backenzahn rausgebrochen.«

Abrupt blieb Niklas stehen. »Ich bin eben gar nicht dazu gekommen, dir noch von Wunderlich zu erzählen. Dr. Wiesner hat geplaudert. Wunderlich ist an einem Herzinfarkt gestorben.« Er legte eine Kunstpause ein und wartete auf Tessas Reaktion, die auch nicht ausblieb.

»Also doch ein natürlicher Tod. Irgendwie bin ich erleichtert. Das Gefühl, ein Mörder treibt immer noch sein Unwesen im Dorf, ist nicht gerade angenehm.«

»Wie du das so sagst. *Immer noch.* Dann hätte er nach dem Mord an Julia eine verdammt lange Pause eingelegt. Wunderlich meinte auch, die Serie hätte nach Julias Verschwinden aufgehört, und die Frage war, ob der Mörder tot oder weitergezogen ist. Und wenn dieser Killer jetzt bei Wunderlich zugeschlagen hat? Dann ist er weder tot noch aus dem Dorf verschwunden. Ist schon merkwürdig, Wunderlich redet mit mir über die Fälle, und kurz darauf ist er tot. Herzinfarkt. Ganz ehrlich, an einem Herzstillstand stirbt letztendlich jeder. Aber dieser scheint mir besonders.«

Nun hatte er die volle Aufmerksamkeit der Freundin. Niklas berichtete Tessa von Wunderlichs Medikament zur Linderung der Parkinsonsymptome und von den Nebenwirkungen, die durch den Genuss bestimmter Lebensmittel nicht nur verstärkt wurden, sondern auch zum Tode führen konnten.

»Als ich bei Wunderlich war, hat er mir Wasser angeboten. Er hat gesagt, Kaffee gäbe es nicht, wegen seiner Erkrankung müsse er Diät halten. Und da soll er ein Glas Chianti, das absolut schädlich für ihn war, getrunken haben? Das glaube ich nicht.«

»Vielleicht wusste er das nicht?«

Die beiden waren inzwischen weitergegangen. »Doch, doch. Der Doc sagte, er hätte genau gewusst, wie schädlich Rotwein für ihn ist. Dieser Chianti, dieser *Castello Don Viduzzi*, ganz besonders. Auch das mit dem Zahn ist sehr merkwürdig. Wiesner sagte, Wunderlich sei während eines Krampfanfalls ein Stück Zahn abgebrochen, wahrscheinlich sei ihm das Glas gegen die Zähne gestoßen. Sag mal, glaubst du das? Das ist doch absurd, passt doch hinten und vorne nicht. Wunderlich schenkt sich ein Glas Wein ein, trinkt, und der Chianti entwickelt sofort diese Wirkung? Okay, ich bin kein Arzt, vielleicht geht das ja rasend schnell, aber lässt er dann nicht eher das Glas fallen?«

»Es sei denn, der Krampfanfall kam genau in der Sekunde, als er einen weiteren Schluck nehmen wollte«, wandte Tessa ein.

»Ich hab da eine ganz andere Theorie. Jemand hat ihn gezwungen, den Chianti zu trinken, hat dem hilflosen alten Mann das Glas sozusagen zwischen die Kiefer geschoben. Er musste trinken, hat sich aber gewehrt und dabei ist der Zahn abgebrochen.«

»Was sagst du denn da? Dann wäre es ein heimtückischer Mord gewesen. Wer und warum?«

»Mensch, Tessa, wie ich eben sagte: Das Ganze hängt mit dem Fund von Julias Leiche zusammen. Wunderlich hat nie die Hoffnung aufgegeben, den Täter irgendwann vor Gericht zu sehen. Er hat ganz sicher weiterermittelt, sich seine Gedanken gemacht und ist zu einem Schluss gekommen, der ihn dem Täter nähergebracht hat. Das hat er mit dem Leben bezahlt. Es kann nur so gewesen sein. Der Täter bleibt dreißig Jahre unerkannt, Julia taucht auf, der Fall wird neu aufgerollt, Wunderlich hat ihn nie aufgegeben, und plötzlich kam ihm eine Erkenntnis.«

»Und welche?«

»Wenn ich das wüsste. Ich muss das Gespräch mit ihm noch einmal Revue passieren lassen. Vielleicht gab es einen Moment, der ihm die Augen geöffnet hat. Oder als ich schon weg war. Ich weiß es nicht.«

Mittlerweile waren sie am Haus der Familie Wagner angekommen. Es war eines der wenigen Häuser in der Straße, das noch seine alten Fensterläden besaß. Die meisten Hausbesitzer hatten sie durch Rollläden ersetzt, deren mächtige Kästen wie dicke Augenbrauen über den Fenstern saßen. Der Charme, den die schlichten kleinen Häuser einmal besessen hatten, war mit den Fensterläden verschwunden. In Blumenkästen, die unterhalb der Fenster hingen, wucherten üppig rote und weiße Geranien. Die Holztür war nur angelehnt, und Niklas klopfte kräftig auf das Holz, denn nirgendwo war ein Klingelknopf zu entdecken.

Schritte näherten sich, und Christiane war nicht wenig überrascht, als sie Niklas und Tessa vor der Haustür stehen sah. Ihr Gesicht war krebsrot, dunkle Dreckspuren zogen sich über ihre Wangen bis über die Stirn. Sie wischte sich ihre erdverkrusteten Hände an der Hose ab, streckte die rechte Hand aus, zog sie jedoch sofort wieder zurück.

»Hallo, Christiane. Wir platzen hier einfach so unangemeldet rein, aber Henriette hat Bienenstich gebacken, und wir dachten, wir bringen euch etwas davon vorbei. Das ist doch in Ordnung?« Tessa hielt Christiane den Teller hin, während Niklas bestätigend nickte.

»Entschuldigt, bin etwas schmutzig, habe natürlich keinen Besuch erwartet. Ich war gerade im Garten. Eigentlich ist es zu heiß, um zu arbeiten, aber den ganzen Tag nur rumsitzen ... Tut mir leid, da schwalle ich euch zu, kommt doch rein. Danke für den Kuchen. Und ihr kommt extra deswegen?« Das Erstaunen in Christianes Stimme war nicht zu überhören.

Sie trat beiseite, um Niklas und Tessa vorbeizulassen. Im Flur herrschte diffuses Licht. Die Türen zu den angrenzenden Räumen waren geschlossen, nur die geradeaus zum Wohnzimmer war geöffnet.

»Geht schon vor. Mama ist im Wohnzimmer. Heute hat sie einen guten Tag. Ich wasch mir nur schnell die Hände.«

Zögernd betraten Tessa und Niklas die Wohnstube. Josefa Wagner saß mit dem Rücken zu ihnen in einem Ohrensessel vor einem großen Blumenfenster und sah nach draußen in den Garten. Neben dem Sessel stand ein quadratischer Tisch auf geschwungenen Beinen, darauf ein *Mensch-ärgere-dich-nicht-* Spiel.

»Tach, Frau Wagner, wir sind es, Niklas und Tessa.«
Sie reichten Josefa zur Begrüßung die Hand, doch die
von Josefa blieb im Schoß liegen. Ausdruckslos starrte
sie die beiden an, blickte dann wortlos wieder aus dem
Fenster. Unschlüssig standen sie herum.

»Wenn das ein guter Tag ist...«, flüsterte Tessa, »...möchte
ich die schlechten nicht erleben.«

»Sieh mal, Mutti, Niklas und Tessa haben Kuchen mitgebracht. Ist das nicht nett? Der berühmte Bienenstich
von Henriette.«

Josefa drehte kurz den Kopf, dann starrte sie wieder
nach draußen. Christiane hatte vier schmale Kuchenstücke auf den Tellern verteilt und auf einem Tablett
ins Wohnzimmer gebracht, das sie auf einem niedrigen
Tisch abstellte.

»Hm, koste mal.« Josefas Tochter hatte einen Teller
genommen, mit der Gabel ein kleines Stück Kuchen auf-
gepickt und hielt es ihrer Mutter vor den Mund. Mit einer
Bewegung, die so plötzlich kam, dass Tessa und Niklas
zusammenzuckten, fegte Josefa die Hand ihrer Tochter
weg, und der Bienenstich landete in hohem Bogen in der
Wanne des Blumenfensters, in dem Alpenveilchen um
die Wette blühten.

»Vielleicht später, Mutti.« Und zu Tessa und Niklas
gewandt: »Setzen wir uns. Also, warum genau seid ihr
hier?«

Niklas nahm einen ersten Bissen und legte dann die
Gabel zur Seite. »Es geht um den Nachlass meiner Mutter. Keine Angst, ich will nichts zurückhaben«, sagte er
schnell, als er bemerkte, wie Christiane erstarrte. »Vorweg, ich wusste nichts von dem Arrangement zwischen

Sigrid und euch. Weder vom Verkauf des Grundstücks noch, dass ihr die Nutznießer aus dem Erlös seid. Ich werde es noch vom Notar erklärt bekommen, doch Dr. Wiesner hat es mir bereits erzählt. Um es kurz zu machen, ich finde es großartig, wie Sigrid euch unterstützt hat. Aber ein wenig neugierig bin ich doch. Gibt es einen bestimmten Grund dafür? Ich meine ...« Niklas geriet ins Stottern. »... solche Schicksalsschläge treffen doch viele, einige Freundinnen meiner Mutter sind verwitwet, aber deine Mutter ist die Einzige, der sie so unter die Arme gegriffen hat.«

Christiane schob ihren Teller zurück. Ihr Gesicht wirkte nachdenklich, ratlos. »Ganz ehrlich, da kann ich dir nicht weiterhelfen. Vielleicht, weil ich damals noch so klein war, meine Mutti konnte nicht mehr arbeiten, sie ist ja schwerbehindert, und Paps hatte uns nichts hinterlassen. Vielleicht waren wir der schwerste Fall in Thöninghausen. Ich kann es mir nicht anders erklären. Was sollte das für ein Grund sein, wenn nicht dieser?«

»Meinst du, deine Mutter kann was dazu sagen?«, meldete sich Tessa zu Wort.

Christiane blies die Backen auf und ließ die Luft mit einem lauten Pff entweichen. »Du siehst doch, wie sie dahockt. Im Moment bekommt ihr keine Antwort auf die Frage. Ich kann es später gerne probieren, aber ich habe wenig Hoffnung. Die lichten Momente, die sie hat, sind wirklich nur Momente. Wie ein Blitz zuckt dann eine Erinnerung durch ihren Kopf, und schon ist wieder alles wie ausgeknipst. Sie sitzt einfach den ganzen Tag da, ist ruhig, schaut aus dem Fenster, freut sich im Winter, wenn die Vögel ins Futterhaus fliegen, lässt sich füttern, meistens, und waschen und lebt in ihrer Welt. Und in der ist es still. Ach herrje, ich habe gar nicht gefragt, ob ihr etwas trinken wollt?« Christiane sprang auf.

»Nein, ist schon okay, ich glaube, wir lassen dich jetzt besser mit deiner Mutter alleine. Vielleicht hat sie ja doch Appetit auf ein Stückchen Kuchen, und wir stören nur.«

Tessa hatte sich ebenfalls erhoben, und auch Niklas schälte sich aus dem braunsamtenen Sessel.

»Wir sagen Josefa nur noch kurz Tschüss.«

Als Josefa Wagner ihren Namen hörte, drehte sie erneut den Kopf, doch ihre Miene blieb genauso ausdruckslos wie vorhin. »Tschüss, Frau Wagner.« Niklas war bereits an der Wohnzimmertür, als Tessa sich umdrehte und versehentlich an den Spieletisch stieß. Erschrocken schlug sie sich die Hand vor den Mund, als Josefa laut und deutlich sagte: »Finger weg.«

»Keine Angst, es ist nichts passiert. Die Männchen stehen noch genauso wie eben da. Sehen Sie, alle in ihren Häuschen, nur die grünen Männchen sind draußen. Drei schon im Himmel, einer kurz davor.«

Mit einem Satz war Christiane bei ihnen und legte beruhigend die Hand auf die Schulter ihrer Mutter. »Alles gut, Mutti, siehst du, alles ist wie immer.« Zu Tessa gewandt sagte sie: »Das Spiel darf nicht verändert werden. Das steht schon so da auf dem Tisch, seitdem ich denken kann. Nicht wahr, Mutti, da wird nichts geändert.«

»Nichts geändert«, flüsterte Josefa Wagner, stützte ihre Arme auf den Lehnen ab und erhob sich ächzend aus ihrem Sessel.

»Mutti, nicht doch, setz dich wieder. Niklas und Tessa wollen jetzt gehen, ich bin gleich wieder bei dir.«

Doch die alte Frau hörte nicht auf ihre Tochter, sie blieb stehen und begann mit erstaunlich klarer Stimme zu singen.

»Vier kleine Jägerlein, die schossen nicht nur mit Blei, einer hat zu viel gesoffen, da waren's nur noch drei. Drei kleine Jägerlein, nichts sieht die Polizei, einer hat zu viel gefressen, da waren's nur noch zwei. Zwei kleine Jägerlein im Keller edlen Weins, einer kostet die blaue Blume, da war es nur noch eins. Ein kleines Jägerlein wartet seit Jahren ab, doch irgendwann kommt alles raus, dann wandert es ins Grab.«

Als hätte man einen Stecker gezogen, verstummte sie mit einem Schlag und setzte sich wieder in ihren Sessel, den leeren Blick in den Garten hinaus gerichtet. Im Wohnzimmer war es still geworden.

»Das Lied hab ich noch nie gehört, ich hab Mutti überhaupt noch nie singen hören. Das ist ja direkt unheimlich. Was hat das nur zu bedeuten? Ganz ehrlich, mir läuft es eiskalt den Rücken runter. Es ist besser, ihr geht jetzt. Ich muss mich um Mutti kümmern.«

Vor dem Haus blieben Niklas und Tessa noch einen Moment stehen.

»Das war wirklich gespenstisch. Mir ging es wie Christiane, ich hab eine richtige Gänsehaut bekommen.« Tessa nahm Niklas bei der Hand.

»Vier kleine Jägerlein, drei im Himmel, und einer wartet auf sein Grab. Tessa, in dem Lied steckt womöglich die ganze Wahrheit. Wir müssen es nur noch entschlüsseln.«

KAPITEL 43

»Hat einer von euch Niklas oder Tessa eigentlich Bescheid gesagt, dass wir heute unseren regelmäßigen Stammtisch haben?«

Hartwig, Silvia und Rüdiger schüttelten die Köpfe.

»Ich ruf die beiden an, vielleicht haben sie ja Lust dazuzukommen.« Eva hielt ihr Handy schon in der Hand.

»Warte mal. Wahrscheinlich kommen die beiden sowieso vorbei. Und eigentlich ist es unser Stammtisch. Ich wüsste nicht, warum Tessa und Niklas unbedingt dabei sein sollten.« Silvias Stimme hörte sich quengelnd an.

»He, was ist denn mit dir los?« Ihr Mann hob zwei Finger in Richtung Gernot, der sich sofort daran machte, zwei weitere Biere zu zapfen.

»Nichts ist mit mir los. Da tauchen die zwei auf und denken, die ganze Welt dreht sich um sie, nur weil den einen die Beerdigung seiner Mutter zurückgebracht hat, und er dem Dorf einen großzügigen Leichenschmaus gönnt, und die andere uns Dörflern den Geburtstag ihrer Großtante mit Riesentamtam präsentiert.«

»Einen Leichenschmaus gönnt? Sag mal, du spinnst doch komplett.« Eva sah sich erstaunt in der Freundesrunde um. War ihre Freundin etwa eifersüchtig? Silvia, die immer davon geträumt hatte, als Modedesignerin die

Welt zu erobern, die allerdings in Thöninghausen hängen geblieben war?

»Ich ruf jetzt Tessa an.« Eva ging vor die Tür, da dort der Empfang besser war, und verkündete eine Minute später, Tessa und Niklas kämen.

Silvia sackte in sich zusammen. Mit hochrotem Kopf umfasste sie krampfhaft ihr Glas, leerte es in einem Zug und knallte es dann auf den Tisch.

»Baby, was ist denn los?« Hartwig strubbelte seiner Frau liebevoll durch die Haare.

»Nichts«, fauchte sie zurück. »Wir sitzen hier und braten tagein, tagaus in unserem eigenen Saft, und die beiden verschwinden wieder, gehen ihren super Jobs nach und werden über uns Hinterwäldler noch Witze machen.«

Eva und Rüdiger schüttelten verständnislos die Köpfe.

»Schmoren, na wenn schon, dann schmoren wir halt«, versuchte Eva, mit einem Lachen die Situation zu entspannen.

»Ja, ja, Miss Superschlau, vielen Dank auch.« Silvias Stimme klang nun ätzend.

»Hör mal, wenn du nicht gleich Ruhe gibst, gehen wir nach Hause.«

»Du kannst ja gehen. Ich bleib hier. Gernot, noch einen Prosecco. Und was zu knabbern.«

Als wäre nichts gewesen, hatte ihr Gesicht wieder eine normale Farbe angenommen, und ihr Tonfall war nun ruhig und beherrscht.

Die anderen waren froh, wie schnell sich Silvia von ihrem Ausbruch, den sich niemand wirklich erklären konnte, erholt hatte.

»Wo bleibt eigentlich Markus? Ob es schon Neuigkeiten wegen Julia und Wunderlich gibt?« Rüdiger schaute auf seine Armbanduhr. »Allerdings kann ich mir vorstellen, dass er im Moment ganz schön was um die Ohren hat.«

»Na ja, Markus ermittelt doch wohl nicht alleine, wenn er überhaupt in den Fall einbezogen wird. Er ist doch nur ein ganz kleines Rädchen im Polizeibetrieb. Was soll der denn schon groß ermitteln.« Eva zog die Silben auseinander und die Augenbrauen hoch. »Und apropos Wunderlich. Niklas war noch am Tag zuvor bei ihm. Waltraud hat ihn gesehen. In Thöninghausen bleibt wirklich nichts verborgen, und es wird auch sofort weitergetratscht, was wer wann gemacht hat. Ich meine, Niklas weiß schon, wie es bei uns im Dorf zugeht, aber dass er so unter Beobachtung steht, das ahnt er wahrscheinlich nicht. Ich finde es eigentlich ziemlich ätzend. Du kannst hier keinen Schritt machen, ohne dass es nicht sofort registriert und publik gemacht wird.«

»Was ist denn bloß mit euch Frauen heute los? Jetzt fängst du auch noch an, uns die Stimmung zu versauen. Lass das bloß nicht Markus hören, das mit dem kleinen Rädchen. Der reagiert da ganz schön empfindlich.« Hartwig griff beherzt in die Schale mit den Erdnüssen, die Gernot samt zwei Gläsern Prosecco auf den Tisch gestellt hatte. »Übrigens hat Markus mir was ziemlich Komisches erzählt. Vor ein paar Tagen ist Niklas am Fundort von Julias Leiche aufgetaucht. Er wollte wissen, ob man auf der Kleidung noch DNA-Spuren sichern kann und ob bei Julia überhaupt Kleidung gefunden worden sei, rote Kleidung.«

»Häh? Das ist aber echt merkwürdig. Was für ein Interesse hat er denn daran?« Rüdiger kratzte sich an der Wange.

»Interesse? Wahrscheinlich reine Neugier«, meinte Eva und schleckte sich die Finger ab, an denen von den letzten Erdnüssen, die sie sich in den Mund geschoben hatte, noch Salz klebte.

»Mit der DNA, das könnte ich ja noch verstehen, das ist wirklich eine total spannende Sache. Aber warum fragt er nach einem roten Kleidungsstück? Es ist doch bekannt, was Julia anhatte, bevor sie verschwand.«

Die Vier schwiegen einen Augenblick, jeder Einzelne schien sich Gedanken darüber zu machen, was die Frage nach dem roten Kleidungsstück wohl bedeuten könnte. Von einer Sekunde auf die andere fingen alle gleichzeitig an zu reden.

»Jetzt mal langsam. Hört auf mit dem Geschnatter. Ich kann mir da gar keinen Reim drauf machen. Vielleicht wusste Niklas einfach nicht, was Julia getragen hat.« Rüdiger versuchte, Ruhe in das Stimmenwirrwarr zu bringen.

»Trotzdem. Warum er wohl nach etwas Rotem fragt? Er muss doch einen Grund dafür haben. Niklas quatscht doch nicht einfach so drauf los. Wenn er was sagt, hat es Hand und Fuß, und wenn er was fragt, kommt das nicht von ungefähr«, brummte Hartwig, dem das ganze Gerede über seinen Freund und Trauzeugen nicht behagte.

»Erinnert mich an Rotkäppchen und der böse Wolf. Vielleicht hatte Niklas so eine Assoziation. Mädchen verschwindet im Wald, wie das Rotkäppchen, und daher seine Frage«, sinnierte Silvia mit gerunzelter Stirn.

»Blödsinn. Erstens hatte die nur eine rote Mütze auf, und zweitens hat sie ihren Ausflug in den Wald überlebt.« Rüdiger rollte mit den Augen.

»Nein, sie hatte noch einen roten Umhang an«, gab Eva zum Besten.

»Wer jetzt? Julia? Woher weißt du das?« Silvias Gesicht war ein einziges Fragezeichen.

»Nein, Rotkäppchen, die hatte einen roten Umhang an. Zumindest auf dem Bild in meinem alten Märchenbuch.«

Lautes Gelächter brach aus, doch Eva wurde sofort wieder ernst. »Also, wenn wir schon davon reden, dass Niklas etwas merkwürdig ist. Da ist noch so eine Geschichte. Weiß ich von meinem Vater. Niklas hat angeblich auf dem Markt ein Mädchen in einem roten Kleid gesehen ...«

»Was, schon wieder was mit einem roten Kleidungsstück?«, unterbrach Silvia ihre Freundin. »Das ist wohl sein Fetisch. Vielleicht besteht er sogar drauf, dass seine Freundin – hat er überhaupt eine? – im Bett nur rotes Zeug trägt.«

»Ihr seid doch echt bescheuert. Warum soll er keine Freundin haben? Nur weil er es euch zwei Weibern nicht auf die Nase bindet?« Hartwig wurde allmählich richtig sauer.

»*Weiber*, sag mal Hartwig, wie redest du denn mit uns? Vielleicht hat er ja was mit Tessa? Oder mit der Trulla, die bei der Beerdigung dabei war.« Silvia verzog ihren Mund zu einem spitzen Schnütchen.

»Und wenn, kann euch doch egal sein.«

»Ist uns auch egal«, antworteten Eva und Silvia unisono.

»Gut, dann können wir das Thema ja abhaken. Was war denn nun mit dem Mädchen auf dem Markt?« Auffordernd nickte Rüdiger seiner Frau zu.

»Eigentlich nichts von Belang. Er hat geglaubt, jemanden in einem roten Kleid zu sehen, doch er war wohl der Einzige. Waltraud hat es meinem Vater erzählt. Ihr kam es auf jeden Fall spanisch vor, sagte sie.«

»Spanierinnen tragen, glaube ich, auch gerne Rot. Passt gut zu der braunen Haut und den dunklen Haaren.«

»Hört, hört, Hartwig der Weitgereiste äußert sich zu den modischen Vorlieben der Spanierinnen.«

»Vielleicht liebt er einfach die Farbe. Wenn er daran denkt, fühlt er sich wohl, warm und geborgen«, überlegte Eva.

»Vielleicht wird er gleich in einem roten Kostüm hier auftauchen. Mit rotem Mützchen und roten Stiefelchen. Wie *The Flash*, der Comic-Held.« Rüdiger brüllte vor Lachen, und auch Hartwig konnte nicht anders und brach in ein meckerndes Gelächter aus.

»Na, was ist denn so lustig? Dürfen wir mitlachen?«

Schlagartig verstummten Rüdiger und Hartwig, als Niklas und Tessa an den Stammtisch traten.

»Nix. Rüdiger hat nur einen ziemlich blöden Witz erzählt. Kommt, setzt euch zu uns. Wollen wir noch auf Markus warten, ehe wir bestellen?«

Wie auf das Stichwort eines Regisseurs betrat der Polizist die Gaststube. Er wirkte müde, dunkle Schatten lagen unter seinen Augen, seine Haare sahen aus, als hätten sie seit Tagen keinen Kamm mehr gesehen. Sein kurzärmeliges khakifarbenes Hemd war falsch zugeknöpft, worauf Silvia den Freund sofort aufmerksam machte.

Markus schaute an sich herunter. »Was, wie? Der Knopf? Ach so. Egal.« Schwer ließ er sich auf den freien Stuhl neben Niklas fallen, der sich mit Tessa bereits am Stammtisch niedergelassen hatte.

»Gernot, ein Weizen«, rief er in Richtung Theke. »Und ihr fragt mich besser alle nichts. Es gibt keine Neuigkeiten, keine Spur, nichts, niente. Klaro? Ich will einfach nur meine Ruhe haben und mein Bier in Frieden genießen.«

Bisher hatte außer Silvia noch niemand, abgesehen von einem allgemeinen Hallo als Begrüßung, das Wort an ihn gerichtet. Alle nickten und setzten eine verständnisvolle Miene auf.

Das Weizenbier kam, Gernot nahm weitere Bestellungen auf, Eva verabschiedete sich in die Küche mit der Bitte, bloß in den nächsten zehn Minuten kein interessantes Thema anzuschneiden, sie wäre gleich wieder da. Die Gespräche drehten sich in den folgenden Minuten um das Wetter, Fußball und ein Konzert von Bono, das man hätte besuchen können, schließlich seien hundert Kilometer ja keine Entfernung, aber es sei schon ausverkauft.

»Bis wir hier Wind von etwas bekommen, ist immer schon alles ausverkauft«, maulte Rüdiger.

»Was für ein Blödsinn. Wenn du natürlich wartest, dass einer mit einer Trommel durchs Dorf zieht und die neusten Meldungen kundtut, kannst du lange warten, und die Karten sind weg. Aber du hast doch sicher schon mal was vom Internet gehört. Da findet man angeblich solche Hinweise«, neckte ihn Silvia.

Gernot schleppte derweil ein Tablett mit den gewünschten Getränken der nächsten Runde an den Tisch.

»Sag mal, Markus, ist ja schon ein Ding, der Wunderlich so mir nix dir nix tot. Gibt's da eigentlich ein besonderes Begräbnis, so mit Fahne auf dem Sarg? Schließlich war er einer von euch.«

Markus rollte mit den Augen. »Dummschwätzer. Das verwechselst du mit einem Militärbegräbnis. Und mir nix dir nix war das auch nicht. Er hatte eine Vorerkrankung, wie wir alle wissen. Die ist der Auslöser für sein Ableben gewesen. Er hat etwas zu sich genommen, was nicht kompatibel mit seinen Medikamenten und seiner schwachen Pumpe war. Das hat letztendlich einen Herzinfarkt verursacht. Aber Gerd hätte sowieso nicht mehr lange zu leben gehabt, hab ich gehört. Schlimm ist es trotzdem.« Er seufzte, trank einen zünftigen Schluck und wischte sich den Schaum von der Oberlippe.

Niklas und Tessa sahen sich mit zusammengepressten Lippen an. Der abgebrochene Zahn schien keine Rolle zu spielen. Oder Markus wusste überhaupt nichts davon. Es liefen schließlich auch im Fall von Gerd Wunderlich keine Ermittlungen, wie sie wussten.

»Wie alt war er denn?«, wollte Hartwig wissen.

»Ziemlich alt, vierundsiebzig glaube ich. Die Erkrankung wurde erst lange nach seiner Pensionierung diagnostiziert. Na ja, so hatte er wenigstens noch ein paar schöne Jahre.«

»Irgendwie werden die Männer in unserem Dorf nicht wirklich alt. Schaut euch mal Elisabeth an, die ist schon über neunzig. Ich wüsste keinen Mann in Thöninghausen, der so alt ist. Fällt euch einer ein?« Fragend schaute Silvia in die Runde.

»Gibt keinen«, krächzte jemand von der Eingangstür her. »Ich bin die Älteste im Dorf, dann kommen noch ein paar alte Schachteln und dann erst der Pfarrer, der ist der älteste Mann. Dicht gefolgt vom Schnarrer Karl und dem Meier Lothar, vielleicht ist der auch ein wenig älter als Berg. Und dann kommt schon Wiesner dran.«

»Tach, Elisabeth, kommst du das Essen abholen? Ich sag Eva Bescheid, ist schon alles vorbereitet. Hast du eigene Dosen dabei, oder soll sie es dir einpacken?«

Elisabeth war zur Theke gewackelt und legte ein Einkaufsnetz darauf, in dem einige Plastikdosen lagen.

»Hab alles dabei. Eva soll's da reintun.«

»Und wie geht's Rita? Etwas besser?«

Die alte Frau schüttelte den Kopf. »Nein, liegt im Bett und stöhnt. Der Doktor hat ihr was gegen Magenkrämpfe gegeben. Wird hoffentlich bald besser sein. Aber kochen konnte sie natürlich nicht. Morgen sind auch die Gardinen dran, wäre gut, sie könnte dann wieder aus dem Bett.«

»Eva, das Essen für Elisabeth«, rief Gernot nach hinten in die Küche und widmete sich dem Zapfen eines frischen Biers.

»Da muss extra die alte Elisabeth zum Essenholen los. Warum kann nicht der faule Herr Sohn kommen und das Essen abholen? Der sitzt wahrscheinlich schon vor der Glotze und wartet darauf, dass ihm seine Mutter das Essen häppchenweise in den Mund schiebt«, sagte Hartwig leise und grinste in die Runde.

»Hartwig Kramer, ich bin vielleicht die Älteste im Dorf, aber ich höre immer noch sehr gut. Lass also deine frechen Reden. Den Walter hat's auch erwischt, dem geht's auch nicht gut. Wahrscheinlich war irgendwas auf Gerties Geburtstag nicht in Ordnung«, schloss sie giftig und nahm ihre Dosen in Empfang, die Eva mittlerweile abgeholt, gefüllt und wiedergebracht hatte. Sie knallte ein paar Geldstücke auf die Theke und verließ grußlos den *Halben Hahn*.

»Ui, da hast du aber einen wunden Punkt getroffen. Das Walterchen solltest du besser nicht beleidigen, sonst spricht die alte Hexe noch einen Fluch über dich aus.« Rüdiger grinste von einem Ohr zum anderen.

»Genau, Rüdiger weiß das nämlich, der hat als Kind immer gerufen: ›Walter, Walter, wenn er pupst dann knallt er.‹ Ich schwöre euch, ich war dabei, als Elisabeth, die es gehört hat, gekeift hat: Rotzbengel, dafür versohlt dein Vater dir den Hintern.« Hartwig imitierte Elisabeths schrille Stimme gekonnt. »Und tatsächlich hat Rüdiger an dem Tag Dresche bezogen. Ich wollte ihn zum Fußball abholen, doch er durfte nicht raus. Da hab ich wirklich geglaubt, die Alte wär ne Hexe.« Hartwig brüllte vor Lachen.

»Das hat nix mit Hexerei zu tun, ich hab jeden Tag Dresche gekriegt. Und das Walterlied haben wir doch alle gesungen, oder?«

»Klar, haben wir, und jeder von uns ist deswegen von Elisabeth durchs Dorf gejagt worden. Zumindest wir Jungs.«

Es wurden nun Kindheits- und Jugenderinnerungen herausgekramt, und für ein paar Stunden waren Wunderlich, Julia und ihr Wiederauftauchen nahezu vergessen.

KAPITEL 44

Der Abend mit der Clique war unterhaltsam gewesen, hatte Niklas ein wenig abgelenkt. Doch wie ein Ohrwurm ging ihm den ganzen Abend über immer wieder die Melodie des alten Kinderliedes und der merkwürdige Text, den Josefa dazu gesungen hatte, durch den Kopf.

»Warte aber auf mich, keine Alleingänge, hörst du«, hatte Tessa ihn zum Abschied gestern Nacht noch ermahnt. »Wir lösen das Rätsel gemeinsam.« Zu Niklas' Erstaunen hatte sie ihn auf den Mund geküsst und war in Gerties Haus verschwunden. Kaum lag er im Bett, kam eine WhatsApp-Nachricht von Tessa. *Gertie schläft wie ein Murmeltier, und warte auf mich mit dem Kriminalisieren.* Dazu ein Kuss-Emoji und eine Mondsichel.

Mit einer Tasse Kaffee saß Niklas am nächsten Morgen auf der Terrasse, als eine Stimme durch die Hecke drang. »Niklas, hast du Maunzel gesehen?« Frau Schumacher suchte ganz offensichtlich ihren Kater.

Niklas schaute nach rechts und links. »Ich sehe keine Katze«, rief er zurück.

»Dann guck doch bitte in deinem Geräteschuppen nach. Da versteckt er sich manchmal. Er schiebt die Tür auf, und wenn sie wieder ins Schloss fällt, ist er gefangen. Das ist schon öfter passiert«, bat die körperlose Stimme.

Niklas tat, wie ihm geheißen. Mit einem Ruck öffnete er die Schuppentür, und mit einem wilden Fauchen raste Maunzel aus seinem Gefängnis direkt durch die Hecke zu seiner Besitzerin, die ihn mit kleinen Entzückungsschreien begrüßte, die sich allerdings schnell in Vorwürfe verwandelten. »Was hat das Frauchen sich doch für Sorgen gemacht, böser Maunzel.«

Dann sagte sie zu Niklas: »Wie wäre es mit einem Tee als kleines Dankeschön. Ich habe frische Brötchen da und selbst gekochte Quittenmarmelade. Klingt das nicht verlockend?«

»Gerne, ich bin in einer Minute bei Ihnen.«

Als Kind war Niklas ab und zu auf dem Grundstück der Schumachers gewesen. Ob er je das Haus betreten hatte? Der Garten der Nachbarvilla war etwas kleiner als sein eigener und bestand nur aus einer riesigen Rasenfläche mit vier Rhododendronbüschen. *Langweilig, aber pflegeleicht,* dachte Niklas und näherte sich der Gestalt, die ihm von der Terrasse aus fröhlich zuwinkte.

Maunzel hatte es sich auf einem Korbsessel bequem gemacht und beäugte Niklas misstrauisch, als er sich in den Sessel daneben setzte. Frau Schumacher hatte bereits ein zweites Gedeck aufgelegt und reichte Niklas nun den Brötchenkorb.

»Lang nur zu. Ich freu mich, bei dem herrlichen Wetter nicht alleine frühstücken zu müssen. Ein wun-der-schö-ner Tag. Ach, was würde deine Mutter ihn genießen. Sie war so oft im Garten, hatte ja ein Händchen für ihre Pflanzen. Dagegen ist mein Garten die reinste Ödnis.

Aber man kommt in die Jahre. Da will der Rücken einfach nicht mehr so.«

Frau Schumacher unterhielt Niklas mit Geschichten über ihren verstorbenen Mann und über die nette junge Familie, die das dritte Haus auf dem Hügel bewohnte, die jedoch gerade im Urlaub sei. »Ich habe aber immer ein Auge drauf. Das habe ich bei deinem Elternhaus auch immer so gemacht, wenn ihr weg wart.«

»Das ist aber nett von Ihnen.« Bisher war Niklas kaum zu Wort gekommen. »Das macht eben eine gute Nachbarschaft aus.«

»Stimmt, nur leider hatten wir auch unsere Differenzen, aber das hat sich, Gott sei Dank, in den letzten Jahren gelegt. Der Vorgänger von Maunzel war nämlich ein ziemlicher Schlingel. Er hat die Fische aus eurem Teich geholt. Deine Mutter war mit Recht sehr verärgert. Das hat unser gutes Nachbarschaftsverhältnis ein wenig getrübt. Aber wie gesagt, es war später vergessen und vergeben. Hm, Niklas, falls du das Haus verkaufen solltest, wäre ich sehr froh, wenn du darauf achtest, dass es ordentliche Leute sind. Und vielleicht auch ohne Hund, wegen Maunzel. Euer Bingo hat die Katzen ja geliebt, aber man weiß nie, wie andere so sind. Ich bin eine alte Frau, und wir leben schließlich nur durch die Hecke getrennt nebeneinander. Der Abstand zu der anderen Villa ist zwar etwas größer, aber wenn hier Leute einziehen, die nur Partymachen im Kopf haben, wäre das ganz und gar nicht in meinem Sinne.«

»Da machen Sie sich mal keine Sorgen, Frau Schumacher. Wenn ich verkaufe, und das ist noch gar nicht sicher, achte ich natürlich auf so etwas.«

Frau Schumacher tätschelte Niklas die Hand. »Das ist lieb von dir. Weißt du, einmal da war bei euch im Garten eine Party im Gang ... Ich sage dir, die Katzen und ich konnten kein Auge zumachen. Fast hätte ich die Polizei gerufen. Aber dann war alles wieder still. Gegen ein wenig Kinderlärm, dem Rasenmäher oder einer fröhlichen Gesellschaft sagt ja niemand was, aber das war schon sehr laut damals. Ich hab noch zu Linus, einem meiner Kater, gesagt, man meint gerade, da ist eine Orgie im Gang. Kaum sind die Katzen aus dem Haus, tanzen die Mäuse auf dem Tisch.«

Niklas verstand gar nichts, er legte das Brötchen, in das er eben beißen wollte, auf den Teller zurück.

»Wenn ich das richtig verstehe, gab es bei uns im Garten eine Party, eine ziemlich laute und wilde, als meine Mutter nicht da war? Aber Sie sprechen nicht von einer, die ich gegeben habe? Ich hab mit meinen Freunden auch oft genug gefeiert.«

Frau Schumacher winkte ab. »Aber nein, damals warst du doch noch viel zu jung fürs Partymachen. Deine Mutter war tatsächlich nicht da, sie hätte das bestimmt nicht geduldet, den Krach meine ich.«

»Wann soll denn das gewesen sein?«

Frau Schumacher überlegt kurz. »Linus war gerade ein halbes Jahr alt, deswegen war ich auch so verärgert. Er war doch noch ein Katzenbaby. Also war das vor dreißig Jahren. Meine Güte, wie die Zeit vergeht.«

Niklas schloss die Augen. Ihm wurde trotz der hohen Temperaturen plötzlich eiskalt. Was hatte sich im Garten seines Elternhauses abgespielt, und wer war daran beteiligt gewesen?

»Frau Schumacher, versuchen Sie sich bitte genau zu erinnern.« Niklas merkte, wie seine Stimme zitterte. »Was war damals genau los?«

»Oh je, Niklas, reg dich nicht auf. Es ist doch schon lange her, und es ist ja auch nichts passiert.«

»Bitte, Frau Schumacher.«

Die alte Frau seufzte tief und kramte in ihren Erinnerungen. »Also, da waren mehrere Autos, die haben vor eurem Haus geparkt. Es wurde schon dunkel. Euer Auto stand in der Einfahrt. Eins davon gehörte Hans Wagner, dem Versicherungsvertreter. Dann war da noch eins, das war orange oder gelb. Das andere, keine Ahnung. Zuerst war alles ruhig. Ich vermute, sie haben drin gefeiert, dein Vater und ein paar Freunde. Plötzlich wurde es laut im Garten. Geschrei, Gelächter, man hat gemerkt, dass da einiges an Alkohol geflossen sein muss. Dann ein wildes Gekreische, und es hat *Plumps* gemacht. Einer von ihnen schien in den Teich gefallen zu sein. Ich hab das Fenster von meinem Schlafzimmer aufgemacht und gebrüllt, damit sie mich auch hören, wenn nicht endlich Ruhe sei, würde ich die Polizei rufen. Hab ich aber nicht gemacht, weil es tatsächlich ruhig wurde. Die Herren haben sich wieder nach drinnen verzogen. Ich hab dann noch mal nachgeschaut, da war das orange, ja, jetzt bin ich mir sicher, es war orange, Auto weg. Ich vermute, deine Mutter ist dann früher als geplant nach Hause gekommen. Sie war, wenn ich mich recht erinnere, auf einem Apothekerkongress. Genau. Erstaunlich, an was man sich im Alter so erinnert. Auf jeden Fall stand ihr Auto schon in aller Herrgottsfrühe vor der Garage, euer Auto in der Einfahrt neben der Garage. Das konnte ich vom Garten aus sehen. Mehr weiß ich nicht, ich musste schließlich Linus im Auge behalten. Er hatte Durchfall, deswegen bin ich ja mit ihm raus.«

»Wann war das etwa, also im Sommer oder wann?«

»Ja, im Sommer, es war lange hell.«

Niklas' Magen krampfte sich zusammen.

»Trink einen Schluck Tee, du bist ja ganz käseweiß geworden.«

Gehorsam trank Niklas seinen Tee. »Ich muss mich jetzt leider verabschieden. Ich bekomm noch Besuch.«

»Aber keine wilden Partys.« Frau Schumacher hob den rechten Zeigefinger und wackelte scherzhaft damit herum.

»Keine Sorge, keine wilden Partys.«

Auf wackeligen Beinen ging Niklas zurück. Was hatte Frau Schumacher da beobachtet? Ihm war kotzübel. Konnte es sein, dass er, damals gerade elf Jahre alt, bei diesem wilden Treiben, dieser Orgie, wie Frau Schumacher sagte, etwas gesehen hatte? Etwas, das er verdrängt und mittels seines Romans verarbeitet hatte? Er rannte in die Bibliothek und zog atemlos das Exemplar von der *Sommer, der ein Frühling war* aus dem Regal. Die Stelle war schnell gefunden. Desiree, seine Hauptprotagonistin, erwachte aus einem Albtraum in der Nacht und geriet in einen anderen Albtraum.

Links von ihrem Haus auf dem parkähnlichen Grundstück wohnte die alte Frau Schneider, sie hatte zwei Katzen, das Haus rechts stand zum Verkauf. Frau Schneider – Frau Schumacher. Weiter. Der Birnbaum blühte. *Total verrückt, der Baum blühte, und das Mitte August.* Desiree war sich sicher, es war August, doch als sie erwachte, war der 21. Mai. *Jemand musste ihr gestern Abend etwas in den Wein gekippt haben. Eine Droge, etwas, das Halluzinationen hervorrief.* Desiree machte sich auf die Suche nach ihrer Hausangestellten Hanna, die am 21. Mai noch gar nicht für sie gearbeitet hatte, suchte das ganze Haus ab. *Keine Spur von Hanna. Der Garten ... keine Hanna ... Vielleicht war sie ganz hinten und hielt einen Gutenmorgenschwatz mit der Nachbarin* – wieder Frau Schumacher. *Schon aus der Entfernung erkannte Desiree, dass die Seerosen noch üppiger als im letzten Jahr blühten ... Die »Black Princess« erstrahlte tiefrot, und sie blühte definitiv nicht im Mai. Frühestens im Juni ... Die Anzahl der Seerosenblüten musste sich in den letzten Tagen verdreifacht, vervierfacht haben ... Ein Schauer durchfuhr Desiree. Das war kein Blütenmeer, es war ein Tuch. Ein Stück Stoff. Blutrot. Mit einem Gefühl des Grauens, das langsam von ihr Besitz ergriff, näherte sie sich dem Teichrand. Der Schrei, den sie ausstieß, ließ die getigerte Katze der Nachbarin von ihrem Sonnenplatz auf dem alten Holztisch aufspringen und fauchend das Weite suchen. Einer Ophelia gleich schwamm Hannas Leiche, gehüllt in das rote Kleid, das Desiree nur aus ihrem Traum kannte, zwischen den Blüten der »Black Princess«.*

»Scheiße.« Niklas setzte sich aufs Sofa und schlug die Hände vor die Augen. Konnte das tatsächlich sein? Die wilde Party. Die hatte allerdings keinen Eingang in seinen Roman gefunden. Nur ihr mögliches Ende, mit einer Toten im Seerosenteich?

Noch mal. Desiree glaubte sich im Monat August, doch alles sprach für Mai. Der Birnbaum blühte. Sie fand im Teich eine Person, eine Frau im roten Kleid, die tot war.

Im August hatte sein Vater mit Hans Wagner und anderen eine Party gefeiert. Seine Mutter war nicht da. Draußen wurde es laut, Gekreische. Eine Frau? Eine Frau im roten Kleid? Jemand landete im Teich. Ein Betrunkener? Oder die Frau im roten Kleid? Lilly? War Lilly bei der Party, war sie kurz darauf verschwunden? Warum? Hatte man ihr an diesem Abend etwas angetan?

Fragen über Fragen, auf die Niklas keine Antwort hatte. War Lilly vergewaltigt, vielleicht sogar getötet worden? Seiner Kehle entrang sich ein Schrei. Das würde bedeuten ... sein Vater und dessen Freunde ... Und die drei anderen Mädchen, waren sie ebenfalls diesen Männern – seinem Vater! – in die Hände gefallen?

Niklas konnte keinen klaren Gedanken mehr fassen. Sein Kopf glühte. Ihm war hundeelend. Er hatte alles verarbeitet, alles. In seinen Büchern, in seinen Träumen. Dieser erste Traum in seinem Elternhaus, auch er musste eine Rolle spielen. Der Traum im Keller, aus dem diese Stimme drang. Er hatte es für das Jammern einer Katze gehalten. Und wenn es Lilly gewesen war? Nicht in seinem Traum, sondern in der Realität? Hatte man das Mädchen im Keller gefangen gehalten? Hatte er ein weiteres Mal versagt? Hätte er Lilly retten können?

Stopp, Niklas. Jetzt geht deine Fantasie mit dir durch, wollte er schreien, doch die Worte blieben ihm im Hals stecken.

Er rappelte sich auf. Der Keller. Was war in diesem Keller passiert? Sein Herz klopfte zum Zerspringen, als er die Tür zum alten Weinkeller öffnete. Die flackernde Neonröhre warf unheimliche Schatten an die Wand. Niklas drehte sich um die eigene Achse. *Lilly, warst du hier?*

Was hat man dir angetan? Plötzlich blieb sein Blick an einem winzigen Stück Stoff hängen, das sich im rissigen Holz eines Regalbretts verfangen hatte. Sein Herz schlug bis zum Hals. Die Jahrzehnte hatten die Farbe ausgebleicht, doch noch immer erkannte man weiße Punkte auf rotem Grund. Niklas zupfte es heraus. Der Stofffetzen war offensichtlich aus einem größeren Teil herausgerissen worden.

KAPITEL 45

»Hallihallo, wo steckst du? Bist du unten im Keller?«

Niklas erwachte aus seiner Erstarrung. Tessa. Er hatte sie ganz vergessen.

»Warte, ich komme.« Er musste sich am Treppengeländer hochziehen, seine Beine drohten unter ihm nachzugeben. Tessa stand in der Diele und strahlte ihn an.

»Hab ich einen Hunger.« Sie unterbrach sich. »Meine Güte, wie siehst du denn aus? Du bist ja bleich wie ein Leichnam. Ist dir nicht gut?«

Niklas schüttelte nur den Kopf. Er umarmte Tessa zur Begrüßung. Mit matter Stimme sagte er: »Ich befürchte, ich bin der Lösung unseres Rätsels ein Stück nähergekommen. Leider hab ich vergessen, unser Frühstück vorzubereiten. Aber mir ist der Appetit sowieso vergangen.«

Tessa schob Niklas ein Stück von sich weg und musterte ihn aufmerksam. »Wenigstens einen Kaffee?«

»Keinen Kaffee. Höchstens einen Schnaps. Aber besser nicht.«

»Okay, ich hab Croissants dabei, frisch aufgebacken. Wir nehmen sie einfach mit raus, falls du doch noch was essen möchtest. Ich brüh mir schnell einen Kaffee auf, dann reden wir.« Sie drückte Niklas die Tüte in die Hand, warf ihm noch einmal einen besorgten Blick zu und ging in die Küche.

Niklas schleppte sich wie ein uralter Greis auf die Terrasse und ließ sich in den Stuhl fallen. Wie sollte er das alles Tessa erklären? Was würde sie dazu sagen? Dass seine Fantasie ihm einen bösartigen Streich spielte? Er schluchzte laut.

Tessa, die eben mit einem Becher Kaffee auf die Terrasse trat, stellte ihn schnell ab, ging vor Niklas in die Knie und umfasste seine Hände. »Niklas, was ist denn so Furchtbares passiert?«

Er entzog ihr seine Hände und streichelte Tessa über die Wange. »Setz dich lieber.«

Tessa schob ihren Gartenstuhl ganz dicht an den von Niklas heran, nahm den Kaffeebecher, trank jedoch nichts.

»Ich fange ganz von vorne an. Nur so erschließt sich das Unfassbare.«

Tessa wollte etwas sagen, doch Niklas schüttelte den Kopf. »Warte mal einen Moment. Ich hab dir doch von den Albträumen, an die ich mich nicht erinnere, erzählt. Butterwegge, du erinnerst dich, mein Psychotherapeut, meinte, Träume würden auch auf Geschehnisse in der Kindheit verweisen. Für mich der reinste Blödsinn. Ich hab ihm, damals natürlich fest davon überzeugt, gesagt, meine Kindheit sei völlig normal gewesen. So weit, so gut, das heißt, wohl nicht so gut.«

Tessa wollte etwas sagen, doch er winkte ab. »Gleich. Du kennst mich, ich hab schon immer gerne gelesen, vor allem Gruselgeschichten, ich hab sie euch vorgelesen, du und Eva fandet es immer total beängstigend.« Niklas lächelte schief. »Und irgendwann hab ich selber geschrieben. Zuerst harmlose romantische Romane, nach und nach wurden die Geschichten immer brutaler. Du hast die Bücher ja gelesen. Unbewusst habe ich irgendwann, und dann immer wieder, ein rotes Kleidungsstück eingebaut. Dir ist es aufgefallen. Jetzt weiß ich, warum. Erinnere dich an unser Gespräch neulich. Du hast gesagt, vielleicht wäre die tote Hanna in ihrem roten Kleid, die im Teich entdeckt wird, eine unbewusste Erinnerung an Lilly, die ich in meinem Roman verarbeitet habe. Ich wollte es nicht hören, zu furchtbar der Gedanke, so etwas könnte in unserem Garten passiert sein, vielleicht sogar vor den Augen meiner Eltern, mit Wissen meiner Eltern. Tessa, du hast recht gehabt. Es kann nur so gewesen sein. Lilly war hier, in unserem Keller, das ist sicher.«

Niklas zog den roten Stofffetzen aus seiner Hosentasche und legte ihn auf den Tisch. Zärtlich streichelte er darüber.

Tessa stockte der Atem. »Wo hast du das her?«

»Aus dem alten Weinkeller. Dort war das Mädchen im roten Kleid gefangen, Lilly, das ist der Beweis.«

Niklas nahm den winzigen Stofffetzen, berührte seine Wange damit.

»Niklas, das Stück Tuch kann doch sonst woher kommen. Ich meine, wie kannst du dir da so sicher sein?« Tessa stellte den Kaffeebecher unberührt wieder auf dem Tisch ab.

»Ich bin mir zu hundert Prozent sicher. Lillys Kleid hatte diese winzigen weißen Punkte. Schau doch, weiße Punkte in dem roten Stoff.« Er legte den Fetzen auf den Tisch und strich ihn glatt. »Das ist die Geschichte des ersten Traums, an den ich mich erinnere. Vom zweiten habe ich dir erzählt. Der Wolf, der mich zur Hütte geführt hat. Der Wolf ist Bingo. Er hat mich zum Versteck geführt, in dem Julia zu Tode kam. Auch diese Erinnerung habe ich verdrängt, sie ist mit dem Fund von Julias Leiche wieder hochgekommen. Tessa, ich bin in diese Geschichten verwickelt, nicht im Traum, in echt. Die Träume haben es mir bewusst gemacht. Zweimal hätte ich ein Mädchen retten können, zweimal habe ich versagt. Vielleicht hab ich mich selbst in meinem letzten Roman dafür bestraft. Du weißt, der Junge im See. Kurz hatte ich daran gedacht, ich ...« Niklas stöhnte laut auf. »... dass man mir auch was angetan hat. Aber das glaube ich nicht. Die Täter hatten es auf junge Frauen abgesehen, nicht auf kleine Jungs.«

Tessa saß wie erstarrt auf ihrem Stuhl. »Niklas, ich weiß im Moment nicht, was ich dazu sagen soll. Aber ...«

»Kein Aber. Tessa, es kommt noch schlimmer. Heute Morgen war ich bei Frau Schumacher, meiner Nachbarin. Sie hat mir von einer Party vor dreißig Jahren in unserem Garten erzählt. Natürlich war mein Vater dabei, und andere Männer, ganz sicher war Hans Wagner unter ihnen. Frau Schumacher hörte ein Geräusch, als ob jemand in den Teich gefallen wäre. Das war Lilly, sie haben sie gejagt.«

»Niklas, das würde ja bedeuten, du verdächtigst jetzt tatsächlich deinen Vater und andere, Vergewaltiger und Mörder zu sein. Und was ist mit deiner Mutter?«

Niklas' Stimme war tonlos. »Sie kam wohl nach Hause, als der ganze Spuk schon vorbei war. Anders kann ich es mir nicht erklären. Sie hat von nichts etwas mitbekommen. Wie sollte man denn mit einem solchen Wissen friedlich leben? Ich weiß es einfach nicht, aber alles andere passt doch zusammen. Frau Schumachers Beobachtung, das Stück Stoff, Lilly weg. Sie haben sie getötet und verschwinden lassen.« Niklas stöhnte, als litte er die schlimmsten körperlichen Schmerzen.

»Aber sie ist doch nach Südfrankreich. Ihre Ansichtskarten.«

»Tessa, das weiß ich. Aber wenn das alles Fake ist, wenn jemand anders sie geschickt hat? Niemand hat sie gesehen, es gibt nur diese Karten.«

»Aber wie soll sich das alles immer abgespielt haben?«

»Vielleicht haben sie den Mädchen aufgelauert. Ich glaube aber eher, die Mädchen waren zur falschen Zeit am falschen Ort. Zufall war außerdem, dass sich die Gelegenheit für diese Dreckschweine so oft hintereinander ergab. Nach Milena und Sinja gab es eine Pause, warum auch immer. Dann lief ihnen Julia über den Weg, und die Lust am gemeinsamen Vergewaltigen und Töten flammte wieder auf. Ich glaube, es waren immer dieselben Männer. Sie sind unterwegs, mit dem Auto, kommen von irgendwoher, fahren irgendwo hin, und plötzlich steht ihr Opfer nichtsahnend am Straßenrand, steigt ein ...«

Tessa biss sich auf die Lippen. »Sie kommen von der Jagd. Doch das genügt ihnen nicht.«

Niklas nickte. »Genau das. Die vier kleinen Jägerlein. Drei von ihnen tot, einer lebt noch. Und Josefa Wagner kennt die Geschichte, einer der Männer war ihr Ehemann Hans. Vielleicht ist sie deswegen verrückt geworden. Der andere womöglich mein Vater. Sigrid hätte nie geschwiegen, sie hätte ihn nicht einfach so weitermachen lassen, wenn sie etwas davon gewusst hätte. Ganz sicher.«

»Niklas?« Tessas Stimme klang ganz behutsam. »Hat Sigrid vielleicht Josefa Geld gegeben, damit sie schweigt? Hatte Josefa sie in der Hand, weil sie wusste, dass dein Vater zu denen gehört hat?«

»Du meinst, sie hat meine Mutter erpresst? Aber spätestens, als Josefa verrückt wurde, hätte sie doch ihre Zahlungen eingestellt. Wer glaubt denn einer bekloppten Frau?«

»Da hast du auch wieder recht.« Tessa zog sich die Tüte heran und entnahm ihr ein Croissant, von dem sie herzhaft ein Stück abbiss. »Lassen wir das alles mal beiseite und widmen uns den vier Jägerlein. Sie müssen sich gut verstanden haben, sonst, falls deine Theorie stimmt, wären sie aufgeflogen, einer hätte geplaudert. Hans Wagner ist vielleicht einer von ihnen, der andere eventuell dein Vater. Würdest du ihm solche Taten überhaupt zugetraut haben?«

Der Duft des buttrigen Gebäcks ließ Niklas für einen Moment vergessen, dass er eigentlich keinen Bissen runterbrachte. Er nahm ebenfalls ein Hörnchen aus der Tüte, brach es in der Mitte durch und puhlte das weiche Innere heraus. »Entschuldige, ich glaube, das ist der ganze Stress. Und nein, hättest du mich das gestern gefragt, wäre meine Antwort ein klares Nein gewesen. Aber heute. Mein Vater war schon immer ein Jäger. Meine Mutter hat mal zu ihm gesagt, ihm gehe es nicht ums Jagen, sondern ums Töten. Daran erinnere ich mich jetzt wieder. Ich hatte mir nichts dabei gedacht. Das eine gehört zum anderen, du jagst, du tötest, das ist doch Sinn der Sache.« Niklas war erstaunt, wie ruhig er diese Sätze hervorbrachte.

»Okay, dann fehlen noch zwei. Einer von ihnen muss tot sein. Wen kennen wir aus dem Dorf, der jagt?«

Niklas stopfte sich das halbe Croissant nun ganz in den Mund. Er schüttelte die Hände, um die daran klebenden Krümel loszuwerden. Nachdem er den Bissen heruntergeschluckt hatte, fing er an aufzuzählen. »Gernot ist leidenschaftlicher Jäger, denk nur an die ganzen Geweihe in der Kneipe, Dr. Wiesner hat gejagt, Hartwig ging zumindest zur Jagd, Lattwich ganz sicher, Walter, der Sohn von Elisabeth. Leben noch alle.« Niklas kratzte sich am Kinn. »Mein Vater hatte einen Herzinfarkt, genau wie Hans Wagner, also der Klassiker«, sagte er nachdenklich.

Tessa nahm einen Schluck des mittlerweile kalten Kaffees. Sie verzog das Gesicht. »Es ist schon bemerkenswert, mit welcher Ruhe du jetzt über alles sprichst.«

»Glaub mir Tessa, ruhig bin ich ganz und gar nicht, aber ich möchte hinter dieses verdammte Geheimnis kommen. Das ist im Moment mein Ziel, und darüber jetzt neurotisch zu werden, bringt uns auch nicht weiter. Durchdrehen kann ich hinterher noch. Also weiter. Zwei tote Jäger durch Herzinfarkt. Beide nicht mehr die Allerjüngsten, mein Vater war ein Choleriker, über Wagner weiß ich nichts. Alle Jäger, zumindest die, die ich kenne, trinken auch gerne mal einen über den Durst. Mein Vater hat unzählige Zigarren geraucht, alles Dinge, die zu einem Infarkt führen können, also nichts Außergewöhnliches. Wir brauchen den dritten und den vierten Mann. Dir fällt nichts dazu ein?«

Tessa runzelte die Stirn, überlegte krampfhaft. »Nein. Aber weißt du, wen wir fragen können? Den Björn Grewenig, den Jagdhornbläser. Er jagt zwar nicht, ist also ganz aus der Schusslinie«, sie musste unwillkürlich lachen, und auch Niklas verzog erheitert das Gesicht, wurde jedoch sofort wieder ernst, »aber er kennt die Jägerszene. Du hast doch seine Nummer, Björn und seine Truppe haben doch bei Sigrids Beerdigung geblasen.«

»Das haben wir gleich.« Niklas zog das Handy aus der Hosentasche, suchte die Nummer.

»Hallo Björn, hier Niklas Westphal. Ja danke, alles gut. Ich hab nur eine Frage. Mein Vater und Hans Wagner gingen doch gemeinsam zur Jagd, wer war denn da noch so dabei? Gab es da eine Art Clique? Ich kann mich nicht mehr so genau erinnern.« Niklas hörte eine Weile schweigend zu. »Danke, nein, ist nichts von Belang. Tschüss, Björn.« Er beendete das Gespräch.

»Wer immer dabei war, ist, das heißt war, Rolf Friese. Und der ist auch tot.«

»Rolf, der Mann von Marlies, die Freundin deiner Mutter? Der ist auch schon lange unter der Erde. Hat Björn gesagt, woran Rolf gestorben ist?«

»Auch ein Herzinfarkt. Alle drei eines natürlichen Todes gestorben.«

»Und das vierte Jägerlein? Irgendeine Ahnung?«

»Nein, Björn sagte, vor allem die drei Männer hätten viel gemeinsam unternommen. Aber da ist noch was anderes.« Niklas hatte das Telefon die ganze Zeit in seiner Hand gehalten. Als er es nun auf den Tisch legte, zitterte sie. »Fast alle Jäger haben meinem Vater ihre Gewehre vorbeigebracht zum Reinigen der Linsen. Er hatte da ein Spezialrezept, eine Mischung aus Aceton und Äther. Wahrscheinlich hatte er die beiden Produkte aus der Apotheke. Sowohl mit dem einen wie mit dem anderen kannst du jemanden betäuben. Einer von denen, die den Reinigungsservice meines Vaters in Anspruch genommen haben, ist das vierte Jägerlein, und es läuft, wenn man Josefa und ihrem Reimlied Glauben schenken darf, noch gesund und munter durch die Gegend. Und ich sag dir eins, Wunderlich ist ihm auf die Spur gekommen. Vielleicht hatte er schon lange einen Verdacht, und der hat sich nach dem Fund von Julias Leiche irgendwie erhärtet. Wunderlich hat seinen Mörder ins Haus gelassen. Davon bin ich inzwischen überzeugt. Tessa, das ist mehr als eine Gedankenspielerei, die wir hier betreiben, das Ganze ist blutiger Ernst.«

KAPITEL 46

Wie schon am Tag zuvor zogen sich gegen Mittag schwarze Wolkenungetüme zusammen, und aus der Ferne grollte der Donner. Der Wind nahm zu und zerrte an den Ästen der Bäume und Büsche. Innerhalb von Sekunden schossen die Regentropfen auf die Erde. Niklas und Tessa konnten sich gerade noch ins Innere der Villa retten.

»Das ist der Klimawandel, ganz sicher«, meinte Tessa. »Wo gab es das denn früher, dass das Wetter so plötzlich und ohne große Vorankündigung umschlägt?«

Aus dem Regen wurde Hagel, der mit Getöse an die Fensterscheiben prallte. Die beiden standen vor dem Panoramafenster zur Terrasse und beobachteten, wie die fast kirschgroßen Hagelkörner auf der Terrasse tanzten.

»Hagel im Sommer ist nichts Ungewöhnliches«, sagte Niklas und umschlang seinen Oberkörper mit den Armen.

»Ist dir kalt?«

»Ja, aber das hängt nicht mit dem Wetter zusammen. Ich fühle mich von innen kalt, wie erstarrt. Ich weiß nicht, wo uns unsere Recherchen noch hinführen.«

»Daher lassen wir das jetzt sein«, entschied Tessa energisch. »Ich hätte Lust, noch ein wenig in der Bibliothek deiner Eltern zu stöbern.«

Sie blätterten Bildbände über Kunst und fremde Länder durch, blieben an einer alten Ausgabe des *Struwwel-*

peter hängen, der nach Ansicht von Tessa so gar nichts für Kinder war, lasen sich gegenseitig Gedichte von Ringelnatz vor. Die Zeit verging wie im Flug. Niklas schlug einen dicken Wälzer über die Kathedralen der Gotik zu. Staub drang in seine Nase. Er nieste.

»Ich hätte jetzt Lust auf ein Glas Wein. Bist du dabei, oder ist es dir noch zu früh?«

»Zu früh? Ganz sicher nicht. Hast du was hier oben?«

»Nein, im Keller. Wollen wir vielleicht …«

Tessa verstand. Die Zeit der Ablenkung war vorüber. Niklas wollte im Keller nach Spuren von Lilly suchen. Doch er brauchte sie an seiner Seite. Sie war noch immer nicht davon überzeugt, dass der Stofffetzen tatsächlich zu einem Kleid, zu Lillys Kleid, gehörte.

»Das ist schon ganz schön gruselig da unten. Allein dieses unheimliche Flackern der Neonröhre. Gibt's die Dinger überhaupt noch zu kaufen?« Tessa merkte, wie piepsig ihre Stimme sich anhörte. Ein plötzliches Gefühl der Angst überfiel sie. Angst vor dem, was sie vielleicht entdecken könnten. Doch nach zehn Minuten, in denen sie Wände, Regale und Böden in Augenschein genommen hatten, mussten sie einsehen, dass nichts auf eine Person hindeutete, die vor mehreren Jahrzehnten hier festgehalten worden sein könnte.

»Mit was hast du gerechnet? Mit in die Wand eingelassenen Eisenringen, an die man jemanden fesseln kann?« Tessa hatte die Frage mit einem unsicheren Lächeln gestellt.

Doch Niklas blieb ernst. »Ja, mit irgendwas in der Art. Aber vielleicht sind auch alle Spuren danach vernichtet worden. Guck, hier, ein Loch in der Wand. Vielleicht war da so was befestigt. Aber jetzt ist alles weg, bis auf das Stück Kleiderstoff.«

»Niklas, das hätte man doch auch entfernt, um keine Spuren zu hinterlassen, meinst du nicht?«

Niklas schloss die Tür zum alten Keller und nahm eine Flasche Weißwein aus dem Weinschrank. »Vielleicht, vielleicht auch nicht. Vielleicht bilde ich es mir tatsächlich nur ein.« Er zuckte mit den Schultern.

In der Küche entkorkte er die Flasche, roch kurz am Korken und schenkte zwei Gläser ein. Niklas leerte sein Glas in einem Zug, während Tessa nur daran nippte. Der Hagel und der anschließende Regen hatten aufgehört, das ferne Grollen war verstummt, und die Wolken trieben auseinander, überließen der Sonne wieder das Feld. Draußen tropfte das Nass von den Blättern.

Niklas drehte das leere Glas zwischen seinen Händen. »Vielleicht ist ein Teil Einbildung, aber nur ein Teil. Hier ist irgendetwas passiert, das steht fest. Ich war Zeuge davon und habe es in meinen Romanen verarbeitet. Meine Träume offenbarten sich mir nicht, bis ich hier in diesem Haus war. Das sind für mich Fakten. Ich habe vergessen, und das Vergessen hat in meinen Büchern Aufmerksamkeit gefordert. Nur habe ich es nicht erkannt.«

Tessa ging zum Fenster und zeichnete mit dem Zeigefinger einen unsichtbaren Kreis auf die Glasscheibe. »Kinder verdrängen schlimme Dinge, die sie erlebt haben, das ist eine Tatsache. Du hast gesagt, deine Nachbarin hat erzählt, deine Mutter sei offensichtlich früher nach Hause gekommen. Vielleicht war das Jägertreffen, ganz gleich, was dabei passiert ist, noch in vollem Gang. Vielleicht hat sie ja dem Spuk ein Ende bereitet.«

»Was meinst du genau?« Niklas hatte bereits das zweite Glas Wein ausgetrunken.

»Niklas, es gibt drei Möglichkeiten. Erstens, Frau Schumacher hat sich geirrt. Zweitens, deine Mutter kommt nach Hause, eine normale Party ist im Gang, sie feiert vielleicht sogar noch ein wenig mit und dann ist Ende, oder sie geht ins Bett und lässt die Männer alleine weiterfeiern. Drittens, sie kommt, als niemand mit ihr rechnet, es passieren gerade Dinge, die unfassbar sind. Deine Mutter greift ein.«

Niklas musste nicht lange überlegen. »Ich bin die ganze Zeit davon ausgegangen, dass sie nach Hause gekommen ist, als alles schon vorbei war.« Er biss sich auf die Unterlippe. »Aber mittlerweile bin ich davon überzeugt, deine letzte Version ist die richtige ...«

»Okay.« Tessa drehte sich um und nickte zustimmend. »Was ist geschehen? Ist es Lilly, die sie durch den Garten jagen? Lebt sie oder ist sie tot?«

»Scheiße, scheiße.« Niklas raufte sich die Haare. »Egal, was mit ihr ist, meine Mutter war involviert. Es sei denn ...«, fuhr er mit ruhiger Stimme fort, »... Lilly ist tot, und man hat die Leiche bereits beseitigt, bevor Sigrid zurückkehrte. Mein Gott, wo könnte sie sein? Hier im Garten? Nein, das wäre sogar mir aufgefallen, wenn man am nächsten Tag irgendwo die Erde umgegraben hätte. Sie haben sie weggebracht, bevor meine Mutter kam. Irgendwo im Wald verscharrt.« Niklas' Stimme überschlug sich. Er langte nach der Weinflasche, doch Tessa entzog sie ihm sanft. Sie setzte sich zu Niklas an den Tisch.

»Nicht doch, das ist keine Lösung. Ich will dieses Szenario nicht ausschließen, aber gehen wir doch mal davon aus, Lilly lebt, ist in Südfrankreich glücklich verheiratet, badet gerade jetzt im Mittelmeer. Gehen wir weiter davon aus, du hast etwas gesehen, Lilly im roten Kleid in eurem Teich. Das könnte doch bedeuten, deine Mutter ist zurückgekommen, bevor sich etwas noch Schlimmeres ereignen konnte, sie hat das Mädchen beschützt, hat es gerettet.«

Ein Hoffnungsschimmer erhellte Niklas' Gesicht. »Du meinst, sie hat dafür gesorgt, dass Lilly verschwinden konnte? Natürlich, sie und Marlies waren dicke Freundinnen, da war es doch ein Leichtes, den Abschiedsbrief bei Marlies zu deponieren, meine Mutter hat das Geld hingelegt und Lilly sozusagen zur Flucht verholfen. Sie hat auch ihre Sachen, ihren Pass abgeholt.«

»Sie hätte auch zur Polizei gehen können, sogar sollen.«

»Vielleicht wollte sie ihre Familie schützen, mich, meinen Vater? Aber natürlich hast du recht.«

»Niklas, das ist es.« Tessa trommelte mit Zeige- und Mittelfinger ihrer rechten Hand auf dem Küchentisch herum. »Dich schützen. Natürlich. Deine Mutter war Apothekerin. Wenn nicht sie, wer dann? Wer konnte dir etwas verabreichen, damit du vergisst, was du gesehen hast? Sie muss ein Leben lang Angst davor gehabt haben, dass du dich irgendwann erinnerst. Was könnte es gewesen sein? Was könnte sie dir gegeben haben? Hast du nicht gesagt, deine Mutter hatte einen Kräutergarten? Jetzt mit Gartenkräutern, früher mit Heilpflanzen?«

Niklas wollte soeben widersprechen. Doch hatte Sigrid nicht versucht, ihn davon abzuhalten, zu Butterwegge zu gehen? Sie hatte ihm eine Teemischung aus Kräutern zusammengestellt. Er hatte ihr gegenüber behauptet, sie hätten geholfen. Erstens wollte er sie nicht beunruhigen, und zweitens kannte er seine Mutter, die ihn wöchentlich gelöchert hätte.

»Warte, ich hab da was, was uns vielleicht weiterhilft.« Niklas sprang auf, lief ins Schlafzimmer seiner Mutter und brachte das Büchlein mit Sigrids handkolorierten Zeichnungen ihrer Heilpflanzen mit.

»Das hat meine Mutter angefertigt. Es heißt einfach nur *Meine Heilpflanzen*, deswegen gehe ich davon aus, Sigrid hat die beschrieben und gezeichnet, die in ihrem Garten wuchsen. Schau, sie beschreibt auch ihre Wirkung. Offenbar hat sie die Kräuter auch in bestimmten Mischungen in der Apotheke verkauft. Hier, Gertie hat einen Tee gegen ihre Gicht bekommen. Steht hier bei der Brennnessel. Dazu hat sie Teufelskralle und Ingwer reingetan. Weidenröschen, Teemischung für L.s Prostata. Ob das Lattwich war? Und sie hat zu jeder Pflanze ihre Geschichte geschrieben.«

Niklas und Tessa blätterten das Büchlein Seite für Seite durch.

»Halt, hier. Niklas, das könnte es sein. Schlafmohn, *Papaver somniferum*. Wie wunderschön sie ihn gezeichnet hat. Was steht denn dabei?«

Tessa zog das Buch zu sich heran und begann zu lesen. »Also, deine Mutter schreibt, der Schlafmohn sei bereits in der Steinzeit genutzt worden. Und das Wort Opium kommt aus dem griechischen, *Opos* heißt Saft. Hier, jetzt kommt's. Homer beschreibt seinen Gebrauch. Er nennt den Trank *Nepenthes*, das bedeutet Vergessenheitstrank.«

Tessa sah Niklas mit großen Augen an. Sie blätterte schnell durch das Büchlein bis zum Ende, dann wieder zurück zum Schlafmohn. »Deine Mutter hat ziemlich viel über den Schlafmohn geschrieben. Schau mal, das ist später dazugekommen, sie hat einen anderen Stift benutzt, und ich finde, die Schrift wirkt auch ein wenig krakeliger. Hier steht *Schlafmohn = Tau des Vergessens*.« Sie sah auf.

»Und sonst?«

»Sonst nichts. Kein Hinweis darauf, wem sie etwas verabreicht haben könnte.« Tessa verstummte.

»Sie würde auch kaum drunter geschrieben haben: *am soundsovielten meinem Sohn verabreicht*«, sagte Niklas trocken. »Aber ich kann mich erinnern, dass Mohn bei uns im Garten wuchs. Ob es Schlafmohn oder irgendein hundsgewöhnlicher Mohn war, weiß ich nicht. Aber jetzt tippe ich mal ganz stark auf *Papaver somniferum*. Das wäre also geklärt. Meine Mutter wusste, was man zum Vergessen verabreichen kann, es wuchs in unserem Garten, wahrscheinlich hatte sie ihre ganzen Ernten in irgendwelchen Gläsern auf Abruf schon dastehen. Sie wird ja wohl nicht erst in der Nacht den Saft gepresst haben.« Seine Stimme wurde lauter. »Das ist zum vollkommenen Verrücktwerden. In welchem Albtraum sind wir denn hier gelandet?«

Tessa legte ihm beschwichtigend die Hand auf den Arm. »Niklas, vielleicht sind wir gerade dabei, dich aus deinem Albtraum zu befreien. Wollen wir mal weiterblättern? Vielleicht begegnet uns noch etwas Interessantes.«

Spontan küsste Niklas Tessa auf die Wange. »Ich bin so froh, dich hier zu haben. Alleine könnte ich das Ganze nicht ertragen. Ich weiß echt nicht, wie ich es schaffe, noch so ruhig zu bleiben. Aber du hast recht, wir sind scheinbar auf dem richtigen Weg, diesen Albtraum zu beenden.«

Sie steckten beide wieder ihre Nasen in das Büchlein, blätterten, lasen, registrierten erstaunt, wer alles im Dorf unter welchen Zipperlein litt, die Sigrid mit ihren Teemischungen zu lindern wusste. Dann hielten sie gleichzeitig den Atem an. Eine hochgewachsene Pflanze mit leuchtend blauen Blüten erregte ihre Aufmerksamkeit. Es war ein Exemplar der Pflanzen, die ehedem am Teich wuchsen, die, die Sigrid irgendwann komplett durch gelbe Sumpflilien ersetzt hatte. Die Pflanzen, die Niklas in seinem Roman beschrieben hatte.

»Blauer Eisenhut«, murmelte er. »Den hatten wir doch schon, als wir das Album durchgeblättert haben. Du hast von dem Gemälde erzählt. Der Eisenhut. In der Vase. Das Bild von diesem französischen Maler.«

»Ja, stimmt. Deine Mutter hat ihm in ihrem Buch ziemlich viel Platz eingeräumt. *Aconitum napellus.* Es gibt auch noch andere Begriffe dafür. Giftkraut, Sturmhut, Würgling, Ziegentod. Alle Teile davon sind hochgiftig. Kein Wunder, dass sie die Pflanzen irgendwann entsorgt hat. Ich weiß, dass deine Mutter dich immer gewarnt hat, aber trotzdem, das ist doch hochgefährlich«, empörte sich Tessa.

Niklas schüttelte den Kopf. »An den Eisenhut wäre ich nur schwimmend gekommen, er wuchs hinter dem Teich. Lies mal weiter.«

»Giftigste Pflanze Europas. Das Aconitin ist der Giftstoff, und, Wahnsinn, schon zwei bis vier Gramm der Wurzel führen innerhalb von dreißig bis fünfundvierzig Minuten zum Tod. Vorher Schweißausbrüche, Übelkeit, Erbrechen, Durchfall. Schließlich sterben die Gliedmaßen ab, die Atmung verlangsamt sich, Lähmung der Atemmuskulatur, Kollaps, Tod durch Atemlähmung oder akutes Herzversagen. Puh, die Pflanze hat es aber echt in sich. Da hast du noch nicht mal die Chance, noch rechtzeitig ins Krankenhaus zu kommen.«

Tessa drehte das Buch zu Niklas. Er las, bewegte dabei tonlos die Lippen. Schließlich schob er das Pflanzenbuch weit von sich weg. Er war wachsbleich.

»Du hast gesehen, was sie darunter notiert hat?«

Tessa nickte.

Niklas' Stimme klang brüchig. »Sigrid schreibt, ein Gramm ist ausreichend für achtzig bis hundert Kilo.« Er trommelte mit beiden Händen auf den Tisch. »Was soll das bedeuten? Scheiße, was soll das bedeuten?«, schrie er dann, jedes Wort einzeln betonend.

»Niklas, jetzt mal ganz ruhig. Das bedeutet doch erst mal gar nichts.«

»Wenn meine Mutter es aufgeschrieben hat, hat es eine Bewandtnis, Tessa. Nur welche?«

»Giftpflanzen sind doch auch Heilpflanzen. Vielleicht ist das eine Dosierung, die zum Guten eingesetzt werden kann. Warte mal.« Tessa nahm ihr Handy und machte sich auf die Suche nach dem Blauen Eisenhut. »Da«, rief sie triumphierend, »der Blaue Eisenhut wird zum Beispiel in der Chinesischen Medizin eingesetzt bei Angstzuständen, er wirkt beruhigend. Niklas, wusste deine

Mutter um deine Albträume? Vielleicht hat sie dir deswegen etwas Eisenhut in eine Teezubereitung gemischt, um dir zu helfen?«

Niklas wirkte nicht überzeugt, aber er sagte: »Das könnte eine Erklärung sein. Aber, nein, das ist Quatsch. Die fingen doch erst an, als der scheiß Eisenhut schon nicht mehr hier wuchs.«

Tessa hielt ihm ihr Handy unter die Nase. »Hier steht es aber. Angstzustände. Vielleicht welche, die du als Kind hattest?«

»Ja, ich kann lesen, Tessa. Nein, ich hatte keine. Wüsste jedenfalls nichts davon. Aber die drei kleinen Jägerlein, die sind tot. Wie sind sie gestorben? Bisher haben wir nur Mutmaßungen. Wir haben nichts, außer einem vagen Verdacht, der sogar auf meinen Vater fällt. Merkst du nicht, wie wir uns im Kreis drehen? Wir haben das Lied von Josefa gehört, es gibt uns einen Hinweis. Wir haben eine hochgiftige Pflanze im Garten. Sie war bestimmt für die drei Jägerlein.«

»Stopp, Niklas, das sind doch alles nur wilde Vermutungen.«

»Mensch, Tessa, ich versteh jetzt überhaupt nicht, warum du wieder zurückruderst. Ich bleib dabei. Ich habe irgendwas gesehen in dieser Nacht, meine Mutter hat mir daraufhin etwas gegeben. Drei Männer sind möglicherweise gestorben, weil sie sich diverser Verbrechen schuldig gemacht haben.« Niklas war mittlerweile aufgesprungen. Sein Stuhl hatte gefährlich gekippelt, war aber stehen geblieben. Rastlos lief er in der Küche auf und ab. »Ich muss mit dem Doktor reden. Ich will wissen, ob meine Mutter etwas mit dem Tod der drei zu tun haben kann.«

»Niklas, dein Vater, Hans Wagner und der Mann von Marlies hatten einen Herzinfarkt. Sie sind im Krankenhaus gestorben. Wenn sie vergiftet worden wären, hätte man es bemerkt.«

Niklas schüttelte den Kopf, und nach wenigen Sekunden hatte er den alten Arzt am Telefon.

»Dr. Wiesner, eine Frage, oder auch zwei. Hans Wagner, Rolf Friese und mein Vater hatten alle einen Herzinfarkt, alle drei innerhalb eines Jahres.«

Niklas stellte sein Handy auf laut.

»Ja«, brummte Wiesner. »Die drei haben aber auch kein gesundes Leben geführt und waren in einem kritischen Alter, in dem man besser auf sich achtgeben sollte. Sie waren viel zum Jagen zusammen unterwegs. Das hat ihrer Gesundheit natürlich nicht geschadet. Aber sie haben zu viel geraucht, zu viel Hochprozentiges getrunken, und alle drei waren leicht erregbar, ganz schnell mal durch die Decke, meine ich. Sie fielen alle zu Hause um, Gott sei Dank war ich immer in wenigen Minuten vor Ort, die Notarztwagen waren da auch schon unterwegs. Es waren allerdings alles mittelschwere Infarkte, und ihre Ehefrauen hatten vorbildlich gehandelt, nicht gezögert, nicht gezaudert. Alle drei kamen schnellstmöglich ins Krankenhaus. Nun ja ...« Er räusperte sich. »... ich muss sagen, ich hatte nicht im Mindesten mit ihrem Ableben gerechnet. Auch die Krankenhausärzte nicht. Sie waren zuversichtlich, haben alles versucht, das ganze Programm. Doch am Ende mussten sie ihre Patienten gehen lassen. Man hat für sie getan, was man konnte, es hatte nicht sollen sein.«

»Es könnte nichts anderes gewesen sein?«, fragte Niklas vorsichtig.

Augenblicklich schlich sich eine Spur von Misstrauen in die Stimme des Arztes. »Wie meinst du das? Dass jemand was übersehen hat? Einen Fehler gemacht hat? Nein, ganz sicher nicht. Die drei zeigten eindeutige Anzeichen eines Herzinfarktes. Ich war jedes Mal dabei, als sie in den Krankenwagen kamen. Schon da hat man die ersten Maßnahmen ergriffen. Im Krankenhaus tat man alles Menschenmögliche. Ich war bei deiner Mutter im Wartebereich, als die schlimme Nachricht kam, dass dein Vater es nicht geschafft hat. Sie ist in meinen Armen regelrecht zusammengebrochen. Auch sie hatte nicht daran gezweifelt, dass er überlebt. Ich hatte sie noch darin bestärkt, daran zu glauben. Dein Vater war ein Kämpfer, und für mich sah es so aus, als könnte er in ein paar Tagen fast schon wieder auf den Beinen sein. Aber der liebe Gott hat ihn zu sich genommen. Warum willst du das alles überhaupt wissen?«

»Einfach nur so. Wir haben eben Alben durchgeblättert, Fotos von Papa und seinen Freunden, und da ist uns aufgefallen, dass die drei in einem recht kurzen Zeitraum nacheinander verstorben sind. Reine Neugierde also.«

»Aha. Gut. Und wer ist wir?«

»Tessa und ich, sonst niemand.«

»Na, grüß Tessa von mir. Ich schau heute Abend noch mal nach Gertie, sag ihr das.« Dann war die Verbindung weg.

»Hast du gehört, alles im grünen Bereich«, sagte Tessa.

Niklas zupfte an seiner Unterlippe. »Ich weiß nicht. Es hört sich so an. Aber ich hab kein gutes Gefühl.«

»Schon, aber je länger ich darüber nachdenke, desto absurder kommt es mir vor.«

»Absurd, aber nicht unmöglich.« Niklas setzte sich wieder an den Tisch und stützte seinen Kopf in die Hände. »Ich werd noch verrückt.«

Mit einem Satz sprang er auf. »Die Todesanzeigen. Vielleicht verraten die uns was.« Er kramte in den Kopien, die er gesammelt mit nach Hause genommen hatte.

»Hier die von Hans, das ist die meines Vaters, hier der Mann von Marlies. Zeitlich ziemlich zwischen den beiden. *Geliebter Ehemann*, bei Hans und bei meinem Vater noch *Vater*. Sonstige Verwandtschaft. Alle drei haben von den Jägern eine Todesanzeige bekommen, mein Vater von Kollegen. Nein, nichts, was einen Hinweis gäbe.«

»Niklas, einen Hinweis auf was? Dass sie ermordet worden sind?«

»Bei allen steht: *plötzlich und unerwartet*«, beharrte Niklas störrisch.

»Das liest man doch häufig.«

Niklas lenkte ein. »Okay, hör noch mal genau zu. Hypothese: Männer, Freunde meines Vaters und er, feiern hier ausgelassen, um es mal neutral auszudrücken. Lilly ist dabei. Irgendetwas passiert, jemand landet im Teich. Lilly? Wahrscheinlich, ich habe es verklausuliert in meinem Roman beschrieben. Meine Mutter kommt unvorhergesehen nach Hause. Sie reagiert. Frage eins: Ist Lilly tot? Wenn ja, wo ist die Leiche? Frage zwei: Ist Lilly am Leben?«

Er kam sich vor wie eine alte Langspielplatte, die immer wieder an derselben Stelle einsetzt.

»Frage drei …«, ergänzte Tessa, »… ist überhaupt etwas passiert?«

»Veto. Natürlich ist etwas passiert, sonst hätte ich nichts vergessen müssen.«

»Einverstanden. Ich geb mich geschlagen. Trotzdem ist es für mich so absolut unfassbar, drei Thöninghauser könnten für all die Untaten verantwortlich sein. Aber einen Punkt können wir doch wirklich abhaken. Deine Mutter hat nicht beim Tod der drei Männer nachgeholfen. Diese Vorstellung ist geradezu grotesk.«

»Ja, ich bin irgendwie in Panik geraten. Wie du sagst, die Vorstellung ist grotesk. Laut Wiesner gibt es nicht den leisesten Zweifel an einem natürlichen Tod, bei allen dreien. Vielleicht hat der liebe Gott das Schicksal in die Hand genommen und die Schuldigen ins Jenseits befördert.«

»Entschuldige, wenn ich schon wieder den Advocatus diaboli spiele, Niklas. Wir gehen von drei Jägerlein, drei Tätern aus. Drei Männer, die tot sind. Doch wir müssen auf Nummer sicher gehen. Sind es wirklich dein und Christianes Vater und der Mann von Marlies gewesen? Oder besteht die Möglichkeit, dass es sich um komplett andere Personen handelt? Wir sollten den Doktor fragen, wer sonst noch in dem Zeitraum gestorben ist. Vielleicht liegen wir mit den drei Personen inklusive deinem Vater vollkommen falsch.«

Tessas Handy klingelte.

»Dr. Wiesner? Ist was mit Gertie? Ach herrje, ich komme. Bis gleich.« Sie schaltete ihr Handy aus und steckte es ein. »Tut mir leid, ich muss los. Gertie hat schon wieder so eine Art Panikattacke. Sie befürchtet, gleich sterben zu müssen. Der Doktor hat gesagt, es ist alles okay mit ihr. Seit ihrem Geburtstag glaubt sie, der Tod würde auf sie warten. Die achtzig hat sie erreicht, und jetzt gehe es bergab. Wiesner meint, sie wird noch hundert, aber es wäre besser, ich käme nach Hause. Kann ich dich alleine lassen? Ja? Grübel nicht so viel. Ich weiß, leichter gesagt als getan.«

»Ich versuch's. Ich genehmige mir einen dreifachen Whiskey und nehme eine Schlaftablette. Sigrid hat welche oben.«

»Übertreib's nicht, Niklas.«

»Nein, keine Angst. Sehen wir uns morgen?«

»Ich ruf dich später noch an. Okay? Wie viel Uhr ist es jetzt? Halb sieben. Morgen komme ich so früh ich kann.« Tessa umarmte Niklas, küsste ihn und warf ihm einen letzten strengen Blick zu. »Hörst du, Alkohol ist keine Lösung für Probleme.«

Entgegen ihrem Ratschlag genehmigte sich Niklas drei Whiskeys und kippte einen halben Liter Bier für die notwendige Bettschwere hinterher. Vorsichtshalber schluckte er noch eine Schlaftablette, die er im Badezimmerschrank seiner Mutter entdeckte. Kurz fragte er sich, wieso Sigrid solche Tabletten überhaupt besaß, da sie doch aus ihren Heilkräutern Tees für sämtliche Lebenslagen hatte zusammenbrauen können.

Er betrachtete sich im Spiegel. Unrasiert, die Haare standen in alle Richtungen ab. Nicht nur tiefe Schatten lagen unter den Augen, seine Tränensäcke ließen ihn regelrecht verkommen aussehen. Sein Blick fiel auf die kleine Uhr im Schrank. Gerade mal acht und er war zum Umfallen müde. Tessa hatte sich noch nicht gemeldet.

Auf unsicheren Beinen wankte Niklas in sein Bett und fiel augenblicklich in einen tiefen traumlosen Schlaf.

KAPITEL 47

Als Tessa bei Gertie ankam, saßen Dr. Wiesner und ihre Großtante gemütlich im Wohnzimmer und plauderten. Gertie sah aus wie das blühende Leben und lachte eben laut über etwas, was der Doktor von sich gegeben hatte.

»Na, dir scheint es ja wieder richtig gut zu gehen.« Tessa hatte Mühe, die leichte Verärgerung, die sie empfand, nicht hörbar werden zu lassen. Natürlich war sie froh, Gertie gesund und munter anzutreffen. Trotzdem...

»Hallo Tessa, deine Großtante ist das reinste Stehaufmännchen. Kaum hatte ich unser Gespräch beendet, da war sie munter wie ein junges Rehlein, nicht wahr, meine Liebe?« Er tätschelte Gertie die Hand und erhob sich.

»So, dann will ich mal. Feierabend. Sag mal, Tessa, was hattet ihr denn nur mit den drei Verblichenen?«

»Welche drei Verblichenen?«, fragte Gertie neugierig. Ihre Äuglein blitzten, die Wangen waren rosig und die Stimme klar.

»Edwin, Hans und Rolf«, klärte der Doktor die alte Frau auf.

»Oh je, das waren Schicksalsschläge. Alle drei, und noch so jung, in kürzester Zeit, das Herz«, zwitscherte Gertie.

»Na, so jung nun auch wieder nicht«, brummte Doktor Wiesner. »Aber um die Fünfzig ist immer ein kritisches Alter. Da sollte man schon auf sich aufpassen. Ich hab es euch bereits am Telefon gesagt. Die drei Männer lebten alles andere als gesund. Gerade bei Edwin, Niklas' Vater, hat es mich doch sehr gewundert. Schließlich hatte er Ahnung von Pharmazie.«

»Aber man hat ihn kaum in der Apotheke gesehen«, wandte Gertie ein. »Er hat die ganze Arbeit doch Sigrid überlassen. Wenn er nicht gerade auf der Jagd war, hat er den Umsatz im *Halben Hahn* verbessert.«

»Das lag daran, dass er nie sein Studium beendet hat. Wusstest du das nicht? Keiner hat es an die große Glocke gehängt, aber wenn er mal im weißen Kittel hinter dem Tresen stand, war er nicht mehr als ein Verkäufer.«

Gertie riss die Augen auf. »Das gibt's doch nicht.«

Wiesner schmunzelte. »Es gab und gibt tatsächlich Dinge hier im Dorf, von denen du keine Ahnung hast? Meine liebe Gertie, ich hätte nicht gedacht, dass ich dich noch mal mit etwas überraschen kann. Aber im Ernst, warum diese Fragen, Tessa?«

»Wie Niklas sagte, Neugierde, Fotos in den Alben, die wir uns angeschaut haben.« Sie zuckte mit den Schultern.

Der Arzt öffnete den Mund, als wollte er noch etwas sagen, doch er überlegte es sich anders. Er zog die Brauen zusammen und betrachtete Tessa so eindringlich, dass sie verlegen den Blick senkte. Doch dann verabschiedete sich Dr. Wiesner endgültig.

»Und wenn was ist, ruft an, ja?«

Fast wäre Tessa hinter ihm her, um sich nach weiteren infrage kommenden Toten zu erkundigen, doch damit hätte sie die Neugierde des Arztes nur wieder neu entfacht. Er war sowieso sehr misstrauisch gewesen.

»Setz dich, Kind. Sag mal, worum ging es denn tatsächlich?«

Tessa nahm gehorsam gegenüber ihrer Großtante Platz. »Ich bin echt froh, dass du wieder so munter bist. Ich mach uns was zu essen. Wollen wir einen Tee dazu trinken?«

»Lenk nicht ab, Tessa. Was war das eben? Herbert schien mir sehr beunruhigt, nachdem er mit Niklas gesprochen hat.«

»Wirklich nichts, es ging nur darum, dass die drei Männer innerhalb eines Jahres an einem Herzinfarkt gestorben sind. Und das trotz sofortiger Maßnahmen im Krankenhaus. Wir haben Fotos angeschaut...«, sie wurde ein wenig rot, »... und haben uns einfach nur gewundert.« Tessa versuchte, so unschuldig wie möglich zu schauen.

»Aha. Soso.«

»Tante Gertie, hast du die drei eigentlich näher gekannt?«

Tessas Großtante schnaubte durch die Nase. »Na offensichtlich nicht, sonst hätte ich ja wohl gewusst, dass Edwin kein echter Apotheker war. Aber was heißt überhaupt, näher gekannt. Wie man sich eben so im Dorf kennt. Jeder kennt jeden, nichtsdestotrotz schaut man nicht hinter die vier Wände, in denen die Leute leben, nicht wahr?«

»Mochtest du Edwin, Hans und Rolf?«

Gertie überlegte kurz, dann nickte sie. »Doch, schon. Drei hilfsbereite nette Männer, gute Familienväter, ehrliche Männer. Waren auch mal ganz gerne unter sich. Wie Herbert schon sagte, Jäger, die viel zusammen unterwegs waren. Manchmal ging es bei Gernot ganz schön hoch her. Ich glaube, der Umsatz im *Halben Hahn* ist ziemlich eingebrochen, nachdem die drei nicht mehr da waren.« Gertie kicherte.

»Sag, gab es in dem Zeitraum noch andere Herzgeschichten bei Männern mit tödlichem Ausgang?«

»Kind, du stellst Fragen. Aber lass mich nachdenken.« Die alte Frau schloss die Augen, formte die rechte Hand zur Faust und hob leise murmelnd Daumen, Zeige- und Mittelfinger nacheinander. »Also das ist gar nicht so einfach nach so langer Zeit. Diese drei sind einem halt in Erinnerung, weil nie mehr als ein paar Monate dazwischenlagen. Gestorben ist auch Jörn Hartmann, der Mann von Waltraud, das war allerdings ein furchtbarer Unfall. Er ist versehentlich in eine Papierpresse gekommen. Der zählt also nicht, du wolltest ja einen Herzinfarkt. Also der Vater von Lattwich, der alte Lattwich, ist ein halbes Jahr später gestorben. Der hatte ein angeborenes Herzleiden. Und es gab noch einen Wanderer, der ist bei Gernot in der Wirtschaft einfach tot zusammengebrochen. Das war, glaube ich, auch so um den Dreh. Vor den Dreien war noch was. Da muss ich wirklich überlegen, dass ich dir nichts Falsches sage.« Gertie kratzte sich am Kopf. »Das muss Anfang des Jahres gewesen sein. Genau. Pfarrer Berg hatte Besuch von einem Kollegen. Ein uralter Mann, der muss damals so um die Neunzig gewesen sein. Er saß im Pfarrhaus beim Frühstück und fiel tot vom Stuhl. Der Wanderer, der alte Pfarrer, der alte Lattwich, mehr fallen mir nicht ein. Aber jetzt sag schon,

es muss doch einen Grund für all deine Fragen geben.«
Misstrauisch beäugte Gertie ihre Großnichte.

Doch Tessa schüttelte nur den Kopf, und Gertie gab sich geschlagen. »Das war schon eine eingeschworene Gruppe, diese Jäger«, sagte sie plötzlich. »Die waren manchmal Tage zusammen unterwegs. Sogar in Lappland waren sie gemeinsam, um Elche zu jagen. Die waren regelrecht verrückt danach.«

»Tante Gertie, hat noch wer zu dieser Jägerclique gehört? Also, zu dem ganz, ganz engen Kreis?«

»Ja, es waren ursprünglich fünf oder sechs. Sie hatten ihren eigenen Stammtisch im *Halben Hahn*. Edwin, Hans, Rolf und Walter, der Sohn von Elisabeth. Er war der Jüngste von denen, und Elisabeth war heilfroh, dass sie ihn immer mitgeschleppt haben. Da war er wenigstens, nun wie soll ich sagen, unter Kontrolle. Er musste aber damit aufhören, als er diese schlimme Augenkrankheit bekam, er ist darüber fast blind geworden. Gerade noch rechtzeitig konnte man sie aufhalten. Und dann ist Rolf gestorben. Wer da noch so dazugehört hat? Jörn auf jeden Fall. Auf den sechsten komme ich jetzt nicht. Der war regelmäßig zur Jagd hier, aber er war nicht aus dem Dorf. Da müsstest du Gernot fragen.«

»Dann war Josefas Mann also der Erste, der gestorben ist«, stellte sie fest.

»Ja. Dann Rolf und schließlich Edwin.«

»Und was hast du damit gemeint, unter Kontrolle?«

»Walter war ein sehr unsteter junger Mann. Hat viel getrunken, zweimal seine Ausbildung abgebrochen, sich rumgetrieben, so was eben. Er hat es Elisabeth ganz schön schwer gemacht. Hat sogar mal in der Kirche den Opferstock aufgebrochen, war aber wohl nicht viel drin. Pfarrer Berg hat ihn erwischt und ihm ins Gewissen geredet. Die drei Älteren haben ihn dann sozusagen unter ihre Fittiche genommen. Als Rolf, Hans und Edwin tot waren, hatte Elisabeth natürlich Angst, Walter könnte wieder in sein altes Muster verfallen. Aber er hat dann mit Rita angebandelt, und Elisabeth war heilfroh, dass dieses unbeständige Leben endlich aus und vorbei war.«

»Das mit Rita war also, als die drei Jagdfreunde bereits verstorben waren?«

»Nein, ich glaube, die lebten noch. Genau, er war noch mit ihnen unterwegs, aber dann ließen die Augen nach, er war mit Rita zusammen und wurde häuslich. Oder werfe ich da was durcheinander? Na ja, ist auch egal. So, wie ist das nun mit Abendessen?«

»Kümmere ich mich gleich drum. Bleib du nur sitzen. Soll ich dir den Fernseher anmachen?«

»Da liegt doch die Fernbedienung. Was? Schon Viertel nach acht? Was läuft denn jetzt?« Gertie griff nach der TV-Zeitschrift auf dem Couchtisch, und Tessa verschwand in der Küche. Sie setzte Wasser für den Tee auf und nahm Butter, Käse und Wurst aus dem Kühlschrank. Aus dem Wohnzimmer drang die Stimme einer Frau, irgendeine Talkrunde, vermutete Tessa. Jetzt konnte sie in Ruhe mit Niklas telefonieren. Es klingelte, Niklas' Anrufbeantworter sprang an.

»Was, liegst du schon in den Federn? Ruf mich zurück. Es gibt Neuigkeiten.«

»Tessa?« Urplötzlich stand Gertie in der Küchentür. Tessa schaltete das Handy aus und steckte es in die Hosentasche. »Hast du mich nicht gehört? Ich hab doch gerufen. Für mich bitte einen Kamillentee. Die Tabletten schlagen mir auf den Magen.«

Das gemeinsame Abendessen nahmen sie vor dem Fernseher ein, vier Talkgäste redeten über Gott und die Welt, in regelmäßigen Abständen unterbrochen durch die Gastgeberin, die mehr oder weniger überflüssige Fragen stellte. Um kurz nach neun war Gertie bettmüde, drückte ihrer Großnichte einen Kuss auf die Stirn und verabschiedete sich für die Nacht.

Erneut versuchte Tessa, Niklas zu erreichen. Wieder nur der Anrufbeantworter. »Du kannst morgen was erleben. Wahrscheinlich doch drei Whisky, wenn nicht sogar noch mehr, und eine Schlaftablette. Unfassbar. Hoffentlich hast du morgen früh einen richtig fetten Kater«, zischte sie in ihr Telefon und drückte resigniert die kleine rote Taste.

Draußen war es noch hell, die Vögel zwitscherten. Tessa schaltete den Fernseher aus. Gequatsche, überflüssig wie ein Kropf. Und nun? Sie konnte jetzt nicht einfach so untätig herumsitzen. Elisabeth hatte doch im *Halben Hahn* Essen abgeholt, weil es Rita nicht gut ging und sie nicht kochen konnte. Und Walter? War der nicht auch krank? Wozu hatte man denn gute Nachbarn? Tessa durchforstete Gerties Tiefkühlfach. Eine Familienpackung Lasagne. Das war doch was. Sie packte das Fertiggericht in eine Geschenktüte, die auf einem Stapel Altpapier zum Wegwerfen lag, und in der Gertie offenbar ein Präsent überreicht worden war. Es hing noch ein Kärtchen dran. *Alles Liebe zum Geburtstag, Gertie, von Jupp und Renate.* Tessa machte sich auf den Weg zu Elisabeths Haus.

KAPITEL 48

Noch war es hell, doch die Dämmerung schlich sich unaufhaltsam näher. Ein leichter Wind war aufgekommen, und der Himmel erstrahlte in diesen Minuten in einem für Tessa immer wieder wundersamen Rot. Wundersam deshalb, weil man ihr als Kind erzählt hatte, die kleinen Engel würden dann die Plätzchen für Weihnachten backen.

Auf dem Markt saßen die üblichen jungen Leute am Brunnen. Niemand würdigte Tessa auch nur eines Blickes. Ansonsten war nichts los.

Elisabeths Heim bestand aus zwei Doppelhaushälften. Als der Besitzer der zweiten Hälfte vor mehr als dreißig Jahren verstorben war, hatte Elisabeths Mann Matthias, seines Zeichens Maurermeister, die zweite Hälfte erworben und beide Häuser zusammen zu einem Haus umgebaut. Das Ganze wirkte etwas unproportioniert, Tessa erschien das Gebäude für seine Breite zu flach.

Auf dem Weg hatte sie sich darüber den Kopf zerbrochen, wie sie nun vorgehen, was sie überhaupt erfahren wollte. Walter gehörte mit sehr hoher Wahrscheinlichkeit zu den vier Jägerlein, doch wie sollte sie das herausfinden? Sie konnte sich schlecht vor Elisabeth aufbauen und sagen, ich weiß, was dein Sohn und seine drei Jagdkumpane vor dreißig Jahren gemacht haben. Sie haben nicht nur Rehe, sondern auch junge Mädchen gejagt. Doch damit nicht genug, die vier haben auch vergewaltigt und getötet. Erstens würde sie achtkantig rausfliegen, und zweitens hatte sie keinen Beweis.

An diesem Punkt ihrer Überlegungen wäre Tessa am liebsten wieder umgekehrt. Nur, wenn sie Niklas von ihrem Verdacht berichten würde, wäre der im Nullkommanichts hier und würde sich Walter vorknöpfen. Nein, hier war Fingerspitzengefühl gefragt. Elisabeth verhätschelte ihren Sohn noch genauso wie vor zig Jahren, man musste sich der Materie vorsichtig nähern. Und wenn sie mit Rita sprechen würde, statt mit Walters Mutter? Walter war dank Rita häuslich geworden, vielleicht hatte sie keinen blassen Schimmer von seiner Vergangenheit. Allerdings war Rita mit Sigrid verwandt. Und wenn Niklas' Mutter ihr gegenüber einen Verdacht gegen Walter geäußert hatte?

Tessa holte tief Luft und trat vor die Haustür. Drinnen war kein Licht zu sehen, hoffentlich lagen nicht schon alle im Bett. Sie hatte immer noch keine Idee, wie sie nun vorgehen wollte.

Auf dem Klingelschild stand unten *Elisabeth Tümmler*, oben *Walter Tümmler*, Rita hatte auf der kleinen Messingtafel keinen Platz gefunden. Tessa bohrte ihren Finger in den unteren eingelassen Knopf. Die Klänge von *Big Ben* ertönten. Sie drückte ein zweites Mal. Es tat sich eine Minute lang nichts, dann polterte offenbar jemand eine Holztreppe hinunter. Die Haustür wurde mit einem Ruck aufgerissen. Mist, es war nicht Elisabeth, sondern Walter, der mit hochrotem Kopf vor ihr stand und mit einer offenkundigen Alkoholfahne fragte, was sie denn wolle. Dabei glitt sein Blick aus winzigen Augen hinter seiner dicken Brille von oben bis unten über Tessas Körper.

»Eigentlich wollte ich zu Elisabeth. Ich hab mitbekommen, dass Rita krank ist und es dir auch nicht so gut geht. Deine Mutter hat im *Halben Hahn* Essen abgeholt. Gertie und ich haben uns gedacht, es geht doch nichts über gute Nachbarschaft, daher bringe ich was zu essen vorbei. Oder geht es Rita inzwischen besser? Du zumindest bist ja wieder auf den Beinen«, sagte Tessa lächelnd, die sich unter Walters Blicken alles andere als wohl fühlte.

»Wo sind denn deine beiden Mädels?«, fragte sie.

»Hä? Mädels? Ach, du meinst Mutter und meine Alte.«

Arschloch, hätte Tessa am liebsten laut gesagt. Doch damit wäre ihre Mission bereits an der Haustür gescheitert.

»Na, komm rein. Rita liegt oben, sie hat's ziemlich erwischt. Sie hat ein Schlafmittel genommen. Meine Mutter ist nicht da. Sie wollte gegen halb elf zurück sein.«

»Wo ist sie denn?«

»Bei Waltraud«, antwortete Walter knapp. »Willst du nun das Essen loswerden oder nicht?«, fragte er mürrisch. »Du kannst es mir auch geben, wenn du nicht reinkommen willst.«

Tessa zögerte eine Sekunde, dann traf sie eine Entscheidung. Mit Walter hatte sie genau den Mann vor sich, um den es ihr ging. Sie würde die Gelegenheit beim Schopf packen. »Nein, ich komm rein. Hast du vielleicht was zu trinken? Ein Wasser?«

»Kannst du haben. Aber wir gehen besser in Mutters Küche. Rita hat einen unruhigen Schlaf. Sogar wenn sie Schlaftabletten frisst.«

Walter ging voran.

»Schön groß euer Haus. Es waren ursprünglich zwei, stimmt's?«

»Ja, mein Vater hat Durchbrüche gemacht, oben und unten, und dann wurde ein komplett neues Dach über beide Einheiten gesetzt. Allerdings haben wir zwei Keller. Einer unter dem Teil und einer unter dem anderen. Der Aufwand war wohl zu groß, die Keller zusammenzulegen. Außerdem war es auch überflüssig.«

»Ach, interessant.«

Walter öffnete die Küchentür. Eine Einbauküche, die ihre besten Zeiten hinter sich hatte, nahm zwei der Wände ein. Der Boden war gefliest, die Wände zierte eine Blümchentapete. Alles war ordentlich und sauber, Tessa glaubte, den scharfen Geruch eines Chlorreinigers in die Nase zu bekommen. An der Wand, an der der Küchentisch stand, hing ein gesticktes gerahmtes Bild. Eine Waldlandschaft im Hintergrund, davor ein See, aus dem ein Hirsch trank.

»Muss es in den Kühlschrank?«, brummte Walter und streckte Tessa den Arm entgegen.

»Besser ins Tiefkühlfach.« Sie reichte ihm die Papiertasche, und Walter zog die Packung heraus.

»Lasagne. Mag ich nicht. Italienischer Dreck. Aber danke.« Das Fertiggericht verschwand in einem Tiefkühlfach über dem Kühlschrank, die Tasche, wie bei Gertie, auf einem Stapel mit Altpapier.

»Willst du ein Bier?«

Tessa schüttelte den Kopf. »Danke, lieber ein Glas Wasser.«

»Ich werd mir eins genehmigen.«

Aus dem Kühlschrank wanderte eine Flasche Bier auf den Tisch. Walter füllte ein Glas mit Leitungswasser und entledigte mit einem Öffner, der an einer Schnur an einem Haken hing, seine Flasche ihres Kronkorkens. Er nahm einen großen Schluck direkt aus der Flasche und rülpste.

»Pardon«, sagte er anstandshalber und ließ sich schwer auf einen Küchenstuhl mit blauer Kunststoffsitzfläche plumpsen.

»Setz dich doch. Du machst in Kunst, oder?«

»Ja, so ähnlich. Ich selber mache keine Kunst, ich beurteile sie.«

»Ach, so eine Kritikerin. Sind ja immer sooo schlau, die Kritiker. Was ihnen nicht gefällt, ist Scheiße, so ist es doch?«

»Das gibt es schon«, antwortete Tessa ausweichend. Ihr war klar, dass sie mit Walter nicht groß diskutieren konnte.

Doch er gab nicht nach. »Ist das Kunst?«, fragte er und zeigte auf das Stickbild.

»Es ist Kunsthandwerk, das ist was anderes, aber ich finde es schön. Hat deine Mutter es gestickt?«

»Nein. Ich hab es irgendwann mal auf einem Flohmarkt gekauft und ihr zu Weihnachten geschenkt. Wir haben auch ein ähnliches im Wohnzimmer, nur größer. Erlegter Hirsch auf einer Waldlichtung. Rita kann es nicht leiden, aber es bleibt da.« Walter schlug mit der Faust auf den Tisch, und er hatte mittlerweile Probleme, sich zu artikulieren.

»Ach ja, die Jagd«, sagte Tessa leichthin. »Wir haben hier doch Wälder en masse, da kommt der Jagdfreund auf seine Kosten. Jagst du auch?«

»Nicht mehr. Oder kannst du dir vorstellen, dass ich mit *den* Augen überhaupt noch ein Ziel erkenne?« Walter nahm die Brille ab und fixierte Tessa wie ein seltenes Insekt. »So dicht müsste ich vor einem Hasen stehen, damit ich ihn überhaupt erkennen kann. Mit der Brille ist es zwar besser, aber nicht viel. Hab keinen Spaß mehr dran. Hab alles behalten, die Ausrüstung, die Klamotten, meine zwei besten Jagdgewehre. Wenn ich die putze, mach ich mindestens einmal im Monat, geht mir richtig einer ab.« Walter grinste und fletschte dabei die Zähne, die offenbar schon länger kein Zahnarztbesteck mehr gesehen hatten, zu einem Grinsen.

Ganz ruhig, Tessa. In die Richtung wolltest du doch.

»Ja, interessanter Sport, die Jagd. Hast du viel erlegt?«

Walter stand auf und holte eine weitere Flasche aus dem Kühlschrank.

»Da kannst du einen drauflassen. Wir kamen nie ohne Beute nach Hause. Es gab keine Stelle in unseren Wäldern, wo wir nicht mal was erlegt hätten.«

»Ach, du hast nicht alleine gejagt?«

»Nein.« Walters Stimme wurde wieder mürrisch. »Ich war meistens mit drei Kumpeln unterwegs. Die sind alle tot. Daher hat es auch keinen Spaß mehr gemacht. Nicht nur deswegen.« Er tippte sich an die Brille.

»Das kann ich mir gut vorstellen. So was schweißt auch zusammen. Man geht gemeinsam auf die Pirsch, einer verlässt sich auf den anderen, tolle Sache. Ihr wart also zu viert? Wer war denn noch dabei? Du hast gesagt, deine Freunde sind schon tot?«

»Ja, hab ich. Waren alle hier aus dem Dorf. Hans, Rolf und Edwin. Alle drei kurz nacheinander tot umgefallen. Ich hab gedacht, ich spinne, als das passiert ist. Hab tagelang drauf gewartet, dass mir das auch passiert. Aber wie du siehst, lebe ich noch. Nicht doch nen Schluck?« Er hob seine Bierflasche und setzte sie an den Mund.

»Nee danke, ich trink kein Bier. Wasser ist okay.«

»Ich hätt auch Wein da. Einen Chianti. Billig geschossen, um in der Jägersprache zu bleiben. Sechs Flaschen für unter fünfundzwanzig Euro.« Er lachte über seinen Wortwitz.

Tessa erstarrte. Chianti. Wunderlich. Der ausgebrochene Zahn. Die Flasche in dessen Kühlschrank. Wie hieß der noch, den Wunderlich getrunken hatte? Castello Don noch irgendwas.

»Danke, ich bleib beim Wasser. Sag mal, du hast gesagt, ihr habt überall was erlegt. Dann kennst du den Wald um Thöninghausen bestimmt wie deine Westentasche.«

»Jeden Quadratzentimeter«, schnaubte Walter stolz.

»Und die Stelle, an der man Julia gefunden hat? Die musst du doch auch kennen. Schon komisch, dass bei den Suchaktionen vor dreißig Jahren niemand dort vorbeigekommen ist, und keiner der Hunde jemals in der Nähe angeschlagen hat.«

»Wieso komisch? Was meinst du damit?« Walters Gesicht verzog sich zu einer misstrauischen Grimasse.

»Nichts. Ich finde es einfach nur erstaunlich. Zig Menschen und Hunde sind unterwegs, und keiner entdeckt auch nur die winzigste Spur. Habt ihr euch den Wald damals eigentlich eingeteilt?«

»Ja, glaub schon«, antwortete Walter unwirsch. »Ich weiß aber nicht mehr, wer wo war. Ist doch auch egal. Oder?« Er schaute auf die Uhr. »Besser, du gehst jetzt. Mutter würde sich wundern, wenn sie dich in ihrer Küche um die Uhrzeit vorfindet.«

»Wieso? Ich hab doch nur was zu essen vorbeigebracht. Dann kann ich doch mit dir zusammen hier sitzen und plaudern.«

»Klar. Ich hab ja nur gesagt, sie würde sich wundern.« Walter, der sich schon halb erhoben hatte, setzte sich wieder.

»Du hast gesagt, du hast noch deine Jagdgewehre und reinigst sie regelmäßig? Mit was denn? Ich hab mal gelesen, man kann auch Aceton und Äther benutzen. Swarovski nutzt es, um hochwertige Linsen zu reinigen. Erscheint mir ein wenig gefährlich. Stell dir mal vor, du atmest die Dämpfe ein und wirst ohnmächtig. Wenn du nicht aufpasst, löst sich dabei womöglich ein Schuss. Und du erschießt dich selbst.«

»Quatsch, wie soll das denn gehen? Der Lauf ist zu lang. Du schießt höchstens an dir vorbei. Im schlimmsten Fall triffst du jemand Unbeteiligten. Und was die Substanzen angeht, da muss man schon achtgeben. Das hat immer Edwin dabeigehabt, der hatte früher doch die Apotheke. Aber sag mal, was soll das jetzt? Wie kommst du da drauf?«

Walters Sprache war plötzlich wieder erstaunlich verständlich. Tessa konnte sich des Eindrucks nicht erwehren, dass der Mann mit einem Schlag nüchtern geworden war.

»Ich mein ja nur. Offenbar war es doch leicht, an diese Mittel ranzukommen. Genau wie für den Vergewaltiger damals. Waren nicht seine Opfer, wie hießen sie noch, Milena und Sinja, vorher betäubt worden? Wer weiß, vielleicht hatte er die Substanzen auch aus der Apotheke von Westphal.«

Walter atmete hörbar ein und aus, seine Halsmuskeln spannten sich an, sein Gesichtsausdruck wurde hart und undurchdringlich.

Tessa durchfuhr es heiß und kalt. Hatte sie sich jetzt zu weit aus dem Fenster gelehnt? In der Wohnung oben war immerhin Rita, und auch Elisabeth würde jeden Moment nach Hause kommen. Es gab Nachbarn.

Die Gesichtszüge ihres Gegenübers entspannten sich wieder.

»Merkwürdig, aber du hast recht. Edwin hatte das Zeug immer im Keller. Wir haben ihm die Gewehre gebracht, und er hat die Linsen gesäubert. Nachdem ich mit der Jagd aufhören musste, wollte er meine Perazzi Bockflinte haben. Ein wunderbares Stück, sie hat schon meinem Vater gehört. Er hat sie in den späten Sechzigern gekauft. Ich hab sie, auch wenn ich nicht mehr jage, behalten. Aber wo waren wir stehen geblieben? Bei den Linsen. Irgendwann ist es Edwin zu viel geworden, jeder hat ihm seine Waffe gebracht. Und Gernot hat sich sogar mit ihm angelegt.« Walter lachte laut. »Hat behauptet, Edwin hätte ihm die Linse mit Absicht verhunzt, er könnte kaum noch durchschauen.«

»Gernot war auch in eurer Jägergruppe?«

»Ja, der und andere aus dem Dorf auch. Am Stammtisch hatten wir gar nicht genug Platz, wenn alle da waren.

Webers Schorsch, sogar von den ganz jungen Hüpfern waren welche dabei. Rüdiger, Markus. Aber was rede ich, die Zeiten sind vorbei. Was ist jetzt? Willst du mein gutes Stück mal sehen?« Walter grinste anzüglich. »Ich hab die Perazzi im Waffenschrank im Keller.«

»Gerne, wenn du sie herbringst.«

»Keine Lust, mit mir in den Keller zu gehen?«

»Nee, bring sie mal lieber nach oben. Ich bin echt gespannt.«

Tessa war an einem Punkt angelangt, an dem sie sich sagte, dass es an der Zeit war zu gehen. Außer Walter hatte es noch jede Menge andere Männer im »Jagdclub« von Thöninghausen gegeben. Sie und Niklas mussten weiter recherchieren, mehr erfahren, bevor sie das vierte Jägerlein zweifelsfrei identifizieren und dingfest machen konnten. Wenn Walter im Keller verschwunden wäre, würde sie das Haus verlassen. Sein Benehmen war übergriffig, wer wusste schon, was er als Nächstes vorführen wollte.

Als er verschwunden war, stand Tessa vorsichtig auf. Sie war schon an der Küchentür, als ihr der Chianti im Kühlschrank einfiel. Vorsichtig öffnete sie ihn. Und da stand sie, eine Flasche Chianti *Castello Don Viduzzi*, das gleiche Zeug, das man bei Gerd Wunderlich gefunden hatte. Scheiße.

Sie spürte die Gefahr instinktiv, noch bevor sie ihrer gewahr wurde. Etwas landete auf ihrem Kopf, und Tessa wurde schwarz vor Augen.

KAPITEL 49

Niklas hatte selten einen so ausgewachsenen Kater erlebt wie an diesem Morgen. Schon in der Nacht war er wach geworden, das Bett, das Zimmer, die ganze Welt hatten sich gedreht. Schließlich war er wieder in einen ohnmachtsähnlichen Schlaf gefallen, aus dem er mit einem Pelz im Mund und Hammer schwingenden kleinen Monstern im Kopf erwachte. Nach einer kalten Dusche, zwei Kopfschmerztabletten und einer Kanne schwärzesten Kaffees fühlte er sich zwar nicht unbedingt wiederhergestellt, doch in der Lage, dass er wieder einigermaßen geradeaus gehen konnte.

Als er die Welt um sich herum endlich halbwegs klar betrachten konnte, war es halb zehn. Er hatte, mit einer kurzen Unterbrechung durch eine unangenehme Karussellfahrt, immerhin fast elf Stunden geschlafen. Er warf einen Blick auf sein Handy. Tessa hatte noch versucht, ihn am Abend zu erreichen. Es gäbe Neuigkeiten, hatte sie ihm mitgeteilt. Den fetten Kater hatte er ganz offensichtlich ihr zu verdanken, denn sie hatte sich das Vieh für ihn gewünscht.

Sein Rückruf blieb jedoch ohne Antwort. Auch der zweite Versuch ließ nur Tessas Stimme auf dem Anrufbeantworter ertönen. Irgendwo war doch sicherlich die Festnetznummer von Gertie gespeichert. In diesem Augenblick klingelte das Telefon im Wohnzimmer.

Von einem unheilvollen Gefühl angetrieben, rannte Niklas ins Wohnzimmer.

»Niklas, bist du's? Hier Gertie. Ist Tessa bei dir?« Die Stimme der alten Frau zitterte.

»Nein, Gertie. Ich hab auch schon versucht, sie zu erreichen. Sie ist nicht zu Hause?« Überflüssige Frage.

»Nein. Niklas, ich mache mir große Sorgen. Ihr Bett ist nicht benutzt worden heute Nacht. Ich hab keine Ahnung, wo sie ist. Oh Gott, es wird ihr doch nichts passiert sein.«

»Mach dir nicht zu viele Gedanken, Gertie. Ich bin gleich bei dir.«

In halsbrecherischer Geschwindigkeit raste Niklas mit dem Fahrrad den Hügel hinunter. Gertie erwartete ihn schon an der Haustür.

»Danke, mein Junge. Ich weiß nicht, was ich tun soll. Meinst du, wir sollten die Polizei informieren? Tessa ist doch die Zuverlässigkeit in Person, die verschwindet doch nicht so einfach.«

Niklas hielt sich gar nicht erst mit einer Begrüßung auf. »Gertie, was war gestern Abend? Tessa hat noch versucht, mich zu erreichen, so gegen neun. War irgendetwas vorgefallen?«

»Nein, nichts. Wir haben uns unterhalten. Tessa hat das Abendessen gemacht, wir haben noch ein wenig ferngeschaut, und ich bin ins Bett.«

»Worüber habt ihr euch unterhalten?«

»Über nichts Wichtiges. Tessa wollte was über die Jäger wissen. Über deinen Vater, seine Freunde und wer

422

noch so dazu gehört hat. Das hab ich ihr gesagt, und dann haben wir gegessen. Oder haben wir doch während des Essens darüber gesprochen? Oder bei der Talkshow? Nein, es war vorher.«

»Gertie, wer? Wer hat noch dazu gehört?« Niklas merkte, wie ihm der Schweiß aus allen Poren brach. Am liebsten hätte er Gertie geschüttelt.

»Na, das hab ich doch gesagt. Oder? Merkwürdig. Erst vor ein paar Tagen hat mich Gerd deswegen angerufen. Er hatte seine Nummer nicht und wollte wissen, ob ich die Festnetznummer habe. Ich musste sie suchen, sie ist ja nicht abgespeichert. Aber ich hab sie gefunden. Mein Gott, Niklas, hat das was mit Tessas Verschwinden zu tun?«

»Gertie.« Niklas' Stimme überschlug sich. »Wessen Telefonnummer wollte Gerd?«

»Na, die von Walter, Elisabeths Sohn. Walter Tümmler.«

»Gertie. Ruf sofort die Polizei an. Die sollen so schnell wie nur möglich zu Elisabeths Haus kommen. Beeil dich.«

»Lieber Gott, lass ihr nichts passiert sein«, betete Niklas laut, während er wie wild in die Pedale trat. In kürzester Zeit hatte er Elisabeths Haus erreicht. Er sprang vom Rad, ließ es achtlos auf den Gehweg fallen. In diesem Moment krachte ein Schuss.

KAPITEL 50

Zum ersten Mal seit Tagen fühlte Rita Tümmler sich wieder einigermaßen fit. Eine Sommergrippe, war die Diagnose vom alten Wiesner gewesen. Schon bei Gerties Geburtstag war es ihr nicht wirklich gut gegangen, wäre sie am liebsten zu Hause geblieben. Am Abend war sie mit höllischen Kopfschmerzen ins Bett gegangen. Sie hatte schon befürchtet, ein Anorisma, oder wie das hieß, zu haben. Hatte sie jüngst davon beim Friseur gelesen, eine junge Sängerin, Ader im Kopf geplatzt, Kopfschmerzen, tot. Der Doktor hatte Entwarnung gegeben. Leichtes Fieber, geschwollene Mandeln, die Lymphknoten etwas verdickt. Er hatte ihr etwas aufgeschrieben, was Walter in der Apotheke abgeholt hatte.

Elisabeth war stinksauer gewesen. Nie war Rita krank, immer versorgte sie von morgens bis abends zwei Haushalte, den eigenen und den ihrer Schwiegermutter. Kochte für drei, schuftete, während Walter die Füße hochlegte und Elisabeth sie herumkommandierte. Als Walter ihr den Hof gemacht hatte, war er charmant und witzig und in ihren Augen einfach unwiderstehlich gewesen. Auch in den ersten zwei Jahren ihrer Ehe war alles noch wunderbar gewesen. Er hatte Elisabeth Paroli geboten und sich für sie eingesetzt. Doch nach und nach war sein wahres Gesicht zum Vorschein gekommen, das eines verwöhnten arbeitsscheuen Paschas. Aber nie und nimmer hätte sie das offen zugegeben.

Die einzige Person, die sie einmal darauf angesprochen hatte, war Sigrid gewesen. Sie bemerkte, wie müde, ja geradezu verhärmt Rita aussah. Ob alles in Ordnung sei? Ein wenig Urlaub würde ihr doch bestimmt guttun. Da war Sigrid bereits Witwe gewesen. Die hatte gut reden gehabt. Zeit und Geld zur Genüge. Und die Fragen, die ihre Cousine, nun eigentlich waren ihre Mütter Cousinen zweiten Grades gewesen, ihr dauernd gestellt hatte. Über Walter, über ihre Ehe. Neugierig und irgendwie unangenehm. Dann war dieser Tag gekommen, an dem Sigrid vor ihrer Tür gestanden und Dinge behauptet hatte … Unfassbare Dinge. Lügengeschichten. Sie hatte sie des Hauses verwiesen, hatte die Begegnungen mit Sigrid auf das Allernotwendigste beschränkt.

Merkwürdig, wenn sie genau darüber nachdachte, hatte die Sommergrippe mit Sigrids Beerdigung begonnen. Dr. Wiesner hatte noch gesagt, sie hätte ein schwaches Immunsystem. Und es gäbe Situationen, da würde sich das durch eine Erkrankung bemerkbar machen. So wie Herpes, den bekam sie dann normalerweise. Fiese juckende Bläschen auf ihrer Lippe, die verkrusteten. Sehr merkwürdig. Genauso merkwürdig wie die Gedanken, die ihr jetzt schon seit Minuten im Kopf herumschwirrten. Sie musste mit Elisabeth reden. So ging das nicht weiter.

Rita leerte das Glas Wasser, das neben ihrem Bett stand. Sie schaute auf ihren Wecker, kurz vor neun. Versuchsweise setzte sie sich auf, schwang die Beine aus dem Bett. Sie fühlte sich gut. Walter war wohl schon länger auf, denn das Laken neben ihr war kalt, die Bettdecke zurückgeschlagen. Was war nur los mit ihm?

Er war spät ins Bett gekommen. Die Wirkung der leichten Schlaftablette hatte nachgelassen, denn Rita hatte bemerkt, wie die Matratze unter seinem Gewicht nachgegeben hatte. Kaum war sie wieder eingeschlafen, war sie vom Knarzen der Holzdiele vor dem Bad aufgewacht. Ein sicheres Zeichen, dass Walter aufs Klo ging. Doch er war nicht zurück ins Bett gekommen. Nach einer Weile war sie aufgestanden und nach unten gegangen. Walter hatte im Wohnzimmer gesessen, die Flasche Weinbrand, die sie erst vor ein paar Tagen gekauft hatte, war halb leer gewesen. »Was hockst du da unten?«, hatte sie gefragt. »Geht dich nix an«, hatte er gegraunzt. »Komm ins Bett, wie lange willst du denn noch da unten sitzen und dich volllaufen lassen?« »Halts Maul, ich muss überlegen«, war seine Antwort gewesen. Sie hatte nur die Achseln gezuckt und war zurück nach oben. Sie war sofort wieder eingeschlafen.

Jetzt ging sie auf die Toilette, putzte sich die Zähne, fuhr sich mit einem Waschlappen durchs Gesicht und zog sich an. Nach dem Frühstück würde sie eine Dusche nehmen, sie roch unangenehm nach Schweiß. Rita warf einen Blick in ihre eigene Küche. Kein Frühstücksgeschirr, der Boden der Kaffeemaschine war kalt. Hier war kein Kaffee gekocht worden. Wahrscheinlich hatte Walter mal wieder unten gefrühstückt. Verwöhnt mit einem weichgekochten Ei bei seiner Mutter Elisabeth.

Rita schlurfte die Treppe hinunter. Es war ihr ziemlich egal, dass sie müffelte. Elisabeth würde es kaum kümmern, ihr Geruchssinn hatte sie mit den Jahren verlassen.

»Ach, wieder auf den Beinen? Da kannst du gleich mal den Papiermüll rausbringen. Die Müllabfuhr kommt gegen zehn.«

»Ist noch Kaffee da?« Rita sah das rote Lämpchen an der Maschine leuchten.

»Ja. Brot hab ich schon weggepackt. Wurst ist aus. Kannst du nachher noch was bei Kern holen. Wird auch Zeit, dass Walter und ich wieder was Normales zu essen bekommen.«

Elisabeth wandte sich wieder ihrer Tageszeitung zu. In der Kaffeekanne war gerade noch ein Schluck. Hunger verspürte Rita keinen.

»Wo ist Walter?«

»Ich glaube im Keller. Vor drei Minuten war er noch hier. Ihm geht's nicht so gut. Lass ihn also in Ruhe.« Elisabeth hob die Zeitung ein Stück an, das sichere Zeichen, dass sie keine Lust hatte, mit Rita zu reden.

Rita zuckte mit den Achseln. Sie konnte gerne darauf verzichten. Ein dumpfes Geräusch, das sie nicht zuordnen konnte, drang an ihr Ohr. Wahrscheinlich ihr Mann, der unten irgendetwas werkelte. Sie stellte die Tasse in die Spüle, in der bereits zwei Kaffeebecher, zwei Teller, schmutziges Besteck und ein Wasserglas standen. Dann widmete sie sich dem Papierhaufen.

»Was ist das denn?«

»Was?« Ihre Schwiegermutter sah noch nicht einmal auf.

»Na, diese Tüte. Wo kommt die denn her? Merkwürdig, eine Geschenktüte. Da steht was auf der Karte. Elisabeth, da war ein Präsent für Gertie drin, wie kommt die denn hier in deine Küche?«

Elisabeths Aufmerksamkeit war geweckt. »Zeig mal her. Tatsächlich. Keine Ahnung.« Sie schaute hinein, drehte sie hin und her, gab sie Rita wieder zurück. »Schmeiß sie weg«, grunzte sie.

Rita klemmte sich den Stapel unter den Arm. Abrupt ließ sie ihn wieder fallen und kehrte zum Spülbecken zurück. Irgendetwas hatte sie gestört. Ihr Blick glitt über das schmutzige Geschirr. Sie hob das Wasserglas heraus und hielt es gegen das Fenster. Am Rand war Lippenstift. Eindeutig. Und Elisabeth benutzte keinen.

»Elisabeth, wer war gestern hier? Eine Frau war hier. Wer?«, fragte Rita mit schriller Stimme. Sie konnte sich selbst nicht erklären, warum sie so heftig reagierte.

»Was regst du dich so auf. Ich war den ganzen Tag zu Hause, sonst war niemand in der Küche. Am Abend war ich bei Waltraud. Als ich zurückkam, war die Küche leer, kein Mensch da. Zeig mal her«, forderte die alte Frau.

Ihre Schwiegertochter hielt ihr das Glas hin.

»Tatsächlich. Kann ja nur von dir sein.« Elisabeth widmete sich wieder der Zeitung.

Rita zuckte resigniert die Achseln. Walter würde ihr sicher Auskunft geben können. Ohne ein weiteres Wort verließ sie die Küche. Erneut hörte sie ein dumpfes Geräusch. Sie öffnete die Kellertür. »Walter?« Keine Antwort. Rita stieg die steilen Stufen hinunter. In keinem der Kellerräume auch nur die Spur ihres Mannes. Dann hörte sie es wieder. Es kam aus dem Keller daneben, der nach dem Umbau nur noch durch eine Treppe vom Garten her zugänglich war. Ein unbehagliches Gefühl beschlich sie. Rita eilte die Treppe wieder nach oben, durch den Flur ins Wohnzimmer, von dort in den Garten. Der zweite Keller wurde kaum genutzt. Eine alte Skiausrüstung von Walter, Angelzeug, die Wäschespinne, die bei gutem Wetter zum Einsatz kam, ansonsten benutzte die Familie den Trockner.

Beklemmung machte sich in Ritas Brust breit, als sie die Stufen langsam hinunterging. Sie drückte die Klinke herunter. Abgesperrt. Rita rannte zurück. Der Schlüsselbund, an dem einer der Kellerschlüssel befestigt war, hing in Elisabeths Küche. Wortlos riss sie ihn von Haken, lief zurück. Außer Atem und hustend stocherte sie den Schlüssel ins Schloss.

Wenigstens steckte von innen kein Schlüssel. Zögernd betrat sie den ersten Kellerraum. Das Licht brannte aus einer Glühbirne ohne Schirm. Nichts. Das Geräusch war verstummt. Leise schlich Rita in den zweiten Raum. Auch hier brannte Licht. An die Wand gelehnt stand Walters Jagdflinte. Ritas Herz krampfte sich zusammen. Normalerweise war sie im Waffenschrank im Haus eingeschlossen. Was ging hier vor?

Rita kannte sich mit Jagdwaffen aus. Sie hob die Perazzi hoch. Das Gewehr war geladen. Mit schweißnasser Hand drückte sie die Türklinke zum dritten und letzten Kellerraum nach unten. Ihr Atem stockte, ihr Herz setzte für einen Moment aus. Sie hob die Waffe, zielte und drückte ab.

KAPITEL 51

In der Nacht war erneut ein Gewitter über Thöninghausen gezogen. Blitz und Donner in kurzer Folge, fast konnte man den Eindruck gewinnen, das Unwetter säße über dem Dorf fest und wolle es so schnell nicht verlassen. Am nächsten Morgen strahlte die Sonne von einem blankgeputzten Himmel, die Luft war klar und frisch.

Niklas hatte den Tisch auf der Terrasse liebevoll gedeckt. Um neun war er in der Metzgerei Kern gewesen, hatte Schinken und Salami, frische Brötchen und Croissants besorgt. Es gab in der Fleischerei, in ganz Thöninghausen nur ein Gesprächsthema. Im Kühlschrank stand eine Flasche Champagner. Das Mindeste, um Tessas Rettung vor dem sicheren Tod zu feiern. Walter hätte sie nicht einfach wieder laufen lassen. Doch Walter war tot.

Niklas zupfte an den Blütenblättern dreier Rosen, die er im Garten geschnitten hatte. Er überprüfte ein letztes Mal den Tisch. Servietten, Marmeladenlöffel, alles da.

An der Straße hielt ein Auto, eine Tür schlug zu. Noch gezeichnet von den Geschehnissen am Tag zuvor kam Tessa auf Niklas zu, der sie in die Arme nahm. Ihr Gesicht war bleich, dunkle Schatten lagen unter ihren Augen, die Augenlider waren geschwollen. Dr. Wiesner hatte ihr ein Beruhigungsmittel verabreicht, nachdem

Tessa sich geweigert hatte, in ein Krankenhaus zu gehen. Ihr sei nichts passiert, zumindest körperlich nicht. Rita sei gerade noch rechtzeitig gekommen, als Walter im Begriff gewesen war, ihr die Jeanshose herunterzuzerren, hatte sie Dr. Wiesner erklärt. Sie müsse sich nur von dem Schock erholen, dann sei alles wieder gut. Der alte Arzt war zwar nicht unbedingt dieser Meinung gewesen, aber gegen Tessas Sturkopf war er nicht angekommen.

»Jetzt setz dich erst mal hin. Wie geht's dir heute, wie fühlst du dich? Gertie hat ja niemanden vorgelassen.«

Tessa grinste schief und setzte sich. »Sie stand wie Zerberus vor der Tür, sie hätte Zähne und Klauen eingesetzt, um meinen Schlaf zu verteidigen. Sie wollte mich gar nicht gehen lassen. Ich kann es immer noch nicht glauben, wie blöd ich war. Ich hatte eigentlich gespürt, dass was nicht stimmt. Wie sagt man? Wer sich in Gefahr begibt, kommt darin um. Und ich war so knapp davor.« Tessa hielt Daumen und Zeigefinger ihrer rechten Hand ein wenig auseinander. »Um elf muss ich zur Polizei, meine Aussage machen. Du kommst doch mit?« Sie legte Niklas bittend ihre Hand auf den Arm.

»Natürlich komm ich mit. Ich fühle mich dermaßen beschissen. Hätte ich bloß deine Anrufe früher abgehört. Dann wäre es niemals so weit gekommen.«

»Niklas, bitte. Ich hätte nicht auf eigene Faust ermitteln sollen. Begebe mich in die Höhle des Löwen, wider besseres Wissen. Gertie hatte mich auf die Spur von Walter gebracht. Eigentlich wollte ich Elisabeth auf den Zahn fühlen. Ich dachte mir, vielleicht hat sie als Mutter irgendwann irgendwas mitbekommen. Ein merkwürdiges Verhalten ihres Sohnes, blutige Kleidung, keine Ahnung, was.«

»Und du glaubst, Elisabeth, die jahrelang geschwiegen hat, hätte dir etwas erzählt? Mein Gott, Tessa.«

»Ich weiß. Ich hatte keinen Plan, und als Walter die Tür aufgemacht hat, hatte ich noch viel weniger einen. Ich bin einfach drauflos geprescht. Weißt du, es war so.«

Tessa berichtete Niklas von ihrem Gespräch mit Tante Gertie, von der Frage nach dem vierten Jäger. Walter war in den Fokus gerückt, und sie wollte darüber Klarheit erlangen. Dass Rita wie eine Tote schlief und Elisabeth nicht im Haus war, hatte sie ja nicht ahnen können. Walter sei bereits angetrunken gewesen, und er habe es tatsächlich geschafft, ihren Verdacht ein wenig bröckeln zu lassen, da er noch von anderen Jagdfreunden zu berichten wusste. »Alle hatten bei deinem Vater ihre Waffen, also die Linsen, reinigen lassen.«

Niklas zuckte bei diesen Worten zusammen. Noch immer war ihm die Rolle seines Vaters in dieser ganzen Geschichte nicht klar. Auch die seiner Mutter nicht. Wenn er es überhaupt jemals erfahren würde. Denn der Einzige, der darüber hätte reden können, war tot. Erschossen von seiner eigenen Ehefrau.

»Spätestens als er mir den Chianti angeboten hat, hätten bei mir sämtliche Alarmglocken schrillen müssen. Aber wie gesagt, er war schließlich nicht der Einzige, den man hätte verdächtigen können. Da waren noch Gernot oder der Weber von der Schreibwarenhandlung. Sogar Rüdiger. Dann wollte Walter mir seine Jagdflinte zeigen. Zu dem Zeitpunkt hatte ich mich aber schon entschlossen, so schnell wie möglich das Haus zu verlassen. Als

Walter aus der Küche war, hatte ich die Idee, in den Kühlschrank zu schauen, um zu sehen, welchen Chianti er drin hat. Es war prompt der, den Gerd angeblich getrunken hat. Natürlich hat Walter ihm das Zeug eingeflößt, kein Zweifel. Aber auch das werden wir wahrscheinlich nie erfahren. Dann hat er mir eins über den Kopf gezogen. Ich kann nicht lange weg gewesen sein, denn als ich die Augen wieder aufmachte, stand er da, das Gewehr im Anschlag. Er hat natürlich begriffen, dass ich jetzt Bescheid wusste, und mich in diesen zweiten Keller gezwungen. In dem Moment, als wir unten waren, kam Elisabeth zurück. Sie hat das Licht gesehen und nach Walter gerufen.«

»Hat sie etwa auch gesehen, wie er dich runtergeschafft hat?«

»Nein, das glaube ich nicht. Als er ihre Stimme hörte, ist er aus dem Kellerraum raus und hat abgesperrt. Mein Handy hat er noch genommen, mir die Hände gefesselt und einen widerlichen Knebel in den Mund gesteckt, den er mit Aluband fixiert hat. Ich hab geglaubt, ich ersticke. Aber weißt du, es ist merkwürdig, ich hab die ganze Zeit über gewusst, ich komm da unten wieder lebend raus.«

»Ich habe drum gebetet, dass ich dich heil wiederfinde«, sagte Niklas leise. Er kämpfte mit den Tränen. »Als ich deine Nachrichten abgehört habe, hatte ich schon so ein komisches Gefühl. Und als Gertie anrief, eine richtige Scheißangst. Sie hat von eurem Gespräch berichtet, und dass Gerd Wunderlich sie wegen Walter angerufen hatte. Da war mir klar, dass Walter das vierte Jägerlein sein muss. Als ich vor Elisabeths Haus war und den Schuss hörte ... ich hab gedacht, ich seh dich nie wieder.« Er zog Tessa an sich.

»Als Rita plötzlich mit dem Gewehr in der Tür stand, wusste ich auch nicht, was das zu bedeuten hatte«, sagte Tessa leise. »Das alles war ein einziger Albtraum, ich hatte Todesangst in der Dunkelheit. Dann wurde es hell, und ich dachte schon, entweder lässt er mich hier verrotten oder er bringt mich um. Dann kam Walter rein. Zuerst stand er nur da.« Ihr traten bei der Erinnerung Tränen in die Augen. »Plötzlich kniete er über mir. Ich konnte mich nicht wehren, hatte doch den Knebel im Mund, konnte nicht schreien. Zuerst hab ich gedacht, er will mich erwürgen. Dann hat er aber an meiner Jeans gezerrt. Er war wie von Sinnen, hat gekeucht und geschwitzt. Rita hat die Waffe gehoben und abgedrückt. Walter lag plötzlich auf mir, alles war voll Blut. Sekunden später waren du und Elisabeth unten. Rita stand einfach nur da. Ich weiß nicht, ob sie überhaupt registriert hat, dass sie ihren Mann erschossen hat.«

»Sie ist jetzt in der Klinik. Sie steht unter Beobachtung. Ich hab mit Dr. Wiesner gesprochen. Sie spricht nicht. Aber vielleicht werden wir irgendwann erfahren, was Rita wusste. Elisabeth ist zusammengebrochen. Sie hat einen schweren Schlaganfall erlitten. Ob sie jemals wieder auf die Beine kommt, ist fraglich, sagt der Doktor.«

»Dann wird es wahrscheinlich immer ein Geheimnis bleiben, was und wie viel sie wusste.«

Niklas zeigte auf die beiden Sektgläser auf dem Tisch. »Ich hab mir gedacht, es gibt einen Grund zu feiern. Du lebst, und etwas Wichtigeres gibt es für mich nicht.«

»Gut, dass Dr. Wiesner es nicht sieht. Aber für mich nur einen winzigen Schluck. Wir müssen noch nach Rodenstein wegen meiner Aussage. Und jetzt möchte ich nicht mehr darüber reden. Vielleicht morgen oder übermorgen.«

KAPITEL 52

»Mutti? Ist alles in Ordnung?«

Christiane stellte das Tablett mit dem Frühstück auf dem Wohnzimmertisch ab. Ihre Mutter saß nicht wie sonst vor dem Blumenfenster. Sie stand aufrecht und mit hocherhobenem Haupt vor der Terrassentür, die sie einen Spalt geöffnet hatte. Mit klarer Stimme sagte sie: »Ich möchte draußen essen, es ist ein schöner Tag.«

»Aber natürlich, Mutti. Warte, ich bring alles auf die Terrasse.«

Christiane strahlte übers ganze Gesicht, nahm das Tablett, öffnete die Tür und stellte es auf dem Tisch ab. »Ich hol eben noch einen Lappen, der Tisch ist nass. Aber schau, die Stühle sind trocken. Setz dich doch schon mal.«

Sie schob einen Gartenstuhl zum Tisch, nahm ihre Mutter am Arm und begleitete sie langsam zum Tisch. Sie drückte Josefa sanft nieder.

»Bin sofort wieder da.«

Im Wohnzimmer blieb ihr Blick an dem *Mensch-ärgere-dich-nicht*-Spiel hängen. Etwas war anders als sonst. Der vierte kleine grüne Spielstein stand im Ziel.

Draußen summte ihre Mutter ein Kinderlied.

EPILOG

Pfarrer Berg verließ das Krankenzimmer. Elisabeth war nicht ansprechbar. Und wie der Arzt ihm sagte, würde sich wahrscheinlich an ihrem Zustand nichts mehr ändern. Er machte sich große Vorwürfe. Er hätte schon längst reagieren müssen. Dann wäre es nicht so weit gekommen, Rita hätte keine Schuld auf sich geladen. Wenigstens sie nicht.

Ihm wurden plötzlich die Beine schwach. Ein Kaffee würde ihm guttun. In der Cafeteria des Krankenhauses herrschte nicht viel Betrieb. Er gönnte sich ein Stück Käsekuchen dazu. Wahrscheinlich war er unterzuckert.

Der Kaffee schmeckte nach wenig, und auch ein dritter Löffel Zucker änderte kaum etwas daran. Doch der Kuchen mundete ihm vorzüglich, wie selbst gemacht, befand Pfarrer Berg, obwohl er noch nie einen Kuchen selbst gebacken hatte.

Er konnte sich an die Begegnung erinnern, als wäre es gestern gewesen. Es war im Jahr vor Sigrids Tod gewesen, am Tag des Heiligen Martin. Der Laternenumzug war zu Ende, er hatte in der Kirche noch einmal nach dem Rechten geschaut und sich noch einen Augenblick in die letzte Kirchenbank gesetzt, als ein Luftzug ihn erfasste. Die schwere Tür wurde geöffnet und wieder geschlossen.

»Pfarrer Berg? Ich hatte gehofft, Sie noch anzutreffen. Ansonsten wäre ich morgen oder übermorgen gekommen.«

Er hatte sich umgedreht, und Sigrid Westphal stand da im Schein der Lampe, die über dem Metallständer brannte, in dem Kunstpostkarten, ein kleiner, von ihm verfasster Kirchenführer und Erbauliches rund um das Leben als Katholik in gedruckter Form lagen.

»Ein schöner Umzug, nicht wahr? Wie die Kinderaugen leuchteten. Und diesmal ist Volkmann nicht vom Pferd gefallen, das war ja im letzten Jahr eine Aufregung. Und die Brezeln gingen weg wie die sprichwörtlichen warmen Semmeln. Der Kinderpunsch hätte ein wenig wärmer sein können.«

Warum nur hatte er so viel geredet? Er hatte wohl gespürt, dass Sigrid eine Bürde mitbrachte, doch wie schwer diese wog, hatte er nicht im Mindesten geahnt.

»Ja, schön war's. Es hat mich berührt«, hatte sie gesagt. Und dann aus dem Martinslied eine Zeile zitiert. »Bleibe hell mein Licht.« Die wenigen Worte mussten sie im tiefsten Inneren berührt haben, in ihr den Wunsch geweckt haben, sich aus der Düsternis zu befreien. »Pfarrer Berg, würden Sie mir bitte die Beichte abnehmen?«

Natürlich hatte er keinen Moment gezögert, doch ihm war, als würden bereits bei dieser einfachen Frage enge Fesseln seine Brust einschnüren.

»Im Beichtstuhl ist es ungemütlich. Darf ich sie dir in der Sakristei abnehmen, meine Tochter?«, hatte er vorgeschlagen.

»Es ist mir gleich, wo«, hatte sie geantwortet und hinzugefügt: »Aber vielleicht ist es sogar gut, wenn wir uns von Angesicht zu Angesicht gegenübersitzen.«

Er hatte in der Sakristei eine einzelne große Kerze entzündet. Es hatte fast etwas von einem Rendezvous.

»Vater, ich habe schwer gesündigt, vergib mir meine Schuld«, hatte sie mit fester Stimme gesagt.

»Ich höre.« Und was er hörte, hatte ihm fast das Herz zerrissen. Die Beichte hätte er Wort für Wort wiedergeben können.

An den Abenden, als Sinja vergewaltigt und halb tot wie ein Stück Müll liegen gelassen worden war und Milena nach der Vergewaltigung getötet, war Edwin Westphal jeweils betrunken nach Hause gekommen. Wie so oft, wenn er mit seinen Jagdfreunden unterwegs gewesen war. Doch er hatte nicht nur nach Alkohol gerochen, sondern auch nach Äther. Als Sigrid ihn danach gefragt hatte, tat er es mit der Erklärung ab, er benutze es zum Reinigen der Linsen der Jagdflinten.

Dann verschwand Julia. Auch an diesem Abend war Edwin mit seinen Freunden zusammen gewesen, aber sie waren oft unterwegs, kein Grund, einen Verdacht zu hegen. Das Dorf war in hellem Aufruhr gewesen. Auch Edwin hatte sich mit Bingo an der Suche nach dem Mädchen beteiligt, hatte jedoch, wie die anderen, keine Spur von ihr entdeckt.

Doch dann kam der Tag, an dem sie früher als geplant von einem Seminar zurückkehrte. Sie wunderte sich, dass Edwins Jagdgenossen offenbar zu Besuch waren, doch im Haus war nichts von den Männern zu sehen, und sie dachte zunächst, sie seien zusammen losgezogen. Wütend, dass Edwin Niklas allein zu Hause gelassen hatte, eilte sie in dessen Zimmer, wo sie den Jungen vollkommen aufgelöst und verwirrt in seinem Bett fand, die Decke über den Kopf gezogen. Er stammelte etwas von einer Frau, die durch den Garten gejagt worden und in den Teich gefallen war. Und im Keller seien Gespenster. Sie hatte es als Albtraum abgetan, hatte ihren Sohn beruhigen können, und Niklas war in einen unruhigen Schlaf gefallen.

Doch er hatte nicht geträumt, wie sie bald erkennen musste, denn im Garten zeugten leere Flaschen von einem Trinkgelage. Und wenn Niklas etwas im Garten gesehen hatte, dann hatte er auch die Gespenster im Keller gehört oder gesehen. Sie rannte zurück ins Haus, in dem eine geradezu unheimliche Stille herrschte. Sie wusste nicht, was sie erwartete, als sie in den Keller hinabstieg. Doch der Anblick, der sich ihr dort bot ...

Sigrid hatte die Hände vors Gesicht geschlagen und er, der Mann Gottes, war unfähig gewesen, auch nur ein Wort zu sagen. Die Vorstellung war kaum auszuhalten. Rolf und Edwin knieten über einer jungen Frau im roten Kleid, während Hans ungerührt zuschaute. Es war Lilly. Der Rest ihrer Beichte war aus Sigrid herausgesprudelt wie ein Wasserfall.

»Ich habe Lilly zunächst in Sicherheit gebracht, Rolf und Hans waren wie Ratten plötzlich verschwunden, und Edwin, es widert mich jetzt noch an, wenn ich nur daran denke, bat mich stinkend und lallend um Verzeihung. Dann verschwand er im Gästezimmer. Keine Sekunde länger hätte ich ihn in meiner Nähe ertragen.«

Mit welcher Ruhe Sigrid all das erzählt hatte.

Neben Lilly galt ihre größte Sorge Niklas. Sie bereitete einen Trank aus Schlafmohn zu, damit der Junge vergaß, was er gesehen hatte. Und sie fasste einen Plan. Lilly verbrachte die Nacht und den nächsten Tag in der Villa, Edwin ließ sich nicht blicken. Lilly war kein körperliches Leid geschehen, Sigrids vorzeitige Rückkehr hatte das Schlimmste verhindert.

Lillys Weg vom Dorf, wo sie im *Halben Hahn* gekellnert hatte, zurück ins Kloster hatte an der Villa vorbeigeführt. Sie hatte Gelächter aus dem Garten gehört, und als sie in Höhe der Villa war, war ein Mann, Hans, zu seinem Wagen gegangen und hatte sie entdeckt. Es sei eine Geburtstagsparty im Gange, Sigrid und Marlies würden sich bestimmt freuen, noch etwas weibliche Gesellschaft zu bekommen. Ein wenig merkwürdig war es Lilly schon vorgekommen, so einfach eingeladen zu werden, aber sie kannte die beiden Frauen. Und warum nicht ein wenig mitfeiern. Kaum war sie im Garten, hatte sie ihren fatalen Irrtum erkannt. Und die Jagd auf sie war losgegangen. Edwin, Hans und Rolf.

Lilly war mit Sigrids Plan einverstanden, dem Versprechen, die Männer für ihre Taten büßen zu lassen.

Sie verließ Thöninghausen am nächsten Abend. Versorgt mit Geld, ihren Ausweispapieren und Habseligkeiten, die Sigrid im Kloster abgeholt hatte. Ein Brief mit einer Entschuldigung für ihr Verschwinden wurde bei Marlies hinterlegt. Lilly und Sigrid waren all die Jahre in Kontakt miteinander geblieben.

Und Sigrid war sich inzwischen sicher: Edwin, Hans und Rolf waren die Männer, die für den Tod von Sinja und Milena und auch für das Verschwinden von Julia verantwortlich waren. Im Suff hatten sie gesagt, endlich wäre es wieder so weit, endlich wieder ein Reh vor der Flinte, hatte sich Lilly erinnert, konnte aber mit diesen

Worten nichts anfangen. Von Frau Schumacher wusste sie, dass ursprünglich drei fremde Fahrzeuge vor der Villa geparkt hatten. Sie hatte Edwin zur Rede gestellt, sein verzweifeltes Leugnen war ihr Beweis genug gewesen. In den nächsten Wochen und Monaten hatte Sigrid kein Wort mehr darüber verloren, hatte ihren Plan reifen lassen.

»Vor allem musste ich mit Marlies und Josefa sprechen. Bis zu diesem Zeitpunkt wusste Marlies nicht, warum Lilly tatsächlich verschwunden war. Entweder, die beiden willigten in meinen Plan ein, oder sie würden Schimpf und Schande des Dorfes über sich ergehen lassen müssen. Die soziale Ächtung wäre ihnen gewiss gewesen. Marlies hatte zunächst gezögert, doch Josefa, die dabei an ihre Tochter Christiane dachte, war sofort einverstanden. Das, was Lilly gehört, aber nicht verstanden hatte, war für mich ein Geständnis. Und letztlich sahen es die beiden ebenso. Sie hatten nicht viel zu tun. Sie vertrauten mir. Mein Wissen um die Pflanzen, meine langjährige Erfahrung als Apothekerin, was hätte da schieflaufen sollen. Wie ich haben sie dann ihre Männer mit einem Tee, der die Wurzel des Blauen Eisenhuts enthielt, vergiftet.«

Plötzlich hatte Sigrid gelacht. Er hatte nach Luft geschnappt. Sie berichtete mit einer Ruhe, als würde sie ihm ein Kochrezept verraten.

»Edwin wollte, dass wir seinen Geburtstag groß feiern. Den Gefallen habe ich ihm noch getan. Rolf und Hans waren da bereits tot. Ich hatte bis dahin immer noch gehofft, dass Edwin einen Fehler begeht, die Identität des vierten Mannes preisgibt. Nicht, dass ich ihn dann am

Leben gelassen hätte. Nun, er wollte also groß feiern. Das konnte er haben.« Sigrid hatte den Kopf geschüttelt, als könne sie es nach all den Jahren immer noch nicht fassen. »Wahrscheinlich wollte *er* sich lebendig fühlen. Nun, es kam anders. Die Dosis des Giftes habe ich natürlich mit Bedacht gewählt. Die Reaktion war bei allen dreien ein Herzinfarkt, der jedoch nicht sofort zum Tode führte. Dr. Wiesner hat die Männer sofort ins Krankenhaus einliefern lassen. Die Ärzte haben ihr Bestes gegeben, alle notwendigen Maßnahmen ergriffen. Wären es ganz normale Herzinfarkte gewesen, hätten diese auch etwas bewirkt, die Männer wären gesund und munter wieder aus dem Krankenhaus entlassen worden. Doch die Behandlung, die sie hätte retten sollen, war im Fall der Vergiftung durch den Blauen Eisenhut genau die falsche Wahl. Die Medikamente, die zur Unterstützung des Kreislaufs eingesetzt werden, gehören zur Gruppe der Katecholamine. Es würde zu weit führen, Ihnen zu erklären, was das nun genau ist. Aber glauben Sie mir, ihr Einsatz potenziert die Wirkung des Giftes des Blauen Eisenhuts. Es konnte für die drei keine Rettung geben, sie starben den Ärzten unter den Händen weg. Nun, wir waren drei Witwen geworden. Josefa habe ich dann finanziell unterstützt, Marlies stand mit ihrem Blumengeschäft auf eigenen Beinen. Wie gesagt, von Frau Schumacher wusste ich, dass anfangs noch ein vierter Mann mit von der Partie gewesen sein musste. Wir hatten Walter Tümmler im Visier, doch der Verdacht war und ist zu vage, um auch ihn zu töten. Man tötet schließlich nicht ohne Grund, nicht wahr? Nach Edwins Tod habe ich alle Zimmer abgesperrt, die an ihn erinnerten. Niklas hat geglaubt, ich hätte es aus Trauer getan, doch ich hätte seine Anwesenheit dort gespürt und es nicht ertragen.«

Ihm war ganz anders geworden. Walter Tümmler? Würde Sigrid jetzt etwa einen weiteren Mord ankündigen? Er versuchte, sich nichts anmerken zu lassen. Doch Sigrid sprach ganz ruhig weiter.

»Daher habe ich damals auch mit Rita geredet. Ich wollte sie aus der Reserve locken und habe ihr auf den Kopf zugesagt, dass ich glaube, Walter könne etwas mit den Vergewaltigungen und der Ermordung von Sinja und Milena zu tun gehabt haben. Rita war zuerst sprachlos, dann hat sie sich solche Verleumdungen verbeten und mich vor die Tür gesetzt. Vielleicht existiert ja ein gerechter Gott, und er wird es in die Hand nehmen. Pfarrer Berg, ich weiß, ich habe Ihnen mit dieser Beichte eine große Last aufgebürdet.«

Und nun? War es der gerechte Gott gewesen? Er glaubte nicht, dass Gott Ritas Hand geführt hatte. Sie hatte einfach nur der Wahrheit ins Gesicht geschaut und endlich erkannt, dass auch ihr Mann einer der Vergewaltiger und Mörder gewesen war. Und Rita hatte gehandelt.

Der alte Kirchenmann seufzte und aß das letzte Stück Kuchen. Schwer gebeugt verließ er das Krankenhaus. Das Beichtgeheimnis erschien ihm wie ein Mühlstein um den Hals. Doch es war unantastbar. Wie oft war er kurz davor gewesen, Niklas die Wahrheit zu sagen. Doch es war ihm unmöglich gewesen. Er hatte zumindest versucht, ihn von der Idee abzubringen, auch Lilly als Mordopfer zu sehen.

Die Täter waren nun gerichtet, Sigrid und Marlies waren tot, Josefa um den Verstand gekommen. Er seufzte tief, stieg auf sein altes Hollandrad und trat den Heimweg an. In Höhe des Friedhofs zögerte er kurz, bremste ab und stieg vom Rad. Er wollte Sigrid besuchen. Gemächlich spazierte er zur Grabstelle, grüßte nach links und nach rechts, die Lebenden, die die Gräber ihrer Lieben pflegten, und die Toten, die darin ruhten. Kurz musste er die Augen zusammenkneifen, als ein Sonnenstrahl durch das dichte Blätterwerk eines Baumes brach. Wer stand da an Sigrids Grab?

Noch ehe er es erreichte, war die Gestalt verschwunden. Hatte er sich getäuscht? War da niemand gewesen? Hatte das Schattenspiel zwischen den Birken ihm einen Streich gespielt? Er trat vor das Grab und faltete die Hände, als sein Blick auf eine einzelne rote Rose fiel. Sie konnte erst vor Kurzem dort abgelegt worden sein, der Stiel war saftig grün, und die Rosenblätter des prall gefüllten Kelches schimmerten samtig. Ein polierter Stein war daneben drapiert. Er bückte sich und hob ihn auf.

Souvenir éternel. Danke für alles. Lilly.

ENDE

Lili Andersen

Zwischen Matjes und Macarons – Die Inselköchin Louise Dumas ermittelt

978-3-453-42500-2   978-3-453-42510-1   978-3-453-42736-5

Leseprobe unter **www.heyne.de**